U0922889

悔丁旋

武亮 著

译林出版社

目　　录

第一章

1

梅亚楠的月经已经推迟了十九天，这让她异常地烦躁不安。在梅亚楠又一次走进卫生间检查完毕一无所获后，便决定去医院检查检查了。梅亚楠失落地回到自己的媒介总监办公室，整理完放在办公桌上的一叠厚厚文件，正准备抽身去医院，电话却响了。梅亚楠拿起电话一看，是金一娜打来的。

金一娜是梅亚楠的闺蜜，两个人由浅至深的革命友谊是在大学时期建立的。当时两个人都是情窦初开的姑娘，梅亚楠一进大学就被读法律专业的向志远追上了；而从成都考进北京的金一娜却喜欢上了兼职新闻摄影老师窦斌，当时二十七岁的窦斌早已结婚并有了一个一岁的孩子，而金一娜才二十岁。金一娜喜欢窦斌像是长江决堤一发不可收拾，任梅亚楠怎么劝都于事无补。到后来，梅亚楠索性不劝了，就任他们滔滔江水去吧。梅亚楠之所以不再劝了，并不是对金一娜失望；而是梅亚楠觉得四年大学时光中，金一娜肯定会成长会蜕变，会有所领悟，再不济还有一个毕业，毕业都能让那些爱得死去活来的同龄情侣劳燕分飞，何况窦斌只表示对金一娜有所好感，并没有接受金一娜爱的寄托。让梅亚楠始料未及的是，在毕业前夕金一娜竟然选择考研留校的方法，留在窦斌身边，追求自己的爱。

金一娜这一追求就是七年。或许是上苍真的被金一娜执着的爱感动了，选择眷顾了金一娜而伤害了窦斌的妻子。窦斌离婚了，同意了跟金一娜在一起。但，金一娜的爱站在常人的角度去看似乎荒唐之极，因为他们只是在一起，并没有结婚，他们以情侣的身份在一起了十年。

而，梅亚楠跟向志远在毕业三年后，在爱情的跑道上跑了一个七年之痒，便选择了结婚。

“亲爱的，这个时间你怎么给我打电话了？没去上课？”梅亚楠接起电话，有气无力地说。

“我怎么听你的声音有气无力的，是不是最近工作太忙了？”金一娜走在一条柳荫遮盖通往新闻系教学楼的路上，她左手拎着教案，右手握着手机。

“现在闲得我月经都开始偷懒了。”梅亚楠挎起包朝着办公室外走去。

“什么意思？”金一娜好奇而不解地问。

“唉。月经都推迟十九天了。我懒散吧，它也跟着我学习。”梅亚楠感叹了一句。

“啊！怀上了？！”金一娜尖叫了一声，“你们不是要一直做丁克吗？现在变了？是不是老向反悔逼迫你了？”

“向志远还在深圳办案呢，都出差俩月了，月底才回来。你又不是不知道。”梅亚楠说。

“什么，什么？亚楠，你该不是做对不起老向的事儿了吧？”金一娜驻足停下，惊讶地问。

“你胡说八道什么呢，我是那样的人吗？我一向严于律己，是一个有原则的人。第一，我不向恶势力低头；第二，从来就是把诱惑拒之门外。”本来一蹶不振的梅亚楠，挺起了腰反驳金一娜，就跟金一娜在她面前似的。

“你甭跟我解释，我倒是能理解你。咱们今年都三十七八岁，三十如狼四十如虎。咱们这个年纪正卡在中间，整个就是如狼似虎，冷不丁地犯一回生活作风错误，也情有可原。不过你还是想好怎么跟你们家老向交代吧。”金一娜说着又开始往前迈步，说完就是一阵爽朗的笑声。

“我说一娜，你有溜没溜啊。我怎么觉得你不像个优秀大学老师呢，倒是挺会误人子弟的。”梅亚楠装作不高兴的口气说。

“得了。不逗你了，你赶紧去医院看看吧。应该是内分泌失调，不会有什么大事儿。”金一娜说。

“我真希望是这样。”梅亚楠说。

“不会有事儿的。你赶紧去吧。”金一娜说。

“你打电话只是简单地慰问吗？”梅亚楠问。

“我不是有小半个月没见你了吗？想你了，顺便请你吃个饭。”金一娜说。

“嗨，你都这么死皮赖脸地说了出来，我怎么能让你失望呢。你选好地方，给我短信。晚上见。”梅亚楠爽快地说。

2

当梅亚楠把车开到了医院门口，看到医院门口救死扶伤的口号，她却有点后怕，她怕真查出个什么问题，向志远出差在外又不能随叫随到，连一个依靠的人都没有。这种念头一经滋生，梅亚楠就有点想退缩。她在医院门口只逗留了片刻，便把车掉了头开到了妇幼保健医院门口，然后掏出手机给苏小凡打了一个电话。

苏小凡是这家医院的妇产科医生，同时，苏小凡也是梅亚楠的外甥女，姐姐梅亚非的女儿。在苏小凡六岁的时候，梅亚非就离婚了。一向性格要强的梅亚非离完婚，左手拉着六岁的女儿苏小凡，右手拉着一个简易的行李箱坐上公交车，回了娘家。这一回就是十七年。从此，梅亚非就成了女人净身出户的先例。

自从梅亚非离婚后，入住到娘家，便成了梅家老太太习惯唠叨的对象。梅亚楠在梅老太太面前却成了一条漏网之鱼，从中得了很多实惠。梅亚楠本想以此感谢姐姐让她取得了一片宁静的天空，但令她始料未及的是，妈虽不唠叨她，姐却成了妈的角色对她进行言语教诲，像极了隔山打牛。所以，梅亚楠几乎每次回娘家，梅亚非都因为梅亚楠迟迟不生孩子对她念经，梅亚楠为了躲避姐姐的紧箍咒，便会跑到苏小凡的房间，这样一来二去，她却跟苏小凡成了无话不说的“姐妹”。

苏小凡接到了梅亚楠的电话，就按照梅亚楠的指示请假来到医院门口。

“小凡，我在这儿呢。”梅亚楠看到苏小凡走了出来，就摇下车窗探出头对着正在东张西望找她的苏小凡喊了一声。

“小姨，你有什么急事儿啊？非得让我请假，我这一天的薪水又没了。”苏小凡上了车，望着梅亚楠一脸不情愿地说。

“小姨给你补这一天的薪水还不行吗？”梅亚楠边发动车子边说。

“小姨，你这属于私活了。私活要比薪水多好几倍呢。”苏小凡坐在车里，望着前方很认真地说。

“苏小凡，咱俩是朋友吗？”梅亚楠没搭苏小凡的话茬，手握方向盘把车开进主路。

“当然是了。”苏小凡斩钉截铁地说。

“那你跟朋友谈钱，是不是把我们的友谊都说肮脏了。”

当梅亚楠说完，苏小凡才知道进了小姨的圈套，她想辩驳几句，却又不好意思开口了，索性闭眼睡觉了。梅亚楠看了一眼坐在副驾驶座闭着眼睛的苏小凡，偷偷抿嘴一笑，然后用力踩了一下油门。

梅亚楠把车又开进刚才去的医院，然后才叫醒已经睡着的苏小凡。苏小凡睁开蒙眬的睡眼，看到眼前晃着穿着病号服走来走去的人，便很不解地看了一眼梅亚楠。

“小姨，你怎么把我带到别的医院来了。想看病直接去我们医院啊。”苏小凡望着梅亚楠笑着说。

“谁去你们医院啊。去你们医院的都是生孩子的。”梅亚楠瞪了一眼苏小凡说。

“早晚有一天你会去的！”苏小凡较真地说。

“那我先谢谢你，到时候希望你手下留情。”梅亚楠说着就推开了车门，下了车。

“小姨，咱们来医院看谁啊？”苏小凡也紧跟着下了车，跟上梅亚楠问。

“看病。我病了。”

“什么病啊？”苏小凡略有点紧张地问。

“我告诉你了，你不能告诉你姥姥。”

“我发誓不说。就连梅亚非我都不说。”苏小凡斩钉截铁地说。

“你能不直呼你妈的名字吗？整天没大没小的……我半个月多不来月经了。”

“小姨，你怀孕了啊？”苏小凡先是喜出望外，然后又沉思了一下，“不对啊。你不是不生孩子吗？”

“没怀孕。”梅亚楠径直走向门诊大楼。

“没怀孕怎么没来月经啊？”苏小凡不解地问。

“我要是知道，还用来医院吗？”梅亚楠很无奈地说。

3

梅亚楠排到号，就让苏小凡在诊室外等她，自己进去了。

梅亚楠进了诊室，看到诊桌一旁坐着一个三十多岁的男医生，另一旁坐着一个跟苏小凡年纪相仿的男医生。梅亚楠木在门口，盯着这两个医生。

“对不起。进错诊室了。”梅亚楠一脸不好意思地说。

“你看哪个科？”年长的医生问。

“妇科。”梅亚楠很干脆地回答。

“这就是妇科啊。”年轻的医生回应。

“坐吧。”年长的医生指了一下旁边的一张椅子说。

梅亚楠听到医生的指令后，反而有点拘束了，她移到诊桌前，左右环顾着这两名男妇科医生，缓缓地坐下，把一个崭新的病历本放在了诊桌上，年轻的医生伸手拿过去。

“现在真的很流行男妇科医生？”梅亚楠看着年长的医生问。

“姓名？”年长的医生并没有理睬梅亚楠，直接开始了诊断前的信息询问。

“梅亚楠。”梅亚楠看了一眼手握水笔正低头准备做记录的年轻医生，然后回答道。

“年龄？”年长的医生又问。

“三十七。”梅亚楠又回答。

“什么症状？”原本盯着电脑屏幕的年长医生，这时才把目光转移到了梅亚楠的身上。

“月经推迟了十九天。”梅亚楠如实回答。

“有呕吐反应吗？”年长医生问。

“没有。”梅亚楠说。

“最近工作压力大吗？”年长医生问。

“还行，不算大。”梅亚楠说。

“以前有过类似的症状吗？”年长医生问。

“没有。”梅亚楠说。

“什么时候生的孩子呢？”年长的医生又问。

“从来都没生过。”梅亚楠说。

梅亚楠一说完，这两个医生便对视了一下。

“凭你刚才的描述，现在确定不了你的症状。你明天一早再过来做个全面检查吧。空腹，憋尿。”年长的医生说。

“非要做检查吗？”梅亚楠听医生如此说，神色便有些慌张。

“检查是为了准确查找出病因，确定症状。你不用过度担心，不会很严重的。”年轻的医生发现了梅亚楠脸色的变化，宽慰地说道。

4

苏小凡在诊室外等得有点坐立不安，正准备进去一探究竟的时候，梅亚楠从诊室走了出来。

“小姨，医生怎么说啊？”苏小凡凑了上去。

“医生什么都没说，明天做检查才能知道什么原因。”梅亚楠说。

“不用机器都不会看病了吗？现在医生是怎么了。”苏小凡牢骚了一句。

“别诋毁你的职业了。”梅亚楠说。

“我跟他们不一样。”苏小凡说。

“你们的名字都叫医生。检查就检查呗。我两个月前刚体检完，不会有什么事儿的。走，小姨请你逛街，晚上跟你一娜阿姨一块儿吃饭。”梅亚楠其实心里挺乱的，但还是装出一副平静的神态说。

梅亚楠带着苏小凡去了东直门来福士，她们俩海逛了一个下午。梅亚楠在逛商场的时候一直给苏小凡强调不能把这事儿说给家里人，她怕招来老妈跟姐姐的唠叨，为了堵住苏小凡的嘴，还主动给苏小凡买了一套三千多的衣服。

梅亚楠在五点多收到金一娜吃饭地点的短信，两个人把大包小包的一下午的战利品扔进车里，便开车前去了。

梅亚楠带着苏小凡进了饭店，才恍然想起金一娜的短信上没说具体在几楼。梅亚楠从包里掏出手机，正准备给金一娜打电话的时候，突然感觉到有人在背后拍了她一下，她回头一看竟然是赵英杰。

赵英杰身穿一套笔挺的黑色西服，脖颈间没有扎着束缚呼吸的领带，搭配白色衬衫映衬出这个男人的成熟气息，他那张四十多岁的脸上没有一点儿皱纹，手腕上戴着那块价格不菲的朗格手表，凸显出了他成功的身份。

“哟。这不是赵总吗？你这高贵的胃，怎么到这种小地方来吃饭了？”梅亚楠看着一脸笑容的赵英杰。

“我说亚楠，你见了我不损我是不是心里不舒服啊。”赵英杰很从容地说。

“我看到你来这种地方吃饭，我真心觉得惊讶。像你们这种地位的人，应该去会所啊。”梅亚楠说。

“我觉得这种地方挺好。遇到了，就一块儿吃吧。我今天约的人你都认识。”赵英杰很真诚地说。

“改天吧。我今天也约人了。”梅亚楠看了一眼站在她身边的苏小凡，推辞说道。

“你就别推辞了。”赵英杰看了一眼苏小凡继续说，“你就带着这个小姑娘去得了。”

“这是我女儿。”梅亚楠拉了一下苏小凡，然后用胳膊挎住了苏小凡，“我们俩像吗？”

“你不是丁克吗？什么时候生了一个这么大的闺女啊？”赵英杰说。

“我姐姐的女儿不是我的女儿吗？”梅亚楠说。

“我发现你们梅家的基因挺好的，一代比一代漂亮。”赵英杰发出啧啧的声音说。

“那必须的。我们梅家的基因跟祖国似的，蒸蒸日上。”苏小凡上下打量了一下赵英杰说。

这个时候，见梅亚楠迟迟不来的金一娜从楼上走了下来。金一娜一出电梯就看到梅亚楠站在大厅里跟一个男人聊得不亦乐乎。

“亚楠，你还组着团来吃我这顿饭啊？”金一娜凑上来说。

赵英杰一看梅亚楠约的并不是一个人，跟刚走过来的金一娜点头以示友好，便告辞了。

5

点好饭菜后，金一娜就去卫生间了。

苏小凡盯着斟满水的水杯，突然抬起头，看着梅亚楠。

“小姨，你跟这么高端的人士关系这么好啊？”苏小凡说。

“他高端吗？在北京而言，他也就是一个中产阶级。”梅亚楠很不屑地说。

“小姨，你怎么认识他的啊？”苏小凡又问。

“你姨夫是他公司的法律顾问。”梅亚楠说。

“他公司是做什么的啊？”苏小凡接着问。

“外贸。你打听人家干什么啊？”梅亚楠显然有点不高兴了。

“我就崇拜这种成熟的男人。”苏小凡嘿嘿傻笑着说。

从卫生间回来的金一娜把梅亚楠跟苏小凡后两句的对话听得一清二楚。金一娜绕过桌椅，不动声色地坐下后，双眼死死地盯了苏小凡一会儿，然后又伸出手端起苏小凡的下巴，上下左右打量了一番。苏小凡以为金一娜在研究她的皮肤，很是配合地让金一娜端详着。

“小凡，从你面相上看你跟刚才那个男人不适合。”金一娜端详着苏小凡说。

金一娜话音刚落，苏小凡脸噌的一下就红了，急忙挣脱开金一娜。

“一娜，你说什么呢你。”梅亚楠瞪了一眼金一娜，“我们家小凡还没谈过恋爱呢。你看你把我们家小凡脸都说红了。”

“亚楠，我承认你智商很高，但你情商很低。你没看到小凡刚才看那个男人的眼神吗？我能百分百地肯定，小凡对他有好感。”金一娜说。

“是吗，小凡？”梅亚楠很惊讶地看着苏小凡说。

“没有的事儿。小姨，你别听我一娜阿姨胡说。”苏小凡辩驳道。

“我胡说，你阿姨在爱情的江湖里摸爬滚打了二十年，不是顶级高手也能入选前三。你这点儿小心思再看不出来，我就白混了。小凡，你阿姨是过来人，你千万别爱上已婚男人，何况一个比你大二十几岁的已婚老男人。”金一娜说。

“赵英杰还没结婚呢。一直忙事业，一直单身。”梅亚楠很认真地说。

“我的天啊。梅亚楠，我发现你倒真是挺会配合的。”金一娜拍了一下额头很无奈地说。

“他结没结婚，单不单身，跟我有什么关系啊？我发现你们所谓的过来人就是喜欢杞人忧天。”苏小凡一副无所谓的样子。

“我是怕你走我的老路。你阿姨都三十多岁了，还在谈恋爱，其实早就谈烦了。女人到岁数了都喜欢有一个家，爱情已经不是生命里重要的燃料了。”金一娜一副在讲台上讲课的神态，说完之后便是一声长长的叹气，“就拿我来说，我现在就特想生一个孩子，但你爱的人都不愿意跟你结婚，他怎么愿意跟你生孩子呢？我就是一个活生生的例子，被爱绑架了半辈子，现在想挣脱却没有力气了。”

梅亚楠作为金一娜的资深闺蜜，从不曾听过金一娜有对窦斌的抱怨。当金一娜叹息着说完之后，梅亚楠才恍然意识到金一娜跟窦斌出问题了。

“你跟窦斌吵架了？”梅亚楠问。

“没有啊。”金一娜说完，就把头低了下去，拿起筷子夹了一口服务员刚送上来的一道菜。

金一娜已经意识到刚才自己失态了。因为她从刚才苏小凡看赵英杰的目光中，想起了当年自己第一次看窦斌的时候的眼神，那种藏在内心深处的感触，便情不自禁地有感而发了。

“一娜，你在撒谎。你要连我都瞒着吗？”梅亚楠说。

“一娜阿姨，你有什么事儿，应该说出来。憋在心里久了，会抑郁成病的。”苏小凡一副给病人疏导的口气。

这个时候，金一娜已经满眼都是泪了，她觉得自己很委屈。

“你倒是说啊。”梅亚楠看着金一娜这样，便有点急。

“亚楠，我现在感觉我很孤独，就算窦斌现在在我身边我也觉得孤独。所以，很想要个孩子。但窦斌不想要，他说他已经有一个孩子了，已经很对不起他的孩子了，他不能把父爱再分担出去了。”金一娜说着缓缓地抬起了头，她那张娇媚的脸上挂满了泪水，“我现在一点儿安全感都没了。我曾经试图说服他跟我结婚，他同意了。但他听到我有要孩子的想法后，又反悔了。”

“你为什么从来都不跟我说这些呢？”梅亚楠埋怨说。

“跟你说有用吗？一个如此爱他的人，都不能让他改变，你更不能了。”金一娜说。

“窦斌太他妈的王八蛋，他把你一辈子的青春都浪费完了。”梅亚楠抱不平地说。

“是我自己浪费的，怨不得别人。是我长大得太晚了。”金一娜说。

6

这顿饭是梅亚楠和金一娜认识以来，吃得最不愉快的一次。她们吃完，梅亚楠建议金一娜跟她一块儿回家，让苏小凡用其专业对金一娜进行安静的心理疏导。金一娜点头同意后，便去了梅亚楠家。

苏小凡在上大学的时候还辅修了一个心理学学士学位。她之所以辅修心理学，是因为她在少年时期缺少父爱，让她感到孤单，所以在她成长期间，内心出现了严重疾病，但她却不曾向任何人透漏，自己看心理书籍自愈，并在大学期间修了这门学科。

车开到了楼下，梅亚楠就把钥匙给了苏小凡，让苏小凡跟金一娜先上楼，自己去地下车库停车了。

让她们三个都没有想到的是，向志远因为深圳的官司提前结案，在傍晚的时候已经飞回了北京。当苏小凡正用钥匙拧开门锁的时候，刚洗完澡的向志远，正围着一条白色浴巾坐在沙发上看报纸。

想给梅亚楠惊喜的向志远，听到了钥匙插进门锁后，就急忙扔下报纸，三步并作两步地走到门后躲了起来。

打开门的苏小凡跟金一娜一前一后刚走进门，本想尖叫一声然后在瞬间抱住梅亚楠的向志远，却看到是苏小凡和金一娜的身影，赤裸上身只围着一条浴巾的向志远瞬间石化在那里几秒，正想往卧室里躲的时候，转身关门的苏小凡看到姨夫以这种姿态站在门后，便“啊”的一声叫了出来。已经径直往前走的金一娜，听到苏小凡的尖叫声转身就看到无助的向志远双臂紧抱自己。

身为京城名律师的向志远一向反应机智灵敏，他之所以脑袋瞬间断片，呆若木鸡、手足无措地站在门后，是因为晚辈苏小凡正一脸慌张地看着自己，如果是金一娜他便会释然很多了。

“老向，你这表演呢，还是给我秀一个老男人干瘪的身材呢？”金一娜一看向志远呆若木鸡立在门后，便知道了是怎么回事儿，她便给了向志远一个台阶下。

“表演，表演。”向志远缓过了神，故意摆出一副很自然的状态耸了耸肩，然后看了一眼苏小凡，又对着金一娜笑了笑，便慢悠悠地朝着卧室走去，“对不起，我选错了观众。”

“姨夫，我小姨这就上来了。要不你再表演一回。”已经知道什么情况的苏小凡看着向志远的背影，一脸坏笑地说。

“别没大没小的。回头我告诉你姥姥，让你姥姥收拾你。”向志远头也不回地说。

“你好意思说，你就去说呗。我才不怕呢。”苏小凡哈哈大笑着说。

7

向志远刚进卧室，梅亚楠就进来了。

梅亚楠一进家门，就看到苏小凡和金一娜对着她莫名其妙地笑。

“一娜，你心情这么快就恢复了？”梅亚楠很疑惑地看着金一娜、苏小凡说。

“这会儿挺好的。”金一娜说。

“这么说我们家小凡的本事还挺大，这么大会儿工夫就给你治愈了。”梅亚楠把拎在手里的包往沙发上一扔，然后坐到一张沙发上说。

“不是我本事大，是我姨夫本事大。”苏小凡说。

“跟你姨夫有什么关系。”梅亚楠说完，东张西望一下，“你姨夫回来了？”

苏小凡用力不停地点头，说：“小姨，我姨夫身材保持得挺好的。”

苏小凡的话音刚落，穿好衣服的向志远就从卧室里走了出来。苏小凡跟金一娜见向志远走过来，两人一对视便又笑了起来。

“甭笑了。在游泳馆没见过还是怎么着。”向志远虽有点难为情，但还是硬着头皮说。

“你们家又不是游泳馆。”金一娜说。

梅亚楠对他们的对话感到莫名其妙，她看了向志远一眼，问：“你怎么着她们俩了？”

“回头给你说。”向志远抽出一支烟，点上后说。

“现在不能说吗？”梅亚楠追问。

“我还是别打扰你们了。我先走了。”金一娜拎起放在旁边的包站了起来。

“小姨、姨夫，那我也走了。”苏小凡站起来，也把一个粉红的背包背到肩上。

“你不跟小凡聊天了？”梅亚楠看着金一娜说。

“不了。改天我再单独约小凡。”金一娜说。

“反正我随叫随到。”苏小凡说。

8

苏小凡跟金一娜走出小区，就挥手告别各行其道了。

金一娜回到家本想跟窦斌再推心置腹地聊聊，但窦斌却把自己关在工作间冲洗照片，并在门上挂着“请勿打扰”的牌子。金一娜知道窦斌最近根本没有拍新片，之所以把自己关起来，是在逃避跟她谈结婚的事儿。

金一娜看到这一幕后，便有些心灰意冷，但她依然决定盘坐在客厅的沙发上等着窦斌出来。

而苏小凡满心欢悦地打开家门，却看到客厅的沙发上独自坐着一个男人，这个男人让苏小凡觉得似曾相识，但却记不起是何许人也。

苏小凡看着这个独坐在沙发上的男人；男人看到苏小凡进来稍微欠了一下身，双目盯着苏小凡，原本平静的脸上露出了慌张的神色。

“梅亚非，这位叔叔是谁啊？我姥姥又给你介绍新男朋友了啊？你怎么能把客人一个人晾在这儿啊？”苏小凡目光盯着这个男人，声音却朝着梅亚非的房间飘去。

“小凡，回你屋去。”梅老太太从一间卧室里走出来，双眼凝重地看着苏小凡，以命令的口气说。

“哦。”苏小凡看了梅老太太一眼，然后又看了那个男人一眼，便乖乖地朝着自己的房间走去了。

“小凡，把他赶走。我们怎么都赶不走他。他是一个流氓。”梅亚非这时也从一间卧室里走出来，双眼冒火地盯着这个男人说，“赶不走就报警，打110。”

苏小凡看着这种局面，像是迷失方向的旅者，很是茫然：“你们这是唱的哪一出啊？”

“胡闹。哪有让自己的闺女赶自己爸走的。”梅老爷子三步并作两步地也走了出来。

“我就是见见小凡，跟小凡说两句话，说完就走。”男人这时站了起来，注视着停在客厅中央的苏小凡。

“你有什么资格见小凡？你这个……”梅亚非火冒三丈地说。

“梅亚非你先别说话。”苏小凡喝止梅亚非，然后走到男人面前，很专注很疑惑很不敢相信，“你是苏林森？”

“是。我是苏林森。”苏林森说话的时候有点紧张。

“这么说，你是我爸？”苏小凡追问。

“是。我是你爸。”苏林森匆忙地回答。

“行了。人你也见了，话你也说了。你可以走了。”走上前来的梅亚非，站在苏小凡跟苏林森中间说。

“我可以单独跟女儿说几句话吗？”苏林森满是祈求的口气，然后又看了一眼苏小凡。

“不可以。”梅亚非斩钉截铁地说。

“小凡，可以吗？”苏林森又说。

“姓苏的，你有什么资格提要求啊。你说见就见，说不见就是十几年不见吗？”梅老太太开口说道。

“我有我的苦衷。”苏林森委屈地说道。

“你什么苦衷啊。我看你是苦中作乐。你说离婚就离婚，离完婚就销声匿迹。当年的特务也没见有你这么麻利撤退的啊。”梅老太太瞪着双眼说。

“当着小凡的面，少说两句吧。”梅老爷子说。

“凭什么少说啊。受了委屈还不让说啊。这是社会主义国家，言论自由……”梅老太太说。

苏小凡听着他们鸡一嘴鸭一嘴地说个不停，便有点烦躁，不等梅老太太说完，就朝着门外走去了：“苏林森，你不是要跟我单独说吗？我在楼下等你。”

梅家一家人看着两个苏姓的人一前一后地走出门外，竟然都不约而同地叹了一口气。

9

“你想说什么就说吧。”苏小凡到了楼下，控制了好一会儿情绪，才没有把积攒了十几年的情绪一下就爆发出来，“你不要跟我说我想你、我爱你之类的话。这些话你说了，在我这儿一点儿用处都没有。”

“小凡，我知道你恨我。”小区的路灯，把苏林森高大的身躯映照出了一块大大的黑影。

“我还真不恨你。”苏小凡突然坦然地说，“我从来都没把你这个爸爸当作存在过。”

“小凡，你不要这样说。你这样会让我很伤心。我不是你妈跟你说的那样，一走了之，对你不管不顾。我有苦衷。”苏林森苦苦哀求地说。

“我相信你。”苏小凡说。

“你不想知道爸爸这十几年是怎么过来的吗？”苏林森说。

“不想。”苏小凡简略地回答。

“既然你不想知道，爸爸也不强求你。但小凡，你能让爸爸对你弥补一下吗？”苏林森说着就从口袋里掏出一个钱包，从钱包里抽出一张银行卡，递到苏小凡的面前。

“谢谢。你的心意，我领了。但我对钱真的没有兴趣。如果你想用钱弥补，你是在侮辱你自己。我真的想让你弥补的，你永远都无法弥补。”苏小凡很淡然地说。

“小凡，我不是这个意思。我……”苏林森欲言又止。

“你该说的都说了。不该说的，我也不想听。你可以走了。”苏小凡说着把目光移到别处。

“这几天你哪天有时间？我想请你吃个饭。过几天，我就走了。”苏林森把卡又收了回来去。

“有时间再说吧。”苏小凡说。

“那你赶紧上去吧。你在下边待时间长了，你妈又该担心了。”苏林森那张一直紧张的脸上，这时才挤出一丝僵硬的笑容。

10

苏小凡看着苏林森一步一步迈出小区，逐渐消失在她的视线里，她的眼睛就开始湿润了，眼泪慢慢地淌出了眼角。

苏小凡内心乱作了一团，她原本早就把自己的爸爸埋葬在了内心深处，从来都不让他在她心里占任何位置。但苏林森的出现，却让苏小凡瞬间把心门打开了，一股脑儿的词在她脑袋里乱撞：爸爸、父爱、弥补、原谅……

苏小凡带着慌乱的心并没有回家，她想找一个地方去放松一下，想来想去就进了三里屯的一家酒吧。

苏小凡虽然是北京姑娘，但却是第一次来这种地方。苏小凡找了一个角落的位置，只点了一杯果汁。苏小凡低着头刚把吸管送进口里，就感觉到一个人立在她的对面，她微微抬头，看到的居然是赵英杰。

第二章

1

刚洗完澡的梅亚楠躺在床上正准备给向志远说自己没来月经的时候，就接到了梅老太太的电话。

“妈，你能不能别这么晚给我打电话？”梅亚楠不满地说。

“我是你姐。这都十一点了，小凡还没回家。电话也打不通。”梅亚非很着急地说。

“不可能，小凡她……”梅亚楠刚想把傍晚的事情说出来，却意识到险些露了馅，“怎么还没回家？”

“你赶紧开车回家来一趟，一时半会儿给你说不清楚。”梅亚非显然不愿意在电话里说那么多，一副命令的口气。

“我马上过去。”梅亚楠回应道。

梅亚楠挂了电话后，直接给金一娜打了电话，她以为这两个人离开后，又一起去了别的地方。

金一娜的电话响起的时候，她正坐在沙发上打盹。电话的铃声把金一娜吵精神后，她先看了一眼窦斌的工作间，门上依然挂着“请勿打扰”的牌子，才接起的电话。

“你跟小凡又去哪儿玩了？到现在都不回家。”梅亚楠问。

“我们下了楼就分开各回各家了。”金一娜懒洋洋地回应。

“不是吧？小凡到现在都没回家，电话也打不通。”梅亚楠说。

“啊？”金一娜惊讶了一下。

“我先不跟你说了，我得赶紧回我妈家一趟。”梅亚楠说。

“我也过去看看吧。”金一娜说。

“你在家处理你的事儿吧。对了。你跟窦斌沟通得怎么样了？”梅亚楠问。

“他一直把自己关在工作间里不肯出来。”金一娜说。

“你不能进去吗？”梅亚楠不解地问。

“能。”金一娜回答。

“那不成了。窦斌这是在逃避啊。”梅亚楠不满地说。

“你先忙你的吧。找到了小凡，给我个短信。”金一娜说。

2

梅亚楠跟向志远赶到梅家的时候，一向注重养生之道有早睡早起习惯的梅老爷子，打着盹坐在沙发上，梅老太太坐立不安，一副忧心忡忡的样子。

“你怎么才来啊？”去开门的梅亚非，打开门就对着梅亚楠埋怨，一看到后边还跟着向志远，声音马上变回了正常的频段，“志远也来了啊。”

“姐，你至于吗？小凡都那么大的人了，晚回来会儿能怎么着啊？”梅亚楠没理会梅亚非的话茬，一进门便反其道而攻之。

“小凡是跟苏林森一块儿出去的。”梅老太太起身走向前说。

“啊！”梅亚楠惊讶了一声，回头看了一眼已经坐下的向志远，“苏林森不是定居美国了吗？怎么回来了？”

“谁知道他安的什么心。”梅亚非一副苦大仇深的样子。

“跟自己的亲爸出去，有什么不放心的。”向志远靠在沙发上很不理解地说。

“那给苏林森打个电话不就成了。真是的，跟小凡被人贩子拐跑了似的。”梅亚楠说。

“谁知道他的电话啊。”梅亚非牢骚一句。

“你们商量吧。我睡觉去了。”梅老爷子说着就起身了。

“你的心怎么这么宽啊？大家都急着找小凡，你还有心思睡觉。你是小凡的姥爷吗？”梅老太太对着梅老爷子不满地说道。

“我反正没见一个人急，就见你非让大家着急了。孩子都那么大了，就晚回来一会儿，你把一家人闹得都不能正常休息。”梅老爷子说。

“小凡突然见到苏林森，心里肯定不好受。我是担心孩子晚回来吗？我是害怕小凡想不开。”梅老太太对着走向卧室的梅老爷子说。

“妈，要不咱报警吧。”梅亚楠看着梅老爷子回卧室后，笑着对梅老太太说。

“你能不能不胡闹啊。”梅老太太瞪了梅亚楠一眼，“让志远陪着你跟你姐出去找找。”

“妈，我跟亚楠去找就行了。让大姐在家陪着你吧。”向志远起身说。

“那你们去远处找找，我跟你大姐在近处转悠一下。”梅老太太说。

3

苏小凡的电话之所以打不通，是因为她的手机被酒给浇了。

吃完晚饭跟两个朋友一起来到三里屯酒吧的赵英杰，看到苏小凡进来并坐下后，以为后边还有梅亚楠，但等了一会儿后，还不见梅亚楠，便跟那两个朋友招呼完，端着一杯酒朝着苏小凡走了过去。

“你小姨呢？”赵英杰站在苏小凡身旁，笑着问。

嘴里噙着一根吸管的苏小凡看到赵英杰感到有些意外，她看到赵英杰端着一个酒杯注视着她的眼神便有些慌乱，她也拿起果汁站了起来。但站得太突然，一下碰到了赵英杰的胳膊，赵英杰手里的酒倾泻而下，浇了苏小凡放在桌子上的手机。

赵英杰一看手机给酒浇了，急忙放下手里的酒杯，拿起手机，抽了两张纸巾正要擦拭，手机却出现了关机的字母。

“坏了。”赵英杰将手机拿在手里左右翻看了一下，然后摁了一下开机键，没有任何反应。

“酒喝多了。”苏小凡从赵英杰的手里接过手机，看了一眼，贫嘴地说，“喝挂了。”

“还好是手机喝坏了，人喝坏了我还真赔不起。”赵英杰说着就坐了下来，“我明天赔你个新的。”

“不用。我家里还有一个新的，我小姨刚给我买的。”苏小凡推辞说。

“你小姨呢？”赵英杰问。

“我姨夫回来了，所以你应该懂的。”苏小凡坐下后，又吸了一口果汁说。

“懂的懂的。”赵英杰笑着说完就让服务员又送过来一瓶威士忌，“常来这种地方？”

“第一次。”苏小凡说。

“真是一个不错的姑娘。会喝酒？”赵英杰拿着服务员送来的一瓶刚开的威士忌，扬在苏小凡面前说。

“不怎么会。”苏小凡有一丝羞涩地说。

“那就别喝了。”赵英杰把酒瓶放在桌子上。

“来这种地方不就是来喝酒的吗？”苏小凡伸手拿起整瓶威士忌，然后给自己的杯子斟满了，端起来。

“不会喝酒挺好的。”赵英杰伸手阻拦住苏小凡。

“我今天特想喝来着。”苏小凡看着赵英杰抓住她胳膊的手，姑娘似的娇嫩的手。

“喝果汁也挺好。”赵英杰缩回手，看着苏小凡面前的那杯果汁，然后也给自己倒了一杯，“心情不好？”

“有那么一点儿。”苏小凡看了一眼果汁笑着说，“我之所以叫果汁，是怕一个人喝醉，回不了家。”

4

梅亚楠和向志远开着车从德胜门走到建国门，梅亚楠就建议去吃夜宵。向志远也知道在北京别说找人了，有时候找地方都难，所以很痛快地驶到一家二十四小时营业的快餐店。

已经接近午夜的餐厅里显得异常冷清。二人点完餐，刚准备就餐，金一娜就打来了电话。

“小凡回家了吗？”金一娜躺在沙发上问。

“没呢！”梅亚楠回答。

“这孩子跑哪儿去了？该不是去找刚才那个男人了吧？”金一娜猜测完，口无遮拦地说。

“哪个男的？”梅亚楠费解地问。

“就是那个赵英杰。反正，我觉得小凡看他的眼神挺不正常的……”金一娜说。

“你是教新闻的又不是教文学的，要尊重客观事实，想象力别那么发散。都是哪跟哪儿啊？”梅亚楠打断金一娜的话，然后又话锋一转，转到了金一娜身上，“窦斌还没出来？”

“嗨。”金一娜叹了一口气，“没呢。”

“一娜，你跟窦斌是过日子，不是供着一尊菩萨，你至于总这么迁就吗？”梅亚楠说。

“他快该出来了。”金一娜说。

“自己看着办吧。”梅亚楠生气地说完就挂了电话。

向志远往嘴里放了一口汤，看着挂掉电话的梅亚楠：“一娜跟窦斌闹矛盾了？”

梅亚楠点点头，“嗯”了一声，把手机往桌子上一扔，说：“窦斌真够王八蛋的。躲着不见以为就能解决问题了。”

“怎么回事儿啊？”向志远又问。

“一娜跟窦斌都商量好结婚了，一娜又跟窦斌提出结婚后要生孩子的事儿，窦斌又反悔了。”梅亚楠说。

“窦斌是因为自己有一个女儿，不想再要孩子了？”向志远说。

“你怎么知道？是不是窦斌给你打过电话，让你做说客？”梅亚楠说。

“这不是明摆着吗？我要是窦斌，我也不要孩子。”向志远说。

“为什么啊？你不觉得对一娜太不公平了吗？”梅亚楠感到非常不可思议。

“这都是自己的选择，有什么不公平的啊？什么叫公平呢？双方都满意才叫公平。再说窦斌都四十五了。孩子都没长大，自己却老了。到时候谁照顾谁啊？百年之后，他能瞑目吗？”向志远说。

“我说向志远，你现在不提要孩子的事儿，是不是就是这样想的？”梅亚楠问。

“咱们比窦斌小不到十岁呢。他跟咱比不起。不过，我觉得咱今明年，也该落实这个事儿了。”向志远说。

“向志远，我可告诉你，这个月我一直没来月经。”梅亚楠直言不讳地说。

“怀上了？”向志远惊讶地说完，匪夷所思地看着梅亚楠，“……不能啊？我都出差俩月了。你该不是……”

“你胡说八道什么呢你？”梅亚楠无奈地回应，“向志远，你是不是盼着我犯作风错误呢？”

“你摸摸我的额头是不是病了？”向志远一本正经地说完，把头朝着坐在对面的梅亚楠凑了一下。

“没有啊。”梅亚楠伸出手在向志远的额头上摸了一下，然后又摸了摸自己的额头说。

“我没病，那我怎么那么喜欢别人对我说三道四呢？”向志远瞪了梅亚楠一眼，“明天我陪着你去做检查。”

5

苏小凡喝多了，喝得痛哭流涕、胡言乱语，就连赵英杰问苏小凡住在什么地方，苏小凡都是答非所问。束手无策的赵英杰只得掏出手机给梅亚楠打电话，梅亚楠看到来电的号码是赵英杰的，就突然想起金一娜刚才说的话，让她着实惊讶了一下。

“赵英杰打来的。”梅亚楠把手机屏幕对着向志远说。

“老赵这么晚了怎么给你打电话？”向志远也拿出自己的手机看了一眼，“我电话也没关机啊。”

“要坏事儿了。”梅亚楠像是自言自语地说完，接起了赵英杰的电话。

“亚楠啊，没打扰你跟老向休息吧？”赵英杰搀扶着走起路来摇摇晃晃的苏小凡，站在酒吧门后，等着出租车驶过来。

“没打扰，我正跟志远找我们家闺女呢，我们家闺女不知道被谁拐跑了。”梅亚楠暗有所指地说。

“别找了，你们家闺女跟我在一起呢。心情不好，喝多了。你告诉一下地址，我给你送回去。”赵英杰没有察觉梅亚楠的话锋。

“你们在哪儿呢？”梅亚楠说着站了起来。

“三里屯呢。”赵英杰说。

“你别送了。我跟志远就在建国门呢。我们过去接。”梅亚楠说完就挂了电话。

在梅亚楠跟赵英杰通话的整个过程中，向志远一直看着梅亚楠，像是在梅亚楠脸上寻找官司证据似的，疑惑而谨慎。

“老赵打电话什么事儿？”向志远问。

“小凡跟赵英杰在一起呢。”梅亚楠说。

“他们俩又不认识，怎么凑到一块儿了？”向志远像是一桩案子做了结案似的，疑惑而谨慎的表情放松了下来。

“车上给你说，我先给我妈打个电话说一声。”梅亚楠说着就拨打了娘家的电话。

6

梅亚楠在车上给向志远讲完后，向志远反而乐了。

“你笑什么笑。小凡这个孩子是我看着长大的，我可不能让小凡在感情上走冤枉路。赵英杰比小凡大二十几岁呢，都能当苏林森了。”梅亚楠说。

“老赵那人我了解，他根本不是这样的人。多少比小凡年轻漂亮的小姑娘贴着老赵，老赵都不带看一眼的。再说我跟老赵什么关系啊？就算他想——我是说就算，这种就算概率为零——他也得拿捏一下我们的关系吧？”向志远边开车边乐，说着说着笑出了声，“这个金一娜不愧是情场的常青树，有事儿没事儿她都能看出门道并总结得头头是道。”

“反正小凡要是在赵英杰那儿出事儿了，我跟他没完。”梅亚楠说完像是想到了什么似的，“要不你给赵英杰旁敲侧击地说说。”

“胡闹。别说旁敲侧击了，拐弯抹角都不成。你让我怎么说？我说老赵，我们家小凡可能有点儿喜欢你，你千万别让她喜欢上，不然我们家亚楠跟你没完，你叫我姨夫也不合适不是。”向志远说。

“向志远你有没有正形。”向志远一说完，梅亚楠一抿嘴就乐了，“他叫我小姨也挺不合适的。”

“成了，别胡思乱想了。你要相信老赵，老赵是一个好同志，这点儿人情世故他都不懂，能白手起家把公司搞这么大吗？一会儿见了老赵，别板着脸，这还没怎么着呢。”向志远嘱咐道。

一拐进三里屯，向志远就看到赵英杰搀着苏小凡站在路口，向志远一脚踩住刹车就停在了赵英杰旁边。

车一停下，梅亚楠就推开车门下去了。梅亚楠走过去，刚要从赵英杰手里接过苏小凡，苏小凡一晃，“哇”的一声，吐了没来得及躲闪的赵英杰一身。

“赵总，你这是让我们家小凡喝了多少啊？”梅亚楠说着把苏小凡扶到了一旁，让苏小凡蹲下了。

“我这还是紧劝慢劝呢！真不知道哪个小伙子伤了你们家闺女的心，让小姑娘这么难过。”赵英杰说着脱下了外套，搭在手臂上看了看向志远，“老向，你回来了？”

“傍晚刚到北京，就被这个小祖宗闹得不能休息。”向志远说。

“那明天也别休息了，上午去趟公司吧。有个合同出问题了，你过去看看。”赵英杰说。

“行，那我明天过去看看。”向志远说。

“赵总，我们家小凡喝醉后没对你胡说八道吧？”梅亚楠搀起苏小凡说。

“没有，没有。”赵英杰笑着说。

7

把苏小凡送回去后，在回家的路上梅亚楠想给金一娜打个电话，一看都快凌晨一点了，她怕金一娜睡了，便把电话收了起来。

其实，金一娜真睡了，而且是在沙发上。她睡醒后，见窦斌在工作间依然纹丝不动，便起身走向窦斌工作间，摘掉那个“请勿打扰”的牌子，用力地往地上一扔，把门推开了。

窦斌的面前摆满了单反相机，手里托着一个卸掉镜头正在清理灰尘的相机，他看了一眼站在门口的金一娜，便把头又低了下去：“还没睡？”

“睡醒了。”金一娜依然立在门口说。

“那醒得真够早的。”窦斌说着把镜头装在了机身上，端起来就对着金一娜咔嚓了一张，“你睡醒了，我去睡。”

“窦斌，你睡得着吗？就算你睡着了，你能睡香吗？”金一娜说。

“岁数是大了，觉是少了，睡得倒是挺香。”窦斌答非所问地放下相机，伸着懒腰站了起来，朝着门外走去。

“窦斌，我都等了你一夜了。”在窦斌走出工作间从金一娜身边经过时，被金一娜一把拽住了。

“一娜，别这样好吗？你这样真的让我害怕。”窦斌本来想挣脱，但却是轻轻地晃了一下便不动了。

“窦斌，你真的快让我对你心灰意冷了。我跟你在一起这么多年了，我从来都不跟你要求什么，就连结婚我都不跟你要求。我想生个孩子的要求你都不能答应我吗？”金一娜看着窦斌说。

“一娜，我从来都没有不想跟你结婚。但生孩子，我真的做不到。”窦斌很坚定地说。

“窦斌，你是有了一个孩子，但我没有。你不觉得你这样对我太残忍了吗？”金一娜眼角噙着泪说。

“一娜，你不要难为我好吗？”窦斌像是在祈求，声音中带着无尽的无奈。

“窦斌，我想要一个自己的孩子，是在为难你吗？”金一娜松开紧抓的窦斌胳膊，很不能理解地说，“你不觉得这样太自私了吗？”

“我已经是一个失败的父亲了，我不能再给一个孩子造成痛苦了。一娜，我真的希望你理解我。”窦斌说。

“那我呢？谁来安慰我的痛苦呢？”金一娜说。

金一娜看着窦斌离去的背影，内心无比绞痛，她这么深爱的男人，原来是如此懦弱，为了追寻自己的心安理得，连如此爱他的女人的处境一点儿都不考虑。

“窦斌，我恨你！你就是个懦夫！”金一娜朝着窦斌大声喊叫着说。

这一晚剩下的夜色里，金一娜再无眠，她的大脑不停地飞转，没有一刻停息，曾经过往的事儿扎堆地撞击她的脑袋；她不时地发出一声冷笑，嘲笑自己曾经的天真，冷讽自己的爱是如此不堪。就在天色开始变亮时，在沙发上躺了一夜的金一娜赤脚走到窗前，打开窗帘，遥望着东方泛起的那一抹鱼肚白，注视良久后，做了一个惊人的决定。

第三章

1

梅亚楠听到家里的电话响后，翻了一下身，牢骚一句谁这么早的就打来电话，就指使向志远去接电话。当她的命令下达十几秒后，电话依然丁零丁零响个不停，也没察觉到向志远的动静。

“志远，你去接电话嘛。”梅亚楠闭着眼睛抬起脚朝着向志远睡觉的地方踹去，却踹了个空。

当梅亚楠意识到向志远早就起床了，睡意蒙眬地、缓慢地坐起来，朝着客厅喊两声，依然没得到回应，才懒洋洋地朝着客厅走去，接起电话。

“你怎么才接电话啊？手机关什么机啊？”盘坐在沙发上一脸憔悴的金一娜，听到梅亚楠“喂”一声后，颇为不满地说。

“我还没埋怨你这么早就把我吵醒呢，你什么时候学会猪八戒的倒打一耙了？”梅亚楠握着听筒，坐到沙发上说。

“我要见你，我要给你说一事儿。”金一娜说。

“我又不是重要人物，见我不用约见。你今天不上课？”梅亚楠说。

“我今天没课。那我一会儿在医院门口等你，就不去你家了。”金一娜说。

“你病了？”梅亚楠疑惑地问。

“你不是今天去检查吗？”金一娜被梅亚楠问愣了，恍了一会儿神才说道。

“哎哟喂，我的妈啊。依靠在身边就是不行，幸福陶醉得我把这茬都给忘了。那行，我就不让向志远陪着我去了。”经过金一娜这么一提醒，梅亚楠恍然大悟，像一个做检讨的孩子似的，拍着自己的脑门说。

“别给我秀你的幸福，幸福都是短暂的。”金一娜没好气地说。

“别拿你的爱情理论教育我，我又不是你的学生。我先挂了，一会儿见。”已经清醒的梅亚楠并没在电话里听出来金一娜不对劲。

挂了电话，梅亚楠便走向了卫生间，她靠在卫生间的门上喊：“向志远，你掉马桶里了吗？都这么长时间了，还不出来，用不用我打 110，找警察救你啊？”

“你现在潜伏的功夫够深的。”梅亚楠等了一会儿，见里边依然没有动静，说着就推开了门。梅亚楠推开门一看，向志远根本没有在卫生间里，梅亚楠随手关上门，又喊了两声：“志远，志远。”

依然没有人回应。

梅亚楠纳着闷回到卧室，把床头的手机开了机就又扔回了原处，刚想折回客厅给向志远挂电话，就听到了一条短信进来的声音，她弯腰拿起一看，是向志远离开家前发的：

亚楠，律师事务所突然有急事儿需要处理，不能陪你去医院了，等我电话。

2

梅亚楠在医院门口等了一会儿，见金一娜还没来，就自己进去挂号做各项检查了。

金一娜来到医院的时候，梅亚楠手里正捏着一个尿杯坐在医院走廊的长椅上憋尿。

“别等了，一会儿就中午了，赶紧去检查吧。”金一娜带着一副深色的太阳镜左右环顾，看到坐在长椅上的梅亚楠，走过来便说。

“等你来，医生都下班了。我都快检查完了。”梅亚楠关掉手机的游戏，抬起头看着金一娜说。

“那还不赶紧去检查，这什么好地方啊，赖着不走。”金一娜摘掉太阳镜说。

“憋尿呢。”梅亚楠扬起手里拿着的尿杯，认真看着摘掉太阳镜的金一娜，“一娜，昨晚你没睡好吧？眼圈那么黑。”

“什么没睡好？我压根就没睡。”金一娜坐下后说。

“一夜没睡？”梅亚楠不可思议地说。

金一娜点了点头。

“你跟窦斌谈妥了？同意跟你生孩子了？”梅亚楠问。

“没有。他不同意。”金一娜恶狠狠地说。

“这都是你惯他的后果，让你把爱人当孩子养。接下来你想怎么办啊？”梅亚楠埋怨说。

“你现在说这种后话有用吗？我现在肠子都悔青了。我也纳闷怎么就爱这样的男人爱了这么多年。”金一娜牢骚发完，又突然不平静地说，“亚楠，我要跟他分手。”

“你舍不得，赶紧说你给自己留的第二条后路吧。”梅亚楠很平静地说。

“真的。我真是这样想的。”金一娜说，“不过，我也给窦斌留了第二条路，跟我结婚让我生孩子，给孩子上了户口，然后我再跟他离婚。”

“胡闹。你这简直就是天方夜谭。窦斌本来都不想再婚，也不想再生孩子，你就别在这儿胡思乱想了，你这第二条路远远要比你第一条路更加不切实际。你还是好好做做窦斌的思想工作吧。”梅亚楠听完金一娜荒唐的想法颇为惊讶地说。

“什么叫胡思乱想？为什么是天方夜谭呢？我不拖累他还不行吗？”金一娜较真地说。

“行行行。”梅亚楠敷衍了一句，然后举起尿杯说，“你先冷静一下，我憋够了，先去一下卫生间。”

3

梅亚楠把尿杯送到化验的地方，折回来后，刚坐下，金一娜就转过来身死死盯着梅亚楠。

“一娜，你别这样看着我行吗？看得我浑身不自在。我为刚才说的话给你道歉，为了表达我的诚意，等检查结果出来，我就陪着你去找窦斌。”梅亚楠说。

“亚楠，我以前没看出来窦斌是这样一个没有责任心不愿意扛责任的男人。以前的时候，我觉得跟窦斌这样过一辈子也挺好，结婚证对我跟窦斌而言根本没有多大的意义，所以我也从来不跟他提起结婚这档子事儿。但现在不一样了，我越发觉得窦斌给我的情感不能让我有安全感，让我越来越觉得孤独。孩子这个词儿便不断在我内心滋生，让我强烈地觉得只有孩子才能让我摆脱这种感觉。但当这一切来了，我也越来越看清了窦斌。”金一娜说着便泪如雨下，“窦斌不想再婚不想要孩子，是因为他不想承担责任。所以，我满足他，我用我这么多年的青春年华和不离不弃的感情，只想换一个我自己来抚养的孩子，有什么不对的吗？这是胡思乱想吗？”

“不是你胡思乱想，是我胡思乱想。关键窦斌能同意吗？”梅亚楠见金一娜梨花带雨，心里也开始替金一娜感到酸楚。

“我不知道，但他必须同意。”金一娜说。

“如果窦斌就是不同意呢？”梅亚楠追问。

“那我们就分开。反正孩子我是要定了。我真不想等到年老时望着别家三代同堂的天伦，自己坐在轮椅上观望。”金一娜坚定地说完，又反问了梅亚楠一句，“你跟老向真打算这么一直丁克下去吗？”

“不会。下半年就开始准备吧。老向现在已经有点急了。”梅亚楠说完，才恍然意识到自己说错了什么。

“我真有点羡慕你跟老向。”金一娜略有醋意地说。

4

梅亚楠跟金一娜在医院正在等化验结果的时候，苏小凡刚把一位咨询生孩子注意事项的大龄准孕妈妈送出诊室。

因为苏小凡是第一次喝这么多，并喝到不省人事的地步，酒劲虽然挥散完了，她脑仁儿却有点疼。当那位出去的病人正要关门的一瞬间，苏小凡就低下头，抬起双手微闭着双眼揉起了太阳穴。

“你有时间吗？”为了跟苏小凡能在一个单独的空间再见一面，装作病人家属挂了号的苏林森看到病人出了诊室，就起身推门而进了。

“学过品德课吗？知道进别人的门，要敲门吗？”依然低着头揉着太阳穴的苏小凡，语气虽然柔和但却让人听着那么刺耳。

刚准备坐下的苏林森，一听苏小凡这么说，反而露出了满足的笑容，又转身走向门外。

“算了。进来就进来了，坐吧。”苏小凡听到往外走的脚步声，又用力揉了一下太阳穴，便抬起了头。

刚准备拉开门的苏林森，听到苏小凡的指令，一转身就与苏小凡的目光碰触在了一起。

当苏小凡看到站在门口的苏林森，她的脸上露出了惊讶的表情，但很快便调整了过来，调整成一个心理医生就诊时的状态。

“这是我上班时间，不聊私事，请你先出去吧。”苏小凡望着苏林森说。

苏林森听到苏小凡这么说，并没有停止朝就诊座位走去，而是在苏小凡那种淡然的目光中，坐了下来。

“我挂号了。”苏林森从口袋里掏出挂号单和一个病历本，放在了苏小凡的面前。

“这是妇产医院。”苏小凡并没有料想到苏林森这么说，看到号单她却慌了神，“算了，请坐吧。”

“谢谢。”已经坐着的苏林森为了找回一个父亲听从女儿指令的感觉，依然动了动身子端正了一下坐姿。

“苏林森，你何必这样呢？你真的不应该再出现，我真的把你忘了。”苏小凡手里握着笔，低着头在病历本的名字处写上苏林森的名字后，突然抬起头说。

“对不起，小凡。我也知道我不该出现，但我没有克制住自己。我知道我的出现会稍微影响一下你的生活状态，我也知道这样会让你更恨我。”苏林森看着这个已经十几年不见的女儿，虽然他的内心复杂万分，但依然没有流露在脸上，但他说到“恨”这个字的时候，眉头却紧锁住了。

“我说过了，我不恨你，我也不否认你是我爸爸的身份，只是我不接受你而已。你觉得这是一个女儿绝情呢，还是一个爸爸残忍呢？一个爸爸，为了圆自己的理想，奔赴异国他乡，把女儿抛弃了十几年，然后又这么突然出现了，竟然还想得到女儿的原谅。”苏小凡克制着自己的情绪，望着这个昨夜都没有认真看一眼的爸爸，这个只是年过半百却已经头发花白的男人。

当苏小凡注意到苏林森花白的头发时，她开始努力地回忆跟苏林森一起生活的那段岁月，但记忆却是那么的支离破碎。让苏小凡唯一记忆深刻的就是，苏林森密谋准备着自己的离婚、出国计划前夕，总是会把他那副度数很深的眼镜架在她的小脸上。这就是苏小凡跟苏林森最后的生活状态。最近的却成了最遥远的。

“我回国找过你们几次。但你姥姥家的老宅子拆迁了，我当时没有打听到你们住在什么地方。”苏林森说。

“现在你是怎么找到的？你是不想找。”苏小凡突然有点激动，那支笔被她紧紧地攥在手里。

“当时中国的网络还没有流行开。这次我是发了很多个帖子才找到你的。”苏林森为自己辩解说。

“算了。”苏小凡冷笑了一声，“我跟你在意这些干什么。”

“小凡，你恨我吧。我是一个最不称职的爸爸。其实，我只是为了能见见你，见到你了，我就满足了。”苏林森说着紧锁的眉头突然舒展开，露出了欣慰的笑容，“小凡，我见到你不只是满足了，你还让我感到了很幸福。因为，我一直在猜想你见到我肯定会用很恶劣的态度对我，但你没有。谢谢你。小凡，我不求你原谅我，我也没资格。我知道，这也是我罪有应得。”

“你别说了。有些事儿错过了，一辈子都得不到了。”苏小凡打断苏林森的话。

“小凡，我能说一个想法吗？我知道这个想法很不切实际。”苏林森很深情地看着苏小凡，像是等待着奇迹似的。

“你说吧。”苏小凡沉默了好久，才说。

“小凡，跟我去美国吧。”当苏小凡的话音一落，苏林森就迫不及待地说出了口，他说的时候神情一下子焕发了起来。

苏小凡没有想到苏林森会说出这样的想法，或许再早十年她会毫不犹豫地答应，因为那个时候她内心没有伤痕，没有孤独，没有缺少父爱的感受。但现在不同了，她的内心早就把“爸爸”这个词包裹并藏了起来，父爱对她而言早就成了奢侈品。

当苏小凡听到苏林森说出这个想法，她的内心像是被什么紧紧地攥了一下，眼泪差点掉了出来，但最后却是呵呵地笑了一声。

“我知道你不会答应，我只是说出来会好受一些。这句话在我心里放了十几年，被我默默地说了千万次，今天终于说出来了。”苏林森看到苏小凡脸上的笑容，却感到了一丝痛心的尴尬，他说到这儿叹了一口气，“小凡，我明天就回美国了，今天我就算跟你告别了。这可能是我最后一次回国了，人老了长途跋涉，身体吃不消了。”

“好。祝你一路顺风。”苏小凡轻描淡写地说。

“谢谢。这是我的名片，上边儿有我的电话，还有 e-mail。如果方便，你可以给我打电话，或者写邮件。”苏林森说着就从口袋里掏出了一个名片夹，抽出一张全英文的名片，像是给一个不认识的人似的，双手递了过去，苏林森知道这是不可能实现的，但他还是愿意把这种希望给投出去。

“原来我也是一个富家女，只是没有福分享用这个身份而已。”苏小凡接过苏林森的名片，匆匆地扫了一眼，看到苏林森名字后边的职务，苏氏集团董事长，又冷笑了一声说。

“你随时可以启用这个身份。”苏林森说。

“谢谢。我对那种日子真的不感兴趣，我跟梅亚非一样，喜欢过有爱而平淡的日子。”苏小凡把名片揣进了衣兜。

“那我就不打扰你工作了。”苏林森说完就会心一笑，“是否介意把这个你写上我名字的病历卡，送给我留个纪念呢？”

“不介意。”苏小凡说着就递了过去。

“小凡，你真是一个懂事儿的孩子。”苏林森从苏小凡手里接过病历卡的时候，很动情地说。

“谢谢。梅亚非也这样说我。”苏小凡松开病历卡的另一端。

“再见，小凡。谢谢你，给我单独见面的机会。”苏林森说着又伸出手，做出了握手的姿态。

“再见。”苏小凡也伸出手，握住苏林森的手。

当苏林森微笑着转身，朝着门外走去时，苏小凡看着这个熟悉而又陌生的背影，她鼻子开始抽动，嘴巴开始颤抖，她便用牙齿紧紧地咬住了下唇。在苏林森打开门，正要关门的那一刻，苏小凡叫住了苏林森。

“苏林森，你等一下。”苏小凡站了起来。

苏林森停下脚步，转过身来，看着苏小凡，没有说话。

“苏林森，你一会儿请我吃午饭吧。”苏小凡说。

“好啊，好啊，好啊！”苏林森像是一个得到很大便宜的孩子，激动而又兴奋。

“那你在外边儿等我一会儿，我还有一个小时才能下班。”苏小凡说。

5

梅亚楠听到护士喊她的名字，她就跟金一娜走了过去。

“你们俩谁是梅亚楠？”护士看看梅亚楠，又看看金一娜。

“我是。”梅亚楠上前一步说。

“你的检查结果出来了。”护士说着低下头，在用夹子垫着的本子上画了一笔。

“是什么结果？”梅亚楠焦急地问。

“进诊室问医生。”护士说完，扭头就走了。

“一娜，要不你跟我一起进去吧。我怎么突然有点怕呢？”走到诊室门前，梅亚楠转过身对着站在她身后的金一娜说。

“这有什么好怕的。我陪着你进去。”金一娜说。

梅亚楠跟金一娜一前一后进了诊室，年长的医生看了看金一娜，便低头看那些化验报告了。

“医生，有什么问题吗？”梅亚楠一进门就问。

“你还有生孩子的打算吗？”年长的医生没有回答梅亚楠的问题，反而问了梅亚楠一个问题。

“什么意思？”梅亚楠被医生的问题吓了一跳。

“从你的检查报告上看，你现在闭经了。”年长的医生又在报告单上反复看了看，又对着检查数据顺了一遍，才说。

“医生你们是不是检查错了啊。我才三十七岁！”梅亚楠一听医生这么说，就慌张了起来。

“我们是综合所有的数据，一般情况下是不会出错的。”年轻的医生说。

“那就是不能生孩子了？”金一娜上前一步问。

“从她的病理上看，是避孕药物引起的闭经。这种症状，需要停药观察。她的卵巢还没出现明显的衰老迹象，至于还能不能生孩子，需要长时间观察。”年长的医生说。

“医生，你就告诉我实话，到底还能不能生吧？”梅亚楠长吁了一口气，镇定了一下精神说。

“能不能生，我说了不算。医学也是一门实验性学科，既然有实验性，我就给不了你百分百的答复。我只能给你些建议。最近你最好加强营养，增强体质，避免精神紧张及过度劳累，再用药物辅助予以调整。”年长的医生说。

6

梅亚楠出了门诊楼，就坐到了一个台阶上。紧随其后的金一娜紧跟上来，站在了梅亚楠身旁，低下头看着有点精神不振的梅亚楠。

“一娜，我突然羡慕你了。你还有希望，我连希望都没了。”梅亚楠仰起头，盯着金一娜苦笑着说。

“你胡思乱想个什么劲儿啊。医生又没说一定不能，不是说需要观察观察吗？”金一娜也坐下说。

“再他妈的观察，我跟卵巢都他妈的一块儿老了。”半个小时前，还在拼命地安慰金一娜的梅亚楠，情绪突然有点失控了，“一娜，你说真不能生了，我该怎么办啊？这是上天对我的惩罚呢，还是自作自受呢？你说向志远……”

“老向那么爱你，他能怎么样呢？再者说，当时你们要丁克，不是老向提出来的嘛。于情于理，你都没有错。”事儿像是真实发生了似的，金一娜眉毛一挑就开始为梅亚楠鸣不平了。

“当时老向只是建设性地提了一下，是我举着双手同意，嚷着要推向日程的。如果我真不能生了，向志远顶多算是一个监斩官，我就是一个刽子手。关键是，向志远现在嚷着想要了。我把这事儿告诉他，向志远肯定灰心丧气。什么事一旦没了，人都特想要了。这事儿，跟你的爱情理论一样，在一起的时候都是别人媳妇的大腿美；

分开了，他们才会恍然明白，其实咱们的也挺美。”梅亚楠叹了一口气说。

“那这事儿你还给老向说吗？”金一娜很关心地问。

“我怎么说啊？我说向志远，我不能生了。咱俩真得你推我我摇你，坐着摇椅一起慢慢变老了。恭喜你，祝贺我，咱俩终于算是真正的丁克了。”梅亚楠望着金一娜说。

“你这个时候还有心思贫。这事儿也不能总瞒着吧？”金一娜望着梅亚楠，有所顾虑地说。

“我这不能算瞒着，顶天叫善意的谎言。”梅亚楠说着突然信心满满了起来，“医生不也说了吗？还有希望，希望是什么？希望就是盼头。既然有希望，我就站在希望的道路上能善意多久就多久吧。我积极配合治疗，指不定哪天它突然来了呢？”梅亚楠说。

“谁来啊？”金一娜不解地问。

“月经。笨的你。”梅亚楠白了金一娜一眼。

“我真服你了。你的心情是属海浪的，起起伏伏。”金一娜说。

“没办法，都是事儿逼的。”梅亚楠说着突然站了起来，俯视着仰头看着她不知所以然的金一娜，“一娜，我们的战役已经开始了，这场战争应该会很艰苦，但我们一定要信心满满昂首挺胸阔步前行，然后手牵手肩并肩走向幸福的小港湾。以后我打防守，你就打攻击了。很庆幸，我们的经验可以互换，打败我们不同的敌人。”

“这么说，我们已经从闺蜜升级为生死革命战友了。”金一娜也笑着站了起来。

“是的。我们是闺蜜型生死革命战友。”梅亚楠说着便把捏在手里的诊断书装进了上衣口袋里。

“那我们就赶紧着，各回各家准备吧。”金一娜说。

当梅亚楠跟金一娜一同上了车，打着火的梅亚楠，并没有挂上挡脚踩油门，让车启动，而是突然向金一娜看去了。

“怎么了？”金一娜跟梅亚楠对望了一会儿后问。

“一娜，你来开吧。我怎么觉得，我腿有点软呢？”梅亚楠很无辜地看着金一娜说。

7

苏小凡最终提前半个小时走出了诊室，她其实还是有点心疼苏林森，但只是心疼而不是原谅。

在苏小凡脱去白大褂，穿着一条铅笔牛仔裤套一件杏黄色的 V 形领口 T 恤衫，来到苏林森面前的时候，苏林森又一次露出了欣慰的笑容。

当苏小凡跟苏林森一前一后走到医院门口的时候，一辆黑色的豪华轿车开了过来，紧跟着从司机位置下来了一位三十五岁左右的中年男子，彬彬有礼地走到苏林森面前。

“苏总，车在那边儿。”中年男子指了指停在一旁的车，很尊重地对苏林森说。

“你忙你的吧。身为一个公司的总经理，不能总是给我当司机，回公司处理公务去吧。”苏林森摆摆手说道。

“您的……”中年男子有所顾虑地说。

“我有小凡陪着呢。”苏林森看了看站在一旁的苏小凡，“回去吧。”

那名男子也随着苏林森的目光看了过去，然后对着苏小凡微笑示意了一下友好，便离去了。

那名男子一离去，苏林森又恢复了一个父亲慈祥的面容，问：“小凡，你想吃什么？”

“什么都行。”苏小凡回应。

“那这么说听我的。”苏林森像是得到一个上天的恩赐似的高兴。

“嗯。”苏小凡点点头。

“那好。我们坐公交车去。刚才，等你的时候，路线我都查好了。”苏林森说。

苏林森之所以选择公交，是因为他知道在北京这座城市，只有这个交通工具能让他跟小凡待在一起的时间更长久些。当苏林森跟苏小凡并排坐在公交车上的时候，苏小凡选择了沉默，苏林森也没有打破这种沉默，因为苏林森觉得这样才像是一对长时间相守在一起的父女状态。

苏林森没有选择那种豪华奢侈的饭店，而是带着苏小凡来到了鼓楼大街，这个他们一家三口曾经生活过的地方。

苏小凡对这条街的记忆并不是很深刻，甚至可以用陌生来形容，因为当她跟梅亚非住进姥姥家后，她就很少再来这个地方。但当她跟在苏林森身后，拐进一条胡同，走进了一家卤煮小店时，她记忆的闸门瞬间打开了，她记起了苏林森曾经常带她来这里吃卤煮，当年那种温馨而又美好的画面瞬间拼凑成一段胶片，在她脑际演绎。

“小凡，咱们坐那儿。”苏林森看了看木讷在门口的苏小凡，他明白了苏小凡的木讷原因，却没有点破。

“这店竟然还在。”苏小凡跟随着苏林森坐下后，环顾了一下四周。

“是啊。还在。”苏林森没有想到苏小凡会这样说，会提及儿时的过往，反而有一丝慌乱。

“你点吧。”苏小凡说。

“成，那咱们还是老规矩，一人一碗，你吃不了的我吃。”苏林森兴奋地说完，才意识到自己兴奋得说错话了。这已不是十几年前，十几年前的苏小凡吃几口就饱了。

“那你给我点两碗吧，我能给你剩下一碗。”苏小凡内心开始有点起伏，但却用这种贫嘴给掩盖了。

“好的。老板，来三碗卤煮。”苏林森转过头，对着正在收别人钱的老板喊了一声。

就在这声之后，苏林森跟苏小凡又陷入了沉默，这种沉默一直持续到苏林森吃了一碗卤煮后才被打破。

“我去一下洗手间。”苏林森抽出一张纸巾擦拭了一下嘴，便起身走出了小店。

苏小凡看着苏林森走出去后没多久，就喊店老板给她拿来笔跟一张纸，快速在纸上写了几句话，嘱咐老板不要撤桌，拎起包就走了。

8

苏小凡走出胡同，走向鼓楼大街，眼泪瞬间就流了出来。她掏出手机，想给梅亚楠打电话哭诉，刚拨出却又挂断了。

苏小凡幸好没有给梅亚楠打电话，这个时候的梅亚楠像是一个久病乱投医的病人，正捧着电脑查询闭经治疗的信息，寻找心理安慰，怎么可能会有心情跟苏小凡进行心灵的沟通呢。

而从胡同的公共卫生间回来的苏林森，看到饭桌上已经空了的时候，他便明白了一切。他坐回去，拿起了苏小凡留的纸条：

苏林森，我不想看着您再次从我的视线里消失，所以我先走了。别忘了把卤煮吃完。祝您旅途愉快！

苏林森看完苏小凡留下的纸条，眼眶便湿润了。他捧着纸条注视了很久，才认真地叠起来装进口袋，吃起了苏小凡故意剩下的半碗卤煮，他每吃一口眼泪就掉下一颗，每一颗眼泪都掉进了他正在吃的卤煮里。在他吃完苏小凡剩下的卤煮后，这个久经商场阅人无数的老男人，竟然开始呜咽，并呜咽出了声，他不再在意那些坐在周边吃卤煮人异样的目光。

苏林森噙着泪水，走出卤煮店，便拨打了一个电话号码：“给我订下午飞美国的航班。”

第四章

1

向志远拎着两盒男性专用保健品回到家门口的时候，梅亚楠依然盯着电脑屏幕在查询那些有关闭经的信息。

这两盒男性专用保健品是赵英杰送的。在向志远坐在赵英杰办公室，把一份出问题的合同处理完，正准备起身要走的时候，赵英杰年过七旬的妈赵母推门而入。赵英杰一看老母亲竟然明目张胆地拎着两盒男性保健品大摇大摆地来到自己的办公室。

“妈，你这是干吗呢？”赵英杰显得有点好不意思地说，说完又对着向志远说，“老向，这是我妈。”

“阿姨您好。”等赵英杰介绍完，向志远赶紧起身，很客气地向赵母问候。

“不好意思，我不知道英杰这儿有客人，打扰你们了吧？”赵母也通情达理地客气说。

“我已经处理完了，您跟赵总聊吧。我先走了。”向志远说着就弯腰收拾起了公文包。

“不用不用。我打扰你们处理正事儿多不合适。我说两句话就走。”赵母阻拦住向志远，伸手把保健品递给已经来到她身边的赵英杰，“刚才，我去药店买我吃的保健品，一不留神看到了这个，人家药店的小姑娘，说这个不错，大补，我就给你买来了。”

“你吃的呢？”赵英杰从赵母手里接过来，提起来一看，心里一阵暗笑，“我又没结婚，吃这干吗？你又被药店的小姑娘骗了。”

“都这么大岁数了，得时刻准备着。我吃的，药店卖完了。”赵母说。

“阿姨，你对英杰真是关心得无微不至啊。”向志远笑着看着赵母说。

“英杰都奔五张的人了，身边儿连个知冷知热的人都没有，也只能我这个当妈的关心一下了。”赵母说着叹了一口气，“你结婚了吧？”

“都结了十几年了。”向志远回答。

“孩子也老大不小了吧？”赵母又问。

“还没要呢。”向志远回答。

“身体出问题了？”赵母略微惊讶了一下。

“妈，有你这样问人家的吗？”赵英杰略显不满地说。

“没事儿。”向志远依然笑着说，“身体好着呢。当时就是没想生。”

“哦。那结了婚也挺好，总比英杰强。他就知道一心做事业，现在事业搞好了，对象却找不到了。”赵母说着突然两眼放光似的看着向志远，“你有合适的，可以给我们家英杰介绍一下啊。好看不好看我不在意，人好就行。离过婚，没生孩子的也行。阿姨不挑人，就挑人品。”

“妈，你怎么逮人就要让人家给你介绍儿媳妇呢？你要没事儿，先回家吧。我这儿还有一大堆事儿处理呢。今天晚上我回家吃饭。”赵英杰有点儿不耐烦地说。

“你别不耐烦。你要给我找个儿媳妇，给我生个孙子，我能逮住人就给你介绍吗？”赵母说着瞪了赵英杰一眼，然后又笑着对向志远说，“我就不打扰你们了，你们继续。别忘了阿姨嘱咐你的事儿啊。”

“我记着。”向志远笑着说。

“让你见笑了。”赵母一走，赵英杰着拎两盒保健品微微一笑。

“老赵，你妈对你照顾得挺周到的。”向志远笑着说。

“每天唠叨个没完没了。”赵英杰说着就把保健品放到了向志远面前的茶几上，“老向，你带走吧。我现在用不着，你刚才说不是准备要孩子了吗？这东西对你帮助挺大的，就当我提前祝你早生贵子了。”

“呵。强肾、强身。”向志远拿起保健品，看了一下说明，“我才不需要这玩意儿呢。”

“我更不需要了，吃了再让我上了火。”赵英杰说。

2

梅亚楠听到钥匙开锁的声音，就赶紧关掉了查询那些闭经信息的网页，装成正常上网的姿态。

“你拎的什么啊？”梅亚楠探头看了一眼正在换拖鞋的向志远。

“老赵给我的灵丹妙药。”已经换好鞋，开始往客厅走的向志远说。

“啊！”梅亚楠听向志远这么一说，心里一惊，以为她的事儿向志远已经知道了。

“老赵他妈给他买的保健品，他单身一个人用不着，当祝咱们早生贵子的贺礼，让我拎回来了。”向志远说着就把保健品放到地上，坐到了梅亚楠身边，“检查结果怎么样？”

“月经紊乱。”梅亚楠躲开向志远的目光撒谎说。

“医生说什么原因啊？”向志远略有紧张地问。

“最近工作压力大，作息时间不规律。”梅亚楠把刚在网上查的信息，用在了对付向志远身上。

“哦。那还好。”向志远略显轻松，“要不你别上班了，辞职得了，咱们家又不缺吃少喝的，在家歇着吧。”

“那怎么行呢？我混到现在这步，容易吗我。”梅亚楠突然认真了起来。

“我又不是下命令，只是一个提议。咱不带有这么大反应的啊？”向志远说。

“我现在是病人，医生说了，不让我情绪过激。你最近最好少惹我，万一一直紊乱……”梅亚楠本想给自己最后真是一个坏结果做铺垫，却被向志远打断了。

“咱可不能一直乱啊，一直乱我哪能找准最佳的时间生孩子啊。我看书上说，女人一生只有四百颗卵子，来一次例假就浪费一颗，你都来了二十二年了，浪费多少颗了。你紊乱一次，再浪费一颗，最后咱俩真的做孤寡老人了。在你恢复之前，生育之后，我一定克制自己的情绪，能不惹你，坚决让你高兴。为了照顾你这个病人，晚饭我来做。”向志远盯着梅亚楠很认真地说。

梅亚楠听向志远说完，才知道向志远已经做了很多生孩子的功课。梅亚楠了解向志远之所以不那么勤快地跟她讨论生孩子，是因为怕自己反应过大，一时不能接受。当梅亚楠想到这里，便有一种不寒而栗的感觉。

3

当向志远欢快地在厨房做饭的时候，梅亚楠溜进了卫生间，偷偷地给金一娜打了一个电话。

此刻，金一娜正坐在没有开灯的昏暗客厅里，双眼注视着一张放大的她跟窦斌的合影，等待窦斌回来，但窦斌却迟迟没有回来。

窦斌之所以没有回家，是因为窦斌的女儿窦蔻去学校找他了。当时，窦斌正在一个二百人的大教室，给学生讲摄影理论知识课，窦蔻站在门口，敲响了门上的那块儿透明玻璃，示意窦斌她在门外等他下课。

窦斌一下课，就把窦蔻叫出了教学楼，站到门口的一旁。

“你怎么没上课啊？又翘课了？”窦斌看着自己的女儿，长相清纯却骨子里叛逆的十八岁的窦蔻。

“我说爸，你知道我已经读大学了吗？你知道大学里有时候一下午没课吗？真不知道你这大学的代课老师怎么当的，你这不是误人子弟吗？”窦蔻把背在肩上的双肩包摘下来拎在了手里，很不屑地说。

“你最近成绩怎么样啊？”窦斌看了一眼让他很无奈的女儿。

“你能不能不问我这些啊？你怎么不问我过得好不好呢？问我幸福不幸福呢？”窦蔻很蔑视地看着窦斌说。

“我前天给你打电话，你不是还说你挺好的吗。再说了，我又不是中央电视台记者。”窦斌说着就朝着大门口走去。

“你是我爸啊。”窦蔻紧迈一步，跟上窦斌，“不过爸，你要问幸福不幸福。我就回答你，我姓窦，名叫娥冤。你就知道我幸福不幸福了。”

“你能不能不跟我瞎贫啊。你这臭毛病跟谁学的啊。”窦斌径直走着说。

“我说的不是实话吗？我何止是窦娥冤呢，我简直就是窦娥冤加小白菜的组合版。生下来就成了单亲家庭。”窦蔻紧跟着说。

“你以前不是觉得挺幸福吗？没人管着，能得到双份零花钱。”窦斌说。

“我现在不这样想了。我现在觉得爸妈在一起的日子比较好。”窦蔻说。

“那爸只能给你说声对不起了。”窦斌说。

“道歉没用，给钱。”窦蔻说着就把一只手伸到了窦斌的面前。

“我就知道你为这事儿来的。”窦斌说。

“知女莫若父，你在我心中也就这点儿好处了。”窦蔻说。

“跟我一块儿吃个晚饭，吃完饭我就给你取。”窦斌说。

“陪你吃一顿饭五百。”窦蔻说完，又灵机一动，“我说爸，你这么待见我，我当时说要考进这个学校，你怎么不让我报呢？是不是不愿意让我跟金阿姨总见面啊。”

“你这个钱串子，整天胡说八道什么劲儿啊。”窦斌说。

4

梅亚楠等了好一会儿，金一娜才把电话接起来。

“你找个方便说话的地方。”梅亚楠等金一娜一接起电话，不等金一娜开口，便说道。

“我自己在家呢。”金一娜在昏暗的房间里，踱步着说。

“窦斌呢？”梅亚楠坐在马桶上问。

“他没回来吃晚饭。”金一娜说。

“他这样逃避什么时候是个头啊。”梅亚楠说。

“不管他了。什么事儿总会有一个结果的。”金一娜无奈地说完，便话锋一转，“倒是你，别到时候一急，再在老向面前说漏了。”

“我现在哪敢说漏啊。你是不知道，现在向志远已经不是以前的向志远了，现在的向志远早开始研究生孩子了，都研究到女人一辈子多少颗卵子了。我想想都觉得害怕，我真不知道他怎么突然就变成这样了。真是让人匪夷所思，不提则已，一提惊人啊。”梅亚楠感慨万千地说。

“我的天啊。老向要知道了，岂不是要急死啊？真不能说漏了。”金一娜说。

“他岂止会急死啊，他估计都能拿起他轻车熟路的法律，来捍卫他的权利。”梅亚楠说。

“这倒不至于。”金一娜疑惑地说。

“我这事儿，你跟窦斌半个字也不能吐，只有天知地知你知我知了。让子弹飞一会儿。”梅亚楠嘱咐金一娜说。

“我知道了。”金一娜说。

“那我不给你多说了，我现在躲在卫生间呢。”梅亚楠从马桶上站了起来，故意摁了一下冲水按钮。

5

挂了梅亚楠的电话，金一娜就给窦斌拨出了电话。

正在陪着女儿吃饭的窦斌，从口袋里掏出响铃的电话，一看是金一娜打来的，就看了一眼已经把头扬起来看着他的窦蔻。

“金阿姨打给你的吧？”窦蔻斜着头说。

“嗯。”窦斌点点头。

“那赶紧接吧。”窦蔻说。

“还回来吃饭吗？”窦斌刚接通电话，听筒里就传来了金一娜的声音。

“窦蔻来学校找我了，我跟她一起吃晚饭呢。你自己吃吧。”窦斌说。

金一娜“哦”了一声就挂了电话。

窦斌虽然知道金一娜已经把电话挂了，但为了不让窦蔻看出来他跟金一娜正在闹矛盾，故意又在电话里说了一句：“嗯，我会早点儿回去的。那我挂了啊。”

当窦斌把电话又装回到口袋里，便看着正在津津有味地嚼着饭菜的窦蔻。

“爸爸问你个事儿。”窦斌小心翼翼却卖着关子说。

“问呗。”窦蔻一副无所谓的口气说。

“如果，如果爸爸给你生一个弟弟或者妹妹，你觉得怎么样？”窦斌问。

“跟谁啊？”窦蔻明知故问地说。

“废话，你说呢。”窦斌敲了一下窦蔻的筷子说。

“爸，你要是跟金阿姨生一个孩子，你就见不到我这个孩子。”窦蔻说着就把捏在手里的筷子放了下来。

“你还能去哪儿啊？我还见不到你。”窦斌不以为然地说。

“我死！”窦蔻说着就站起来，瞪了窦斌一眼，拎起包就走了。

“我还没给你去取钱呢。”窦斌对着已经走了几步的窦蔻说。

“我不要了。”窦蔻头也不回地说着。

“我开车送你。”窦斌继续说。

“不用。”窦蔻说。

窦斌看着窦蔻坚定离去的背影，算是清楚地知道女儿的态度了。

6

梅亚楠跟向志远围坐在餐桌前，正准备吃饭的时候，门铃声就响了。向志远马上放下握在手里的筷子，示意欲要起身的梅亚楠，他去开门。

“我来，打今儿起，你的地位已经提升了。从公主升为女皇了，以后不光要对你呵护，还要对你尊重了。像这种脏活累活，你就可劲儿地吩咐我。”向志远笑着说完，就去开门。

向志远一打开门，就看到苏小凡站在门外。

“姨夫，我小姨呢？没在家？”苏小凡看着围着围裙的向志远问。

“在家呢。在里边儿吃饭呢。”向志远把苏小凡让进来说。

“姨夫，你怎么把我小姨做饭的权利给剥夺了？”苏小凡进来后说。

“我们家刚重新进行了人事任免，你姨夫高贵的权利刚给撸了。”向志远关了门说。

“你吃饭了吗？”已经开吃的梅亚楠，看了一眼苏小凡说。

“没呢。”苏小凡卸下背包，一把扔在沙发上，朝着饭厅走去。

“那赶紧吃，吃完赶紧回家。”梅亚楠往嘴里送了一口米饭说。

“我现在这么不招你待见，刚到就赶着走。”苏小凡说着就坐了下来，握着筷子开始吃。

“不是我不待见你，是你姥姥太待见你了。你姥姥已经给我下命令了，以后你在我这儿，最晚不能超过八点，超过八点必须我亲自把你送回去。”梅亚楠看着苏小凡说。

“小凡，你随便玩儿，晚了姨夫送你回去。干吗呢这是，又不是小孩子了。”从厨房又拿了一副餐具回来的向志远说。

“就是。姨夫，你就是正义的化身，就冲着你刚才那句话，都知道你是一个好律师。”苏小凡拍着向志远的马屁说。

“你一说好听的话，就没好事儿。就别给你姨夫糖吃了，赶紧说你的事儿吧。”梅亚楠看着苏小凡说。

“拍我的马屁也没用，姨夫刚下台，没权利了。不过打官司可以找姨夫，缺钱花可以找姨夫。其他的事儿，姨夫帮不了你，都是你小姨说了算。”向志远说。

“我今晚不想走了，想跟我小姨睡一块儿。”苏小凡的话脱口而出。

7

窦斌九点多才回到家，他从饭馆出来后，虽然直接就回家了，但他只是把车停到地下停车库，就又出了小区，来到了小区旁边的路边摊，要了一大把羊肉串喝起了小二。窦斌自斟自饮地竟然喝得有些醉了。

本想跟窦斌再次进行谈判的金一娜，看到一身酒气晃晃悠悠地回到家的窦斌，便只有打消念头把他扶到沙发上，去给他泡茶了。

“一娜，你坐吧。我知道你已经等我等得迫不及待了。”从金一娜手里接过茶水的窦斌，眼睛迷离地看着金一娜说。

“我现在不跟你谈。”金一娜说着就要转身离开。

“你别走，我有话给你说。”窦斌伸手一把抓住了金一娜，另一只手里端着的茶水溅了出来，烫得窦斌松开了茶杯。但他的另一只手并没有松开金一娜，依然死死地抓着。

透明的玻璃杯掉在地上，碎了一地，茶水在地上溅起、回落、汇集，在地板上无规律地流淌。金一娜没管这些，只是低头看了一眼，便挣脱开窦斌，坐到了窦斌对面。

“那你说吧。”金一娜说。

“婚，我们可以结，孩子真不能生。”窦斌很认真地看着金一娜说。

“这就是你要给我说的吗？这句话，你给我重复了上百次了。”金一娜说。

“一娜，我已经是一个快年过半百的人了。你有没有想过，孩子还小，我却老了，谁来照顾涉世未深的孩子？我就这样撒手，让你跟孩子一起生活下去？”窦斌吐了一口气说。

“那你有没有想过，你撒手而去的时候，剩下我自己，你就不在意是吗？”金一娜反问窦斌说。

“那你让我怎么办？”窦斌突然变得不平静起来。

“你怎么办？你怎么办来问我吗？那好，我告诉你，你应该担起一个男人应该担起的责任。”金一娜说。

“我用我的余生真诚地陪伴你，还不行吗？求你了，别逼我了。以前的日子不是挺好吗？平静、幸福、淡然，你为什么非要打破呢？”窦斌苦不堪言地说。

“我打破是因为你给不了我安全感。窦斌，要不我们分开吧。”金一娜表情严肃地看着窦斌说。

窦斌从来都没有想到过金一娜会说出这样的话，当他听到金一娜这么说时，他的酒像是清醒了许多。

“分开？”窦斌说。

金一娜点了点头。

“你是不是想清楚了？”窦斌看着金一娜，揉着太阳穴，“你让我想想吧。”

金一娜本以为窦斌会把这句话当成气话，回来劝说她不要意气用事，会用他们坚信感情之路当成药引子，对她对症下药；而当窦斌说出来让他想想的时候，金一娜颤抖了一下。这个时候金一娜更加清晰地告诫自己：自己或许是真的上错了车，下对了站。

“你想吧，想清楚了告诉我。”金一娜扔下这句话，就回卧室了。

8

苏小凡把向志远挤到了另一间卧室，向志远只有躺在床上端着一个案宗看，打发睡前的时光。

当苏小凡说今晚不回去的时候，梅亚楠其实已经猜出来苏小凡有心事儿了。而当苏小凡洗漱完毕，穿着梅亚楠的睡衣躺到梅亚楠的身旁的时候，梅亚楠却迟迟没有等来苏小凡开口。

“小凡，你想给我说点儿什么，赶紧说吧。”梅亚楠捧着一本营销的书，看着说。

“没什么可说的啊。”苏小凡趴在床上，玩着手机说。

“你没事儿，我可关灯睡觉了。”梅亚楠说着就把书放到了床头柜上，把灯关了。

其实，苏小凡就是想和梅亚楠说跟苏林森的事儿，但她又不知道该怎么说，她怕一说出来就控制不住自己的情绪。

“小姨，苏林森回美国了。”梅亚楠关了灯，苏小凡也躺进被窝，等了好长时间后，她才轻描淡写地说道。

“我就知道你有事儿。”梅亚楠说着又坐了起来，把灯又打开了，“你送他去机场了？”

“没有，我怎么可能送他呀。”其实在苏小凡说苏林森的时候，已经开始不平静了，但她为了装作一切都无所谓的样子，故意把声音放得很洪亮。

“小凡，你真不打算认他。”梅亚楠端详着苏小凡说。

“我认他，梅亚非就不认我了。我不能伤害梅亚非。”苏小凡回望着梅亚楠，“你不是梅亚非的间谍吧？”

“你小姨我是那么三八的人吗？要是你妈不在意这些呢？你会认

吗？”梅亚楠又问。

“不认。”苏小凡斩钉截铁地说。

“为什么？”梅亚楠问。

“因为，他不配做我的爸爸。”苏小凡说着长吁了一口气，“但，我看着他又挺心疼的。”

“他是你亲爸，你不心疼就怪了。”梅亚楠说。

9

第二天，苏小凡吃完早点，跟梅亚楠、向志远打完招呼，就匆匆忙忙地走了。到了楼下，才发现一夜之间夏天已经走完了，北京一年一度的“秋风劲”已经来了。苏小凡又折了回来，找梅亚楠拿衣服。

“外边儿变天了。小姨，赶紧给我找一件外套。”苏小凡一进门就对着开门的梅亚楠说。

“你穿我的衣服不合适。”梅亚楠说。

“那你不能让我冻死吧。”苏小凡颇为不满地说。

“那你等着，我去给你拿。”梅亚楠说完就冲进了衣帽间。

“姨夫，我小姨现在怎么变得越来越抠门了？借个衣服都不借。”苏小凡看着还坐在餐桌上吃饭的向志远说。

“这说明你小姨，正在从一个挥霍型转变成真正的过日子型。你小姨越抠门，我就越喜欢。”向志远喝了一口牛奶笑着说。

“你们都是高收入人群，跟我这个屌丝女较什么劲。”苏小凡很不屑地说。

梅亚楠在衣帽间找了很长时间，都没找到一件愿意让苏小凡穿走的衣服。她对着放满衣服的衣柜看了又看，便走出衣帽间，回到卧室，从衣服篓里拿出了昨天她穿的那件黑色的小西服，给了苏小凡。

“小姨，我觉得挺合适的，没收了啊。”苏小凡接过梅亚楠的衣服，套到身上，上下一看便说。说完，转身就走。

然而，就是这件衣服，把梅亚楠闭经的消息，传递给了梅家的每一个人。

10

等苏小凡一走，梅亚楠也开着车去公司了。因为，公司最近有一款新的秋季面霜上市，正是需要她的媒介部跟媒体对接的关键时期，加上她昨天一天没来，所以这一整天她都忙得不可开交。

当梅亚楠回到家、吃完饭、坐在沙发上时，才霍然想起给苏小凡的衣服里，放着她的诊断书。

“我得回趟我妈家。”梅亚楠从沙发上腾空而起，对着正在一旁看案宗的向志远说。

“什么急事儿啊，都这么晚了，明天再去吧。”向志远建议说。

“不行。落下了很重要的东西。”梅亚楠说。

“那我陪着你去吧？”向志远说。

“不用，我一会儿就回来。”梅亚楠说着拎起放在一旁的外套，就出了门。

但，梅亚楠还是去晚了。在梅亚楠出门的时候，梅老太太跟梅老爷子正准备出门遛弯儿。梅老太太在出门前，就嘱咐梅亚非把放在柜子里的秋天换洗的衣服给洗了。

当两位老人一出门，梅亚非就把洗碗的差事交给还坐在饭桌前细嚼慢咽吃饭的苏小凡。

“吃完，把这儿收拾了，把碗洗了。别总把自己当成有钱人家的小姐似的，什么活儿都不干。”梅亚非说。

“我又没说不洗，你至于吗梅亚非？把我当成阶级敌人似的。”苏小凡很不悦地说。

“那你洗完碗，把你姥姥吩咐的差事也干了啊。”梅亚非说。

“成啊。你放那儿呗，回头你别唠叨我洗不干净就成。”苏小凡说。

“真不知道以后谁会娶你这种‘三不会’的人员，不会做饭，不会洗衣服，不会心疼人。”梅亚非继续唠叨说。

“你信不信，我能给你找来一个排给你当女婿的男生，而且个个貌似潘安。”苏小凡回应梅亚非说。

“得了。别自欺欺人了。你别给领回来一个像苏林森那样的男人，我就满足了。”梅亚非说完，就去收拾各个房间的脏衣服去了。

当梅亚非把自己房间的脏衣服收拾完，抱在怀里，便径直地去了苏小凡的房间。梅亚非把苏小凡的脏衣服从床边的衣物筐里捞出来，正准备出门的时候，看到苏小凡的床上扔着一件黑色小西服，她走过去腾出一只手，拿起来看了看领口的商标，便发出了一连串的啧啧的声音，自言自语地说：“真是自己挣钱了，就敢玩儿大手笔了，这么贵的牌子都敢下手了。”

11

“小凡，这衣服得三千多吧。”梅亚非倚靠在厨房的门框上，一手抱着一团衣服，一手拎着那件小西服说。

“我小姨的。”正站在水池前洗碗的苏小凡，听到梅亚非的声音，转头看了一眼说。

“你小姨给你买的？”梅亚非问。

“我今天起来才发现变天了，就顺了一件我小姨的衣服。”苏小凡边洗碗边说。

“我刚才还在纳闷呢，现在的苏小凡可以了啊，不光有富家小姐的脾气，还有富家小姐的手法了。这衣服，适合水洗吗？”梅亚楠问。

“水洗干洗还不一样。回头你给我熨一下就成了。”苏小凡说。

梅亚非听完苏小凡的命令，就抱着衣服去卫生间了。梅亚非把一堆衣服放在洗衣机上，然后开始翻兜，看看兜里有没有需要掏出来的东西。就在她掏那件西服的时候，便把梅亚楠的诊断书掏了出来，但她并没有认真看，而是直接扔到了洗漱台上，接着掏完其他衣服的衣兜，扔进洗衣桶，给洗衣机放了水，就去梅老爷子、梅老太太的房间取衣服了。梅亚非取完衣服，就哼着小曲开始收拾卫生间了，就在这个时候，梅亚非才注意到洗漱台上放着的是一张诊断书，她拿起一看，便“啊”地叫出了声。

12

洗完碗刚走出厨房的苏小凡听到梅亚非的声音，以为梅亚非摔倒了，三步并作两步向卫生间走去了。

“你这是干吗呢？一惊一乍的，我还以为你摔倒了呢。”走到卫生间门口的苏小凡，看到梅亚非完好无损地站在洗漱台前，很无奈地看着梅亚非说。

“小凡，你小姨给你说她病了吗？”早已经把诊断书放在背后的梅亚非盯着苏小凡问。

“没有啊。怎么了？”当苏小凡听到梅亚非这样问她的时候，她就想起了前天跟梅亚楠一起去医院的事情，但她还是装作一脸茫然地说。

“你过来，你看这是什么。”梅亚非说着把放在背后拿着的诊断书拿给了苏小凡。

苏小凡从梅亚非手里接过诊断书，然后展开一看，便知道梅亚非为什么突然情绪激动了。

“这不是真的吧？”苏小凡又看了一眼诊断书说。

“什么不是真的？盖着医院的戳，这种不是凡人写的字，一看都是真的。你赶紧把你姥爷跟你姥姥叫回来。”梅亚非厉声说道。

“这个事儿就别跟我姥爷姥姥说了吧。”苏小凡说着欲要把诊断书装进自己的口袋。

“给我拿过来。”梅亚非看到苏小凡要装进口袋，伸手便要。

“我姥爷姥姥知道了，又该担心了。”苏小凡若有所思地说。

“他们担心你小姨十几年了。你现在不让你姥姥跟你姥爷知道，等发生更大的事儿了，他们才更担心呢。赶紧去！”梅亚非接过苏小凡不情愿递过来的诊断书，命令道。

这个时候的梅亚楠正在奔赴来的路上，并不知道她所担心的事儿已经败露了。当她把车开进小区，停到楼下，看到姐姐梅亚非打来电话的时候，她便知道已经隐藏不住了。

“没睡呢吧？”梅亚非说。

“没呢。”梅亚楠说。

“那你来家一趟吧。”梅亚非说。

“我就在家楼下。”梅亚楠说。

“那你赶紧上来吧。”梅亚非说。

挂了姐姐梅亚非的电话，梅亚楠便有点不想上去了，她在楼下踱步了一会儿，才硬着头皮上去了。

13

挂了梅亚楠的电话，梅亚非才注意到梅老爷子跟梅老太太正在专注地注视着她。

“老大，老二她来吗？”梅老爷子问。

“到楼下了，马上上来。”梅亚非回答说。

“她倒是挺自觉。”梅老太太像是抱怨地说。

“一会儿我小姨来了，你们别跟审犯人似的。这样，我小姨应该也挺难受的。”苏小凡说。

“她难受是自找的。让她丁克，让她不生孩子。以后她想生都生不了了。”梅亚非恨铁不成钢地说。

“梅亚非，我怎么听你像是幸灾乐祸啊。”苏小凡说。

“什么叫幸灾乐祸啊。她是我妹妹。”梅亚楠说。

“这病还能看好吗？”梅老爷子叹了一口气说。

“能看好，能看好。现在医术这么发达。”苏小凡安慰梅老爷子说。

“也不知道志远知不知道，知道了志远该怎么想啊？他们俩不会因为这闹离婚吧。”梅老太太有所担心地说。

“不生孩子不是向志远提出来的吗？不能生，向志远也怨不着亚楠啊。再者说了，他们不是不想要孩子吗？现在不是让他们俩如愿以偿了嘛。”梅亚非说。

“但愿这样吧。人啊，有的时候都不在意，没有了就开始在意了。”梅老爷子坐在沙发的一角，伤怀地说道。

“我小姨应该没事儿，我刚才又认真看了一遍，医生在上边儿写的是药物所致，不是身体本身出现的。”坐在梅亚非旁边的苏小凡插嘴说道。

一家人正在为梅亚楠担心的时候，梅亚楠已经到了门口，看到家门半敞着，她在门口又逗留了片刻，才拉开门进来了。

梅亚楠一进来，正在议论的一家，瞬间都闭口不说话了。

“你这个叛徒。”梅亚楠盯着苏小凡说了一句，便坐了下来。

“志远知道吗？”梅老太太开门见山地问。

“现在还不知道。”梅亚楠如实回答。

“你怎么不告诉他。”梅老爷子又问。

“我现在能告诉他吗？他现在又想生了。我这不是给他泼冷水吗？”梅亚楠很无奈地说。

梅亚楠一说完，全家人都是一副很惊讶的表情。

“我说亚楠，你还有多少事儿隐瞒着家里呢？你还把我跟你爸当成你爹妈吗？”梅老太太很生气地说。

“老二，那你接下来打算怎么办呢？一直瞒着？”梅老爷子关心地问道。

“人家医生没说我这病一定不能好。治疗治疗，说不定哪天就好了。”梅亚楠说。

“让你丁克，让你丁克。以后让你的日子过得叮叮当当，让你哭都没地方哭！我跟你爸给你说了多少次，你就是不听。现在出事儿了吧。”梅老太太依然很生气地说。

“我要知道这样，我会这样吗？”梅亚楠反击说道。

“什么这样那样啊。当初，你就应该生孩子，生了还有今天这些事儿吗？中国这个社会，老有所养老有所依的家庭观念在每个人心里早就根深蒂固了。你以为玩点儿新潮的玩意儿，就是潮人了。像你们这种人都像是纵火犯，最后把自己玩儿进去了不是？现在，向志远想生了，你又不能生，我看你怎么办。”梅亚非跟梅老太太一样，着急得生气。

“你现在说这些有用吗？我还后悔呢。”梅亚楠很生气地说。

“我有一个同学，在美国留学学的妇科，是一个全优学生，在美国已经临床两年了。可以找他看看。”苏小凡说。

“你个叛徒，你别说话。说的也都是废话，在美国呢，你说管什么用啊。”梅亚楠瞪了一眼苏小凡说。

“小姨，我真不知道你口袋里装着诊断书。谁会想到你在小西服口袋里装东西呢。”苏小凡知道梅亚楠在生她的气，很无奈地说。

“我就是因为大家不注意，我才装在那里的。”梅亚楠说。

“你怎么能埋怨小凡呢？难道我们不知道，你就没事儿了吗？”梅老太太说。

“姥姥，我觉得我们应该感到庆幸，不是要命的病。我小姨不告诉我们，还不是怕我们担心。不要再给我小姨制造压力了。”苏小凡辩解说道。

“反正我得病的事儿，你们不能告诉向志远。等缓缓，我再告诉他。”梅亚楠说。

14

梅亚楠觉得这一天过得太累太过于憋屈。而金一娜这一天过得也不平静。

金一娜跟窦斌从谈判到谈判失败，他们便算是从谈判桌上撤了下来，改为冷战。在跟有些酒意的窦斌交流完，金一娜就反锁门回卧室睡觉了，而窦斌只能在工作间里将就一晚。

第二天，窦斌醒来后，走出工作间，看到卧室的门敞开着，进去一看空无一人，前往到饭厅也没有往日的早已准备好的早餐。

窦斌是代课老师，课总是很少，今天一整天他都没有课，但他还是开车去了学校。窦斌在学校里，故意在金一娜上课的教学楼转悠，遇到金一娜，想主动上前说话，金一娜却故意躲开，不搭理他。

等到金一娜给学生上完课，窦斌提前把车开到校门口，等着金一娜出来。但当金一娜看到窦斌站在车前，对着她投来微笑的时候，金一娜还是招了招手，拦下了一辆出租车，钻了进去。

窦斌紧跟着出租车，又紧跟着金一娜回到家。

“窦斌，你有话跟我说还是怎么着？不然别跟跟屁虫似的，跟在我身后。”等窦斌关上房门后，金一娜说。

“我昨天喝多了吧？”窦斌说。

“不知道。”金一娜很无趣地回应。

“我给你道歉。你说咱俩都老夫老妻了，一个事儿谈不拢就闹分手，至于吗？跟小年轻似的。”窦斌说着就坐到了沙发上。

“你还知道我不年轻了啊？既然知道我不年轻了，你就应该知道我离不能生孩子的时间已经很接近了。你为什么就不能对我呵护一回、宽容一次呢？”金一娜站到窦斌面前说。

“反正我很尊重我们之间的感情。”窦斌辩解道。

“你连人都不尊重，还谈什么尊重感情啊。窦斌，既然你说你昨天喝醉了，那今天我再问你一次，到底生还是不生？”金一娜追问。

“那总得先结婚吧？”窦斌说。

“孩子呢？”金一娜继续追问。

“你让我再想一天。”窦斌很无奈地说。

“好，我等你。生，我们马上结婚；不生，我们马上分手。”金一娜斩钉截铁地说。

15

窦斌觉得自己被逼进了死角，因为生不生孩子的事儿，自己的女儿反对，自己的爱人无休止地强烈要求，让他异常地难以抉择。

他跟金一娜讨论完，就独自坐在客厅里不停地抽烟，连续把一包剩下的七支烟全部都抽完了。他抽完最后一支，把烟屁股用力地捻在烟灰缸里，就跟金一娜打了一声招呼去找自己的女儿窦蔻了。

窦斌到了窦蔻的学校，给窦蔻打电话的时候，窦蔻正在参加学校社团组织的一个舞蹈比赛。

“爸，你有事儿，晚上再给我打电话，我正在参加活动呢。”坐在后台的窦蔻，穿着一身芭蕾舞服装，一只脚穿着芭蕾舞鞋，一只脚裸露在外踏在鞋上。

“我已经到你们学校了。”窦斌说。

“那你到我们体育馆来吧。你到了给我打电话，我让我同学接你进来。”窦蔻说着弯下腰，把另一只舞鞋穿上了。

“什么活动啊？”窦斌问。

“芭蕾舞比赛。”窦蔻说。

“成，我到门口了给你打电话。”窦斌说。

窦斌挂了窦蔻的电话，就又折回车旁，打开了后备厢，取出他的摄影器材，拎着就去体育馆了。

窦斌被窦蔻的一个同学带进体育馆，给他安排好一个位置后，窦斌看了看已经布置好的舞台，灯光璀璨，两个略显羞涩、青春靓丽的学生主持人，用一连串字正腔圆的播音腔，主持着开场白，他情不自禁地抬起手中的机器摁了快门，拍完一张，才发现照片的曝光设置有问题。他低下头调好曝光，然后又对准人群，对好焦距，正准备摁快门的时候，却从监视器里看到了前妻古雪和她的现任丈夫范勇坐在不远处，而且古雪的目光正注视着自己。

窦斌的快门没有摁下，他放下相机，只是对着古雪笑了笑，便把目光调回到舞台上。

16

整场比赛持续了一个半小时，窦蔻最终获得了第一名。

窦斌在整场比赛中没有间断地拍照，尤其在窦蔻跳的时候，他的快门不停地摁下，闪光灯不停地闪烁，他抓拍到了窦蔻跳的每一个高难度动作，以及优美的舞姿。

比赛一结束，窦斌就跑到了台上，让一个同学帮他跟窦蔻合影。

“今天跳得不错，你把在座的同学都震住了。”窦斌从那个同学手里接过相机，对着窦蔻说。

“你怎么今天来了啊？我妈也在，我范叔也跟着来了。”窦蔻说。

“我看到了。你宁可叫范勇也不叫你爸是吧？”窦斌略显醋意地说。

“我叫你，你再带着金阿姨来，你们见面不尴尬吗？又不是让你们攒局打麻将。”窦蔻说着把奖杯递给了窦斌，“弥补你，我的荣誉送你了。”

“这才像话，这才是我的好闺女。”窦斌接过窦蔻的奖杯说。

这个时候，古雪跟着丈夫范勇也走了上来。他们走到窦斌跟窦蔻面前，古雪一把抱住窦蔻，说：“今天跳得真不错，把你的同学都震住了。”

“我爸刚才也这么说来着。”窦蔻抱着古雪说道。

“你们也来了啊？”窦斌看着站在一旁的范勇，很客气地寒暄。

“是啊，是啊。”范勇略显尴尬地说道。

“窦斌，你给我跟窦蔻拍一张。”窦斌正在跟范勇客气寒暄的时候，古雪对着窦斌说，然后又拉了一下站在一旁的范勇:“你也来啊。”

“妈，你跟我范叔先回家吧。我爸来学校找我，肯定有事儿，我就不陪你们了。”等窦斌给他们拍完照，窦蔻看了古雪一眼，然后又对着范勇笑笑说。

“自己的闺女就是懂爸爸。如果你们没事儿，我就带着窦蔻出去了。”窦斌说道。

“你们忙，你们忙。”范勇憨憨一笑说道。

“那我们先走了。”古雪对着窦斌说完又嘱咐道，“晚了，记得送她回学校，别让她一个人打车回来。”

17

窦蔻目送完古雪和范勇，就让窦斌在门外等她，自己回后台去换衣服了。

“爸，有什么事儿，咱就在这儿说吧。我不跟你出去了，晚上我还有别的活动呢。”窦蔻换好衣服，背着一个鼓鼓的双肩包，走到窦斌的面前说。

“我没事儿，就是给你送生活费来了。”窦斌说着把拎在手里的相机挎在了肩上。

“你就别掩饰了。你会没事儿大老远地跑到学校找我？”窦蔻很不相信地说。

“我一天没吃饭了，去你们学校餐厅吃个饭吧。”窦斌没搭理窦蔻的话茬，建议说道。

“行。我们学校的干锅土豆片盖饭挺好吃的。”窦蔻看了一下戴在手腕上的手表，“我金阿姨那么疼你，怎么舍得饿着你了呢。”

“她今天一天有课。”窦斌撒谎说道。

窦斌跟窦蔻去了餐厅，点完餐，这对父女各自端着一份饭，找了一个空位就相视而坐了。

“爸，你找我来，是不是又跟我说你要跟金阿姨生孩子的事儿啊？”吃了几口饭后，窦蔻就开口说道。

“你要不想说，咱就不说。”窦斌往嘴里送了一口饭，装作一副不在乎的样子。

“爸，上次吧，情绪有点儿激动。我现在觉得哈，你应该跟金阿姨生一个孩子，你看金阿姨追你那么多年，又那么爱你那么照顾你，又不强迫你什么，多好的一女人啊。要不是她，你跟我妈闹了离婚，我心里有点别扭的话，我说什么也跟着你们住去。”窦蔻一脸平静地说。

“你真这么想的？”窦斌略显惊讶地说。

“真的。”窦蔻冷静地回应。

“这么说，你同意了？”窦斌又强调了一遍。

“同意啊。”窦蔻说。

“不闹情绪？”窦斌问。

“不闹。”窦蔻说。

“我就说嘛。我闺女哪有那么不通情达理啊。”窦蔻开怀一笑说。

“不过爸，我把丑话先说到前头。不管你生了男孩还是女孩……”窦蔻咬着筷子一端说。

“你放心，爸绝对对你呵护一如既往，不会缺斤少两。”窦斌打断窦蔻的话，很轻松地说。

“我不是这意思，你有了孩子吧……咱俩就得划清界限。你当你孩子的爸，我做我没爸的孩子。”窦蔻盯着窦斌突然开口说。

窦斌没有想到窦蔻这一百八十度的大转弯。当窦蔻说完，窦斌刚挂在脸上喜悦的表情，瞬间凝固僵硬在了脸上。

“你这不是拿你爸开涮吗？”窦斌说。

“没有啊。我说的都是真心话。爸，金阿姨对你不错吧？我说的是事实吧？所以我觉得你应该给她一个交代。但我呢，我觉得我是最无辜的。你跟我妈离完婚，我妈给我找了一个后爸，而且范叔也带着一个孩子。我妈那人你也知道，人善良，当不成电视剧演的那种后妈角色，所以那些本该属于我自个儿的爱，我妈却又分给了我范叔的孩子。你没跟金阿姨结婚，但住在一起，金阿姨不在意你这些，所以你本该给予我的关怀跟呵护，除去不能总陪着我，其他的一概都没少，我就觉得我活得还挺幸福。但现在，我突然觉得一切都要停止了，你让我觉得害怕。与其得不到，不如我抛弃你们。反正，最后你会在我跟金阿姨之间选择一个伤害，我不如提前退出，成全你们。”窦蔻说的时候虽然很洒脱，但她说某些字眼的时候，特别生硬，让窦斌听着特别地心痛。

“窦蔻，我不伤害你，我也不伤害你金阿姨。我伤害我自己，这样你们是不是就各自满足了呢？”窦斌特别想生气，但他控制住了自己的情绪。

第五章

1

梅亚楠回到家的时候，向志远已经睡着了。但她却躺在床上久久不能睡去，她一直斜躺着，又不敢大翻身，怕吵醒向志远。她睁着双眼，盯着从窗帘背后映出的那一丝隐隐约约的亮光，想一些可能会发生或者不会发生的事情。她突然倍感压力。那种本该遮住的事情，突然很多人知道了，又让她有几分惶恐，就这样一直到凌晨三点她才迷迷糊糊地睡着。

梅亚楠虽然睡得很晚，但她却一直处于浅睡眠状态，而且梦接着梦地做。她的意识里像是刚要睡沉稳，却从厨房里传来咚咚的声音，让她再没有心思睡觉。

“你这是干吗呢？大清早的。”梅亚楠打着哈欠，一脸倦容地走到厨房里，看到向志远正在厨房里剁鸡块。

“煲汤啊。”向志远没有停下握在手里的刀，向下劈去。

“大清早的煲什么汤啊？”梅亚楠问。

“你去妈家的时候，我在网上查了查。你现在的身体吧，需要这些补充。什么保健品啊营养品啊，都没这种天然的来得实惠。放心，不耽误你上班。”向志远笑着说。

“向志远你还是向志远吗？”梅亚楠看着向志远这样做，心里产生了无限的愧疚，但她却没有流露出来。

“当然是了。事务所是咱家的，我说了还不算吗？以后，我尽量少接案子，小案子也不事无巨细地过问了，全交给手下。专职给你调理身体。”向志远说。

“你这样做值吗？”梅亚楠说。

“当然值了。把老婆伺候好，还能生一个孩子。这一箭双雕的美事儿，有什么不值的啊。”向志远很满足地说。

“咱们这岁数，最后不能生的，可是一大把一大把的。最后，你补牢还亡羊，你可别抱怨。”梅亚楠开始给自己最后真不能看好现在的病做铺垫。

“我信任你，相信我。我现在身体倍棒吃嘛嘛香。我现在顶多算是打一次反攻。你再去睡会儿吧，我一会儿喊你。”向志远忙活着说。

通过刚才跟向志远交流的一席话，让梅亚楠觉得世界瞬间变了，变得让她无法适应，变得让她呼吸加速，变得让她诚惶诚恐。

向志远在厨房里鼓捣着，梅亚楠坐在客厅的沙发上。梅亚楠每当听到向志远剁鸡块发出“咚咚”的响声，她就身体一抖，让她觉得向志远像是剁在她的身上。

2

梅亚楠到了公司，虽然困意向她袭来，但她还是强打着精神，跟部门所有的策划人员开了一上午会，研究新产品的上市问题。当这一上午的会开完，梅亚楠拖着疲惫的身躯从会议室回到办公室，本想眯一会儿，但刚坐下，前台就打来电话，让她去接会见的客人。

“我今天没约人啊？”梅亚楠对着话筒，给前台的小姑娘说。

“她说是你妈。”前台的小姑娘说。

“啊？”梅亚楠惊讶了一下，然后又说，“我这就过去接人。”

当梅亚楠来到前台，就看到梅老太太坐在前台旁边给客人等待用的座椅上，左右环顾着看。

“妈，你怎么来了？”梅亚楠凑到梅老太太身边儿，很惊讶地问。

“给你送饭啊。”梅老太太说着就拎起放在一旁的保温桶说。

“我们公司有餐厅。”梅亚楠说。

“以后你不能吃餐厅了，要注重营养。”梅老太太说。

“那跟我去办公室吧。”梅亚楠说着就扶起坐着的梅老太太，顺手又接过梅老太太手里的保温瓶。

“老二，你办公室还挺大。”梅老太太一进门就环顾一圈梅亚楠的办公室，直接坐到了梅亚楠的办公桌前。

“妈，你怎么突然就给我送饭来了，也不给我打声招呼。”梅亚楠没搭理梅老太太的话茬，关上办公室门说。

“什么叫突然啊。昨晚你走后，我跟你爸唉声叹气到半夜。这是我跟你爸商量好的，以后天天给你送。”梅老太太说。

“你可别。不知道的人还以为我怎么样了呢？公司可不比咱家，同事议论开了，指不定怎么就传到向志远的耳朵里了。”梅亚楠说。

“我是来送饭，又不是开会告诉他们，同事怎么会知道呢？”梅老太太说着就拧保温瓶。

“同事会猜的。你这从来不送，冷不丁地突然这样了，而且连续不间断的。”梅亚楠说。

“先喝点儿鸡汤，一会儿就凉了。”梅老太太说着就往一个便携式碗里盛汤。

“怎么又是鸡汤啊？早上向志远刚给我做了。”梅亚楠看着梅老太太小心翼翼盛着的鸡汤说。

“志远早晨给你做了？早晨给你做的鸡汤？”梅老太太停下来，突然很惊讶地问。

“对啊。”梅亚楠说。

“这么说志远知道了？志远什么反应啊？”梅老太太把汤碗放到桌子上，有点慌张地问。

“我只告诉了他月经不调，没说这事儿。这不是他想生孩子了，就变得很勤快了。”梅亚楠说。

“他一说生，就变成这样了？”梅老太太又问。

"对啊。我这种状况，又不能打消他的积极性。不然他指不定怎么想呢。现在只能将计就计了。"梅亚楠说。

"志远真是说什么什么如山倒啊。老二啊，你现在拖着也不是办法啊。早晚有一天，志远还是会知道的。"梅老太太略有顾虑地说。

"我这不是正在想辙呢嘛。看看能不能看好，如果看不好了，我就告诉他，看好了，我现在告诉他，不是跟他找别扭吗？"梅亚楠说。

"你说得对，妈现在也支持你先这样做。不过，真的挺对不住人家志远的。"梅老太太说着叹了一口气，"对了，老二你的药没放家吧？"

"没有。全放在办公室了，就在公司吃。"梅亚楠说。

"你给妈分几片儿。"梅老太太说。

"干吗啊？"梅亚楠不解地问。

"周末，你在家也不能吃药啊。你就找借口回家吃。"梅老太太说。

3

金一娜这一天一直在家，窦斌也没有出门，他们在这一百多平的房间里，各做各的事儿，互不搭理，互不打扰，像是两个同租在一个屋檐下的房客。

金一娜不跟窦斌说话，是因为她在等着窦斌的答案；而窦斌不跟金一娜说话，是因为他还没想清楚到底该怎么给金一娜答案。所以，两个看似平静如水的人，都在这安静的空间里异常地纠结。

在临近下午一点的时候，窦斌终于推开了工作间的门，走到了金一娜的身旁，先开口说话了。

"一娜，做饭去吧，我饿了。"窦斌说。

"你想清楚了吗？"金一娜头也不抬，拿着指甲刀修着指甲说。

"想清楚了。"窦斌停顿了一下说。

“那是分开呢？还是……”金一娜依然用指甲刀修着自己的指甲，假装不在意，其实内心已经开始慌乱了，她生怕窦斌说出那些冠冕堂皇再推辞的话，她生怕窦斌这么一说，她跟窦斌的感情也就此结束。

“生。”窦斌打断金一娜的话，直截了当地说。

当金一娜听到窦斌说这一个“生”字的时候，她的手哆嗦了一下。金一娜缓缓地抬起头，看着站在她面前，正居高临下俯视着她的窦斌，有点不相信窦斌就这么妥协了。

“你选个好日子，咱们把证领了。事儿，办不办随你，你说了算。”窦斌看出了金一娜目光中流露出的不相信，又说道。

“你觉得呢？”金一娜没有幸福得泪流满面，而是绷了一会儿脸，便喜上眉梢，挂出了得意扬扬的笑容。

“办吧。咱们俩这么长时间，我得给你一个像样的婚礼。领证的日子跟结婚的日子，你自己定夺，我都听你的。但，生孩子的事儿，咱俩得听科学的。我先戒一段烟和酒，然后我们再定一个合理的生育时间。你都这么大岁数了，生孩子虽然重要，但安全更重要。”窦斌有板有眼地说。

“行。我先去做饭。”金一娜说。

4

金一娜的幸福感来得有点儿迟钝，她走进厨房，站在橱柜面前发呆了很长时间，才笑着缓过来神，从裤兜里掏出手机拨打了梅亚楠的电话。

梅亚楠电话响的时候，刚把梅老太太送出公司，回到办公室准备眯一会儿。

“亚楠，窦斌妥协了。”接起电话的梅亚楠，本想对着金一娜抱怨一句，却被她突如其来莫名其妙的话，给堵回去了。

“什么妥协了。”梅亚楠问。

“窦斌，同意了。同意生孩子呗。”金一娜有点兴奋地说。

“真的啊！”梅亚楠问。

“真的。”金一娜说。

“看来你强硬的态度起效果了。”梅亚楠分析说。

“不管怎么样，他同意就行。你这两天怎么样？”金一娜问。

“我就那样呗。除了期待，就是等待。”梅亚楠很无奈地说。

“在电话里我就不跟你细说了，不方便。过两天，我去看你。”金一娜说。

“行。你现在就开始准备吧。研究一下怎么做一个合格的妈。”梅亚楠说。

梅亚楠挂了金一娜的电话，却有点莫名其妙的失落。她突然觉得，金一娜比她幸福来得太过容易。因为，让一个人动容，可以用情；而让一种病退去，情却显得那么地微不足道。

5

其实，金一娜兴奋得过早，也或许一个女人当幸福来临的时候，太容易被冲昏而迷失。当她跟窦斌像是回到从前似的，两人围坐在饭桌上吃饭的时候，窦斌大脑却没有一刻停止思考，他在思考怎么委屈自己，而求全金一娜和自己的女儿窦蔻。

两全其美，在这个世界上，只能存在在狭义的事件上。而窦斌想要的两全其美，其实他始终都没想到一个解决的万全之策。他之所以答应金一娜，是因为他不想伤害金一娜。他是真的爱她，是金一娜改变了他，让他从来都没觉得在生活中婚姻是一条束缚的绳索，能让他尽情地挥洒自己的想法去做自己想做的事儿，他清楚地知道这一切都是金一娜给他的；而，窦蔻，他的女儿，这个在单亲不健全的家庭中生活的孩子，又让他觉得亏欠太多，他太能理解窦蔻不接受他跟金一娜再生一个孩子，因为他知道窦蔻怕丢失那种仅存的父爱。

窦斌跟金一娜吃完晚饭，又陪着金一娜坐了一会儿，就背着相机去了 798 的一个摄影棚。这个棚是他跟朋友葛爱军一块儿搞的，算他的第二产业。因为窦斌拍的片子很多获过大奖，包括一些国际大奖，有很多明星大腕会慕名而来拍时尚大片，光顾他们的生意。

窦斌一进门，就看到葛爱军正在给一个艺人公司推出的一组新人拍时尚大片，他便径直去了化妆间，找了一张椅子坐下，盖上一件衣服闭着眼睛休息了。

“你怎么了老窦？跟霜打了的似的。”在休息的时候，葛爱军走过来，对着窦斌说。

“拍完了？”窦斌无精打采地说。

“没呢。”葛爱军坐到窦斌一旁说。

“拍去吧。”窦斌说。

“休息呢。你这状态不对啊？是不是小嫂子逼着你要走上绝路了。”葛爱军问。

“差不多了。爱军，你说我是生呢还是不生呢？”窦斌拉了一下盖在身上的衣服说。

“生呗。生一儿子多棒啊，老来得子，这是我这种老光棍梦寐以求的事儿。”葛爱军说。

“窦蔻呢？窦蔻还不得恨死我啊。”窦斌无奈地说。

“那就别生了。得照顾好已经在的孩子情绪。你生一儿子，丢一女儿，也挺得不偿失的。”葛爱军车轱辘话来回转。

“转圈话，不用你说。我这不都答应金一娜，说生了嘛。”窦斌说。

“你都已经做了决定，还愁眉苦脸个什么劲啊。”葛爱军对窦斌嗤之以鼻。

“做了决定，我才愁眉苦脸呢。我这是把自己逼进死胡同了。生也不是，不生也不是。”窦斌很为难地说。

“你是两个都想得到，两个都不想伤害，你以为你是太上老君呢，上能说服玉皇，下能招抚孙猴子。不过，你要是不能生，就不是你的错了吧？”葛爱军说。

“你说的都是废话，我这不是能生吗？身体好着呢。”窦斌说。

“我给你想了一辄，你想听不想听。”葛爱军故意卖关子说。

“什么辄？”窦斌问。

“做结扎。”葛爱军抿着嘴笑着说。

“去去去，拍你的片儿去。你这什么馊主意啊。”躺在椅子上的窦斌说着，抬起脚就要踢葛爱军。

葛爱军一躲闪站了起来，抬起相机就对着躺着的窦斌拍了一张。“这种照片值得永久保留，著名摄影师窦斌，做真正男人前的最后一瞬间。中国现代第一位准太监。”

6

苏小凡在下班前的时候，决定去找梅亚楠去道歉。但她戴着耳机听着手机里的音乐，站在拥挤的公交车上，思来想去还是没有去，她怕去了再让姨夫向志远知道了，那她就彻底成为了梅亚楠眼中的罪人了。

苏小凡在去往梅亚楠家的公交车上，坐了几站便下车了。就在她下了公交车，往前走了几步时，才意识到音乐停止了，就在她顺着耳机线往口袋里掏手机的时候，发现口袋里的手机不翼而飞，只剩下一根耳机线挂在自己的耳朵上。她转身想追上公交车的时候，公交车却已经开走了。

苏小凡很生气地顺着马路牙子走了一段，看到马路对面有一家电器城，就钻进地下通道前去电器商城准备去买新手机了。就在她走出地下通道，刚走几步，便有一个干瘪而瘦黑的男人跟了上来。

“小姐，要手机吗？”干瘪而瘦黑的男人，双手交叉在胸前，一只手伸到衣服里，结结巴巴地说。

“不要！”苏小凡径直地走着，头也不回，厉声说道。

“那小姐，要盘吗？”干瘪而瘦黑的男人，紧跟一步结结巴巴地说。

“你有病吧！”苏小凡停下脚步，对着那个干瘪而瘦小的男人说。

“便宜。十块钱一张，十五块两张。啥盘都有，唱歌的、跳舞的、日本的、欧美的、那啥的，都有。”干瘪而瘦黑的男人，依然不依不饶结结巴巴地说。

“有 win7 吗？系统盘。”干瘪而瘦黑的男人正在纠缠苏小凡，让苏小凡无法脱身的时候，一个高大的男生身影突然插到苏小凡跟干瘪而瘦黑的男人中间，双目迸发着杀气，看着那个男人说。

“没有！”干瘪而瘦黑的男人，白了立在苏小凡面前的男生一眼，转身就走了。

苏小凡看到那个卖手机兼卖黄碟的男人离开后，深出了一口气，缓解了一下刚才的紧张情绪，“谢谢你啊。”

“谢什么谢，请我吃个饭就成了。”男生说着转过身来，对着苏小凡笑了笑。

“啊。徐泽！怎么是你啊？”苏小凡有点不敢相信，瞪大了双眼，张开了嘴巴，看着面前的徐泽说。

“怎么着？英雄救美还救错了？”徐泽堆积了一脸的笑容说。

“你什么时候回的国啊？”苏小凡问。

“回来有半个月了。”徐泽说。

“成啊。混发迹了不是，回来都不嚷着让我们这帮老同学给你接风了。”苏小凡笑着说。

“我回来一直忙工作的事儿了，刚落听，正准备联系你们呢。这不咱俩先来了一次邂逅，还让我上演了一回英雄救美。”徐泽说。

“甭臭美了。你打算回国发展了？你在美国不是挺好的吗？”苏小凡不解地问。

“这不是觉得祖国医疗事业更需要我，我就回国了嘛。”徐泽说。

“把自己说得真够伟大的。成了，先不跟你闲扯了，等你聚会的电话。”苏小凡说。

“成，过几天我电话联系你们。”徐泽也说。

两个人相互挥手告别，苏小凡就朝着电器城走，而徐泽也向着电器城方向走去。

“我去买手机。”苏小凡看着徐泽跟她同方向走去，便说。

“我真是买系统盘来了。”徐泽说。

“那成，一起呗。”苏小凡说。

7

梅亚楠回到家的时候，向志远已经做好了饭。饭做得异常丰盛，当她坐下后，一眼就看到了摆在菜中间的鸡汤。

“又是鸡汤？”梅亚楠很无奈地说。

“一天两顿，早晚各一次。大补嘛。”向志远说着盛了一碗鸡汤，送到梅亚楠面前。

“你这是让我补膘呢还是补身体呢。没这样的补法吧。再说，营养多了也吸收不了。”梅亚楠看着摆在面前的那碗鸡汤，一副愁眉不展的样子。

“这你才喝两次，没事儿，喝了吧。”向志远劝慰梅亚楠说。

“明儿，你换个补法吧。我这喝下去，打嗝都是一股鸡屎味。”梅亚楠勉为其难地喝了一口鸡汤说。

“成，我一会儿去网上研究研究。”向志远痛快地答应道。

当梅亚楠跟向志远吃完饭，梅亚楠就抢着把餐桌收拾完，并把碗给洗了，她怕向志远干得太多，最后真得不偿失，逆反心理太过激烈。

梅亚楠洗完碗，走出厨房，坐到正坐着看晚间新闻手里削着苹果的向志远旁边。

“吃了吧。饭后吃个苹果。”向志远把削好的苹果递给梅亚楠。

“向志远，你真别这样了，我真的不适应。咱还回到以前成吗？大家吃完饭，该干吗干吗。你这伺候我，跟伺候孕妇似的，我不习惯。”梅亚楠接过向志远手里的苹果说。

“我这也是提前进入实习阶段，你还是给我这次实习机会吧。到时候，你怀上了，我别手忙脚乱不是。”向志远一副期待的表情说。

“那，那好吧。”梅亚楠很无奈地说。

梅亚楠边吃苹果边陪着向志远看了一会儿电视，正当梅亚楠准备起身去书房，研究一下明天工作计划的时候，却被向志远拦了下来。

“我去排一下明天的工作计划。”梅亚楠说着站了起来。

“等会儿，我还给你准备了一样东西呢。”向志远说。

“什么东西啊？”梅亚楠有些疑惑地看着向志远，又坐了下来。

“等一下啊。一会儿就好。”向志远说着，就奔向了厨房。

不一会儿的工夫，向志远就从厨房走了出来。梅亚楠看到向志远手里拿着两根洗干净的胡萝卜，满脸微笑地向她走了过来。

“一会儿工作的时候，当零食吃吧。补充很多 A、B、C、D、E、F 素呢。”向志远递给梅亚楠一根胡萝卜，自己也咬了一口另一根说。

“向志远，你别做律师了，改做营养师去吧。”梅亚楠接过一根胡萝卜说。

8

在向志远研究食谱配合治疗调节梅亚楠月经不调的时候，梅老太太跟梅老爷子也在愁眉不展中跟左邻右舍打听一些老偏方。

但这一天下来，却一无所获。兵分两路的老两口，在楼道口会了合。

“你那边儿怎么样啊？”梅老太太问梅老爷子。

“什么怎么样啊！”梅老爷子问。

“不是让你打听偏方去了吗？你怎么对孩子的事儿一点儿都不上心啊。”梅老太太有点儿生气地说。

“跟我下棋的都是一帮老头，让我怎么开口问啊？”梅老爷子也有点不悦地说。

“你问问怎么了？都这么大岁数了。”梅老太太面露难色，叹了一口气继续说，“我也没打听到。老二这病，比偏方都偏。你说这可咋整啊。”

“咋整。还不都是因为你，一心惦记着给老大介绍对象，这么多年了也不催老二。现在出事儿，你知道急了。老大也没改嫁出去，老二也给你耽误了。”梅老爷子说完就上楼了。

“我说她能听吗？”梅老太太对着梅老爷子的背影抱怨了一句。

老两口踩着饭点回到家，已经坐在饭桌上的梅亚非和苏小凡，看到这老两口都阴着个脸，一副不悦的样子，就知道他们又拌嘴了。

“赶紧吃饭吧，都这么个岁数了，总吵个什么劲儿啊。”梅亚非把筷子摆到各个位置上说。

“让我猜猜，让我猜猜你们这次为什么拌嘴。”苏小凡故意调节气氛说，“肯定是因为我小姨的事儿。”

“你姥姥让我跟一帮老头去打听你小姨的病，这不是不讲理嘛。”梅老爷子面露不悦地说。

“我就那么说一嘴，你还找上理儿了。”梅老太太说。

“姥爷、姥姥，你们少安毋躁。我告诉你们一个好消息，我那个在美国留学的同学，回国了。我已经跟他说好了，明天就来咱们家，上门服务给我小姨看看。”苏小凡说。

“你同学？你同学才多大啊？有经验吗？”梅亚非有点不相信地问。

“人家是博士，在美国一流的医科大学，全优学生，每年得一等奖学金。都临床两年了，荣誉证书一大把。是被一家医院高薪聘请回来的。”苏小凡得意扬扬地说。

“那敢情好。那你明天记着给你小姨打电话，让她下了班直接回家来。”梅老太太说。

“我不打。我小姨生着我的气呢。让我姥爷打，我小姨比较尊重我姥爷。”苏小凡说。

“妈，你现在不是每天中午都给老二送饭吗？你中午的时候，给她说一声不就行了。”梅亚非说。

“她不让我送了，怕同事议论。”梅老太太说。

“赶紧吃饭吧。明天我给老二打电话，让她回来。”梅老爷子说。

9

窦斌回到家的时候，金一娜已经做好了晚饭。

“窦斌，这周末我想去雍和宫烧烧香，再让大师给找个好日子，看看哪天适合领结婚证，哪天又适合办酒。”金一娜兴高采烈地让窦斌坐下后说。

“成啊。用我陪你去吗？”窦斌积极配合地说。

“不用，不用。你忙你的吧，我让亚楠陪我去就行了。”金一娜递给窦斌一双筷子说。

“我觉得叫些亲戚朋友一聚，简单地办一下就行。”窦斌吃了一口菜建议说。

“我不计较这事儿，不办都行。”金一娜说。

“办还是要办的。名不正则言不顺。”窦斌说。

“有你这句话，我就满足了。你要早这样，咱们也不至于拧巴那么长时间了。”金一娜说。

“嗨。有些事需要想清楚了，你吧，就是太急了。”窦斌说。

“不说了不说了。先吃饭吧。”金一娜说。

第六章

1

梅老爷子是第二天中午吃饭的时候给梅亚楠打的电话。当时，梅亚楠正在录制棚，给新产品拍摄电视广告小样。

“怎么了爸?”梅亚楠走出录制棚躲到一个角落里，把电话接起来。

“吃饭了没？”梅老爷子问。

“还没呢?拍完片就吃。”梅亚楠说。

“现在身体要紧，别那么拼命工作了。记着吃饭。”梅老爷子说。

“我知道。爸，你给我打电话，就是督促我吃饭？”梅亚楠问。

“你下了班，回家一趟。”梅老爷子说。

“什么事儿啊？”梅亚楠问。

“让你回家，还非得有事儿吗？”梅老爷子说。

“我不是那个意思。我尽量早点儿回去。”梅亚楠说着就听到她的助理在大声喊她，“爸，叫我呢。我先不跟你说了啊。”

“记着吃饭。”梅老爷子又嘱咐了一句。

梅亚楠挂了梅老爷子电话，就一路小跑地回到棚里，看到导演盯着监视器，一副不悦的样子。

“怎么了导演?怎么停了?拍完了？”梅亚楠走到导演面前问。

“你们舞台怎么布置的?让你们提供的产品照片呢？”导演说着就把目光移到背景墙上，指着演员身后那一块空白处。

“导演，您当时不是说后期的时候抠像吗？”梅亚楠说。

“现在不行了，影响整体气氛，跟我预想的不一样。”导演说。

“您让我去哪儿找摄影师去啊？”梅亚楠明显有点不悦地说。

“那只能明天拍了。”导演无奈地说。

“那可不行啊。耽误一天十几万呢。耽误不起啊。”梅亚楠说。

“那你就找摄影师去吧。”导演说。

“那你们先吃饭，我这就找。”梅亚楠说。

2

整个录制棚里只剩下梅亚楠跟她的助理。在导演说找摄影师的时候，其实梅亚楠已经想到了窦斌，她之所以不愿意现拍，是知道就算拍完，也需要一个小时的冲洗，这样下来，今天的整个计划都有可能泡汤。

“梅总，怎么办呢？”梅亚楠的助理说。

“我找人来拍就是了。你现在给策划组的人打电话，让他们在下班前，把第二轮的营销草案整理出来，发到我的邮箱。不能等到明天了，今天肯定拍不完了，我明天没时间开会讨论了。”梅亚楠说完，就拨打了窦斌的电话。

这个时候窦斌正躺在床上午休，他听到电话响后，便懒洋洋地接了起来。

“窦斌，你现在忙吗？”窦斌接起电话后，梅亚楠就焦急地问。

“不忙啊。睡觉呢。”窦斌懒洋洋地说。

“那你给救个场呗。”梅亚楠说。

“救什么场？”窦斌问。

“我正在拍广告片呢，少一组照片。”梅亚楠说。

“什么时候要啊？”窦斌说。

“救场救场，当然是马上了。你赶紧来棚里，我一会儿把地址短信给你。”梅亚楠说。

“我的车限号呢。”窦斌说。

“那我派人去接你。”梅亚楠说。

“别价了。我打车过去吧。”窦斌说。

窦斌来到的时候，梅亚楠正在跟助理蹲在棚里吃盒饭。

“你终于来了。”梅亚楠把盒饭往边上一放，便站起来说。

“你够任劳任怨的，堂堂的总监吃盒饭，来盯广告片。”窦斌挎着相机走到梅亚楠身边说。

“先不闲扯，你赶紧把活儿给我干了，然后再想办法给我赶紧洗出来。”梅亚楠说着，就走到已经摆好的产品旁。

“就这啊？你直接让人送到我的棚里，拍完直接给你洗出来就得了。你这不是瞎耽误工夫吗？”窦斌走到堆在一块儿的产品处，又环顾了一下四周，“这灯光不行啊。”

“那你开着我的车，把这些拉到你棚里拍吧。拍完就送你了。”梅亚楠说。

“这就是我的劳务费了？”窦斌说。

“怎么着？不够啊？”梅亚楠说着把车钥匙递给窦斌。

“够够够。你真够大方的。”窦斌接过车钥匙，搬起一箱子面霜就走了。

“给你两个小时，你能给我送过来吗？”梅亚楠看着窦斌的背影说。

“差不多。”窦斌头也不回地说。

窦斌回到798艺术区，用了不到半个小时就拍完了，然后用他的专业打照片的打印机，又都打印出来，驱车就给梅亚楠送去了。

在窦斌正准备从辅路上进北三环的时候，突然感觉车颠了一下，像是轮胎里扎进去了什么东西。窦斌慢慢地把车停到路边儿，下车一看，左后车胎胎压已经明显不足。

“真够悲催的。”窦斌牢骚了一句，打开后备厢去取备用轮胎了。

就在窦斌打开后备厢，掀开后备厢垫时，就看到一个崭新的轮胎毂里塞着一团纸，他抽出来一看，是医院的就诊册子还有化验报告。

“哟，藏得真够严实的。”窦斌看着就诊册子自言自语地说。

3

广告片一直拍到晚上八点多才停止。这期间，梅老爷子、梅老太太、梅亚非轮流打电话催促梅亚楠，但她却一个都没接，只给姐姐梅亚非回了一个“快到了”的短信。

梅家一家人之所以这么催促梅亚楠，是因为苏小凡带着徐泽六点多就到了家，梅亚非也已经做好了一桌子饭菜，款待苏小凡这位具有无私奉献精神的同学。

当苏小凡带着徐泽到家时，梅老太太、梅老爷子以及梅亚非都大跌了眼镜，因为他们都没想到苏小凡的同学是一个男的。

“小凡，你同学是妇科大夫？”苏小凡带着徐泽一进门，刚要介绍徐泽，梅亚非就很迫不及待、很好奇地问了。

“阿姨，我是妇科大夫。我叫徐泽。”徐泽对梅家的好奇并不觉得惊讶，一副很平静的表情。

“男的？”梅老太太上下盯着徐泽说。

“赶紧让客人坐啊。能看好病的都是好医生。”梅老爷子上前一步说，“看来还是男人统治女人。”

“好咧，谢谢。”徐泽客气完，就坐了下来。

“这有什么好奇的。妇科男医生多了去了，现在我们妇产科的都一堆男医生。”苏小凡看了一眼还在盯着徐泽不放的梅老太太和梅亚非。

“对对对对。”被苏小凡一说，梅亚非才缓过来神，“你跟小凡是大学同学？”

“是啊。我们大学同学，但不是一个系的。”徐泽说。

“小徐真够秀气的，水灵得像个大姑娘。”梅老太太笑着，“小徐，有女朋友了吗？”

“姥姥您好，我还没有呢。”徐泽笑着说。

“我们家小凡也没男朋友呢。”梅老太太笑着说。

“是吧。”徐泽突然腼腆地笑了一下。

“你们这是干什么呢？人家是来给我小姨看病的。把人家问得都不好意思了。”苏小凡说着四处看了一下，“我小姨呢。”

“还没来呢。”梅亚非有点儿抱怨地说。

“那我们先吃饭，不等她了。”梅老爷子说。

4

梅亚楠到的时候，大家已经吃完了饭，正坐在客厅里闲聊。梅亚楠一进门就看到姐姐梅亚非阴沉着脸，便忙露出一副很卑微的神情。

“对不起，对不起。路上有点堵，爸生气了没？”梅亚楠小心翼翼地问。

“一堵能堵你四个小时？你排队买春运的火车票呢？赶紧着吧，人家都等急了。”梅亚非接过梅亚楠手里的包说。

“谁啊？”梅亚楠说着就探头往客厅里望，看到苏小凡旁边儿坐着一个男生。

“小姨，你怎么才来啊？”苏小凡有点不高兴地说。

“小凡，对不起啊。我不知道家里有客人。”梅亚楠说着走了进来，把目光落到了徐泽身上，“小姨不知道小凡带着男朋友来。我也没准备礼物。真对不起啊。爸，你怎么不早说啊。就说个让我回家。你看多尴尬吧。”

“什么跟什么啊。这是我同学，给你看病的。就是我上次给你说的美国留学的同学。”苏小凡解释说。

“为了我们家小凡专门从美国飞回来的？小凡，你魅力够可以的啊。”梅亚楠说。

“小姨，我回国工作了。”徐泽说。

“哦。这样啊。不管怎么样，我都谢谢你。”梅亚楠说。

“姐，你给做点儿饭呗。我一天都没好好吃东西了。”梅亚楠说着坐下，对着梅亚非说。

“小姨，你现在的身体，可得按时吃饭啊。”徐泽一副医生的口气说，“小姨，你带来你的化验报告了吗？”

“就是，你都这个时候了，还不知道爱惜自己。”梅老太太说着对着梅亚非说，“老大，去给老二做点儿吃的去吧。”

“带了，在车上呢。”梅亚楠说。

“小凡，去给你小姨拿上来。”坐在一旁的梅老爷子说。

“行。小姨，你给我车钥匙。”苏小凡说着站起来，伸出手跟梅亚非要车钥匙。

“我自己去吧。你不知道我藏哪儿了。”梅亚非说。

5

这个时候，金一娜正在跟窦斌坐在客厅里看电视。窦斌自从看到梅亚楠的病历单后，一直有想问金一娜的冲动，但他却不知道怎么开口。他觉得窥探到了别人的隐私，现在却要打听别人的隐私，太像孙子的做法。

“一娜，亚楠是不是病了？”窦斌终于开口问了。

“没有啊，挺好的。”正在看着一部情景喜剧，笑得合不拢嘴的金一娜说。

“她没告诉你？”窦斌有点不相信地说。

“告诉我什么？”这个时候，金一娜才恍然意识到了什么，转过头看着窦斌说。

“她身体出问题了，你不知道？”窦斌又说。

“你怎么知道的？”金一娜惊讶地问。

“我今天开她的车，车被扎了，我换备胎的时候，看到的诊断书还有化验报告，都藏在备胎的车轮槽里。”窦斌很认真地说。

“这事儿，亚楠知道吗？”金一娜紧跟着问。

“我哪能告诉她啊。当时她正在盯广告片呢。”窦斌说。

“你把人家的轮胎都换了，你不告诉她。回头亚楠跑高速了怎么办啊？多危险啊。”金一娜说。

“那你现在告诉她吧。这不是一时半会儿也跑不了吗？”窦斌话锋一转又说，“她怎么把这些东西藏起来了？”

“现在向志远想生呢。亚楠身体又出问题了，现在正在看呢。先瞒着呗。”金一娜说。

“志远说生就生？他跟你变的速度有点相似，你们俩都是属火箭的。”窦斌打趣说道。

“这事儿，你千万先别跟向志远说啊。让他们俩再闹矛盾。”金一娜嘱咐说。

“我知道。这事儿就不用你嘱咐我了。她藏那儿，就是不想让志远知道嘛。”窦斌说。

“我赶紧给亚楠说一声去。”金一娜说着就起了身。

6

梅亚楠打开后备厢，掀起后备厢垫，看到一个沾满泥土的轮胎放在里边儿，便傻在那儿了。她缓了缓神，拿出本来塞在里边现在已经平铺的病历册和化验单，然后关上后备厢，就绕着车身挨个看轮胎，当她看到右后轮换成一个崭新的轮胎后，她便知道窦斌为什么给她送完照片就走了。

正在梅亚楠想给窦斌打电话时，梅亚楠的电话突然响了，是金一娜打过来的。

“我正想给你们家窦斌打电话呢。”梅亚楠接起电话说。

“他刚给我说他给车换轮胎的事儿。不过你放心，我已经嘱咐他了，不让他给老向说。”金一娜说。

“你一定要嘱咐好，多念叨几遍，我这正积极地治疗呢。向志远知道了，非给我更大的压力不行。”梅亚楠念叨着说，“真是怕什么来什么。现在这事儿，也就向志远不知道了。纸真是包不住火啊。”

“你放心，他要敢跟老向说，我非给他生俩不行。”金一娜说着瞪了坐在一旁的窦斌一眼。

“我是那种人吗我？”窦斌唠叨了一句。

“我先不跟你说了，我正在我妈家呢，有事儿再打电话。”梅亚楠说。

“对了，这周末陪我去趟雍和宫。”金一娜说。

“行。没问题。”梅亚楠答应道。

梅亚楠拿着化验单上了楼，徐泽又问了梅亚楠一些日常生活状态，然后又盯着化验单看了看。

“小姨，你不用过度担心，经过你刚才一说，还有你化验单的结果，恢复的可能性还是比较大的。不过你真的需要注意饮食还有作息。你现在吃的什么药？”徐泽看着化验单说完，又问。

“我记不住名字，名字都挺长的。”梅亚楠说。

“家里有药，我去给你拿。”梅老太太说。

梅老太太把上次从梅亚楠公司带回来的药递给了徐泽。

“这药还行。”徐泽看了看药，把药放下后说，“你可以附加着吃点儿紫河车。”

“这药药店有卖的吗？”梅老爷子问。

“药店不卖。小凡的医院里倒是有很多。”徐泽说。

“那小凡，你给你小姨买点儿。”梅老太太说。

“我哪儿能弄啊。这是违规的。”苏小凡很不情愿地说。

“又没说让你拿，是让你买。你小姨平常对你这么好，买点儿药，你怎么还拿捏上了。”梅亚非说。

“你们知道什么叫紫河车吗？是胎盘。”苏小凡说。

“只要家属同意，不属于违规。咱又不是偷着拿。”徐泽说。

“那还是算了。那东西我吃不了，想想都觉得恶心。”梅亚楠说。

“小姨，不是熬汤，也不是炒着吃。需要烘干了，然后研成末，跟水一起服用。”徐泽笑着说。

7

给梅亚楠看完病，苏小凡就把徐泽送到了楼下。

“谢谢你啊徐泽，真是不好意思，让你等了这么久。”苏小凡跟徐泽并肩走在小区里，朝着门口走去。

“谢什么谢啊。跟我客气什么啊。”徐泽呵呵一下说，“小凡，我觉得你家人都挺喜欢我的。”

“你别臭美了。”苏小凡说。

“你这又没有男朋友，要不你考察考察我。”徐泽说。

“我有男朋友，一直没告诉他们。”苏小凡笑着说。

“你就会拿这句话糊弄我。上大学的时候，你就用这句话拒绝我。几年都过去了，现在我可不上你的当了。”徐泽说。

“我说的可是真的。你不信，回头等聚会了带给你看看。”苏小凡说。

“成啊。如果你没有，我可真要追你了。”徐泽说。

“对了，紫河车对我小姨真的有很大帮助吗？”苏小凡岔开话题说。

“有一定的促进作用。你也是学医的，还用问我吗？”徐泽说。

“我学的是妇产科，你学的是妇科，虽然是一字之差，但却差了十万八千里呢。”苏小凡说。

8

苏小凡送完徐泽，回到家的时候，梅亚楠正坐在餐座上，吃一碗面。梅亚非一看苏小凡回来了，就凑了上去。

“小凡小凡，这个徐泽不错啊。要模样有模样，要学历有学历，工作更不用说了。你得抓住机会啊，赶紧给我找一个女婿。”梅亚非坐到苏小凡旁边，眉飞眼笑地说。

“我也觉得人不错。多知书达理，多有涵养啊，而且还热情。”梅老太太也上前一步说。

“我从小徐的眉宇间，也能看出他对小凡有好感。”坐在饭厅里吃饭的梅亚楠，也插了一句嘴说。

“你们这是干吗呢？我还没到非嫁不可的岁数吧。一个一个的没见过姑爷似的。”苏小凡有点不耐烦地说。

“这不是看到一个挺不错的小伙子嘛。”梅亚非说。

“我恋爱的事儿，你们最好少管。其他的事儿随便管。都什么年代了，还搞包办婚姻啊。”苏小凡说。

“孩子都这么大了，她自己心里有数。你们这是干吗？老大跟苏林森的包办婚姻，还没尝到苦楚吗？”梅老爷子说。

“什么叫包办婚姻啊？我们只是说一下我们的看法，这样也不行吗？”梅老太太回击说。

“爸，你这就不对了。小凡给我们上纲吧，你也跟着上线。你不是也觉得那个徐泽不错吗？”梅亚楠也随着梅老太太说。

“不错是咱们看的不错，谈恋爱是小凡自己的事儿。”梅老爷子继续给她们娘俩拧巴，“不过，小徐看着倒真是挺靠谱的。”

“姥爷，你这叛变得也忒快了吧。我刚想表扬你识大体呢。”苏小凡说。

“你们继续，我先走了。回家晚了，向志远该担心了。妈，你把我的病例还有检查单都放好了。”梅亚楠吃完面，拎着包就朝外走，刚走到门口，就转过身来说“小凡，你别给我弄那个紫河车，我不吃。”

9

梅亚楠回到家，就看到向志远在客厅角落里一台跑步机上奔跑着，跑步机旁边儿还放着一个崭新的动感单车，动感单车旁边又放着一个扭腰踏步机。

“你回来了？”向志远在跑步机上跑着，看了梅亚楠一眼说。

“向志远，你没事儿干了吧？买这些东西干什么啊？”梅亚楠把包扔到沙发上，走到跑步机旁，摁了停止键。

“给你锻炼身体啊。你看你每天都这么晚才回来，你的健身卡半年都不用一次，这次咱们直接把健身房搬回家，以后我盯着你锻炼。”向志远拿起搭在肩膀上的毛巾，擦了擦满头大汗的额头。

“那你也不至于买这么多器材吧？”梅亚楠不解地问。

“这还没都送来呢。明天还有呢。”向志远笑呵呵地说。

“你疯了。放哪儿啊？”梅亚楠盯着向志远说。

“我今天找了个搬家公司，明天把楼上的一间客卧给腾出来。”向志远说着就倒在了沙发上，“真的老了。这才跑了两公里，就累了。以前，跑完五公里晚上还能骑着自行车带着你去吃老莫。”

“你赶紧退了。你弄好了我也不锻炼。”梅亚楠生气地说。

“那可不行，我询问网络医生了。人家说，像你这种情况，不能只摄入营养调节，还得加强锻炼，这样才能达到预期的效果。必须练啊。明天，我给你制订一个锻炼计划表。”向志远说。

“向志远，你这样让我更加紧张了。干吗呢这是。明天，你还是去事务所盯着吧。你这每天不在，你散养着你的员工啊？”梅亚楠说。

“他们手上都有案子，我去不去有什么关系呢。”向志远说。

“那随你吧。你就在家折腾我吧。”梅亚楠不满地说。

“我这也是做好后勤保障。”向志远满不在乎地说。

“把包递给我，我要去看邮件了。”梅亚楠说。

“等会儿，我去给你拿根胡萝卜。”向志远说着就起身去了厨房。

“你没完了啊？”梅亚楠对着向志远的背影无奈地说。

“等你身体正常了，就完了。”向志远把拎在手里的一根胡萝卜递给梅亚楠说。

“向志远，我真想对你说三个字。I……”梅亚楠接过向志远递过来的胡萝卜说。

“不用说不用说，这还不是应该的。都老夫老妻的，肉麻不肉麻。”向志远打断梅亚楠说。

“是，I服了YOU。”梅亚楠瞪了向志远一眼，弯腰拿起扔在沙发上的包，就进书房了。

第七章

1

一大早，窦斌把金一娜送到学校，就去 798 的摄影棚了。他在棚里给一个刚红的女艺人拍完两组宣传写真，电话就响了。他停下拍摄，拿起放在一旁的电话一看，竟然是他前妻古雪的。

“怎么了？我忙着呢！”窦斌接起电话说。

“你知道你女儿谈恋爱了吗？”古雪说。

“不知道啊。前天不是还好好的吗？怎么说谈就谈了。”窦斌疑惑地问。

“早恋！”古雪说。

“她都上大学了，还早什么恋啊。别大惊小怪的。”窦斌说。

“你是打算不管了是吧？”古雪有些生气地说。

“我拍完片，下午找她去谈谈。”窦斌说。

“别谈了，窦蔻要带着男朋友回家吃晚饭，你过来吧。”古雪说。

“我去你家不合适，多尴尬啊。要不……”窦斌说。

“那你别来了。”古雪打断窦斌的话说。

“我去。”窦斌说。

挂了古雪的电话，窦斌就冷笑了一下，自言自语地说：“窦蔻，真有你的。看来你是跟老爸杠上了。”

窦斌没发现葛爱军站在他身后，他一转身就看到葛爱军正聚精会神地盯着他。

“你干吗呢？下大神呢？”窦斌说。

“人家等着你呢。你不拍人家不开工。”葛爱军又嘿嘿一笑说，“她既然这么喜欢等，我就让她多休息一会儿，休息到下午。”

“你小子损不损啊。”窦斌说。

“不损捡不回来尊严。刚才谁打的电话，谁早恋了？还给你打报告。”葛爱军倚靠在一个桌角上，点了一支烟说。

“窦蔻。窦蔻晚上要带着男朋友去她妈那儿吃晚饭。”窦斌说着又冷笑了一声。

“窦蔻十八了吧？十八不算早恋。我外甥，才小学二年级现在就都开始谈恋爱了，总嚷着我妹给他去买钻戒，要跟他心仪的同学订婚。窦蔻在我外甥眼里，已经是大龄剩女了。”葛爱军抽着烟说。

“现在小孩儿不得了啊。下午我得早点儿走，我得去窦蔻的学校。”窦斌说。

“你这爹当得够可以的，亲自去接未来女婿。”葛爱军说。

“你知道什么啊你。窦蔻前两天还没恋爱呢，这突然恋爱了，是恋爱给我看的。她这是要给我一个下马威。好让我掂量一下是不是跟一娜结婚生孩子。我得去找她谈谈。”窦斌无奈地笑着说。

“那你闺女可真够有心计的。在你去前我送你一计。既然你女儿给你玩儿无中生有，你就还她一个暗度陈仓。”葛爱军奸笑着说。

“去你的，那是我闺女。”窦斌说。

2

梅亚楠在录制棚里待到下午两点，才返回公司召集了所有部门的人，进行产品营销的终极战略会谈。她开完会，已经五点了。当她回到办公室，发现办公桌上放了一个包裹，她打开一看里边儿装了十盒太太口服液、十盒乌鸡白凤丸。

正在梅亚楠纳闷是谁给她发的快递的时候，电话突然响了，她拿起一看是向志远打过来的。

这些保健品就是向志远昨天下午在网上订的。昨天当梅亚楠在录制棚里盯片子的时候，在家闲待着的向志远坐在电脑前，研究梅亚楠的月经不调，突发奇想要给梅亚楠弄一个健身房，他便去健身器械店买了一套健身器械。在回来的路上，他又拐进一家药店想给梅亚楠买太太口服液和乌鸡白凤丸，然而他却在药店左右转悠了很长时间，把招待他的药师都等得不耐烦了。当药师问向志远要买什么药的时候，向志远对着药师嘿嘿一笑，买了一盒草珊瑚含片，便出来了。

“前台把包裹给你送过去了吗？我在网上跟踪快件，上边已经签收了。”向志远等梅亚楠接起电话说。

“向志远，你直接去药店给我买不就行了。你非弄个快递，还快递到我公司。”梅亚楠掰着快递箱子说。

“我是一男的，去药店买这东西多不好意思啊。我买了两份，家里也快递了一份。”向志远说。

“你不好意思别买啊。向志远，你这样真的给我很大的压力。”梅亚楠很不满地说。

“我也没说什么，你有什么压力啊。”向志远很无奈地说。

“行了行了。我谢谢你，我知道你也是一片好心。”梅亚楠调整了一下情绪说。

“你有这样的觉悟就对了。下了班，早点儿回来啊。健身房已经弄好了。今天是你训练的第一天。”向志远说。

3

窦斌把车停在窦蔻学校门口，一看时间，已经五点了，给金一娜打电话说完情况后，就给窦蔻打电话了。

“我在你学校门口呢。你带着你男朋友出来吧。我带着你们去你妈家吃饭。”等窦蔻接起电话，窦斌说。

“你怎么知道的啊？”这个时候正跟着男朋友出校门的窦蔻，一听窦斌这样说就一副乐滋滋的样子，因为她觉得自己的老爸已经进了自己的圈套。

“你这么大的事儿，你妈能不给我说吗？”窦斌一副很在意的口气说。

“那成，你在门口等我吧。我们这就去。”窦蔻说。

“窦蔻，咱俩才好一天，就带着我去见你爸妈。我有点不想去了。”看到窦蔻挂了电话，跟在她身后的男生，摘掉戴在头上的棒球帽，露出一个锃光瓦亮的光头，有点胆怯地说。

“你怎么关键时候退缩了啊。怎么着啊？想不想跟我好了啊。还搞摇滚的呢？我看连唱情歌的都不如。”窦蔻边走边说。

“我去还不成吗？不至于生气吧。”小光头用讨好的口气说。

“不用怕他们，有我在呢。到时候，你随便说，想说什么说什么，别在意那么多。他们都喜欢能说会道的。”窦蔻吩咐说。

“成成成。我到时候可劲说，说错了，你可别怪我。”小光头紧跟着窦蔻说。

“不怪你。你说的话越多，我就越高兴。你要让我高兴了，我把初吻都给你。”窦蔻说。

“成成成。咱说话得算数啊。”小光头很兴奋地说。

“绝对算数。帽子别戴了，装我包里。”窦蔻说着就把小光头的帽子要了过来。

窦斌看到窦蔻跟一个小光头走出校门就摁了一下车喇叭。窦蔻看到窦斌把车停在马路对面，就跟小光头走了过去。

“叔叔您好。”小光头跟着窦蔻坐到后排，就向窦斌问了好。

“这么小就秃顶了？”窦斌转过身，看着小光头说。

“爸，你怎么说话呢。光头是搞摇滚的，这叫范儿，懂吗？”窦蔻说。

“我年轻那会儿，搞摇滚的都是长发。现在看来摇滚不行了，头发都摇没了。”窦斌故意气窦蔻说。

“没事儿叔叔。头发不能衡量一个人的艺术高度。”小光头满腹哲理的口气说。

“挺讲究。我闺女找的男朋友，就是不错。”窦斌说着就转过身，把车启动了。

窦蔻一听窦斌这样说，有点蒙了。在她设置的情节里，窦斌应该生气，应该大发雷霆，她没有想到窦斌竟然如此随和，她瞬间有点失望了。

4

金一娜跟窦斌通完电话，觉得一个人回家做饭没意思，就想打电话约梅亚楠一块儿出来吃饭。

“下了班一块儿吃饭呗。”金一娜走在学校的柳荫小道上。

“不行。志远让我早点儿回家锻炼呢。”坐在办公室里的梅亚楠说。

“回家锻炼什么啊？”金一娜不解地问。

“志远把楼上的一间客房给搬了，当健身房了。现在每天逼着我喝鸡汤、吃苹果、嚼胡萝卜不说，还要健身。我都快疯了。我又不能拒绝。”梅亚楠无奈地说。

“你干脆告诉老向真相得了，省得受这份罪。”金一娜说。

“再等等吧。”梅亚楠说。

“那你回家受罪去吧。”金一娜说。

5

这是窦斌第一次来古雪家，当他跟窦蔻、小光头进了古雪的家门，就看到饭桌上已经摆满了一桌子丰盛的菜肴。窦斌看着窦蔻把小光头请进去后，就拉住了来开门的古雪。

“你真款待这个小光头啊？”窦斌小声地问古雪。

“没有啊。”古雪回应。

“你一桌子菜，红酒茅台的，都够招待乡级干部了。”窦斌说着用头点了点饭桌上的一桌子菜。

“这不是你要来吗？范勇特意给你做的。”古雪说。

“你丈夫挺懂得尊重前辈的。”窦斌笑着说。

“怎么说话呢你。”古雪略显尴尬地说。

“爸、妈，过来吃饭啊。我要给你们介绍我男朋友了。”窦蔻跟小光头坐在饭桌上，自豪地说。

“等会儿，你范叔还在厨房做汤呢。”古雪对着窦蔻说。

“你们先吃吧。我这儿马上就好。”范勇的声音从厨房里传了出来。

“叔叔阿姨，你们坐。你们别跟我客气。”小光头站起来，很客气地说。

“我们不客气，这是我们自个家。”古雪坐下后又问，“你叫什么名字啊？”

“你们叫我光头就成。同学都这样叫我，你们叫我真名儿我还真反应不过来。”小光头憨憨地笑着说。

“你们老师不点名吗？”坐在窦蔻另一边的窦斌说。

“鼓手跟我一个班，都是他替我答到。”小光头快速地回应。

“哟。你们团队挺团结。”窦斌说。

“还行还行。有时候也吵。不过我们吵完就没事儿了。”小光头说。

“你跟窦蔻认识多长时间了。”古雪问。

小光头没有说话，而是抬起右手伸出了两个手指头，露出了一副很难为情的表情。

“你们都认识两年了？你家哪儿的？”古雪一副不可思议的表情。

“两天。”小光头很难为情地说，“我们家也是北京的，北京郊区，燕郊的。”

“燕郊是河北，孩子。”这个时候范勇端着一碗汤，从厨房走出来笑着说。

“我觉得燕郊离北京城挺近的，三十分钟的公交，比房山近多了。”小光头说着看了看坐下的范勇，又看看窦蔻，“你们家用的是男保姆？”

小光头这么一说，让范勇感到了尴尬，但他却只是笑了笑。

“这是我后爸。”窦蔻回应了一句。

“对不起对不起。后叔您好。”小光头一副歉疚的表情。

“你叫我范叔就行。”范勇尴尬地一笑，“大家吃啊，别愣着了。”

6

梅亚楠跟向志远吃完饭，向志远就跑去书房，拿出两张打满字的A4纸。

“吃完饭，正好有半个小时的休息时间。你先看看我给你列的健身计划。”向志远把两页A4纸递给梅亚楠说。

“向志远，你不愧是做律师的，什么事儿都做得事无巨细啊。”梅亚楠接过向志远递过来的两张A4纸。

“必须谨慎，漏掉一个证据，就可能输掉一场官司。不过现在对我来说输掉一个官司已经无所谓了，我要把你的身体输掉了，那真是遗憾终生了。请你坐到沙发上去吧，我要收拾这些剩菜残羹了。”向志远说。

“你不要再给我削苹果了。我吃根香蕉就成了。”梅亚楠从餐椅上站起来说。

“香蕉也行。但胡萝卜不能少。”向志远收拾着餐桌说。

“你就把我当成兔子喂吧。”梅亚楠说着就看起了向志远给她制订的健身计划。

当梅亚楠看到向志远给她的健身计划的时候，冒了一身的冷汗。在梅亚楠的眼里，这个健身计划书根本不是为了强身健体，而是让她往特种兵的方向去发展。

“向志远，你这可不行啊。你到底是心疼我还是怕这些器械没人用浪费了啊？周一到周日，没有一天是闲着的。”梅亚楠盯着健身计划书说。

“废话，这些器械才值几个钱啊。”向志远在厨房洗着碗说。

“那你这也太狠了吧？你训练特种兵呢？跑步五公里，单车十公里，脚踏扭腰五百下。你这不是要我的命吗？我不干啊。”梅亚楠把计划书扔到一边说。

“第一天，可以给你打折扣。你随便练练就行了。等我洗完碗，陪着你练。”向志远在厨房里说。

7

窦蔻见小光头话语连篇吐沫星子四射，她便异常地愉悦。窦蔻就是想让窦斌看到，如果窦斌不妥协，她就将跟这样的男生开始谈恋爱了。

“爸妈，你们觉得光头怎么样啊？”在这个饭局即将接近尾声的时候，窦蔻问。

“挺好。我支持你们在一起。”在古雪还在犹豫着怎么说时，窦斌抢先说道。

窦蔻没想到窦斌会这样说，古雪更没想到。当古雪听到窦斌这样说时，感到非常地匪夷所思，而窦蔻的计划再次被窦斌扰乱了。

“我不同意啊。你们现在还小，还没有完成学业，你们未来全是未知，等你们毕业了我才支持。”古雪说。

“就是就是。你们现在谈恋爱，太不稳定了。”范勇附和道。

“到了情窦初开的年纪，该谈恋爱了。我表态，我支持。”窦斌说。

“我觉得光头挺好的。虽然是玩儿摇滚的，但他不粗野，很细心。反正我喜欢。我这次带光头回来，就是告诉你们我要谈恋爱了。”面对窦斌这种态度，窦蔻已经完全乱了方寸。

“叔、阿姨、范叔。我一定会对窦蔻好的。有我一口吃的，绝对有她一口喝的。我真的挺喜欢窦蔻的。”小光头像是一个冲锋前的战士，表着决心说。

“小伙子，我们比你更爱她。反正我不同意。”古雪回应。

“妈，咱俩待会再说成吗？”窦蔻显然不想因为这事儿让古雪生气，所以她在古雪面前想先留下一条后路。

“为什么待会儿说啊，现在就定了。窦蔻，我给你说，你要是现在谈恋爱，你就别再进这个家门了。”古雪很生气地说。

“大家少安毋躁。窦蔻，你住哪个房间啊？”窦斌看着窦蔻问。

“那个。”窦蔻指了指一间卧室的门说。

“你方便单独跟我谈谈不？”窦斌问。

“方便。”窦蔻说。

窦斌跟窦蔻进了卧室，窦斌随手就把门关上了，拉过来窦蔻书桌前的一张椅子坐了下来。

“真喜欢那个小光头？”窦斌装作一副很深沉的样子。

“当然了，不喜欢能带给你们看吗？”窦蔻坐在床沿上，看着窦斌一副很认真的样子说。

“我怎么觉得不像呢？”窦斌说。

“你这是自欺欺人，我知道其实你心里不乐意。”窦蔻揭穿窦斌的想法。

“不不不。我挺乐意的。你长大了，应该尝试着寻找自己的情感归宿了。”窦斌很开明地说着，便把话锋一转，“不过你这样，挺让你妈伤心的。你舍得伤害你妈吗？”

“我是谈恋爱，不是失恋。我妈为什么伤心啊。”窦蔻故意装作一副很不解的样子。

“窦蔻，咱爷俩演戏多没劲吧。我知道你为什么突然找一个光头谈恋爱，你不就是为了让你爸我，知道你的厉害吗？让我拿捏一下，我是不是跟你一娜阿姨结婚生孩子。你这是跟你爸玩儿孙子兵法呢？”窦斌突然把所有的真相都揭露了出来。

“爸，不是我说你，你真有点自作多情。你生你的，我谈我的，咱俩互不干涉，井水不犯河水。即便是这样，我谈个恋爱，提前找个感情寄托，也没什么不对的吧。”窦蔻如实说。

“挺好，会给自己找退路了。但你这退路找得有点不对，你这是把你的路堵死啊。你跟我分道扬镳了，你要跟小光头继续保持的话，你连你妈也都失去了。你妈可生气了，你又不是不了解你妈，你妈真敢让你十天半月的不进家门。”窦斌说。

“没事儿，在一娜阿姨生之前，咱俩还保持父女关系呢。我住你那儿去呗。”窦蔻说。

“窦蔻，你爸我真的小看你了。我还以为你只是给我一个下马威呢。合着你还给我来个峰回路转呢。你厉害。”窦斌一听窦蔻这样说，他才恍然明白窦蔻的终极目标。

“嗨。有你这样的爸，做女儿的怎么能不多长个心眼呢。”窦蔻笑着说。

8

窦斌回到家的时候，金一娜正伏在书桌上备教案。

“回来了？”金一娜见窦斌回来了，就停下来，起身走到窦斌身旁，“怎么样？说服窦蔻了？”

“你做好准备，窦蔻可能要搬过来住一段时间。”窦斌坐到沙发上说。

“为什么？”金一娜不解地问。

“没说服她，古雪可能要把窦蔻赶出家门。”窦斌故意隐瞒实情，没有说出来。

“怎么突然就恋爱了。”金一娜坐到窦斌旁边儿问。

“爱情，不都是突然来的吗？”窦斌说。

“也是。到谈恋爱的年纪了。”金一娜说。

“那你把那间次卧给窦蔻布置一下吧。说不定她哪天就来了。”窦斌说。

“行。这两天我去给她买两床新的床单被罩。”金一娜说。

第八章

1

这几天，梅亚楠被向志远折腾得真是身心疲惫。在公司，她在拼命于新产品上市的营销，回到家又被向志远逼着拼命在跑步机、动感单车上折腾。

在周末的时候，梅亚楠一大早就接到金一娜约她去雍和宫的电话，她毅然决然地同意后，就起床了。虽然是拖着睡意的身体，但她是真的不想被向志远折腾了。

两个人在雍和宫门口会合后，进去烧了炷香，就出来拐进了一条小胡同，进了一个算命的小门脸。金一娜花了近一千块，让算命先生给她算哪天适宜办证，哪天合适办酒。

“你怎么还算两次啊。有一天吉利不就得了。”出了门后，梅亚楠问金一娜。

“你以为我真信啊。我就是为了讨个好彩头。”金一娜说。

“净花这种冤枉钱。”梅亚楠说着便停了下来，“要不然我也算算，看看我能不能生。”

“你不是不信这种唯心主义的东西吗？”金一娜哑然失笑地说。

“我也可以讨一个好彩头嘛。”梅亚楠说着转过了身。

“你这不是嚷着花冤枉钱了。”金一娜说。

两人一前一后地又拐了回去。那个坐在一张破烂桌子前的算命老太太，看到她们俩又拐了回来，以为金一娜又要补充什么问题。

“出了屋，刚才所有的问题都已经终结了。要重新问的话……”

算命的老太太说。

“不重新问。我也想问你点儿事儿。”梅亚楠说。

“哦，这样啊。那你是求什么呢？”算命老太太说。

“我求子。”梅亚楠坐到那张破烂的桌子前，跟神婆对视。

“你是拆字呢？还是算命理？还是看掌纹呢？”算命老太太问。

“哪个更准呢？”站在一旁的金一娜问。

“都准都准。只是，有些看得浅，有些一眼就能看穿。”算命老太太故弄玄虚地说道。

“掌纹吧。掌纹快点儿。”梅亚楠说。

“那好。掌纹五百。”算命老太太说。

“可以。”梅亚楠说。

“你先告诉我一下你的出生年月，还有你先生的出生年月，以及你们俩的出生地。”算命老太太说。

梅亚楠一一告诉了算命老太太后，算命老太太一一地又写到纸上，然后故意把梅亚楠说的这些信息打乱，盯着这些数字分析了一会儿，然后又盯着梅亚楠的面相看了一会儿，便让梅亚楠把右手伸了出来。

“你最近是不是遇到了什么事儿？”算命老太太很认真地盯着梅亚楠的掌纹问。

“对啊对啊。”梅亚楠说。

“这事儿出在你身上，不怨你的丈夫。”算命老太太说。

“真准。”站在一旁的金一娜惊讶地说道。

“你命里会有一子，但过程颇为坎坷。你一定要按照医生的话，化解你现在难关。接着说句你不爱听的，你要是不赶紧治疗的话，你老公可能……”算命老太太说着话锋便转了，“你老公不是池中之物啊。”

“行。我知道了。我谢谢您。”梅亚楠说着就缩回了手，从包里掏出钱包抽出五百块，递给算命老太太，转身就出门了。

“你怎么出来了？怎么不听她说了。”金一娜跟上梅亚楠问，“说得不是挺准的吗？”

“我也会说。这哪是算命啊，简直就是心理学。”梅亚楠有点儿生气地说，“你看到她身后那本时尚杂志了吗？那杂志说的全是女性的品牌服装，我们俩一进去，她就盯着我们俩的衣服跟包。说向志远非池中之物，就是因为看到我挎着一个品牌包，就觉得是一个有钱人家的阔太太。”

“人家不是算出来你身体有问题了吗？”金一娜不解地问。

“你就是情商高，智商低。没问题的谁找她算啊。我讨个彩头，怎么就讨个妻离子散呢。晦气。”梅亚楠不满地说着，然后拿出手机，拨打了苏小凡的电话。

2

苏小凡接到梅亚楠电话的时候，刚接生完一个难产的产妇，走到了医院门口。

“你有什么吩咐啊小姨？”苏小凡问。

“你在家没？”梅亚楠问。

“没有啊？刚加了个班，正准备回呢。”苏小凡说。

“你给我找点儿紫河车吧。我想吃吃试试。”梅亚楠走在雍和宫大街上说。

“你不是不吃吗？”苏小凡问。

“我现在吃了。”梅亚楠说。

“我试试看，不一定能要到。”苏小凡犹豫不决地说。

“成，你尽力吧。”梅亚楠说。

苏小凡之所以不给梅亚楠确定的答案，是因为她知道这其中的风险。但她真的不好意思拒绝，毕竟是对她那么好的小姨，小姨身体又这样了。苏小凡走在大马路上，她在想怎么才能弄到紫河车。

苏小凡在大马路上走了一会儿，便伸手拦下一辆出租车，去长途汽车站，买了一张河北安国的票，她要去那里的中药批发市场去寻找紫河车。

3

从北京到安国需要三个小时的车程。当苏小凡到了安国时，已经是下午两点了，她连午饭都没有吃，直接打车去了中药材市场。她转悠了很长时间，才打听到卖紫河车的商铺。苏小凡正在跟商铺老板询问价钱的时候，突然感觉到有人在背后拍了她一下，她一转头，就看到赵英杰笑着站在她身后。

“赵叔？你怎么在这儿啊？”苏小凡感到很不可思议。

“你怎么在这儿啊？”赵英杰反问苏小凡。

“我买药啊。”苏小凡回答。

“我也来买药。一个美国的朋友托我给他买点儿药。”赵英杰说。

“跑这么远来买，看来友谊挺深的。”苏小凡说。

“发小。”赵英杰呵呵一笑，看了一下柜台的药品名称，“紫河车。你年纪轻轻的怎么吃这种药？”

“不是我，不是我。是我小姨。我小姨不是提前闭经了吗？我一个医生朋友建议她吃吃这个。”苏小凡慌乱地解释说。

“啊，这么严重啊。看来你姨夫生孩子的计划要拖延了。”赵英杰惊讶地说。

当赵英杰说完，苏小凡才恍然想起，赵英杰跟她小姨、姨夫的关系，要比她熟多了。这才意识到自己说错话了。

“不是不是。赵叔，你千万不能给我姨夫说啊。”苏小凡慌乱地补救，“我小姨正在治疗呢。医生说能治好。你千万别给我姨夫说，不然他非跟我小姨闹矛盾不可。我求你了。”

“行。我不说。”赵英杰说着把苏小凡拉到一旁，“这东西最好别在这种地方买。你不是在妇产医院吗？要两个不就成了。你又不是不了解这些紫河车的确切来源。”

“我怕违规。”苏小凡如实地说。

“征求患者跟家属同意，你又不是买卖。怕什么怕。听话，别在这种地方买这种药材。”赵英杰说。

“我小姨急着用呢。”苏小凡说。

“再急也不急这两天吧。”赵英杰说着就拉着苏小凡往外走。

赵英杰跟苏小凡出了医药大厦，苏小凡才感觉饿意袭来，肚子竟然不自觉地叫出了声响。

“还没吃饭？”赵英杰看着有些难为情的苏小凡问。

苏小凡没有说话，羞涩地点了点头。

“走吧。我请你吃饭。你这个孩子，一个人跑这么远，也不找个人陪着。”赵英杰像一个家长似的，唠叨着说。

“你忙你的吧。我一个人去吃就行了。”苏小凡推托说。

“我忙完了。”赵英杰说。

“你不买药吗？”苏小凡问。

“买好了啊。”赵英杰说着，目光转移到跟在他们身后的一个男子身上，他拎着两个大袋子，袋子里装着已经包装好的中药药材，“你给我吧。麻烦你了。”

“小凡，你在这儿等我一会儿，我送到车上去。”赵英杰接过男子手里的药材，转身对苏小凡说。

“好的。”苏小凡应道。

“走，我带你去吃好吃的。”赵英杰把药材送回来后，对着苏小凡说。

“就在楼下吃吧。那儿有一家驴肉火烧店。”苏小凡指着医药大厦楼下的一家驴肉火烧店说。

“就吃这？”赵英杰说。

“到了河北怎么能不吃火烧呢。我挺喜欢吃火烧的。”苏小凡说。

赵英杰在安国医药大厦楼下，请苏小凡吃了一顿驴肉火烧。在吃火烧的时候，苏小凡不停地嘱咐赵英杰，不让赵英杰把她刚才说漏嘴的事儿，告诉她姨夫向志远。

4

梅亚楠虽然被算命老太太的话扫了兴，但她依然跟金一娜逛得异常地 happy。她们逛完建外 SOHO，又去逛国贸。这逛了一整天，身体像是快散了架，梅亚楠任金一娜怎么说依然不肯回家。金一娜也只能继续拖着疲惫的身躯，跟梅亚楠继续无目的地海逛。

临近傍晚，梅亚楠跟金一娜商量好，去吃一顿海底捞后，再各自回家。而就在她们刚准备前去的时候，向志远给梅亚楠来了电话。

“还没玩儿够？”向志远问。

“我吃完饭就回家。”梅亚楠说。

“饭已经做好了，回家吃吧。你七点半的锻炼时间可要到了。咱们可是有约法三章的。如果你耽误一天，咱第二天再补回来。你是要分期呢？还是要全款呢？”向志远说。

“你讨厌不讨厌。我好不容易过一个周末，你这是要干吗啊？”梅亚楠满腹牢骚地说。

“我们现在是有章可循有法必依。你在外边儿吃吧。回来再锻炼也成。”向志远说。

“我知道了。”梅亚楠说完，就挂了电话。

“老向的电话？”金一娜见梅亚楠挂了电话后问。

“真讨厌。好不容易过一个周末，好不容易可以放松一下。真扫兴。算了，没心情吃了，咱们还是各自回家吧。”梅亚楠说。

5

金一娜推开家门后，一眼就看到窦蔻正坐在沙发上盯着电视看一个动画片，嚼着嘴里的薯片，咔吧作响。

“窦蔻来了啊？”金一娜换着拖鞋说。

“一娜阿姨回来了啊？”窦蔻扭了一下头，一副很尊重的口气说。

“你爸呢？”金一娜换好拖鞋问。

“在厨房做面呢。一娜阿姨你吃饭了吗？”窦蔻关心地说道。

“还没呢。”金一娜说。

“爸，我一娜阿姨回来了。她还没吃饭呢。做三个人的面！”窦蔻冲着厨房喊去。

“知道了。”窦斌的声音从厨房里传了出来。

“一娜阿姨，我要打扰你一段时间，我被我妈赶出来了。要在这儿住几天。”窦蔻说。

“这本来就是你的家。你随时都可以来住啊。”金一娜说着就走向了厨房，“你先看会电视，我去给你做吃的。”

金一娜进了厨房，才知道窦斌所谓的做面，就是煮开开水，泡了三桶方便面。

“就吃这？”金一娜看着正在往泡面里放调料包的窦斌说。

“我也就这点儿水平，你又不是不知道。”窦斌泡着面说。

“得得得。你出去吧。我来做吧。”金一娜走到冰箱前面，打开看看里边还剩下什么菜，“窦蔻今天就算入住了吧？”

“是的，正式入住了。”窦斌说着，端起一碗泡面走了出去，“我先垫补点儿，你继续做。”

6

梅亚楠回到家，见饭桌上空空荡荡的，早已被向志远收拾干净了。梅亚楠一看这种状况便有点生气。

“向志远，向志远。你给我出来。”梅亚楠站在客厅的中央很气愤地喊叫。

“回来了啊。休息一会儿吧。一会儿锻炼。”从书房走出来的向志远手里拎着一个案宗说。

“饭呢？”梅亚楠质问向志远。

“你跟一娜不是在外边儿吃吗？我吃完，剩下的全都倒垃圾桶了。”向志远说。

“你是不是成心拿我开涮啊。你让我回来，我就回来了。你把饭全都倒了。”梅亚楠生气地走到沙发前，一屁股坐下说。

“谁知道你现在变得如此听话呢。得了，我去给你做吧。”向志远笑着说。

“我不吃了。”梅亚楠倔强地说。

“看你那小气样。真不禁逗。我都放到保温箱了。我去给你拿。”向志远笑着说完，就进了厨房。

“这是你最爱吃的西红柿炒鸡蛋。吃不吃。”向志远端着一盘西红柿炒鸡蛋、一盘橄榄四季豆，走到梅亚楠身边，低了一下身，故意把西红柿炒鸡蛋从梅亚楠眼前掠过。

“你讨厌不讨厌啊。”梅亚楠看着向志远的这种姿态，抿嘴一笑说。

“你现在已经是女皇了，我哪敢怠慢你啊。”向志远站在餐桌前摆着餐具说，“赶紧过来吃吧。别扭捏了。”

“我今天跟一娜去雍和宫算命了。”梅亚楠坐在餐座上，刚吃了两口饭便说。

“算的咱们是生男孩儿还是女孩儿呢？”向志远笑着问。

“没问。”梅亚楠说，“反正算命的先生说你不是池中之物，让我小心点。”

“算得挺好，我就喜欢听这种恭维的话。”向志远笑着说。

“你说我是不是该信呢？”梅亚楠问。

“嘿。你怎么突然变得这么没自信了。我得批评你，算命的话能信吗？”向志远吃着饭说。

7

窦蔻吃完饭就回房间了。金一娜跟窦斌坐在客厅里看电视。

“窦斌，你真准备好了跟我结婚生孩子？”坐在沙发上的金一娜，直视着电视屏幕，很淡然地问。

“准备好了。不给你说了吗？你说什么时候就什么时候。你定了吗？”窦斌满不在乎地说。

“我今天跟亚楠去雍和宫了，找人算了算，说周三日子挺适合咱俩领证的。”金一娜说。

“那就这周三呗。”窦斌说。

“你周三没事儿吧。”金一娜又问。

“我没事儿啊，没事儿。”窦斌说。

金一娜跟窦斌的交流，被躺在床上抱着电脑上网的窦斌全都听到了。当他们正在沟通的时候，窦蔻一推门就走了出来。

“呀，你们要结婚了啊？”窦蔻站在门口，装作很惊讶的样子问。

“是啊。”金一娜笑着看着窦蔻说。

“恭喜你们啊。提前祝你们白头偕老。”窦蔻说。

“得了你。回你的房间玩儿去吧。”窦斌看了窦蔻一眼说。

“怎么着啊？我祝福一下还不行吗？”窦蔻愤愤不平地说。

“谢谢窦蔻的祝福。”金一娜依然笑着说。

“一娜阿姨，你跟我爸结婚的时候，是不是我得送你们礼物呢？”窦蔻若有所思地说。

“送什么送啊。你挣钱了吗？你拿我的钱送给我？”窦斌说。

“怎么了？你的钱怎么了？我用心挑选就是了。”窦蔻倚靠在门框上说。

“不用不用。你给阿姨祝福，阿姨已经很高兴了。”金一娜说。

“不不不，我一定给你们送个礼物，一定要给你们惊喜。”窦蔻说着转过身去，走向卧室，在关门的一瞬间又探出了头，“我先睡了。晚安。”

“窦蔻这孩子挺懂事儿的。”金一娜见窦蔻进了卧室后，对着窦斌说。

“是吗？”窦斌冷笑一声说。

第九章

1

梅亚楠这一段时间被向志远折腾得够呛。现在公司新产品上市第一阶段的营销全部落地了，她便打算在缓气的时候，开始想想怎么让向志远少折腾折腾她。但她又不敢反应过激，怕引起向志远的猜测跟不满。

周三这天一早，金一娜就早早起了床，因为她要跟窦斌去领结婚证。她做好早点，就把窦斌拽了起来。

“起来吃饭了。”金一娜站在床边，叫窦斌。

“再睡一会儿，再睡一会儿。昨晚睡得太晚了。”窦斌翻了一下身，睡意蒙眬地说。

“窦斌，你要这样，我生气了啊。今天什么日子啊？我们要领结婚证呢。”金一娜一把掀开被子，对着窦斌嚷着说。

“哎哟。想起来了想起来了。”窦斌说着腾空而起，坐了起来，“证件什么的都准备好了吧？”

“早就准备好了。”金一娜说着就走出了卧室，“赶紧着啊。早点已经做好了。”

“好的。马上就来。”窦斌从床上下来，穿上拖鞋说。

金一娜跟窦斌吃完早点，两人正准备出门的时候，金一娜突然想起了什么，站在门口不动了。

“怎么了？”站在金一娜身后的窦斌问。

“你的离婚证呢？”金一娜转过身看着窦斌问。

“你不是都准备好了吗？”窦斌问。

“我刚才忘记这茬了。我昨天我找了找，没找到。”金一娜拍着脑门说。

“应该在我工作间的抽屉里，跟那堆证件放在一块儿。”窦斌说，“我去找找。”

“赶紧去。去晚了还得排队。”金一娜说。

窦斌在工作间翻了好一会儿，才找到离婚证。窦斌拿着离婚证走出工作间，递给金一娜，金一娜直接装进了包里，就跟窦斌出门了。

2

金一娜跟窦斌到了朝阳民政局，在那儿排了很长时间的队，才排到他们。当听到里边儿喊他们的号后，两个人便进去了。

金一娜跟窦斌坐下后，金一娜就赶紧从包里掏户口本跟身份证还有窦斌的离婚证，递给了办理人员。

办理人员接过金一娜递过去的所有证件，然后一一地翻开查验，就在翻看窦斌的离婚证的时候，突然紧锁了眉头，缓缓地抬起手，看了看窦斌。

“这离婚证是你的吗？”办理人员问窦斌。

“是我的啊。”窦斌看着办事人员说，“有什么不对的吗？”

“你上边儿的照片呢？”办事人员说着把离婚证举起来，反过来让窦斌跟金一娜看。

“上边儿的照片呢？”窦斌也疑惑地自言自语着说。

“没照片不行吗？”金一娜问。

“当然不行了。谁知道是不是本人呢？”办事人员说。

“这上边儿不都写着名字和身份证号码吗？”窦斌说。

“我们必须按照章程办事儿，这是对你和这位女士负责。你这离婚证属于损坏的，暂时，我们办理不了。”办事人员说。

“那我再照一张照片贴上不就得了。”窦斌说。

“那不行，上边儿是有钢印的。”办事人员说。

“那怎么办呢？办不了了吗？”金一娜紧张地问。

“去旁边儿的窗口，让那里的操办员查实后，开一个证明，就可以办理结婚登记了。”办事人员说。

金一娜跟窦斌离开刚才的结婚登记窗口，金一娜拿着窦斌没有照片的离婚证。

“你怎么把照片给撕了啊？”金一娜不解地问。

“不是我。我没事儿撕它干什么啊。”窦斌对着金一娜说完，又自言自语地说道，“窦蔻这个小兔崽子，真是什么法子都能想得出来。真有她的。”

“跟窦蔻有什么关系？”金一娜说完才明白过来，“小孩子，没事儿。”

“咱们继续去排队吧。”窦斌说。

3

没错儿，照片就是窦蔻撕下来的。周一下午，窦蔻趁着下午没课，就溜了回来。

她回来本想把窦斌的户口本或者身份证给藏起来，但她找了很长时间都没找到。在窦斌工作间翻箱倒柜的时候，她无意中发现了窦斌的离婚证，她本来想装进包里带走。但装进包里后，又掏了出来，直接坐到椅子上，很认真地把窦斌的离婚证上的照片撕了下来。

窦蔻觉得这样比藏起来更有效果，她要让金一娜跟窦斌欢笑而去，失望而归。

4

金一娜跟窦斌领完结婚证后，两个人在一个饭馆吃了一顿家常便饭，窦斌就去798艺术区了，而金一娜揣着两张结婚证，去找梅亚楠炫耀了。

金一娜到的时候，梅亚楠正吃着午餐盯着电脑屏幕，看一个营销方案。

“亲爱的，你看这是什么？”金一娜推门而进，把两张结婚证摔在梅亚楠的办公桌上。

“哟，领了？”梅亚楠嘴里嚼着一口饭说，“真不容易，终于把自己嫁出去了。”

“我以后也是有结婚证的人了。”金一娜兴奋地说。

“以后窦斌再不听话，把结婚证摔他脸上，再让他矫情。”梅亚楠又往嘴里送了一口饭说。

“你怎么才吃饭啊？”金一娜问。

“上午开了一个总结会。你就找我炫耀结婚证来了？”梅亚楠说着翻开金一娜的结婚证。

“对啊。今天领证领得还不顺利。”金一娜说。

“怎么了？窦斌反悔了？”梅亚楠问。

“那倒不是。窦寇把窦斌离婚证上的照片给撕下来了，险些领不成。”金一娜退到梅亚楠办公室的会客沙发旁坐下后说。

“这孩子。”梅亚楠呵呵一笑说。

“你身体有点反应了没？”金一娜问。

“没有。我现在都急死了。”梅亚楠说。

“我在学校里听一个同事说，顺义那边儿有一个老中医，看得特别好。你要不要去试试。”金一娜说。

“真的吗？”梅亚楠一听金一娜这么说，两眼放光。

“他们是这样说的。”金一娜说，“看你那两眼放光的劲儿。”

“再这样下去，我真要快扛不住向志远的殷勤了，不用他发现，我就主动招供了。每天跑五公里，一会儿让我吃这，一会儿让我吃那，腿不消停吧，嘴也不让闲着。那你明天陪着我去呗。我现在不管医术是不是货真价实，我都要尝试了。我现在的心态就是有枣没枣打三竿子。”梅亚楠说。

“明天不行，明天我有课。后天吧。后天我陪你去。”金一娜说。

“那你问清楚具体地址。”梅亚楠说。

5

苏小凡这两天一直在想着怎么给患者说，要人家的胎盘。这事儿对她而言，太难开口了。每当她给孕妇接生完，取出产妇的胎盘，都会萌发跟患者以及患者家属商量的冲动，最后她总是犹犹豫豫地走出病房，告诉家属生的是男孩还是女孩后，就回自己的诊室了。

虽然，梅亚楠只给苏小凡说过一次，但这一次就让苏小凡落下了心病。

就在金一娜找梅亚楠炫耀结婚证的时候，苏小凡刚从产房回到自己的诊室，刚坐下，徐泽的电话就打了过来。

“我下周一就开始上班了。”徐泽说。

“挺好啊。恭喜你终于开始救治自己的同胞了。”苏小凡说。

“我已经约好了咱们的同学，这周六晚上我请你们吃饭，吃完饭接着去唱歌。我一会儿把地址发到你的手机上。”徐泽说。

“好啊。我保证准时到达。”苏小凡说。

“带着你的男朋友哈。”徐泽话锋一转说。

“成，周六我就让你见了黄河死了心。”苏小凡笑着说。

“我见了黄河绝对死了心，保证不纠缠、不诋毁、不无赖。”徐泽笑着说。

“那成，咱们走着瞧，周六见。”苏小凡说。

挂了徐泽的电话，苏小凡才有些发愁。这聚会时间来得太突然，让她去哪儿拽一个男朋友？所以，苏小凡坐在诊桌前，思来想去也没想好辙。

6

窦斌比金一娜早到家。窦斌打开家门，却见窦蔻竟然在家。

窦蔻这一天其实过得挺不安的，她这一整天一直坐在学校里想窦斌跟金一娜领结婚证的场面，但一想到她把窦斌离婚证上的照片撕了下来，就露出了欣慰的笑容。

“怎么回来了？你周一到周四不是住校吗？”窦斌关上门问。

“我明天上午没课，就回来了。你跟一娜阿姨把结婚证领了吧？”窦蔻起身走到窦斌身边，接过窦斌跨在肩膀上的相机。

“你说呢？”窦斌故意卖关子说。

“那肯定是领了啊。给我看看呗。”窦蔻把相机放到桌子上，然后挎着窦斌的胳膊故意撒娇，装作很兴奋的样子说。

“窦蔻，我离婚证上的照片去哪儿了？”窦斌斜过头看着窦蔻说。

“什么照片啊？离婚证上还有照片吗？”窦蔻一无所知的样子。

“你还给我装。你这样做有点儿过分了啊。”窦斌甩开窦蔻搀着他的胳膊，走到沙发上坐下，点了一支烟说。

“爸，你说什么呢？我真不知道。”窦蔻也走了过来，坐到窦蔻的身旁说。

“你再装我真生气了。我给你说窦蔻，结婚证我跟你一娜阿姨已经领了。照片的事儿，我也不追究了，一会儿你给你一娜阿姨道个歉。这事儿就算了了。”窦斌抽着烟说。

“我做错什么了。为什么啊？”窦蔻突然生了气，瞪着窦斌说。

“因为你们都是我的亲人，你们谁也不能伤害谁。你要觉得不开心，你就找你爸我出气。你要阻碍我跟你一娜阿姨生孩子，我绝对一句话不说，你爱怎么做怎么做。我跟你一娜阿姨领个证，你怎么也捣乱呢？”窦斌说。

“你们领了证，不生孩子吗？爸，我现在是看透了，你是重色轻女儿。”窦蔻嘟着嘴，一脸的不高兴。

“你这叫什么话。窦蔻，你也是姑娘，你未来也会成家，成为你一娜阿姨那个岁数的人。你一娜阿姨差不多你这么大的时候就认识了你爸我，也不跟你爸要任何承诺，就这样跟着你爸。她已经把所有的青春年华，都用在了我身上。在你一娜阿姨提出想结婚生孩子的时候，我为了顾及你的感受，死死不答应你一娜阿姨的请求。难道这不是在爱你吗？我们是人，你们都是我的亲人，人跟人都讲感情，何况跟亲人呢？难道我伤害你一娜阿姨，你就得到了快乐。我现在只是跟你一娜阿姨结个婚而已，给你一娜阿姨一个身份和一个女人本应该有的归宿。”窦斌看着窦蔻语重心长地说。

“爸，你不要跟我说这些。我理解，我也站在你的角度想过，我也替一娜阿姨觉得不值。但我呢？一个在不健全的家庭长大的孩子，是多么地渴望安全感呢？我知道我这样不对，但我真的说服不了自己不去这样做。爸，我爱你，我想你有一个好的家庭。但不想……爸，你欠我的。”窦蔻说着眼泪竟然掉了下来。

“你爸现在也很为难，你告诉爸一个好的办法，让爸谁都不伤害。窦蔻，我不能学你，找一个男朋友演场戏，故意气你妈，让你妈把你赶出家门，然后你借机来到我这儿。绕一个圈，来完成自己的意愿。”窦斌说。

“爸，我答应你给一娜阿姨道歉，但你答应我不跟一娜阿姨生孩子好吗？我真的不想被别的孩子夺走父爱，我害怕。”窦蔻哭着说。

“好，爸答应你。”窦斌看着流泪的窦蔻，心很疼却很无奈地说。

7

在窦斌跟窦蔻这对父女正在相互倾诉内心最柔软的那些话语的时候，便听到了钥匙插进锁孔开门的声音。

“一会儿吃饭的时候，给你一娜阿姨道个歉。”窦斌说着抽几张茶几上的抽纸，递给窦蔻。

窦蔻接过窦斌递给她的抽纸，擦着眼泪，点了点头。

“你回来了？”窦斌看着金一娜说。

“回来了。窦蔻也回来了啊？今天阿姨给你做好吃的。”金一娜笑着说。

“一娜阿姨，对不起。我不应该撕下我爸离婚证上的照片，阻碍你们领证。”窦蔻说着抽搐了一下。

金一娜走过来，看到窦蔻已经哭红的双眼，就知道了是怎么回事儿。

“阿姨理解你，不怪你。阿姨出去请你吃饭，就不让你爸去了。”金一娜走到窦蔻的身旁，伸出手抚摸了一下窦蔻的头发。

“那我爸怎么吃饭呢？”窦蔻说。

“让你爸自己在家吃泡面，谁让他把你说哭了。这是对他的惩罚。咱们俩也进行一次女人跟女人的谈话。”金一娜说。

8

向志远洗完碗从厨房里走了出来，见梅亚楠正坐在沙发上看着一本时尚杂志，嘴里啃着一根胡萝卜，便笑着走了过去。

“养成习惯了吧？现在都不用我主动说了，挺自觉的。”向志远坐下后说。

“人家茶几上都放着水果，咱家的茶几上放着一盘洗干净的胡萝卜，我不吃它吃什么？”梅亚楠咬了一口胡萝卜，发出清脆的响声。

“那儿不是还有苹果吗？”向志远指了一下那盘胡萝卜旁边儿的苹果。

“你饭前已经让我吃了一个了，我不能总吃吧。”梅亚楠说。

“知道吃就成。对了，后天晚上有个酒会，你要跟我一块儿去。”向志远说。

“我不去。后天我有事儿，跟一娜约好了。”梅亚楠说。

“我都给人家说好了，带着你去。你不去不好吧。”向志远有点儿不满地说。

“酒会上那么多人，谁有心思关注你啊。你是主要嘉宾吗？”梅亚楠问。

“当然是了。你必须去。”向志远用命令的口气说。

“你还命令上了。这样吧，我要是回来早了，就跟你一块儿去，成吗？”梅亚楠说。

“你们俩总在一块儿，也不嫌腻歪。你们整天在一块儿干些什么啊？”向志远问。

“女人的事儿，你少打听。我去锻炼了，省得你唠唠叨叨的。”梅亚楠说着起了身。

“今天不锻炼了，暂时给你放假。”向志远把梅亚楠又拽回了回来。

“真的啊？我真是太谢谢你了，你终于听到我的心声了。”梅亚楠抱住向志远的脸就亲了一口，兴奋地说。

“真的。我送你一个礼物，你等着啊。”然后向志远起身去了储物间。

“向志远，你要再搞那些乱七八糟的吃的，我可不奉陪啊！”梅亚楠看着向志远的背影说。

“不是吃的。你放心。”向志远头也不回地走进了储物间。

9

金一娜把窦蔻带进了一家西餐厅，两个人各点了一份牛扒。

“窦蔻，你是不是不愿意我跟你爸结婚呢？”在金一娜跟窦蔻吃到一半的时候，金一娜进入正题问。

“没有。”窦蔻切着牛排说。

“你是不是特恨我，我让你爸跟你妈离婚了。”金一娜放下刀叉，凝望着窦蔻说。

“我不恨你。我妈说要是没有你，我爸也会跟她离婚。我妈说我爸是一个渴望自由的人，这些她给不了我爸。”窦蔻说。

“那你可不可以告诉阿姨，你为什么把你爸的离婚证的照片给揭下来呢？”金一娜小心翼翼地问。

“因为我怕。”窦蔻也停下手里的刀叉，抬起了头。

“怕什么呢？”金一娜微笑着说。

“我怕你跟我爸生孩子。”窦蔻很认真地说。

10

当梅亚楠看着向志远从储物间里推出一辆崭新的单车时，梅亚楠一下呆住了，呆完之后便是惊愕。

“这就是你送我的礼物？”梅亚楠惊讶地看着向志远说。

“两万多呢，骑着可轻了。骑个百儿八十公里的，绝对不觉得累。”向志远跨到单车上，笑着说。

“你这又是唱的哪一出啊？”梅亚楠不解地问。

“以后你上班就骑它了。”向志远说。

“你没病吧？我上班骑车，下班再跑步。你训练体育健儿呢？”梅亚楠说。

“在家健身给你停了。每天看着你不情愿的劲儿，我也挺不落忍的。”向志远说。

“我骑车上班也不情愿。”梅亚楠说。

“没事儿，我看不到。”向志远说。

“你太自私了吧？”金一娜说。

“你就当孕前锻炼了，怎么了？”向志远。

“咱家住在三元桥，我上班在国贸。差不多五公里呢，你这不是成心让我上班天天迟到吗？”金一娜说。

“我没那么残忍。我每天会开车把你送到长虹桥，然后你骑着车子再去。下班了，我再在长虹桥接你。”向志远说。

11

金一娜跟窦蔻回到家，就各自回卧室了。窦斌正躺在床上看一本外国摄影展作品的册子。

“你们俩谈得怎么样？”窦斌见金一娜进了屋门后问。

“窦斌，你真的愿意跟我生孩子吗？”金一娜坐到床旁的椅子上问。

“你怎么突然问起了这事儿了？咱什么不都说好了吗？”窦斌把册子放到一旁说。

“窦蔻什么都给我说了。我这样做是不是很让你为难？”金一娜说。

“早晚有一天她什么都会想通的。你就别想那么多了。”窦斌说。

“你真这么想吗？”金一娜问。

窦斌点了点头。

“你这段时间抽烟还那么凶吗？”金一娜问。

“比以前少点儿了。”窦斌说。

“这段时间你喝过酒吗？”金一娜又问。

“没喝过。”窦斌说。

“那我们别等了，我等不了半年了。我真怕夜长梦多，你再改变了想法。今晚我们就开始吧。”金一娜说着就站起来，走到了床边儿，开始脱衣服。

“一娜，一娜，你等等。”窦斌阻止住金一娜。

“怎么了？”金一娜停了下来。

“明晚开始成吗？窦蔻在呢。”窦斌说。

“好吧。”金一娜很扫兴地钻进了被窝。

第十章

1

梅亚楠穿着一身向志远早就给她置办的骑车行头，站在客厅中央。

“准备好了吗？”向志远扶着自行车，把安全帽递给梅亚楠问。

“真是虎落平阳被犬欺。”梅亚楠接过安全帽，自言自语地说道。

“你刚才说什么？”向志远问。

“没事儿，赶紧把自行车给我放到后备厢，我急着去上班儿呢。”梅亚楠瞪着向志远说。

“行，我在楼下等你。你的工作装，我全给你放到那个双肩包里了。”向志远说。

“包呢？”梅亚楠不耐烦地说。

“在卧室呢。你自己去拿吧。我去开车。”向志远说着，就推着车子出了家门。

向志远倒是说到做到，一到长虹桥，就把车停靠在了路边儿，从后备厢里取出了自行车。

“慢点儿骑，注意安全。”向志远把自行车交给梅亚楠嘱咐说。

“我知道了。你赶紧忙你的去吧。”梅亚楠从向志远手里接过自行车，不耐烦地说。

“下了班儿，我在马路右侧等你。”向志远说。

“我走了，不跟你啰唆了。”梅亚楠骑上车子，就朝着国贸的方向蹬去了。

但梅亚楠骑了不到三分钟，就停了下来，然后左右看看向志远是不是跟着过来，当发现向志远没有跟着过来后，就拦下一辆出租车，让司机师傅把单车放到后备厢，打车去了公司。

2

窦斌本想跟窦蔻聊聊，但他醒来后，却发现家里已经空无一人，只有餐桌上放着一份他的早餐。

“窦蔻上午不是没课吗？怎么走这么早。”窦斌自言自语地说。

窦斌吃完早餐，就坐到沙发上，用座机拨打了窦蔻的电话，但传来的却是系统提示拨打的用户已关机的声音。当窦斌听到提示音，才恍然意识到了什么。他慌忙扣掉听筒，急忙奔回卧室取出手机，拨打了前妻古雪的电话。

“窦蔻回家了吗？”窦斌慌忙地问。

“没有啊。她不是住你那儿吗？”不知情的古雪很沉稳地说。

“那行，我知道了。”窦斌说。

“窦蔻是不是出什么事儿了？”古雪问。

“没有。我先挂了。”窦斌说。

窦斌挂了电话，把电话往床上一扔，就开始换衣服。窦斌刚把衣服换好，电话就响了。窦斌拿起电话一看，是古雪打过来的。

“怎么了？”窦斌问。

“窦蔻怎么关机了？”古雪问。

“没电了吧。”窦斌说。

“不可能。窦蔻身上永远都揣着两块电池。窦蔻是不是出什么事儿了？”古雪略显焦急地说。

“都说没事儿了。”窦斌说。

“那她的电话怎么打不通？”古雪质问窦斌。

“咱们在窦蔻的学校门口集合。一时半会儿给你说不清。”窦斌说。

3

窦斌跟古雪先去了窦蔻所在系的老师办公室，让老师打了窦蔻舍友的电话，都没有窦蔻的消息。窦斌跟古雪又沿着校园转了一圈，也没找到窦蔻。

“你生个孩子就生吧。你跟窦蔻商量个什么劲儿啊。”古雪埋怨着说。

“我怎么知道她有这么大反应呢？”窦斌说。

“你现在怎么办吧？”古雪说。

“怎么办？我怎么知道怎么办？你非把她赶出来干什么啊？不就交一个男朋友吗？还是假的。”窦斌说。

“我怎么知道你们父女俩在相互演戏呢？你怎么不早告诉我呢？”古雪说。

“告诉你，告诉你更乱了。”窦斌说。

“窦斌，你把我想得太小气了吧。我还能怂恿窦蔻不成吗？”古雪反应激烈地说。

“得得。你就别埋怨了。净裹乱。”窦斌有点不耐烦地说。

两个人边说边在校园里转悠着寻找窦蔻的时候，窦斌突然看到了小光头跟着几个男生正背着琴，向他们走来。

“光头，光头。”窦斌朝着小光头喊。

“叔、阿姨，你们怎么来学校了。”小光头听到窦斌叫他，就走了过来。

“你见到窦蔻了吗？”古雪问。

“她跟我分手了。”小光头露出一副很伤心的表情，“叔，你不是挺欣赏我的吗？你给窦蔻说说呗，我是真的挺喜欢她的。”

“你见窦蔻了吗？”窦斌又问。

“没有啊。窦蔻说了，以后让我见了她，躲着走。”小光头说。

“行行，我知道了。你忙你的去吧。”窦斌说。

“叔，你别忘了替我说说。”小光头说。

4

窦蔻一整天都没有回学校，手机一直到第二天都没开机。

跟窦蔻一整天失去联系的事儿，窦斌对金一娜只字未吐，他怕引起金一娜的胡思乱想。等金一娜出了门，窦斌才联系古雪，准备一起去报警。

就在窦斌跟古雪刚到了派出所，正准备跟接待他们的片儿警报案的时候，他跟古雪的电话同时进来了一条短信。

“爸，妈，现在你们已经跟我失去联系二十四个小时了，我想你们这个时候应该去报案了。不用报，我很好，也很安全，我现在在去西藏的路上。爸，祝你早生贵子。”

窦斌跟古雪看完窦蔻发过来的短信，他们俩相互看了一眼，古雪的眼泪瞬间就流了出来。

“女儿发的短信吧？”片儿警说。

“是的。”窦斌说。

“那还不赶紧打过去。”片儿警说。

“不用了，她已经在去往西藏的路上了。谢谢你。打扰了。我女儿很安全。”窦斌说。

“我要把女儿找回来。”出了派出所后，已经泪流满面的古雪说。

“你能找到吗？让她去吧。西藏那个地方，或许能让她想明白一些事情，让她成长。”窦斌说完，就像一个失魂落魄的人，朝着前方走了。

“窦斌，你太狠心了。”古雪看着窦斌的背影说。

5

梅亚楠开着一辆公司的公车，载着金一娜行驶在前往顺义的路上。

“你知道窦斌开始为什么不愿意跟我生孩子吗？”坐在副驾驶座上的金一娜说。

“你不是说他怕担责任吗？”梅亚楠开着车说。

“不是。昨天我跟窦蔻聊了聊，窦蔻对我跟窦斌生孩子的事儿，很反对。窦斌是担心窦蔻的情绪。现在想想，我是不是有点残忍，是不是太逼窦斌了，太不顾及窦蔻的情绪了。”金一娜苦不堪言地说。

“一娜，你不是开始反悔了吧？你可别啊。你这岁数虽然算不上优生优育，起码也是能生能育。你不能再等了，再迟你可能比我的下场都悲惨。”梅亚楠说。

“可是……”金一娜说。

“你为他们着想没错，但不为自己想也是不对的。窦斌跟窦蔻只是情绪，而你是一生的事儿。一辈子跟情绪哪个更重要呢？”梅亚楠打断金一娜的话说。

“有的时候，我真觉得自己上错了车，但又不想下对站。”金一娜感慨万千地说。

“这个世界，不存在绝对的错与对，只存在相对的是与非。你坚持了你的爱情，这本身没有错。坚持爱情，不是为了填补内心空虚的角落，而是走在爱情的路上，看着人生的路标，走进属于自己的生活。你现在不是已经到站了吗？那还谈什么上错车下对站呢？”梅亚楠颇有哲理地说。

“就让窦蔻恨我吧。生活就是一张爱恨交错的网。”金一娜苦笑着说。

“这样想就对了。”梅亚楠说。

6

窦斌开着车行驶在二环上，车里放着蔡琴的《恰似你的温柔》。这首柔情似水的歌曲，却让窦斌听得心情千回百转。

其实，在窦斌看到窦蔻短信的时候，他的心就碎了。

窦斌最终把车开到了一家医院里，因为他想起了葛爱军对他说的话。

“你要是不能生，就不是你的错了吧？”葛爱军说。

“做结扎。”葛爱军抿着嘴笑着说。

没错，窦斌要把自己给结扎了，要造成自己不能生的假象。

窦斌把车停到医院的停车场，关上车门就朝着门诊楼走去了。窦斌刚走出停车场，就有一辆刚驶出停车场的车又倒到了窦斌跟前。当车窗缓缓地落下后，向志远把头探了出来。

“老窦，你怎么来医院了？病了？”向志远盯着窦斌问。

“肠胃有点儿不舒服，过来看看。”窦斌撒谎说完，又问，“志远，你来干什么？”

“过来取证。医院有一起医疗纠纷案。”向志远说。

“这小案子，你这大律师也经手啊。”窦斌说。

“医疗纠纷，是最考验一个律师水平的。用不用我给院长打个招呼。”向志远说。

“小病，不用。”窦斌说。

“那你去看吧。我回家了，我现在得供着我们家亚楠。”向志远说。

“行。”窦斌说完就朝前走了，刚走两步又退了回来，“你下午有事儿没？”

“没事儿啊。晚上有个酒会。”向志远说。

“咱俩先喝点儿。”窦斌说。

“不看病了？”向志远说。

“酒是万药之父。”窦斌笑说。

7

两个人找了一个饭店，窦斌还要了一个包房，还把包房的服务员给请了出去。向志远跟窦斌紧挨着坐在一张大桌子旁，整个包房显得特别空旷。

向志远紧拿着自己的量，怕喝多了耽误晚上的酒会，所以在窦斌喝大的时候，向志远还保持着绝对的清醒。

“志远，我是亚楠的老师，你知道吗？”窦斌举着酒杯摇摇晃晃含含糊糊地说。

“当然知道了，你跟一娜当时的师生恋轰动全校。当时，你跟一娜多时髦啊。比去吃老莫都时髦。”向志远也举着酒杯说。

“错。那不叫师生恋，当时也就是一个学生爱老师。”窦斌说着晃了晃酒杯，“那这么说我算是你老师。敬窦老师一个酒。”

“走一个，窦老师。”向志远跟窦斌一碰杯，两个人便一饮而尽了。

“身为老师，我得给你说道说道。”窦斌伸着大舌头说。

“洗耳恭听。”向志远笑着说。

“窦老师今天不高兴，你怎么让窦老师高兴呢？”窦斌握着酒瓶摇摇晃晃地给自己斟了一杯酒说。

“再敬窦老师一个呗。”向志远说着也给自己倒了一杯，“窦老师都是要结婚的人了，还有什么不高兴的啊？”

“窦老师就是因为结婚，要做结扎了，所以才不高兴的。”窦斌又一饮而尽。

“不是不是。窦斌，你这什么意思啊？怎么做结扎？一娜跟你结婚的目的就是为了跟你生孩子，让孩子有个户口。你这做结扎了，一娜跟谁生孩子去啊？”向志远很费解，又有点急。

“我要不做结扎，我就得先失去一个孩子。窦蔻、一娜，这俩人我一个都得罪不起，我就把自己给了结扎了。”窦斌说。

“窦斌，你这样做对一娜有点不公平吧！”向志远说着，一把夺过窦斌正要送进嘴边的酒杯。

“先把你们家的事儿解决了，再来说我。自个家的门前雪都没扫干净，就别想着学雷锋为我服务，帮我扫来了。”窦斌说着又抢过向志远手里的酒杯，“把酒杯给我。”

“我们家很幸福啊，正准备生孩子呢。我们家现在是草船借箭，只差曹操。”向志远说。

“幸福个屁。你的幸福充其量也是掩耳盗铃的幸福。还草船借箭，只差曹操了呢？你现在连草船都没有。你们家亚楠闭经了你知道吗？”窦斌用迷离的双眼盯着向志远说完，就出溜桌子底下了。

8

向志远一听窦斌这样说，脑袋一下像是炸开锅了。他紧紧地握着酒杯，然后仰起头把一杯酒一饮而尽。

向志远又连续自斟自饮了几杯酒，便逐渐地冷静下来，才把躺在桌子下已经醉得不省人事的窦斌扶了起来。

而此刻，前往顺义的梅亚楠跟金一娜，刚从老中医那儿拎着两大包中药走出来。

这两个都期待着各自美好生活的女人，并不知道人生正在给她们布置一场生活的大考验。

第十一章

1

进了城，梅亚楠跟金一娜就分开，各自忙活各自的生活了。

梅亚楠回到公司，换上骑车装备，给向志远打电话让他去长虹桥接她。

此刻，向志远正躺在客厅的沙发上，酒让他觉得像是盘旋在空中，而自己的心像是摔在地上。当向志远听到手机响铃，从衣兜里掏出手机一看是梅亚楠的，便把电话扔到了一旁。

梅亚楠给向志远打了几次手机，都没人接，又把骑车装备换成正常的服装，打车回家了。

梅亚楠一进家门，就闻到了一股刺鼻的酒味。她走到躺在沙发上的向志远身旁，左右瞅了瞅眼睛直直盯着天花板的向志远。

“你不是晚上的酒会吗？改中午了？”梅亚楠推了推向志远的腿，然后坐到沙发的角落说。

向志远躺着，没有吱声。

“谁办的酒会啊？这么抠门，让嘉宾都改喝白酒了。”梅亚楠盯着向志远说。

“你别烦我成吗？！我烦着呢！”向志远翻了一下身说。

“喝一顿酒，还长脾气了。”梅亚楠笑呵呵地说。

“亚楠，你不想对我说点儿什么吗？”向志远阴阳怪气地说。

“你也没告诉我酒会改中午了啊。”梅亚楠说。

“我想骂人。他妈的。”向志远说，“脏话比谎言干净一百倍。”

“向志远，你什么意思啊？”梅亚楠这时才发现向志远今天是如此古怪。

“我什么意思，你不知道吗？合着所有的人都知道，你就瞒着我一个人。我他妈的还名律师呢？这都看不出来。你闭经那么大的事儿，为什么不告诉我！”向志远说着愤怒地坐了起来。

“谁告诉你的？”梅亚楠一听向志远这么说，像是谁在她背后放了一块儿冰，让她哆嗦了一下，瞬间又冒了一身冷汗。

“这重要吗？”向志远说。

“志远志远，你听我说。我不是有意瞒着你的。我是怕你担心，怕你失望。”梅亚楠紧张地解释说。

“我不是失望。我是对你绝望。你眼里还有我这个丈夫吗？！”向志远愤怒地说。

“志远，我知道这次是我错了。我不该隐瞒你。但你有没有想过，我为什么瞒着你呢？”梅亚楠丧失了以前的威风；此刻，她是多么想扮演一次狐假虎威，却鼓不起勇气；她唯唯诺诺地说。

“所有的谎言，都会被证据埋单的。”向志远说。

“志远，你什么意思？你不相信我？”梅亚楠说。

“没意思。”向志远说。

“向志远，我给你拿我的诊断书去。我告诉你，我不是绝经，是药物所致的闭经。我之所以隐瞒你，是怕打击你生孩子的念头。我也担心你跟我一样紧张，这样会让我更加紧张，这样更加无法很好地治疗我的病。我真的想治好后，再告诉你。”梅亚楠辩解说。

“我知道了。你上楼去吧。我冷静一下。”向志远又躺倒在沙发上，很冷静地说。

2

梅亚楠没有上楼，而是回了娘家。

梅亚楠走到楼口，便跟刚下班回家的苏小凡遇到了。

“小姨，你回来了啊？”苏小凡走过去，跟梅亚楠打招呼。

心情不好的梅亚楠，只是冷冰冰地嗯了一声。

“小姨，你是不是生我的气了。我正在给你找紫河车呢。”苏小凡跟上梅亚楠说。

“没有。”梅亚楠依然冷冰冰地说完，便进了电梯。

“小姨，我这两天就给你找到了。”苏小凡也进了电梯说。

“我知道了。”梅亚楠生硬地微笑了一下。

苏小凡见梅亚楠如此不高兴，便不再说话了。

梅亚楠一进门，就把在卧室里待着的梅老太太唤了出来。

“妈！妈！妈！我的病历呢？”梅亚楠着急地说。

“怎么了？跟狼撵了似的，慌里慌张的。”梅老太太从卧室里走了出来。

“赶紧把病历给我，向志远知道了，我要拿着病历给他看。刚才跟我发了一通火了。”梅亚楠说着，急呼呼地坐到了沙发上。

“怎么知道了？”梅老太太慌了神。

“谁说的？”在阳台上晾衣服的梅亚非走过来说。

“看吧看吧。我早就说告诉志远，现在通过别人的口知道，比老二告诉要严重多了。”梅老爷子也从卫生间里走出来说。

“你就是马后炮。现在说这些还有什么用啊。”梅老太太数落梅老爷子。

“他今天参加了一个酒会，回来就知道了。我也不知道谁说的。按理说，志远认识的圈子里，没人知道我这事儿啊？”梅亚楠纳闷地说。

站在门口的苏小凡，一听梅亚楠这么说，便屏住了呼吸，连大喘气都不敢了。因为她想到了赵英杰，只有赵英杰跟向志远才能混迹在同一个圈子，只有他们俩能出席同一个酒会。

“向志远除了跟你发火，还说了些什么啊？”梅老太太紧张地问。

“别的没什么，妈，你想他干什么啊？”梅亚楠说。

“老二，这事儿别急，咱得慢慢说。志远不是那种不讲理的人。”梅老爷子说。

“亚楠，你别急，要不我跟你一会儿跟志远去说说。”梅亚非说。

“不用。姐，你要现在跟我去，那真就乱了。”梅亚楠说。

苏小凡在梅家一家人正在为梅亚楠担心的时候，偷偷地溜了出来。她下了楼，就掏出电话，拨打了赵英杰的电话。

“赵总，你在哪儿呢？”赵英杰接通电话后，苏小凡便问。

“我在公司呢。”赵英杰说。

“那你方便在公司等我会儿吗？我过去找你有点事。”苏小凡说。

“行。你来吧。我在公司等你。”赵英杰说。

3

苏小凡风风火火地来到赵英杰公司的时候，整层写字楼里只剩下零星几个加班人员。苏小凡怒气冲冲地找到赵英杰的总裁办公室，见赵英杰的办公室开着门，便径直走了进去。

“小凡，你来了啊？”赵英杰见苏小凡进来后，笑着站起来说。

“赵总，我把门关上了，一会儿我可能要发脾气。”苏小凡关上门说。

“什么意思？”赵英杰笑着说。

“赵总，麻烦你给我先倒杯水。”苏小凡不等请便坐到了赵英杰办公的会客沙发上。

“小凡，你是喝茶呢，还是喝咖啡呢？”赵英杰走到饮水机旁，取出一个杯子问。

“白水就行。”苏小凡说。

“你要对我发什么脾气呢？”赵英杰把一杯水放到苏小凡面前问。

“赵总，上次我不是一而再再而三地强调，不让你把我小姨的事儿告诉我姨夫吗？你为什么说话不算数呢？”苏小凡一口气把一杯水喝完说。

“我没说啊。”赵英杰说。

“那我姨夫怎么知道了？是在今天的酒会上！”苏小凡质问道。

“我没参加酒会啊。我刚从上海飞回来。”赵英杰说。

“你别骗我。”苏小凡不相信地说。

“你看，我的机票还在呢。”赵英杰说着，就回到办公桌旁，把扔在办公桌上的一张机票拿起来，又折回来递给苏小凡，“你看吧。我四点多才落地的。”

“真的不是你？”苏小凡看着机票说。

“真不是我。”赵英杰说。

“那会是谁呢？”苏小凡纳闷地说。

“那我就不知道了。”赵英杰笑着说，“还对我发脾气吗？”

“算了。我原谅你了。”苏小凡把机票放到茶几上，很尴尬地说。

“我都没错，你原谅我什么啊。”赵英杰说。

“你就当你错了不成了吗？”苏小凡说。

“好吧。就当我错了。你这个小丫头。”赵英杰呵呵一笑说。

“那我走了。”苏小凡说。

“别走啊。你来我公司一趟不容易，我请你吃个饭吧。”赵英杰说。

“不了。我回家了。我们家现在肯定乱成一锅粥了。”苏小凡说着站了起来。

“那行。我就不挽留你了。”赵英杰说。

“你明天晚上有时间吗？我请你吃饭吧。你也请我吃过，也请我喝过。我要不请回来，我心里过意不去。”苏小凡走到门口，又转过身说。

“不用。哪有小孩请大人的。有时间让你姨夫替你请我。”赵英杰说。

“那不行。他是他，我是我。你该不是觉得我请不起好的，你就不去了吧。”苏小凡说。

“怎么会呢。”赵英杰说。

“那你还拒绝什么呢？”苏小凡说。

“你把吃饭的时间地点用短信发给我吧。我一定去。”赵英杰说。

“成咧。明天我就发给你，要讲信用啊。”苏小凡说。

4

金一娜回到家见窦斌烂醉如泥地睡在床上，她给窦斌脱掉鞋，盖上一床被子，就去客厅了。

而梅亚楠从娘家揣着病历回到家，却发现向志远不在家。梅亚楠打开灯，房间瞬间亮堂了起来，心里却有些空旷。她掏出病历，把自己摔躺在沙发上，看着自己的病历，叹息着。

梅亚楠就这样躺了一会儿，便坐了起来，拿起电话拨打了向志远的电话。

向志远的来电铃声响起的时候，正在酒会上端着一杯红酒，跟一个商界人士力不从心地聊着。商界人士见向志远的电话响了，便客套一句，走开了。

向志远从口袋里掏出电话，一看是梅亚楠打来的，便摁了一下暂不接听键，又装进了口袋。但刚装进去，又掏了出来，把梅亚楠打过来的电话接了起来。

“你在哪儿呢？”向志远接起电话后，梅亚楠问。

“酒会。”向志远说。

“你下午不是参加了吗？”梅亚楠又问。

“我说了吗？”向志远闷闷不乐地说。

“还用我去吗？”梅亚楠继续问。

“随便……你来吧。”向志远说。

"行。"梅亚楠说。

向志远虽然没有把"随便你"连贯地说出来，但梅亚楠知道向志远此刻不想见到她。梅亚楠之所以答应，是因为她觉得人多的场合，而且是向志远交际的圈子，更适合他们俩去谈话，毕竟向志远不会在众目睽睽之下跟她大发雷霆。

梅亚楠挂了向志远的电话，就去衣帽间换了一身晚礼服。

5

"小凡，你刚才去哪儿了？"苏小凡一进家门，梅亚非就问。

"我小姨走了？"苏小凡没有回答梅亚非的话，而是站在门口朝里探了探头。

"走了。你小姨刚才给你说要紫河车的事儿，你给你小姨找到了吗？"坐在沙发上的梅老太太说。

"还没有。我不好意思跟患者张口。"苏小凡有点儿不好意思地回答。

"不好弄，就算了。"坐在梅老太太身边儿的梅老爷子，说着起了身，"小凡也回来了，开饭吧。"

"你心怎么这么大啊？老二都这样了，你还有心思吃饭。"梅老太太瞅着梅老爷子说。

"我不吃饭，老二就好了吗？如果这样，饿死我也愿意。"梅老爷子哼了一声，去了饭厅。

"妈，你就别太担心了。老二从小就机灵，这点儿事儿她肯定能处理好的。"梅亚非说。

"要是志远跟老二因为这事儿闹离婚怎么办啊？"梅老太太顾虑重重地说。

"我小姨跟姨夫的感情很深，不会的。姥姥，咱们去吃饭吧。"苏小凡走过来，拉起梅老太太。

“唉，如果老二再离婚了，我这条老命也算到头了。”梅老太太唉声叹气地说着，被苏小凡扶起来后又对着苏小凡说，“小凡，你一定得给你小姨找到紫河车。咱不要，咱买。给钱。”

“行，行。姥姥，你就放心吧。”苏小凡说。

“苏小凡，你靠谱点儿啊。现在你责任重大。”梅亚非站在她们身后啰唆了一句。

6

梅亚楠到了酒会，搀着向志远在大厅里走了一圈，两个人像是被传闻吵架的演艺圈夫妻，用幸福击破那些传闻。

“我们出去聊聊。”梅亚楠搀着向志远，站在自助餐台的旁边。

“好啊。”向志远点头同意。

两个人各自端着一个酒杯，正要并肩出大厅的时候，突然被酒会的东道主拦住了。

“志远，这是向夫人？还是……？”一个四十岁出头的男人，穿着一身黑色西服，对着向志远跟梅亚楠微微一笑问。

“我媳妇。我是不敢还是啊。”向志远笑着说。

“志远是绝种好男人啊。不过弟妹气质也不凡啊。就是来晚了点儿，都跟志远说好了，带着你来，这可是专门为志远办的酒会。你这有点儿说不过去吧。”男人说着转过身，指了指挂在大厅一旁的一个红色条幅：感谢向志远律师为海亚集团解决债权纠纷一案暨庆祝顺利并购顺昌有限责任公司。

“真不好意思。公司有点儿事儿，来晚了。”梅亚楠一脸歉意地说。

“那就罚一杯吧。”男人说着举起了杯。

“杜总，我们正打算要孩子呢。这酒，我替我媳妇喝了。”向志远阻拦住杜总。

“真的啊，那好那好。这酒我就不劝了，你也甭喝了。我就替你们喝了吧。”杜总说着仰头把一杯红酒一饮而尽，拍了拍向志远的胳膊，“那你们玩好，我先去招呼其他客人。”

7

梅亚楠跟向志远站在走廊里，看着酒店楼下大厅里的两个服务员走过，相互沉默了很久。

“志远，你生气发火，我能理解。但我想知道的是，你这生气发火是因为我隐瞒了你，还是因为我得了这种病呢？”梅亚楠先打破了沉默说。

向志远没想到梅亚楠会这样问，所以他一时不知道怎么回答了。他凝望着酒店楼下空旷的酒店大厅，没有说话。

“如果你是因为我隐瞒你，生我的气，我就特能理解你。如果你是因为我得了这种病，对我发火，我就接受不了了。”梅亚楠又说，“你知道这事儿，也有一下午时间了吧？我现在想听听你的想法。”

“亚楠，我现在不冷静。我们可以先不讨论这个问题吗？”向志远说。

“但是我想说。我觉得这事儿，说开了比较好。”梅亚楠说。

“那你说吧。”向志远说。

“志远，如果我真不能生，你会怎么做？”梅亚楠问。

“你不说你这病能看好吗？”向志远说。

“我都说如果了。如果看不好呢？”梅亚楠说。

“如果……如果的话，我就觉得挺遗憾。”向志远吞吞吐吐若有所思地说。

“你会怎么解决你的遗憾呢？”梅亚楠问。

“我们可以不讨论这些未知的东西吗？我觉得没有必要。”向志远说。

“对我，挺有必要的。我之所以隐瞒你，我除了考虑你担心外，我还顾虑我们的婚姻会不会因此而受影响。”梅亚楠如实说。

“不会的。我们可以领养。”向志远脱口而出。

“这是你弥补你遗憾的唯一方法？”梅亚楠追问。

“亚楠，我们不要讨论了好吗？一些事会水到渠成，有些事比较顺理成章。我们现在所讨论的任何问题，都改变不了生活给我们早已经设定好的生命轨迹。”向志远想打断梅亚楠。

“向志远，我明白你的意思了。”梅亚楠冷笑一声说。

“我什么意思啊？”向志远有点儿迷惑。

“水到渠成，顺理成章。”梅亚楠说。

“我说的是生活。亚楠，我们的婚姻将近走了十六个年头。当时不生孩子是我提出来的，你积极响应，现在生也是我提出来的。我不会因为你病了，你不能生了，所有结果都让你一个人埋单。这样做，我就太不人道了。但，我有情绪，是不能避免的。”向志远说。

“你这样说，我就宽慰了很多。虽然我开始相信算命老太太说你是一个非池中之物的人。”梅亚楠说。

“亚楠，你不要想那么多好吗？算命的老太太给不了你婚姻生活，给你婚姻生活的是我，所以你得听我的，不要想那么多。我们先把病看好了，好吗？”向志远说。

8

梅亚楠侧着身躺着，装作睡着，发出均匀的呼吸声。而向志远以为梅亚楠真睡着了，他翻来覆去了几次，就悄悄地下了床，轻轻地打开了卧室的门，去了另一间卧室。

向志远一出卧室门，梅亚楠就坐了起来，打开床头灯，默默地注视着眼前的一片空无。

向志远也躺在床上，昏暗的灯光映射在他那张深思的脸上。

这一晚，向志远跟梅亚楠都一夜无眠。

第十二章

1

第二天，窦斌一睁眼，就看到金一娜正把头伏在他上面，双目直直地盯着他。窦斌一惊，抽身坐了起来。

“窦斌，你到底想不想跟我生孩子啊？昨天喝那么多酒。你跟谁喝的？”金一娜有点儿生气地问。

“别说话，别说话。”窦斌揉着太阳穴说，“昨天我好像犯了一个严重错误。”

“干什么啊你？一惊一乍的。”金一娜一个粉拳垂在了窦斌身上。

“我昨天喝醉后，好像把亚楠的事儿告诉了志远。”窦斌说。

“你昨天跟志远喝酒了？你好好想想，真告诉他了吗？”金一娜听窦斌这样一说，有点儿紧张了。

“好像说了。我好像还说了你不该知道的事儿，但你别信。我不会那样做的。”窦斌说。

“你这个人怎么喝了酒，说话就没一个把门的呢？”金一娜说着就拿起放在旁边的电话，拨打了梅亚楠的电话。

梅亚楠感觉像是刚睡着，电话一响，身上像是装了弹簧，噌的一下就坐了起来。梅亚楠虽然是一脸的倦容，但没丝毫的困意。

“怎么了？”梅亚楠接起电话问。

“昨天窦斌跟老向喝酒了。窦斌喝醉了，好像把你的事儿给老向说了。”金一娜说。

“我知道了。”梅亚楠说。

“老向找你谈了吗？如果没找你谈，就说明窦斌没给他说。你别主动去坦白。”金一娜说。

“昨天我们已经谈过了。”梅亚楠说。

“老向知道了？他什么态度啊？”金一娜惊讶地说道。

“没事儿，挺好的。”梅亚楠说。

“窦斌真是没事儿找事儿。没事儿找老向喝什么酒啊。”金一娜抱怨说。

“没事儿，向志远早晚有一天还是会知道。现在他知道了，省得我每天提心吊胆怕他知道了。”梅亚楠说。

2

金一娜挂了梅亚楠的电话，就把目光对准了窦斌。

“我说了吗？”窦斌问。

“你说呢？”金一娜反问窦斌。

“哎呀。真是后悔啊，不应该找志远喝酒。你找个时间把亚楠约到家里，我给她负荆请罪。”窦斌说。

“你现在说这些有意义吗？你刚才说还把你自己的事儿给志远说了？说了什么？”金一娜问。

“就胡说八道，说一些没谱的事儿。”窦斌说。

“赶紧起来吃饭吧。”金一娜看着正在下床的窦斌说，“对了，窦蔻昨天早上走的时候跟我说她这几天不回来了。”

“我知道了。”窦斌说。

3

梅亚楠挂了金一娜的电话，又在床上躺了一会儿，就起床了。梅亚楠走出卧室，就闻到了从厨房里飘来的饭香，她走到厨房门口，便看到向志远在厨房里忙活着做早餐。

“起来了啊？饭马上好。”向志远转过身，看了一眼站在门口的梅亚楠，“赶紧去洗漱吧。”

“哦。”梅亚楠应了一声。

梅亚楠对向志远的态度感到惊讶。刚才催促她去洗漱的向志远，跟昨天的向志远完全是截然相反的两个人。梅亚楠走到卫生间在琢磨这事儿，洗漱的时候也在琢磨，直到坐到餐桌上，都没琢磨透。

“昨晚你在那屋里也没睡好吧？”梅亚楠对着从厨房里端过来早餐的向志远说。

“你怎么知道我去那房间睡了？”向志远坐下后说。

“半夜，我上了一次卫生间。”梅亚楠撒谎说。

“我睡不着，翻来覆去的，怕吵醒你。”向志远说。

“谢谢——你的早餐。”梅亚楠笑着说。

“你干吗这么客气，不是你作风啊。”向志远笑着说。

“以后还是我来做吧。你把我的权利还给我吧。”梅亚楠想开玩笑，却说得很生硬。

“怎么了？嫌我做的不好吃了？”向志远咬了一口煎鸡蛋说，“味道还不错啊。”

“我不想亏欠你太多。”梅亚楠喝了一口牛奶说。

“你这叫什么话。你这样说，我可生气了。我是你丈夫。”向志远嘴里嚼着食物说。

“志远，你这样让我觉得不真实。你何必委屈自己呢。”梅亚楠说。

“我只是在做一个老公该做的事儿。老婆病了，我就应该照顾她。昨天我的情绪可能有点儿过激。”向志远说。

“昨天我跟一娜去顺义看了一个老中医，老中医说我这种情况调理三个月左右，就能好。”梅亚楠说。

“别给自己那么大的压力。咱慢慢来。”向志远说。

“谢谢你的理解。”梅亚楠委婉一笑说。

“你别整的这么客气好不好。对了，窦斌给我说了一事儿。我不想隐瞒，不想让一娜受伤害。”向志远正说着的时候，放在客厅茶几上的手机响了起来。

“先去接电话吧。”梅亚楠说。

“就一句话，窦斌要做结扎。”向志远说着起身，去接电话了。

向志远拿起电话一看是窦斌打过来的，就知道是跟他串供来了。

“窦老师，你打晚了。我已经告诉亚楠了。”向志远接起电话就说。

“志远，你真说了？”窦斌问。

“真说了。你这虽是属于残害自己，但也伤害别人啊。这种大逆不道的事儿，我能不说吗？”向志远说。

“我真是以后不能跟你喝酒了。这真是报应啊。挂了啊。”窦斌说完就挂了电话。

“都什么年代了，窦斌做什么结扎啊？他又不超生，又不搞计划生育。”梅亚楠说。

“他就是要把自己给计划了。他不想跟一娜生孩子。”向志远说。

“真的啊？窦斌这样也忒不是东西了吧。我得打电话告诉一娜，让她看好窦斌。”梅亚楠说。

“看能看住吗？窦斌又不是钥匙，可以随时别在裤腰带上。我也已经给那个医院的院长说了，让他给男科主任打个招呼，如果一个长发飘逸叫窦斌的男人去做结扎，让他给我打电话。”向志远说。

4

苏小凡虽然相信了赵英杰，不是他给向志远说的，但她内心还是觉得亏欠自己小姨梅亚楠。所以，她吃完早饭，就去医院了。医院周末值班的医生少，她在跟孕妇进行交流的同时，好说说紫河车的事儿。

但苏小凡还是觉得心虚。当她走进医院，碰见了护士夸她大周末的还主动来加班，她只是微微一笑，并不像以前那样跟人寒暄几句。

苏小凡走进自己的诊室，换上白大褂，挂上工作证，就开始走访病房了。这一个上午，她连续走访了十几个病房，但只跟七个孕妇说了紫河车的事儿，其中有四个孕妇同意了。

5

金一娜在厨房里把午饭的最后一道菜刚盛进菜盘里，她的电话就响了。

窦斌自从知道向志远把他想做结扎的事儿告诉了梅亚楠后，就一直盯着金一娜的电话，生怕梅亚楠打电话告诉金一娜的时候，让他措手不及。当金一娜的电话响的时候，窦斌马上拿起了金一娜的电话，看看是不是梅亚楠打来的。

“窦斌，谁给我打来的电话啊？”金一娜把汤锅放在炉灶上，问。

“我看看啊。”早已经把手机握在手里的窦斌说，“不知道，陌生号码。”

“那你给我送过来一下呗。”金一娜说。

“好的。”窦斌说着就把一直响铃的手机给金一娜送进了厨房。

金一娜接起电话，才知道是古雪来的电话。

“你方便出来一块儿吃个午饭吗？”古雪说。

“现在吗？”金一娜问。

“现在。我有点儿事找你。”古雪说。

“好吧。”金一娜说。

“别告诉窦斌行吗？”古雪说。

“好。”金一娜挂了电话，才注意到窦斌一直立在门口，“汤一会儿就煮好了。你自己先吃，我出去一下。”

“谁的电话？”窦斌问。

“不告诉你。”金一娜说。

“亚楠的电话？”窦斌略有点紧张地问。

“不是。我一个学生的电话。”金一娜说。

6

古雪把金一娜约在了海淀一家老北京炸酱面馆。

金一娜到的时候，古雪已经给金一娜叫好了一碗炸酱面、一碗豆汁，还有几个小凉菜。

“我点这些，也不知道合不合你口味。人太多，一会儿还得排队打卤，我就先点好了。”金一娜坐下后，古雪说。

“挺丰盛的。”金一娜说。

“真不好意思，这个时候把你叫出来。”古雪客气地说。

“没事儿。你叫我出来有什么事儿？”金一娜问。

“我其实不想找你的，但还是控制不住自己。”古雪依然不进入正题。

“你说吧。有什么需要我帮忙的是吧？”金一娜说。

“不知道窦斌给你说了没有，窦蔻去西藏了。”古雪说着眼圈瞬间就红了。

“啊？没有啊。怎么去西藏了？”金一娜吃惊地说。

“这孩子可能是被我惯坏了，太任性了。”古雪说着在眼眶打转的眼泪就夺眶而出了，“一娜，你能不能缓缓跟窦斌生孩子呢？窦蔻现在脑袋转不过来，一根筋。她因为你们要生孩子，就跑去西藏了。”

“因为我跟窦斌生孩子？”金一娜问。

古雪嗯了一声，点点头才说：“我知道，我这个要求挺过分的。但我想等窦蔻心情平静了，你们再商议要孩子。我理解一个女人要生孩子时的心情，你这岁数的确该要孩子了。但窦蔻她……”古雪哽咽住了。

“联系上窦蔻了吗？”金一娜抽出两张抽纸，递给古雪。

“没有。手机一直关机，发短信也不回。”古雪接过抽纸，拭了一下眼泪，“我找你的事儿，你别告诉窦斌。我知道我没权利也不该掺和你跟窦斌的生活。”

“我理解你的心情。”金一娜说。

“一娜，如果我失去了窦蔻，我真的就失去了所有。”古雪说。

“你容我想想行吗？我现在给不了你答复。我知道如果窦蔻出了什么事儿，我跟窦斌未来也不会幸福。但我真的需要想想。”金一娜说。

7

金一娜从老北京炸酱面馆出来，便仰望着灰蒙蒙的天空长吁了一口气。她突然倍感失落、孤独、无助。

金一娜顺着西直门西大街一直朝西走，不知不觉竟然走到了北京动物园门口。北京动物园对面就是北京最大的服装批发市场，这里人流如注。三三两两的人从金一娜身旁擦肩而过，而她脑际现在生还是暂缓生，纠缠在了一起。生，难为窦斌；不生，遗憾自己。

她走到一个卖糖葫芦的摊位，买了两串糖葫芦，坐在一个台阶上，看了一会儿车来车往人来人去，便给梅亚楠打了一个电话。

梅亚楠和向志远吃完早饭，便开始各自忙活着各自的事儿，谁也不打扰谁，谁也不主动找谁说话。向志远也不再逼迫梅亚楠吃胡萝卜，也不再提及健身的事儿。这种状态让梅亚楠觉得像是回到几个月前，却让梅亚楠觉得异常别扭。

当梅亚楠的电话响起的时候，坐在一旁的向志远便注视了过去。

“一娜的电话。”梅亚楠握着手机说。

“哦，接吧。”向志远吱了一声。

8

梅亚楠到了动物园门口，看到金一娜举着一串只剩下没有几颗的冰糖葫芦。

“你怎么跑到这儿来了？”梅亚楠走过去问。

“扫货。今天我要买一袋子衣服。”金一娜吃了一颗山楂说。

“你有病吧？”梅亚楠说。

“没有。挺健康的。”金一娜说着把冰糖葫芦签子丢进了垃圾桶，“老向知道你隐瞒病情后什么情绪？”

“如水般的平静。就昨晚发了一会儿飙，现在跟没事儿人似的。”梅亚楠说。

“那不对啊。不应该啊。”金一娜诧异地说。

“谁说不是呢？他要是对我大发雷霆，我也觉得正常了。”梅亚楠说。

“向志远肯定克制着自己呢。不过，你都病了，他再跟你发火，也有点儿说不过去。”金一娜说。

“不是，你别光分析我。你怎么跑这儿来了？来这儿扫什么货啊？你穿吗？”梅亚楠疑惑地说。

“我可能要跟窦斌缓一缓再生孩子了。你先别问为什么。等我在批发市场买东西买高兴了，扫货扫爽了，把心里的不痛快发泄出去之后，我再告诉你为什么。我现在说怕控制不住自己的情绪。”金一娜振振有词地说。

9

苏小凡约赵英杰吃饭的短信，是下午四点多发给赵英杰的。苏小凡是五点到达徐泽说的同学聚会地点的。

当苏小凡推开饭店包间的门，却发现包间里空无一人，只见一张椅子上放着一个外套。苏小凡看到这种情形，以为走错了门，便往后退了一步，看了下包间的门牌号，又掏出手机对了对徐泽发的地点跟时间，一切都是对的。

正在苏小凡纳闷的时候，包间的卫生间里传来马桶冲水的声音，随后徐泽就走了出来。

“小凡，你来了啊？”从卫生间里走出来的徐泽，看着站在门口犹豫不决的苏小凡说，“赶紧进来啊。还愣着干什么？”

“他们人呢？怎么一个人都没到啊？都太不靠谱了吧？”苏小凡走进去说。

“我就请了你一个人啊。”徐泽笑着走到门前，把门关上了。

“徐泽，你这什么意思？”苏小凡坐下后，疑惑地问。

“我就知道你带不来男朋友。今天，正式地通知你，我要开始追求你了。”徐泽在苏小凡的对面坐下说。

“别开玩笑了。这玩笑开得挺没劲的。”苏小凡一脸不屑地说。

“我没开玩笑，我是很认真的。”徐泽说。

“徐泽，你成不成啊。我可告诉你，我男朋友可真的一会儿就来了。”苏小凡说。

“是吗？”徐泽笑着，不相信地说。

“真的。”苏小凡说。

“那行。那我们边吃边等你男朋友吧。别把咱俩都等饿昏过去了。”徐泽注视着点菜单说。

“还是别着急点了，再等等吧。你现在点的是谈恋爱的菜，回头吃出失恋的味道，那就太不划算了。”苏小凡说。

“那这是划算。我点一红烧肉，还能吃出水煮肉片的味道，我赚大发了。”徐泽说。

“徐泽，我真没骗你。你要不信我说的，我也没辙，就等着用事实说话。”苏小凡说。

“还整一焦点访谈。”徐泽说完，就召唤来了服务员。

10

梅亚楠跟金一娜像两个来动物园批发衣服的小商贩，每个人背着一大袋子在动物园扫来的衣服。

“这么点儿钱，买这么多衣服，有成就感吗？”金一娜背着一个黑色袋子，兴奋地说。

“太有成就感了。尤其杀价的时候，怎么叫一个爽字了得。”梅亚楠也背着一个大黑袋子，高兴地说。

“要不我们继续逛逛。”金一娜提议说。

“不逛了。我们买这么多衣服也不穿，再买就浪费了。”梅亚楠说。

“我知道你不穿，那就捐了呗。”金一娜说。

“我可不捐给红十字会。”梅亚楠说。

“有很多民间组织呢。我们捐给他们。我们学校就有一个通道。”金一娜说。

“成。那还比较靠谱。”梅亚楠说，“你现在该告诉我，你为什么来动物园服装批发市场扫货发泄了吧。”

“你吃玉米吗？”梅亚楠和金一娜站在电梯口，金一娜看着一个摆摊卖煮玉米的中年妇女。

“来一根呗。”梅亚楠说。

11

徐泽点的菜，服务员都上齐了，赵英杰都没有到达。

徐泽盯着开始有点儿坐立不安的苏小凡，面带微笑。

“甭这样盯着我，马上就到了。”苏小凡说。

“不急不急。咱慢慢等。”徐泽抬起手腕，看了一下手表，“还有时间。”

“看着你比我都急。别那么激动。”苏小凡笑着说。

“是我急啊，还是你急啊。真怕你空欢喜一场。”徐泽说。

“我求你了，你真别为我担心。”苏小凡说。

“要不你打个电话催催。”徐泽说。

“不用不用。”苏小凡说。

“你还是打吧，别是不来了。你要是不打个招呼，你男朋友就这样不来了，我这属于乘虚而入，多对不住人家啊。”徐泽催促说。

“嗨，徐泽，你这是不相信我，还存在侥幸心理啊。今儿，我就让你彻底死了心。”苏小凡说着就拿起放在旁边的电话，走出了饭店包间。

12

梅亚楠跟金一娜一人手里捧着一根玉米棒子，坐在动物园批发市场门口的台阶上吃着。

“窦蔻就因为你要跟窦斌生孩子，离家出走去了西藏？”梅亚楠啃了一口玉米问。

“嗯。”金一娜从玉米上抠下一颗玉米粒放进嘴里。

“窦斌的前妻找你，就是想让你不跟窦斌生孩子了？”梅亚楠问。

“不是不生，是让我跟窦斌再拖拖。”金一娜说。

“窦斌什么态度呢？”梅亚楠问。

“这事儿窦斌还不知道。”金一娜说。

“窦斌要知道你想推迟，他肯定特高兴。”梅亚楠说。

“这事儿窦斌也挺为难的。”金一娜说。

“你倒是挺善良，如果窦蔻一直打不开这个心结呢？那你就一直不跟窦斌生了？你也甭为窦斌着想了，他早就为自己想好退路了。”梅亚楠说。

“他能想到什么退路？”金一娜问。

“那天窦斌跟向志远喝酒，除了说了我生病的事儿，还告诉了向志远他要把自己结扎了。”金一娜说。

“结扎？”金一娜不能相信地把头转过去，很狰狞地看着梅亚楠说，“如果窦斌真有这个想法，我还就真不顾及他的感受了。”

“窦斌也可能是一时冲动。”梅亚楠说。

“不管他冲动不冲动，他有这种想法就不成，这孩子我生定了。我回家了。”金一娜说着就起了身。

“别吵吵，好好说。”梅亚楠看着金一娜的背影嘱咐说。

“我知道了。”金一娜拎着两袋子衣服说。

第十三章

1

苏小凡在饭店的走廊里走来走去，她不知道该不该给赵英杰打这个电话，当赵英杰接通电话后，她又该怎么跟赵英杰说。她本以为是一帮同学在一起，那样大家都会叽叽歪歪地说个不停，让赵英杰来，大家一打岔，事儿就过去了。

苏小凡犹豫着，徘徊着，踌躇着……很久，还是拨通了赵英杰的电话。

“你快到了吧？”苏小凡站在饭店走廊的窗前，眺望着远方。

“我到了啊。”赵英杰站在电梯里说。

“你在哪儿呢？”苏小凡问。

“在……”已经出了电梯的赵英杰一拐弯，看到站在窗前给他打电话的苏小凡，“在你身后呢。”

“啊。”苏小凡惊讶了一声，转过身看到正在挂电话的赵英杰。

“对不起，迟到了迟到了。路上有点儿堵，应该早出门一会儿的。”赵英杰歉意地说着走到苏小凡面前。

“没事儿。有一件事儿，我得给你坦白一下。”苏小凡紧握着手机，看着赵英杰说。

“多大的事儿啊？还搞刑侦这一套。”赵英杰笑着说完，把手机装进了口袋。

“今天，是我同学聚会，我之所以拉着你来，是因为……”苏小凡还没跟赵英杰把实情讲清楚，包间的门就打开了，徐泽从包间里走了出来。

徐泽一出来，苏小凡跟赵英杰便不约而同地把目光投了过去，三人的目光交会在一点。苏小凡知道自己已经来不及跟赵英杰交代了；而徐泽看着赵英杰，像是恍若隔世，不敢相信自己的眼睛似的，苏小凡竟然找了一个大她这么多的男朋友。

苏小凡已经看到了徐泽吃惊、恍然的神情，便先徐泽一步说话了。

“这是我同学，徐泽。”苏小凡先看看赵英杰，然后再看看徐泽介绍说。

“小凡也没跟我说清楚，要知道是你们聚会，我就不来了。”赵英杰说着伸出右手，跟徐泽握手，“你好，我叫赵英杰。不打扰你们吧？要不我撤得了。”

“不打扰不打扰。”徐泽握着赵英杰的手说，“菜都点好了。咱们就进去聊吧。”

徐泽退回到包间便看着赵英杰跟苏小凡坐在一块儿，尴尬感便瞬间袭来了。

“同学聚会，就你们俩？”刚坐下的赵英杰看了看苏小凡，又看了看徐泽，然后呵呵一笑，“看来你们俩的关系不简单啊。”

“不是不是……”苏小凡紧张地解释。

“赵先生，你别误会。我跟苏小凡也就是同学关系。”徐泽打断苏小凡的话，赶紧解释说。

“我有什么误会的。你们郎才女貌，挺般配的。”赵英杰很真诚地说。

“赵英杰，你什么意思！”苏小凡一听赵英杰这么说，便拍案而起。

在此刻，苏小凡已经知道徐泽是真的把赵英杰当成了她的男朋友。而赵英杰又觉得一个大包间里只有两个小青年，这两个人的关系肯定不同寻常。虽然赵英杰很真诚地在表达自己的看法，徐泽却觉得这是赵英杰醋意使然。苏小凡见此状况，只能顺着现在的戏路往下演了。

赵英杰见苏小凡此状，虽觉得有些奇怪，却没悟出其中的门道；而徐泽却把此当成了男女朋友之间的冷嘲热讽。

“赵先生，你真误会了。我跟苏小凡真是同学。”徐泽继续解释说。

“人家都说同学了，赵英杰你有什么不舒服的啊。”苏小凡站起来，俯视着坐着的赵英杰，一脸正经八百地说。

“小凡，我有什么不舒服的啊？”赵英杰很诧异地说。

“赵先生，我真就是请苏小凡吃一顿饭，没别的意思。”徐泽更加尴尬地说。

“小徐，你有别的意思，也没错啊。”赵英杰说。

“赵英杰，你什么意思啊？！你跟我出来。”苏小凡厉声说完，转身就出了包间。

2

赵英杰跟随着苏小凡出来后，站在门一旁的苏小凡麻利儿地把门给带上了。

“赵总，刚才那个是我同学。”关上门后，苏小凡把赵英杰拉到一旁，就说。

“我知道是你同学啊！小凡，你这跟我玩儿的是什么路子活儿啊？”赵英杰很疑惑地问。

“他要追我来着。”苏小凡轻声地说道。

“这不是挺好吗？挺好的一小伙子啊。”赵英杰百思不得其解地说完，才恍然明白过来，“小凡，你让我当挡箭牌来了？”

“帮帮我帮帮我。”苏小凡说。

“你这可有点儿不真诚了。不喜欢人家，直接说不就成了。”赵英杰说。

“我说了啊。”苏小凡说。

“这小伙子我看着不错啊，处处吧。都这么上赶着追你了。”赵英杰说。

“我不喜欢这类型的。”苏小凡说。

“不喜欢，你要拿我当挡箭牌，也不合适啊。我多大岁数了。这事儿我帮不了你。”赵英杰说，“外表这么阳光的小伙子，你都不喜欢，你喜欢什么类型的啊？”

“我喜欢你这种类型的。”苏小凡犹豫了一下说。

“小凡，你这可有点儿不尊重长辈了。拿你赵叔叔开这种玩笑。”苏小凡说完，赵英杰愣了一下说。

“我又没说喜欢你。我说喜欢你这种类型的。你就帮我挡一回吧。”苏小凡哀求着说。

“我真帮不了你，我走了。这顿饭，就算你请我了，吃得挺好。”赵英杰说。

3

金一娜到了家门口，在包里翻了一会儿，才发现出门的时候忘记了带钥匙。她把包往肩上一挎，用力地连续摁完门铃，又攥起拳头，用力地敲门。

正坐在沙发上看球入迷的窦斌，听到门铃跟敲门声不间断地响着，便不耐烦地去开门了。

“我还以为拆迁公司的呢！”窦斌打开门，看到站在门外气呼呼的金一娜说。

金一娜没理会窦斌，又用力地推了一把已经打开的门，跨门而进，把包用力地扔到沙发上，气呼呼地坐下来，拿起放在一旁的遥控器，把电视给关掉了。

“这是怎么了？谁又欺负你了？把你气成这样。”窦斌把门关上说。

“窦寇离家去了西藏吧？”金一娜头也不回地说。

“你怎么知道的啊？窦寇跟你联系了？”窦斌问。

“窦斌，你到底愿意不愿意跟我生呢？”金一娜没好气地问。

“不愿意我跟你结哪门子婚啊？”窦斌走过来，立在金一娜面前说。

“那你为什么要去医院结扎，你想跟我怎么解释呢？”金一娜说。

“亚楠告诉你的吧？”窦斌不慌不忙地坐到金一娜旁边说。

“是她怎么了？”金一娜较劲地说。

“这事儿我承认，我是有过这种想法。”窦斌说着伸出双手捧住金一娜的脸，把金一娜的脸扳正，让金一娜的目光注视着他，“但我不会这样做啊。我怎么舍得把自己弄残废了啊。你看着我的眼睛，你看我有没有撒谎。看见没？眼睛里流露出来的全是真诚。”

“你别跟我贫，我现在很生气。”金一娜挣脱开窦斌。

“我要结扎，那天我就把自己给结扎了，我还跟向志远去喝酒吗？我就是不忍心把自己给弄残了。”窦斌说。

“你有这种想法就不对。你怎么就想着自己啊？我时时刻刻都想着你的处境。我现在才发现我是一个冤大头。”金一娜愤愤不平地说。

“你这样想就不对了。你得允许人有思想活动，纠正了就行了。现在又不是‘文革’时期，必须持一颗红心，心向毛主席。”窦斌说。

“窦寇都离家出走了，你现在给我说什么风凉话啊。”金一娜说。

“她就去一下西藏，算不上离家出走。”窦斌说。

“这还不算？那什么才算呢？”金一娜生气地问。

“我不知道她在哪儿，就算了。”窦斌说。

“窦斌，我真的不相信你了。”金一娜说。

“那怎么才能相信呢？”窦斌问。

“窦斌，哪怕你跟我生了孩子，给孩子上了户口，你再跟我离婚呢。我真不用你养，我自己能养活孩子。”金一娜说。

“一娜，你说这话，我就不爱听了。”窦斌说。

“我说的是真心话。当时你不跟我生，我就是这样想的，我跟你领一结婚证就是为了能给孩子要一个户口。”金一娜说，“所以，我求求你，你一定得跟我生一个孩子。我现在真怕你把自己给结扎了。”

“合着，我就是你生孩子的一个工具啊？”窦斌不悦地说。

“什么叫你是我一个生孩子的工具啊？你不想生，我想生，难道让我去跟别人生吗？”金一娜瞪大双眼说。

“那也不带你这样说话的吧？”窦斌生气地说。

“你都想结扎了，你让我怎么说话呢？”金一娜说。

“我真结扎了吗？！”窦斌梗着脖子问金一娜，“窦蔻离家出走，我就是一时情绪激动。你怎么还真揪住这事儿不放了呢？”

“窦斌，我听你的意思，怎么里外说都是我的错呢？”金一娜说。

“是我的错。这样行吗？”窦斌说。

4

苏小凡还是没有拗过赵英杰，她看着赵英杰的背影从她的视线里消失后，便转身回了包间。

“小凡，赵先生呢？”徐泽问。

“走了。”苏小凡冷冰冰地说。

“赵先生是不是生气了？”徐泽问。

“随他去吧。也太小气了，吃个饭怎么了？”苏小凡装作若无其事地说。

“真对不起小凡。我真以为你拿一莫须有的男朋友搪塞我呢。我要知道这样，就把同学们都叫来了。”徐泽愧疚地说。

“没事儿，你别往心里去。咱们吃吧。”苏小凡说。

“这个赵先生多大岁数了？”徐泽看着苏小凡问。

“四十多。”苏小凡说。

“这跟你的年纪差距有点儿大吧。”徐泽说。

“谁让我就这么爱上了呢。”苏小凡故作感慨万千地说。

“如果我不出国，再坚持追追你，可能你就爱上我了。”徐泽叹气连连地说。

“徐泽，咱不带这样追溯的。爱上谁这事儿，不是时间的问题。”苏小凡说。

“不说了不说了，你就让我一失足成千古恨吧。你回头跟赵先生解释解释，别因为我影响你们的感情。”徐泽说。

“成。我谢谢你。”苏小凡说。

“我虽然喜欢你，但我绝对不是得不到就玉碎的那种。我祝福你。”徐泽说。

“现在还很喜欢？”赵英杰突然推门而进说。

赵英杰这突然的一声，让整个包间瞬间安静了下来。苏小凡很惊讶地看着站在门口的赵英杰，而徐泽刚夹了一筷子的菜，被赵英杰的这一嗓子吓得又掉了下去。

“你不是走了吗？”苏小凡看着赵英杰问。

“我不能回来吗？”赵英杰说。

“赵先生，坐下吃点儿吧。”徐泽说着站了起来。

“我不吃，没胃口。小凡，你到底跟我走不走。”赵英杰看了一眼徐泽，然后把目光长时间地停留在苏小凡的身上。

“不走能怎么样啊？”苏小凡把筷子往桌子上一摔，然后转过身看着徐泽。

“小凡，你还是跟赵先生走吧。”徐泽很难为情地说。

“人家小徐都让你走了，你还赖着不走吗？”赵英杰说。

“就不走，怎么了？”苏小凡故意拿捏。

“那我可真走了。”赵英杰说。

“小凡，赶紧跟赵先生走吧。”徐泽继续劝说。

“走就走。”苏小凡瞪了赵英杰一眼，然后又对着徐泽客气地说，“徐泽，那我先走了。真不好意思，让你破费了。”

“小徐，单我已经替你埋完了。真不好意思，打扰了你的饭局。”赵英杰很客气地说。

“没事儿。”徐泽尴尬地笑着说。

5

一出饭店，苏小凡就笑得那叫一个前仰后合。

“你不是走了吗？”苏小凡笑得都直不起腰了。

“真怕你圆不过来场，影响你们同学感情。”赵英杰说。

“他要知道了，我们的同学感情才算完了呢。”苏小凡依然笑着说。

“那就跟我没关系了。你这都是想的什么馊主意啊。”赵英杰很不情愿地说。

“你演得还真够像的。”苏小凡依然笑着说。

“有那么好笑吗？”赵英杰说。

“这事儿对徐泽来说挺悲惨的，挺不好笑。但我觉得咱俩都没串词儿，就在相互误会中，结束了。倒是挺圆满的。”苏小凡说。

“我请的这顿饭一口没吃，代价倒是挺大。”赵英杰说。

“我接着请你不就成了。”苏小凡说。

“别了。回头再来一个小张小李的，我可演不了。”赵英杰说。

“那你怎么着也得让我表示一下感谢吧。”苏小凡说。

“不用不用。别那么客气。”赵英杰说。

6

晚饭后，梅亚楠主动给自己洗了两个苹果、一根胡萝卜。

“你也吃一个吧。”梅亚楠递给向志远一个苹果，“我吃完，就去健身。”

“别健了。别给自己那么大压力。”向志远接过一个苹果说。

“现在，我觉得按照你的意思去做，才没有压力。”梅亚楠如实说。

“是我生孩子太心切了。前几天我的举动太过于偏激。我向你检讨。”向志远说。

“别那么客气。你也是为我好不是。”梅亚楠说。

“嗨。这倒是。”向志远笑呵呵地说。

“以后什么时候我都不对你隐瞒了。”梅亚楠说着一愣，又满怀愧疚地说，“对了，我跟你道个歉吧。你不是让我骑着自行车上班吗？其实我就骑了一会儿，就打车去公司了。”

“我知道啊。”向志远很认真地说。

“啊？”梅亚楠惊讶了一声。

“我其实一直跟着你来着。你骑走后，我就拐弯进了主路。”向志远说。

“那你怎么没揭穿我呢？”梅亚楠好奇地问。

“我揭穿你了，管什么用。过几天，你还不是打车去上班。”向志远说。

“从下周一，我坚持骑行吗？”梅亚楠真诚地说。

“不用。你都不情愿。”向志远说。

“我现在情愿了，心甘情愿。”梅亚楠说。

“行，尊重你。”向志远说。

“我怎么觉得咱俩这么说话，有点儿假呢？”梅亚楠愣了一会儿说。

“我也觉得。”向志远说。

“像两个初恋的情侣，而且还是别人强撮合到一块儿的那种。”梅亚楠呵呵一笑说。

“我也有这样的感觉。”向志远说。

“那你别这样了呗。”梅亚楠说。

“我没这样啊，是你引导我这样的。”向志远说。

“是你现在这种情绪不符合当前的状态，我觉得别扭。我觉得你应该对我冷言冷语才对。”梅亚楠说。

“你什么时候有自虐倾向了呢？”向志远说。

“志远，你要有情绪，千万别憋在心里，你发泄出来。我不生你的气。”梅亚楠说。

“我还是去把中药给你熬上吧。”向志远咬着苹果就起身了。

7

向志远给梅亚楠熬上中药，从厨房里走出来。

“给你抓中药的是游医呢，还是有门诊的啊？”向志远问。

“当然是坐门诊了。他的诊所里有好多锦旗呢！什么当代华佗、妙手回春。”梅亚楠回应道。

“要是他给你看好了，我给他送一火车锦旗，让他搭一蒙古包。”向志远说。

“你陪我锻炼去吧？”梅亚楠呵呵一笑说。

“这不是我逼你的啊。”向志远说。

“我是自愿的。”梅亚楠说。

正在他们俩准备上楼的时候，向志远的电话响了，是窦斌打过来的。

“怎么了窦斌？”向志远接通电话后问。

“金一娜正跟我闹呢，都是你干的好事儿。”窦斌手握着电话，站在客厅里说。

“你找我抱怨也没用啊。赶紧着哄去啊。”向志远说。

“你跟亚楠赶紧过来吧。我是真没辙了。你们过来劝架吧。”窦斌说。

“用吗？”向志远说。

“正收拾行李，要搬学校去住呢。我是劝不住了。”窦斌说。

“怎么了？”向志远挂了，梅亚楠便问。

“一娜跟窦斌吵架呢，闹得挺凶？我们去劝吗？”向志远问。

“去啊。赶紧着。”梅亚楠腾的一下从楼梯上走了下来。

8

簋街两旁灯火辉煌。苏小凡跟赵英杰坐在一家烧烤店靠窗的位置，桌子上堆满了吃完的小龙虾壳，还有一把零散的烤串签子。

“对了，你给你小姨把紫河车要到了吗？”赵英杰看着还在吃小龙虾的苏小凡问。

“要了，但还没要到。都还没到预产期呢。”苏小凡说。

“这多保险啊，对孕妇知根知底的。”赵英杰说。

“还是你考虑得周到。”苏小凡说。

“你就别表扬我了。”赵英杰说。

“你住哪儿啊？”苏小凡把一个吃完的小龙虾壳扔到桌子上，抽出一张纸，擦拭着嘴，突然问赵英杰。

“紫玉山庄。怎么了？”赵英杰说。

“没事儿。这不是快要吃完了吗？咱们得各回各家了。我看你顺不顺路，带我回去。”苏小凡说。

“不顺路，我也能把你送回家。”赵英杰说。

“别价。我不能再欠你人情了，回头还不完了。”苏小凡说着。

“嗨，你这个小丫头。你吃饱了吗？要不再给你要条烤鱼。”赵英杰问。

“别价，我从来不吃鱼。”苏小凡说。

“为什么不吃啊？对鱼过敏？”赵英杰不解地问。

“那倒不是。因为我喜欢鱼。鱼是生活得最无忧无虑的动物。它的记忆只有七秒，七秒过后它将又会重新开始新的生活。最幸福最没有烦恼的动物，我不忍心破坏它。”苏小凡说。

“这么说你很喜欢鱼这样的生活状态了？”赵英杰说。

“是啊。只有短暂的记忆该有多好啊，多好玩儿啊。我前脚跟你说完话，扭脸就忘了。我还得重新再问你：你是谁啊？”苏小凡说。

“这样活着还有什么意思啊？没记忆，虽然间隔七秒就又是崭新的，但没记忆，相当于白痴。”赵英杰说。

“不能一概而论。就跟我喜欢上一个人，我第一眼就喜欢上他了。但我知道，如果我跟他在一起的话，会受到万千重重的磨难，就这样最终都不知道能不能圆满。如果，我是一条鱼的话，我看他一次喜欢一次，根本没有办法也没有时间去表白。这样不是很好吗？”苏小凡说。

“谁的爱情没有磨难啊。没有磨难的爱情，都不会长久。朝夕相处形容的是结局，不是过程。喜欢谁就去追啊，何必给自己的人生留下遗憾呢。你还小，有些感触你还体会不到。”赵英杰说。

“你肯定只会这样想，绝对不会这样做。”苏小凡像是被充了电似的，突然精神了起来。

“我绝对是说到做到的那种。”赵英杰一本正经地说。

“我喜欢上你了，我要追你。”苏小凡双目直视着赵英杰，突然很认真地说。

赵英杰一听苏小凡这样说，着实大大地吃惊了一会儿。他看着苏小凡，又缓缓地把头侧到一旁，然后调整了一下情绪，说：“小丫头，你赵叔不喜欢开这种玩笑。”

“我没有开玩笑，我是认真的。”苏小凡说。

9

本来就堵在门口的窦斌，听到敲门声，随即转身把门拉开了一道缝，把头探了出去。

“不让进吗？”向志远看着探出头的窦斌说。

“让进让进。你们来得太是时候了，再晚来一会儿，我这最后一道防线，都被攻破了。”窦斌说着把门拉开，让梅亚楠跟向志远进来了。

“一娜呢？”梅亚楠进了门问。

“我也不知道在哪个屋呢。”窦斌说。

“你们这也不是吵架吧。人都不知道在哪儿，吵什么吵？你都不吵架，让我们劝什么啊？劝你们吵一架，好让我们来劝架？”梅亚楠问。

“他们这是此处无声胜有声。”向志远环顾着四周说。

“志远，你总结得太到位了。”窦斌感慨着说。

“一娜，一娜，你在哪儿呢？赶紧着出来，替你说话的人来了。”梅亚楠坐到沙发上说。

“不是从窗子跳下溜走了吧？”等了一会儿，见金一娜没有回应，向志远说。

“不可能，我家是九楼。”窦斌说着突然沉思了一下，“不会想不开了吧。”

“还不赶紧找找。”梅亚楠说。

三人分工在房子里找金一娜，当向志远去推窦蔻的房间门时，才发现里边儿反锁了。

“别找了，在这儿呢。”向志远喊了一声，便敲响了门，“一娜，我是向志远。开开门。”

“一娜一娜，开开门，我是亚楠。”梅亚楠走过来，也敲响了门。

“开一下门，我是窦……”窦斌的话还没说完，就被向志远喝止住了。

“你就别说话了，生你气呢。”向志远说。

三个人敲了一会儿门，见卧室里依然一点儿动静都没有，三个人便对视了一下，都露出一丝紧张的神情。

“不会真出什么事儿吧？”窦斌紧张地说。

“钥匙呢？”梅亚楠对着窦斌问。

“我不知道啊！”窦斌说。

“你们家的钥匙，你都不知道在哪儿？”梅亚楠没好气地说。

“谁随身携带卧室门上的钥匙啊。”窦斌说。

“撞门吧。”向志远说着便攥起拳头，更加用力地敲响了门。

正在窦蔻的房间躺在床上听着窦蔻的 MP3 睡觉的金一娜，对门外的一切举动都浑然不知。她睡得很香，呼吸均匀，鼾声流畅。但就是向志远攥起拳头，在门上用力捶的那两声，把金一娜给吵醒了。她正准备起身下床，去看究竟的时候，门却被向志远、窦斌合力踹开了。

梅亚楠、向志远、窦斌看着正坐在床上还留有蒙眬睡意的金一娜，金一娜很费解地回望着他们仨。

“你怎么不开门呢？”梅亚楠生气地问。

“我睡着了。”金一娜无奈地回答。

“你就没听到外边儿我们的动静？”向志远问。

“我戴着耳机呢。”金一娜说着，举起放在枕头边儿的 MP3。

“向志远，看来你比我年轻几岁，就是不一样。你都能一脚把门踹一个洞。”窦斌见金一娜没事儿，便蹲下看着已经被踹破的门。

“嘿。还真是，以前还真没觉得我比你年轻，看着这个洞，我才察觉出比你有优势。”向志远也蹲下，看着门上的破洞。

“你们俩干吗呢？这个时候还有心情研究门。”梅亚楠说着略弯腰拽了一下，示意向志远站起来。

“人没事儿，只有看看门了。”窦斌说。

“窦斌，你什么意思啊？你心里到底有没有我啊？”金一娜不悦地说着，从床上下来。

“这跟我看门有必然的联系吗？我算是明白中国悬疑片为什么总是不成气候了，他们全跟你一样，逻辑有问题。”窦斌说着站了起来。

“这都坏了。”金一娜生气地走到门前，又用力往门上踹了一脚，“你看它能看好吗？”

“看不好，我还不能看看能不能修好吗？”窦斌回应。

“窦斌，你就这种态度，我现在必须相信你想结扎是真的了。”金一娜生气地说完，就走出了卧室，来到了客厅。

“本来就是真的，我只是不会去做而已。”窦斌说。

“你的狡辩对我来说，没有任何可信度。我现在明话告诉你，就算你做了结扎，孩子我照生不误，只要你不怕别人在背后对你指指点点。”金一娜一屁股坐到沙发上说。

“你这样说的话，我真就生气了。”窦斌脸色突变，走出来看着金一娜说。

梅亚楠、向志远在一旁察言观色地看着，顺清了他们俩争吵的路数，才彼此对视了一下。

“可以开始劝了。”向志远扯了一下梅亚楠，“男劝男，女劝女啊。”

“你们俩甭劝了。金一娜，我是真生气了。不带你这样说话的吧。我都跟你说一百遍了，我跟你生跟你生。你还想怎么着啊？！窦蔻都被我逼着离家出走了，你还不满意吗？”窦斌扯着嗓门说。

“是我逼的吗？我生一孩子，怎么就成逼窦蔻了。你这么说，窦蔻离家出走，跟我事先知道似的。”金一娜说着愤然起身。

“你别给我扯这些个里格楞。就你这种梗着脖子非跟我较这莫须有的真，我还真愿意成全你。我还就不生了。怎么着吧。”窦斌捋了一下他的长发。

“你成全我，开玩笑。你是成全我呢，还是成全你自己呢。”金一娜冷笑着说。

“行了，都别说了。你们这是干吗呢？”梅亚楠喝出一声，“一娜，有话好好说，窦斌让着一点儿。都非在气头上纠缠这个问题，有意思吗？”

“就是。窦斌，我得批评你。你跟我学一下，你看看我的胸怀。”向志远说。

“行了。你是劝架呢，还是表扬自己呢？”梅亚楠看了一眼向志远说。

“我这不是调节气氛吗？让气氛别那么紧张。他们一个比一个火气大。”向志远说着拍了一下脑门，哎呀一声，“火，火。来的时候忘记关火了，厨房里还熬着你的中药呢！”

“啊！”梅亚楠惊叫一声。

“还不赶紧回去！”金一娜开口说。

“我回到家房子早就被烧了。亚楠，你赶紧给物业打个电话。”向志远说。

10

“你说这办的什么事儿啊？怎么你也应该记着关火啊。房子真点了怎么办啊？”梅亚楠给物业打完电话，看着向志远说。

“我可赔不起你们家一千多万的房子。”窦斌说。

“还不是因为给你熬药吗？”向志远无心地回应一句。

“你的意思是因为给我熬药，才忘记关火的呗。”梅亚楠抱怨了一句。

“难道不是吗？你要不晚上吃中药，能忘记关火吗？”向志远说。

“我这不是病了吗？我要不是有病，我吃中药干什么？我就知道你因为我病这事儿，耿耿于怀呢。”梅亚楠生气地说。

“这跟亚楠吃中药没关系，要是我们不让你们来劝架，你们就不会忘记关火了。”窦斌打圆场说。

“窦斌你别说话。什么叫我耿耿于怀啊。我关心你，怎么就成了耿耿于怀啊。你自己觉得愧疚，总觉得我会有想法，你不能把你的想法当成我的想法吧。”向志远回应说。

“你也真是的，你非要叫他们俩来干什么啊？”金一娜抱怨窦斌说。

“你要不嚷着要搬学校住，我能让他们来吗？”窦斌说。

“我搬学校住，不是正合你意吗？”金一娜说。

“什么叫我的想法啊。我这样想，还不是顾忌你的感受吗？”梅亚楠对着向志远说。

“什么叫合我的心意啊。合我的心意，我还拦你干什么啊。你真是可笑。”窦斌对着金一娜说。

“我不用你顾忌我的感受，我自己能调节。我就不明白，你为什么总觉得我因为你生病，就应该跟你生气呢！你这样想太不可理喻了吧！”向志远对着梅亚楠冷笑着说。

“我可笑！我这哪是可笑啊。我这简直就是傻！”金一娜对着窦斌说。

“这才是你真实的想法。我给你说向志远，如果我不能生，我绝对不缠着你。立马跟你离婚，让你找一个能生的。”梅亚楠对着向志远说。

“梅亚楠，你有病吧？”向志远瞪着梅亚楠，声音提高了好几度。

“对，我有病。”梅亚楠对着向志远说。

“你不光身体有病，你心理还有病！”向志远对着梅亚楠突然发起了飙。

“你们这是吵架来了，还是劝架来了？”金一娜跟窦斌停止争吵，对着梅亚楠跟向志远说。

“一娜，搬走！我陪你一块儿住学校去。”梅亚楠对着金一娜说。

11

苏小凡说完，赵英杰没有再说话，因为他不知道该说什么了。苏小凡跟赵英杰就这样彼此都沉默着尴尬地坐了一会儿。

"要不，我们撤。"赵英杰说。

"好的。"苏小凡说着就拎起包站了起来。

两个人一前一后走出烧烤店，赵英杰直接走向停车的地方，而苏小凡却向与赵英杰相反的方向走去了。

"小凡，你干吗去啊？"赵英杰回头一看，苏小凡已经朝东走去了。

"回家啊。"苏小凡转过身来，对着赵英杰说。

"我送你啊。"赵英杰说。

"不用。"苏小凡说着又折回到赵英杰的身旁，"你回答我两个问题，你回答对了，我就不追你了，你也不用再忐忑了。"

"你问吧！"赵英杰说。

"听好了。第一个问题是：一个用情深的男人和一个用情浅的男人，同时追一个女人，哪个先放弃呢？"苏小凡看着赵英杰问。

"当然是用情浅的了。"赵英杰想都没想就说。

"好，你答对了。第二个问题：一个用情深的女人和一个用情浅的女人，同时追一个男人，哪个先放弃呢？"苏小凡又问。

"这不是一样吗？当然是用情浅的啊。"赵英杰皱着眉头说。

"你答错了。是用情深的那个女人先放弃。"苏小凡说完就转过身去了，"凌晨之前，我等你的短信答复。"

"我现在就可以告诉你。"赵英杰看着苏小凡的背影说。

"别急着说。"苏小凡说。

"你还没告诉我，我为什么答错了呢。"赵英杰说。

"因为用情深的女人，舍不得让这个男人太纠结，她会成全这个男人，所以用情深的女人会先放弃。"苏小凡说着转过了身。

12

向志远、窦斌看着梅亚楠跟着金一娜一块儿走出房门后，他们俩便互相看了一眼。

“追吗？”向志远、窦斌异口同声地问。

“算了。”向志远、窦斌又异口同声地回答。

“喝点儿。”向志远、窦斌继续异口同声地说完，两人就扑哧一下笑了。

“不愧是难兄难弟。”窦斌说。

“我下楼去买点儿酒菜。”向志远说。

“不用，家里有现成的。”窦斌说。

窦斌从冰箱里拿出来残余饭羹，又从储物柜里拿出两瓶二锅头。当摆好后，向志远跟窦斌便对视而坐了。

“等会儿。”当窦斌举起杯要跟向志远碰杯的时候，向志远突然叫停了。

“怎么了？”窦斌不解地问。

“一会儿你喝多了，不会再说我不该知道的事儿了吧？”向志远说。

“没有了啊。”窦斌说。

“真不做结扎了？”向志远又问。

“我怎么会做呢。当时就是觉得窦蔻反应这么大，有点儿失落而已。”窦斌说。

“也不知道亚楠什么事儿了吧？”向志远说。

“不知道了啊。”窦斌说。

“那多喝点儿。”向志远说完，跟窦斌一碰杯，两个人一饮而尽。

13

梅亚楠跟金一娜出了门，金一娜才告诉梅亚楠，她还没跟学校打招呼，今晚根本搬不进去。

“金一娜，你不是吧？你都没跟学校打好招呼，情绪这么激动的非要搬进学校干什么啊？”梅亚楠说。

“我这不是跟窦斌吵架吗？怎么办？住哪儿？”金一娜说。

“那怎么办？住酒店去呗。真是的，我让你拎包出来，你还真出来了。”梅亚楠说。

“我这不是为了让你在向志远面前不能一败再败了吗？你看你们俩，从阴盛阳衰到阳盛阴衰过渡得多快。”金一娜说。

“我谢谢你，为了给我一次活下去的尊严，让我无家可归。”梅亚楠说完，就是一脚油门。

梅亚楠跟金一娜入住了一家四星级酒店，两个人洗漱完毕，就各自躺在床上关灯准备睡觉了。但两个人却翻来覆去，都睡不着。

“你说是我可怜呢，还是你悲哀呢？”躺在床上的金一娜，突然张口问梅亚楠。

“反正咱俩都是挺自作孽不可活的。”梅亚楠哀叹一声说。

“你想过你要真不能生该怎么办吗？”金一娜又问。

“这事儿，无非有两种结果。一种是向志远容忍着我，我们俩继续丁下去；另一种是向志远求子心切根本容忍不了我，我们俩离婚。”梅亚楠一副满不在乎的口气说。

“人都是这样，得不到了，才知道当时能拥有却不要，有多么傻。”金一娜感慨地说。

“人吧，都是活过去才会明白。咱不当马后炮将军。”梅亚楠说。

“说得你自己多洒脱多不在意似的。向志远让你健身，你不说一个‘不’字就算了，让你骑着自行车去上班，你也没一句怨言不是。这就说明，你很在意老向的态度。”金一娜说。

“我这只是给向志远希望。如果我不照着他的意思去做，我这病真好不了，那我完全失去了话语权。倒是你，你就别摇摆了，赶紧跟窦斌生了吧。”梅亚楠说。

“我挺纠结的。窦斌的前妻都找我了，我都夺走了她的丈夫，现在窦蔻又这样……”金一娜说。

“你在意的太多，失去的就太多。等孩子生了，大家才会明白一切都没什么大不了的。”梅亚楠说。

“不过，窦斌有做结扎这想法，真的挺气人的。”金一娜说。

“大家都挺难的。”梅亚楠说。

第十四章

1

赵英杰这一晚，却并没有向苏小凡说的那样纠结，因为他早已决定不给苏小凡发短信了。整个夜晚，苏小凡都没等来赵英杰的短信。

第二天一早，苏小凡起来后，陪着一家人吃完早点，便主动去洗碗了。苏小凡的举动，不只梅亚非感到万分吃惊，梅老太太以及梅老爷子也都觉得不可思议。

“老大，你是不是说小凡了？今天不对劲儿啊。怎么突然变得这么勤快了？”待苏小凡把饭桌收拾完后，梅老太太问梅亚非。

“没有啊。我哪敢说她啊，都是她教育我。”梅亚非说。

“孩子长大了，想着为家里分担点儿家务了。”梅老爷子说。

“绝非这么简单。”梅老太太说。

“妈，咱就别瞎揣摩了，就洗个碗而已。”梅亚非说。

“你问问小凡是不是跟那个小徐谈恋爱了。”梅老太太说。

“要问你问，我可不问。不然她又该说我多事儿了。”梅亚非说。

“你是她妈，问问她怎么了。”梅老太太说。

“孩子想说了，自然就跟咱们说了。咱们就别管那么多了。”梅老爷子说。

“我同意我爸的说法。”梅亚非说。

苏小凡洗完碗，从厨房里走出来，见一家人还在饭桌上坐着，并都对她投来了一种别样的目光。

“梅亚非，一会儿我陪着你去买菜啊。”苏小凡却不理会他人的目光，说。

“我自己去就行了。”梅亚非说。

“我主要是监督你买菜，让你买一些你拿手的菜，从今天开始，我要跟着你学做饭了。”苏小凡说。

“苏小凡，你没发烧吧？”梅亚非不敢相信地说。

“姥姥、姥爷，管管你们的闺女吧。我这主动要求上进，怎么让你们闺女觉得我像是一个精神病似的。”苏小凡对着梅老太太、梅老爷子说。

“这是咱母女之间的事儿，你姥姥管不着。”梅亚非说。

“小凡，你是不是恋爱了？”梅老太太呵呵一笑问。

“没有啊。”苏小凡说。

“那你怎么就突然变成这样了呢？”梅老太太问。

“我这不是准备着先学好，再去谈恋爱吗？”苏小凡说。

2

向志远是被电话铃声吵醒的，他一醒来，才发现跟窦斌赤裸着上身，躺在一张床上，而且依然熟睡的窦斌的胳膊还搭在他的身上。他一看这种状况，吃了一惊，才慢慢地挪开窦斌的胳膊，起身拿着手机，去客厅接起了电话。

电话是律师事务所前台打过来的。

“怎么了？”向志远接起电话问。

“有一个客户非要见您。”前台说。

“新客户还是老客户。”向志远问。

“新客户。”前台说。

“你让秦律师接待一下吧，我有事儿呢。”向志远说。

“这人都来了好几天了，每天都来。我们都拿她没办法了。她非要让您接她的案子，案件的具体情况她也不跟我们说。”前台说。

“多大的案子啊？”向志远问。

“应该是民事纠纷。”前台说。

“你不了解我们的业务范围还是怎么着啊？我们只接经济案件，别的案件一概不接。”向志远说。

“我说了，我们也都劝了，她就是赖着不走。每天我一上班，就见她站在门口，我下了班，她就跟我一块儿走。”前台说。

“我一会儿过去。你别让她在门口待着，带她去会客室。”向志远说。

3

向志远来到律师事务所，在前台又详细地问了一下情况，便直接去了会客室。

向志远一进会客室，就看到一个穿着时尚前卫的三十岁左右的女人，坐在那儿，跷着二郎腿，细品着一杯浓茶。

“您是向律师吗？”女人站起来，对着向志远问。

“您好，我是向志远。”向志远走过去说。

“总算是把您熬来了我都连续来了好几天了。我叫程圆圆。”程圆圆说着把早已经准备好的名片递给向志远。

“你的情况，我的同事都给我说了。程女士，真的抱歉，我们律师事务所不接民事案件。”向志远接过名片，看了一下名片，名片上写着程圆圆，滴答滴咖啡连锁 CEO。

“那你前几天怎么接了医疗纠纷案件呢？”程圆圆坐下后问。

“你怎么知道？”向志远看着程圆圆，不解地问。

“那是我的继母。”程圆圆说。

“哦，这样啊。那个案件已经结案了啊。医院没给你们赔偿金吗？”向志远说。

“赔偿了。”程圆圆说。

“那您找我，是不是还有后续问题？”向志远说。

“我知道那次事故不属于医疗事故，是我继母的儿子非要死皮赖脸地纠缠着医院不放。”程圆圆说。

“是的。医院都让事故委员会做了鉴定报告，不属于医疗事故。之所以赔钱给你们，是本着人道主义精神。”向志远说。

“可不是‘你们’，是他自己的意愿，跟我没关系。”程圆圆说。

“那程女士，还有别的事儿吗？我家里最近出了点儿事儿，需要处理，我就不留您了。”向志远呵呵一笑说。

“那你还没答应接我的案子呢？”程圆圆说。

“什么案子？”向志远问。

“房产分割。”程圆圆说。

“我们真不接这类案子。”

“你能接医疗事故的案子，怎么就不能接我这种案子呢？”

“院长跟我是朋友，我就帮一个忙。”

“我们也可以成为朋友啊。”

“那等我们成了朋友，我再接你这个案子，成吗？”

“不行。你必须接。我打听了，你的胜诉率是百分之百。而且，就从我继母医疗纠纷一案，我就知道你是一个善良的人，你能让医院出钱，安慰病人家属。”

“任何一个律师都会这样做的，直到你付给他钱。”向志远直言不讳地说。

“我就认定你了。你要不接我这个案子，我天天来你们律师事务所。反正我最近闲着。”程圆圆说。

程圆圆就这样纠缠了向志远好一会儿。

“好吧。你说说你的案件的大致情况。”向志远想了想，很无奈地回应道。

“我要告我继母的儿子。他霸占我爸的房产。我爸在跟我继母结婚前，我出资给我爸买了一套房子，但写了我爸的名字。后来我爸去世了，房子就让我继母跟她儿子一块住了，我觉得让他们住是应该的。前不久，你知道我继母也去世了。房子竟然就成了我继母儿子的。说这是他母亲的遗产。”程圆圆说着咬牙切齿了起来。

“你爸有遗嘱吗？”向志远问。

“没有啊。”程圆圆说。

“房产更改过户主吗？”向志远问。

“当时，我想改成我的名字。后来我觉得这样太伤害老太太，就改成了老太太的名字。其实，我真不在意这套房子，也没多少钱。我就是觉得我继母这个儿子，也就是我干哥，做得太绝情。什么事儿，好商好量的，我把房子也就送给他当作结婚礼物了。但他非要做得这么绝情。我们在一起怎么也生活了十几年。”程圆圆说着眼圈有些红，“我也没什么亲人了，就剩下这一个，他还这样对我。”

“也就是说房产户名是你继母的。”向志远不为程圆圆的动情所困扰，依然保持着一个律师询问的职业素养。

“是的。”程圆圆回答。

“那你是想都要回来呢？还是拿回你应得的一半财产所有权呢？”向志远又问。

“房子是我出的钱，当然我要全要回来了。”程圆圆说。

“那比较难办。既然你有送他的念头，何必再去为难他呢。就当你送你哥不就行了。”向志远说。

“谁让他做得这么绝情呢！”程圆圆说。

4

苏小凡跟梅亚非每个人拎着一大袋子菜，有说有笑地刚走进小区门口，一个五十岁左右的保安就从门卫亭里推门而出，叫住了梅亚非。

“梅主任您好。”保安走到苏小凡和梅亚非面前，敬了个礼。

“武修为，今天你值班啊？”梅亚非停止脚步，问道。

“是啊。今天俺值班，一天都是俺值班。”武修为憨厚地笑了笑，然后把目光放到了苏小凡的身上，“梅主任，这是您闺女？”

“我女儿。”梅亚非笑着回应。

“长咧真像您。”武修为说。

“我闺女嘛，当然像我了。你值班吧，我先回家了。”梅亚非说。

“那中。梅主任恁忙。”武修为说。

“梅主任，这是您物业新招的保安？”苏小凡跟梅亚非并肩往前走了一段后，苏小凡学着武修为的河南话，问梅亚非。

“是啊。”梅亚非说。

“您物业咋找这么大岁数咧保安啊，中不中啊？”苏小凡拿腔拿调学着河南话说。

“他可是一个地地道道的老北京人。”梅亚非说。

“俺不信。你看他一口一个中，分明是河南人啊。”苏小凡说。

“你讨厌不讨厌。”梅亚非瞪了苏小凡一眼说，“他是下乡知青，当年他的成分不好，被安排最后一批回城，他一赌气就没回来。一直在河南一个叫南乐县的地方开荒种地到现在。他觉得干不动了，便想落叶归根了。但他在北京的亲人去世的去世，移民的移民。无依无靠，我们物业就把他安排在小区当保安了。”

“梅亚非，是你说服你们总经理，留下的这个保安吧？梅亚非，你够善良的啊。他没妻儿老小吗？”苏小凡问。

“他一辈子没结婚生子。”梅亚非说。

“那他的晚年真够悲惨的。”苏小凡说。

“我觉得最悲惨的不是他的晚年，是他的整个人生。这个老武写得一手漂亮的毛笔字，画画那是一个好，四书五经跟印他脑子里似的。”梅亚非惋惜地说。

“恢复高考后，他怎么不参加高考呢？”苏小凡问。

“没人推荐。可惜了，生不逢时。不然肯定是一个有作为的人。”

梅亚非说。

“行了，别感叹了，赶紧回家教我做饭吧。晚上，我就做给你们吃。从此以后你就可以退出江湖了。”苏小凡说。

5

梅亚楠跟金一娜洗漱完毕，在酒店里吃了早点，就办理了退房手续。

两个人走出大厅，站在酒店门口，相互对视了一下。

“一会儿，我们去哪儿玩儿啊？”梅亚楠问金一娜。

“你回家吧。”金一娜说。

“你这就让我妥协了？”梅亚楠说。

“你们就拌个莫名其妙的嘴，还非得搞这么兴师动众吗？”金一娜说。

“我这是以退为进。以前向志远说什么，我都执行，生怕他不高兴。现在他发飙了，我也有正当的理由反抗了。过了这个村没这个店的事儿，我必须把握好。”梅亚楠一本正经地说完，又转过头问金一娜，“你不是要回家了吧？”

“我怎么可能回家呢？我真搬进学校去。现在窦斌在跟我生孩子这个事儿上，太摇摆不定。他还想着做结扎。我现在必须让他知道我是多么地坚定。”金一娜说。

“你做得非常正确，生孩子这事儿，你必须挺住。那，我们现在去你学校？”梅亚楠说。

“走。”金一娜说着往前走了一步又停了下来，“窦斌跟向志远找过来怎么办？”

“关机你敢吗？”梅亚楠说。

“这有什么不敢的。关就关呗。”金一娜不屑地说完，就掏出手机关机了。

6

向志远跟程圆圆签完律师委托书，就出了律师事务所。

正当他站在写字楼下的马路边打车的时候，程圆圆的车突然就停到了向志远旁边。

“向律师，你没开车？”程圆圆摇下车窗，探出头问向志远。

“今天没开。”向志远说。

“你去哪儿，我送你。”程圆圆说。

“不用。”向志远推辞说。

“我的官司还指望你呢，赶紧上来吧。”程圆圆说。

“真不用。”向志远依然推辞。

“你就别客气了。”程圆圆说。

“我去找我老婆。”向志远说。

“哦，这样啊。那还是算了。向律师，那我先走了。”程圆圆说。

“成咧。这两天，我就开始着手你的案子。你就放心吧。”向志远说。

“那谢谢您了。劳您费心了。”程圆圆客气道。

程圆圆的车一开走，迎面就来了一辆出租车，向志远招手拦下后，便钻了进去。

“先生，您去哪儿？”出租车司机把车开出去十米后，便问向志远目的地。

“中关村大街。”向志远说完，便拿出电话拨打了梅亚楠的电话，但传来的却是关机提示音。向志远眉头一皱，便又对出租车司机说，“对不起啊师傅，我不去中关村了，你把我送回家吧。三元桥。”

7

窦斌一向有睡懒觉的习惯，他迷迷糊糊地醒来后，才发现向志远已经走了，一看时间已经快中午十二点了。他懒洋洋地去卫生间洗漱完，从冰箱里拿出一块儿面包以及一罐沙拉酱，坐在客厅里刚吃几口，旁边的座机电话就响了起来。

“您好，您是哪位？”窦斌接起电话说。

“你是乃个？”一股成都口音，充斥着窦斌的听筒。

“我是窦斌。”窦斌这时才听出是金一娜妈打过来的电话，便说。

“一娜的手机啷个关机了哟？”金一娜妈问。

“没电了吧？”窦斌赶紧圆场说。

“一娜在屋里没有？”金一娜妈问。

“没有，晚上应该回来。阿姨。不是妈，您找一娜有什么急事儿吗？”窦斌说。

“那你方便来机场接我一下，要不要得？”金一娜妈说。

“您已经到了？”窦斌说。

“到好一会儿了哟，联系不上一娜。”金一娜妈说。

“那成，我马上去接您。您在机场门口别动啊。”窦斌说。

窦斌挂了金一娜妈的电话，就拨打了金一娜的电话，听到传来关机的声音，就开始琢磨金一娜是不是把她妈搬来给她做主来了，但转念一想，真是金一娜搬来的救兵，她怎么会关机呢？

8

窦斌开车到了机场，见老太太还真听话，真站在机场门口纹丝不动。

“你啷个才来啊？一站站了两个小时，我腿都站麻咯。”金一娜妈见窦斌走来，抱怨说。

“妈，您怎么不坐到一旁休息一会儿呢？”窦斌接过行李说。

“不是你让我站在门口等你的吗？”金一娜妈说。

“我是欠考虑。”窦斌说，“妈，您怎么突然就来了？事先也不说一声。”

“我回回都说来，你们偏不让我来。这次我只能到了，再告诉你们了。”金一娜妈说。

“那咱们先回家吧。”窦斌说着，就打开了车门。

窦斌把老太太接到城里，带着老太太吃了一个饭，就回家了。每当老太太问起金一娜的时候，窦斌只能搪塞，他担心金一娜的电话一天不开机，让老太太知道了他们正在闹矛盾。

“妈，要不您看会电视？”窦斌跟金一娜妈坐了一会儿，感觉气氛颇为尴尬，便想给老太太找一事儿做，分散老太太的注意力。

“看撒子嘛，不喜欢看。我豆喜欢打哈麻将。”金一娜妈说。

“咱俩也打不了啊。四缺二差得有点儿多。”窦斌说。

“勒不是周末迈？你喊两个朋友撒。”金一娜妈说。

“真打啊？”窦斌说。

“我勒哈不是耍起的迈？你找不到人豆算了，我带勒哈坐一哈豆是了。”金一娜妈说。

“我去给你叫人。”窦斌转念一想，这样跟老太太干坐着也不是办法，便说。

“你要跟别个说清楚哟，我勒个老太婆说不来普通话，只讲得成四川话，也只打得来四川麻将哈。”金一娜妈说。

9

窦斌进了卧室，先给葛爱军打了一个电话，在电话里给葛爱军讲清楚事情缘由后，又嘱咐他不准在老太太面前提及生孩子的事儿。

窦斌挂了葛爱军的电话，又给向志远打了一个电话。

“你在哪儿呢？”向志远接通电话后，窦斌问向志远。

“在家呢。”向志远说。

“亚楠手机是不是关机了？”窦斌问。

“是啊。你怎么知道？”向志远说。

“一娜也关着机呢，你去找她们了没？”窦斌说。

“没有。我去哪儿找去啊？都关着机呢。”向志远说。

“那你来我家吧。”窦斌说。

“还喝啊？”向志远说。

“打麻将。”窦斌说。

“你挺有闲情雅致的啊。”向志远说。

“一娜她妈来了，老太太想打麻将。”窦斌说。

“你这女婿当的够可以的啊。丈母娘打麻将，你都麻利地攒局。”向志远说。

“一娜关着机呢。谁知道她什么时候回来啊。我不能跟老太太大小瞪小眼地坐着吧。老太太待不住了，问东问西，再问出了我的不是。我这不是自己往枪口上撞吗？你赶紧着过来啊。就三缺你了。”窦斌说。

“我不怎么会打。”向志远说。

“你装着钱来就行了。不会打，还不会输吗？”窦斌说。

“让你丈母娘高兴，让我输钱？”向志远说。

“赶紧着吧，就当拉兄弟一把。”窦斌说。

10

这一麻将局一直打到吃晚饭的点儿。金一娜妈不是被向志远点炮，就是被葛爱军送杠，不然就是自己做清一色。一下午下来，老太太赢了两千多块，赢得老太太都不想收手了。而窦斌跟向志远商量好了，在这期间，他们俩轮换着给梅亚楠跟金一娜打电话，虽然每次都传来同样的提示音。

“这都六点半咯嘛。”金一娜妈看看墙上挂的钟表说。

“是啊，是啊。都到吃晚饭点儿了。”窦斌打出去一张三条说。

“那打完这圈，咱们休息一哈哈儿。让窦斌给我们煮点儿面，吃完咱们接着打。”金一娜妈笑着说完，“我赢了你们的钱，不能就这样不打了，有损牌品。”

“阿姨，我们不在意。”向志远说。

“小向，不想陪着我这个老太婆打了这是。”金一娜妈打出一张牌说。

“不是不是。”向志远说。

“阿姨，打。您想打到什么时候，我们就陪到什么时候。打到一娜回来。”葛爱军说。

“她要是今晚不回来了呢？”向志远说。

“她不回来能去哪哈儿？”金一娜妈问。

“学校组织秋游，她说今天回来来着。都这个点儿了，今晚可能又不回来了。”窦斌赶紧解释说。

“那你们就陪我这个老太婆多打一哈哈儿嘛。和了，又是清一色。拦住了你们三家咯。”金一娜妈捞上一张牌，然后一推牌笑着说。

“阿姨，你打得真好。我先去个卫生间。”向志远说完就用脚踢了一下窦斌，然后就进了卫生间。

“妈，我也去一下卫生间。”窦斌起身跟着向志远，两个人一块儿进了卫生间。

“你赶紧着把一娜找回来。这成都老太太打麻将太有瘾了，这哪是打血战到底的麻将呢？简直就是要跟我们钱包里的钱血战到底。我扛不住，都坐一下午了。”向志远进了卫生间，就说。

“我也不想打。这么着，我这就开车去学校找找，你跟爱军陪着老太太待会儿。”窦斌说。

“行行，赶紧着。”向志远说。

11

苏小凡中午跟梅亚非学了做饭的手艺，晚上就开始显摆了。做饭的时候，也不让梅亚非陪着，把梅亚非关到厨房外，自己在厨房里，就这么手忙脚乱地重复了梅亚非中午做的所有饭菜。

梅亚非、梅老太太以及梅老爷子，早就围坐在饭桌前等着苏小凡的处女饭了。

“谁也别动筷子，我端最后一个汤。你得当着我的面，才能开始吃。”当苏小凡把做好的饭菜，挨个端到饭桌上后，下命令说。

“行行。我们不动，等着你的命令。”梅老爷子看着桌子上放着的四个菜说。

“我不放心。我先把筷子给收了。”苏小凡说着，就挨个把饭桌上摆好的筷子又收了回来，攥在一起，又回了厨房。

“你这个孩子，做个饭还非要表扬。”梅亚非说。

“这是我这辈子第一次吃小凡做的饭，我很期待啊。”梅老太太说。

“不知道好吃不好吃。”梅亚非又说。

“嗯。看着菜色还不错。”梅老爷子挨个瞅着菜说。

“汤来了。”苏小凡跟老北京饭馆里的伙计似的，叫喊着把一个汤盆端了上来。

“大厨，可以吃了吗？”梅亚非看着苏小凡问。

“可以了，吃吧。”苏小凡坐下后说。

“没筷子怎么吃？”梅老爷子说。

“哎哟，忘了。我去给你们拿筷子。”苏小凡说着就奔向了厨房。

苏小凡把筷子拿回来，挨个又发回去。

“先让我姥姥跟我姥爷吃，梅亚非你一会儿再吃。”苏小凡又说。

“吃你做的饭，怎么就这么多规矩呢？”梅亚非说。

“那你别吃了。”苏小凡看了梅亚非一眼，然后又笑眯眯地对着梅老太太跟梅老爷子说，“姥爷、姥姥，你们吃吧。吃完给我点评点评。”

“那我先吃一口。”梅老太太说着夹了一筷子炝炒圆白菜，往嘴里一放，嚼了嚼，又吐了出来，“没放盐吧？”

“啊。”苏小凡惊讶了一声，也夹了一筷子放到嘴里，“忘了。姥爷，你吃吃这个土豆片炒肉。”

“这个看着颜色还不错。”梅老爷子说着往嘴里放了一块儿瘦肉，嚼了嚼却发现嚼不动，“小凡，这不熟吧？”

“不是吧？难道都失败了？”苏小凡说着把目光落在了梅亚非身上，“梅亚非，你尝尝剩下这两道菜怎么样。”

“苏小凡同志，我现在还没权利吃呢，还是让你姥爷跟你姥姥先品尝吧。”梅亚非说。

“不不不，轮到你了。”苏小凡说。

“好吧。”梅亚非勉为其难地说着，很艰难地把筷子放到豆角烧茄子上，然后夹了一个最小块儿的茄条，刚放到嘴里就吐了出来，“小凡，你放了多少鸡精啊？”

“三勺啊。”苏小凡说。

“你放那么多干吗？把鸡精当成鸡汁用啊？”梅亚非说。

“真对不起。最后一道菜西红柿炒鸡蛋你也别尝了。这个刚开始我把盐放多了，然后又放了一点儿糖。”苏小凡很尴尬地说。

“这个不错。”梅老爷子夹了一筷子西红柿炒鸡蛋说。

“姥爷，你就别安慰我了。”苏小凡说。

“我没安慰你啊。你自己尝尝。”梅老爷子说。

“还真不错。”梅老太太也吃了一口说。

“真的啊。看来我也不算完全失败。”苏小凡说。

“小凡，你去冰箱里，把豆腐乳、老干妈，还有榨菜都拿出来吧。怎么着也得凑一顿饭吧。”梅亚楠看着苏小凡说，“对了，你蒸的米饭也该熟了，端过来吧。”

“好吧。有时间了，我再好好地给你们做。这次真是对不住各位了。”苏小凡说。

当苏小凡回到厨房，把电饭煲的插头从插座上拔下来后，端着电饭煲回到饭厅里，放下后，就折回厨房拿梅亚非吩咐的其他东西了。

当苏小凡拿着榨菜、老干妈、豆腐乳又回到饭厅里的时候，发现梅亚非、梅老太太，以及梅老爷子，都用异样的目光看着她。

“不会是烧煳了吧？”苏小凡小心翼翼地把东西放到饭桌上。

“没有烧煳。”梅老太太说。

“是你压根就没有烧。水还是凉水，米还是生米。”梅亚非说。

“不会啊。我插上插头了啊。”苏小凡感到非常奇怪地说。

“这个按钮你摁了吗？”梅亚非用力摁了几下开始键。

“没有啊。”苏小凡说。

“那它怎么会工作呢？”梅亚非说。

“做饭真够麻烦的。算了算了，我请你们出去吃，以示谢罪吧。”苏小凡说。

第十五章

1

窦斌到了学校，然后就径直地去了教师员工宿舍楼，去宿管员那里询问金一娜有没有搬进教师宿舍。当他在宿管员那里得知金一娜跟一个女的，刚出去一会儿后，便站在宿舍楼下的车旁开始等着金一娜了。

就在窦斌在楼下正倚靠在车旁，抽第二支烟的时候，刚从教师餐厅吃完饭回来的金一娜跟梅亚楠，正夹在学生中间回宿舍。

“咱们这样坚持几天呢？”金一娜问。

“一个月吧。”梅亚楠不假思索地说。

“时间有点儿长吧？”

“那就半个月。”

“一个星期吧。”

“那也行。”

梅亚楠跟金一娜正在边走边聊。四处观望的梅亚楠一拐弯就看到了窦斌正抽着烟靠在车上，梅亚楠便迅速地往后一撤，又伸出手往后拉了一把金一娜。

“怎么了？”被梅亚楠拉了退后几步的金一娜站稳后问。

“窦斌在门口呢。”梅亚楠说。

“这么快就找来了。”金一娜说。

“窦斌在学校都待了这么多年了，他对学校比你我都了解。你见吗？”梅亚楠问。

“当然不见了。”金一娜斩钉截铁地说。

“那我们去别的地方转转？”梅亚楠说。

“走呗。”金一娜同意说。

2

窦斌走后，金一娜妈还是缠着向志远跟葛爱军不放，她非要跟他们俩三缺一地先打着。金一娜妈打麻将的瘾上来，也不吵吵着饿，所以便也不提及吃饭的事儿。但向志远跟葛爱军却扛不住了。

“阿姨，咱们要不先休息一会儿。我有点儿饿了。”向志远说。

“窦斌不是说屋头没得吃的了迈？他不是出去买面去了的嘛？”金一娜妈全神贯注打着麻将说。

“那咱们能休息一会儿吗？”也抗不住的葛爱军说。

“楞个，还打两圈儿，还打两圈儿豆不打啦，啊。”金一娜妈说。

“就休息十分钟。”向志远说。

“那打完勒一圈儿嘛。”金一娜妈说。

“先休息五分钟。”葛爱军说。

“一局，把勒一局打完。”金一娜妈说。

3

窦斌在宿舍楼下等了一多个小时，都不见金一娜跟梅亚楠的面，他等得有点儿不耐烦了，隔几分钟就掏出手机看看时间。

就在他给自己刚下了再等二十分钟的时间限制时，向志远的电话就打来了。

“我还没见到她们俩呢？”窦斌接起电话后说，“你们俩再陪着老太太待一会儿。”

“待不了了。我把你跟一娜吵架的事儿，给老太太说了。”向志远说。

“志远，不带你这样的啊。你怎么一点儿原则性都没有呢。”窦斌说。

“不是我没原则性，是你丈母娘打麻将的瘾太大了。我跟葛爱军都扛不住了。”向志远说。

“那你也不能说啊。”窦斌说。

“老窦，我算是知道怎么让一个人当叛徒了。不是给他金钱给他美女，是给他一个四川老太太，陪着她打麻将。”葛爱军抢过向志远的手机说。

“你就别贫了，老太太现在干什么呢？”窦斌问。

“我跟老向正开着车拉着老太太去学校呢。”葛爱军说。

“老太太在呢，你就别说那么多废话了。”窦斌说。

“老太太已经在车上睡着了。没麻将，老太太上了车就着了。”葛爱军嘿嘿一笑说。

4

梅亚楠跟金一娜绕着校园转了一圈儿，转得都有点儿走不动了。她们俩觉得窦斌也该走了，便慢慢悠悠地回宿舍了。

她们俩走到宿舍楼旁，一同猫腰去看宿舍楼下。

“没想到窦斌还在。窦斌挺能坚持的。”梅亚楠说。

“你们家老向也来了啊。”金一娜说。

“站向志远旁边儿那个男的是谁啊？”梅亚楠问。

“窦斌的哥们葛爱军，还组团来了。”金一娜说。

“怎么还有一个老太太啊？”梅亚楠看到金一娜妈从车上下来，走到窦斌跟前。

“哪儿呢？嗨。那老太太是我妈。”金一娜又探了一下头望了一下，然后惊讶了地说，“我妈怎么来了？”

“真是你妈吗？你仔细看看。”梅亚楠也惊讶地问。

“我妈我还能认错啊。不能藏着了。”金一娜有些紧张地说。

5

梅亚楠跟金一娜的住校计划就这样被金一娜妈给土崩瓦解了。两个人跟着各自的丈夫，回到各自的家。

梅亚楠跟向志远回家的一路上，向志远都阴沉着脸，一言不发。梅亚楠见向志远这种状态，也不说话。

向志远回到家，就直接冲进厨房，然后在厨房里弄得丁零咣啷地乱响。紧跟其后的梅亚楠也走进厨房，才发现向志远正在拆包她的中药，已经有两包被倒进了垃圾桶，煎中药的陶罐也被向志远扔在地板上。

“向志远，你这是干吗呢？”梅亚楠走上前去，制止住向志远。

“你也不吃这些中药，放着也是放着。”向志远挣脱开梅亚楠制止他的手，继续拆包中药。

“谁说我不喝了。”梅亚楠有点儿急地说。

“你都要搬到学校了，喝什么喝啊。”向志远不紧不慢地说。

“向志远，你是不是存心吵架啊。”梅亚楠说。

“我存心吵架。我这忍辱负重，对你不敢说不敢问的。我哪敢跟你吵架啊。你手机敢关，人也能让我找不着。我哪还敢招惹你啊。”向志远突然冷言冷语地说。

“是。就你忍辱负重，就你宅心宽厚。难道我就没压力吗？我就知道你一直压着自己的怒火，嘴上不说，其实心里比谁都想爆发。你对我发脾气，我理解你。但你拿这些药撒什么气啊！”梅亚楠说。

“梅亚楠，你为什么一定要认定我心里压着怒火呢？我怎么就不能洒脱呢？是，在之前我不知道你确切的病情的时候，让你做了很多你视为有压力的事儿。但我要知道你真实的病情，我能那样吗？

你就是贼喊捉贼，自己心虚，非要让别人也跟着你心虚，你才觉得是真实的。好啊。我现在满足你啊。放着药不吃，整天满足自己的心理需求！我就发火给你看！满足你！”向志远说着用力地把一包中药往地上一甩，便走出了厨房。

梅亚楠看着四处飞溅的中药，心里一沉。其实梅亚楠已经无数次想过这种场面，但真正发生了，她却有点儿接不住。

“向志远，我不跟你生气不跟你计较。”梅亚楠在厨房里待了一会儿，走出来后，对着坐在沙发上趾高气扬的向志远说。

“你爱计较不计较。我是真不跟你计较了。药，你是爱按时吃不按时吃，病你爱什么时候好什么时候好。最后孩子爱生不生。”向志远生气地说。

“行，我知道了。”梅亚楠说完，脑袋空白了一会儿，“我先去休息了。”

6

金一娜跟窦斌像是两个等待挨批评的小学生并排坐在沙发上，金一娜妈坐在他们俩对面，也不说话，拿着一个指甲刀修着自己的指甲。

“妈，你怎么说来就来了。”金一娜打破沉默说。

“你们都要办结婚酒席了，我还不能来吗？”金一娜妈说。

“能来能来。”窦斌说。

“你们还有什么要跟我说的吗？”金一娜妈见他们俩又沉默了，便说。

“有有有。妈，你早点儿休息吧。”窦斌说。

“你们俩为什么闹别扭呢？”金一娜妈说。

“没闹啊。”金一娜说。

“小向和小葛都跟我说了。你还跟我这个老太婆遮掩什么？”金一娜妈说着把目光投向了窦斌，“窦斌，你去成都的时候，也从我的牌友那儿了解了，我这个老太婆是最有牌品的。我是告诉你，我是一个讲理的老太婆。窦斌，我虽然是你的丈母娘，一娜的妈。但我会就事论事的。就生孩子的事儿，我觉得你做得不对。我这个老太婆用过来人说你们都不准确，我应该是快要过去的人。一个女人，这一辈子不生孩子，真会遗憾终生的。”

“妈，我生。我没说不生。”窦斌说。

“但你的态度不坚决嘛。”金一娜妈说着又把目光转移到金一娜身上，“一娜，我也得说说你。什么事儿都好商好量的多好。你非要用这么极端的方式。现在窦斌也当着我的面儿表了态。我是相信窦斌的。”

“妈，我是说到做到的，可一娜总是怀疑我。”窦斌说。

“这是她的不对。窦斌，为了让一娜把对你的不信任消除掉。我这个老太婆愿意给你们架起信任的桥梁。从今天开始，我监督你们生孩子这事儿怎么样？”金一娜妈说。

“监督？”窦斌惊讶地说。

“妈，你怎么监督啊？”金一娜也茫然无措地问。

“妈看过《潜伏》。就像特务监督余则成跟翠平那样监督。”金一娜妈说。

“妈，你这是为我们架起桥梁呢，还是跟一娜一起对我不信任呢？”窦斌说。

“我怎么能不信任你呢。”金一娜妈说，“你们早点儿休息吧。明天我再开始监督。”

7

“你妈怎么能这样呢？夫妻那点儿事儿，还监督？你妈心理是不是有点儿阴暗啊？你也不说说你妈，你觉得这样合适吗？”一进卧室门，窦斌就牢骚满腹地说。

“我妈这是怕你负了我。我为什么要说我妈呢？”金一娜说。

“呵。真是有其母必有其女啊。你妈站在门外听着，你舒服吗？我又不是广播员，干吗呢这是。”窦斌说。

“我妈是这意思吗？”金一娜反应过来说。

“你没看过《潜伏》怎么着？李涯找的特务，不就是听房的吗。”窦斌说。

“不可能。”金一娜说。

“你妈都说得那么直白了，怎么就不可能了。你妈就差说让我用DV拍下来，第二天播放给她看了。一娜，你妈要真这样，这孩子真没法生啊。我反正觉得别扭。”窦斌说。

“你就为自己找借口吧！”金一娜说。

“成，我是不管你装糊涂还是什么居心叵测，咱们用事实说话。”窦斌说完，就钻进了被窝。

8

苏小凡一大早到了医院，刚坐到工位上，一名护士就敲门进来了。

“苏医生，一个产妇想今天做剖腹产。”护士进来后说。

“几床啊？”苏小凡问。

“三十七床。”护士回答。

“她不是要顺产吗？”苏小凡看着一个病例本说。

“她老公想看着孩子出生。”护士说。

“一个星期都等不了了？太盼子心切了吧。”苏小凡放下病历本。

“她老公要出差，一个月后才能回来。”护士说。

“那你安排到明天吧。哪能说剖就剖呢。”苏小凡说。

“这孕妇早就做完一系列流程了。就等你了。”护士说。

“那麻烦你安排一下吧。”苏小凡说，“我先去手术室准备一下。”

9

梅亚楠本来觉得向志远态度消极，才符合一个人正常的状态，但当向志远真的消极了，梅亚楠心里也有点儿不舒服了。

梅亚楠虽然一大早就到了公司，但她却没有丁点儿状态，本来上午十点的部门例会，被她改在了下午。就在她坐在办公室里想独自安静一会儿的时候，却接到了让她去总经理办公室的电话。

梅亚楠调整了一下情绪，敲门得到应许声后，步入总经理办公室，才发现总经理正在开视频会议。

总经理看到梅亚楠进来后，便摆了摆手，示意她过去。梅亚楠看到总经理这样的举动后，愣了一下，缓慢地走了过去。当梅亚楠走过去，才察觉到总经理旁边儿早就放好了一张椅子。总经理又一次示意梅亚楠坐下后，梅亚楠才注意方式地坐了下来。

梅亚楠在总经理旁边坐了半个小时，视频会议才结束。视频会议是一场高层的会议，但这场会议却提及了十三次她的名字。

“会议的内容你都听到了吗？”总经理关掉会议软件，然后对着梅亚楠说，“总部让你去法国总部培训，接管我的职位。”

“曹总，这是怎么回事儿？”梅亚楠喜忧参半地看着总经理说，“您呢？”

“明年下半年，我就被调到总部了。”总经理说。

“这不符合我们公司的晋升规则吧？您的位置，应该由市场部总监或者销售部总监接管才对啊？怎么会这样呢？”梅亚楠不解地问。

“总部的决定，你就执行吧。”总经理说。

“我恐怕难以胜任吧。我对市场跟销售都不太了解，把整个中国区域让我负责，我真怕给搞砸了。”梅亚楠说。

“总部这不是让你去培训吗？”总经理说。

“总部培训，总不能专门培训中国市场吧。”梅亚楠疑惑不解地问。

“策划部并到你营销部多长时间了？”总经理问。

“一年零六个月。”梅亚楠脱口而出。

“你做营销策划的时候，不参考市场部、销售部提供的数据吗？一年零六个月了，难道你对整个市场跟销售完全不了解吗？亚楠，总部之所以考虑你晋升，不是只看你的业绩，而是经过缜密的讨论的。但这事儿，你先捂一段时间，别太张扬。等你从法国回来，总部的任命下来了，我们再公布。”总经理说。

“下个星期就走，是不是有点儿急呢？”梅亚楠又说。

“有什么困难？”总经理问。

“没什么困难。”梅亚楠思考了十几秒后说。

10

在梅亚楠上班走后，向志远把梅亚楠的病历还有检查报告单，从抽屉里拿了出来。他约好了一个医生，想去询问一下梅亚楠病情治疗好的概率。但他刚把车开出小区，就被程圆圆的异父异母的哥哥李智拦下了。

“李先生，你怎么在这儿啊？”向志远摇下车窗后说。

“向律师，你能给我点时间，跟你聊聊吗？”李智凑到车窗前，用一种祈求的目光看着向志远说。

“我有事儿呢，咱们改天成吗？”向志远说。

“向律师，你给我几分钟的时间就行。”李智依然恳求地说。

“那你说吧。”向志远无奈地说。

“我妹妹告我的事儿，还没有启动诉讼程序吧？”李智问。

“还没呢。”向志远说。

“昨天我妹妹告诉我，她已经找你做他的律师了。所以，今天我就找你来了。我也不知道你住在几号楼，就在门口等你了。”李智说。

“你找我到底什么事儿呢？”向志远有点儿不耐烦地说。

“你能不能不做她的律师。”李智说。

“我不做，自然还有别的律师会做啊。”向志远说。

“能拖就拖吧。我真的不想因为一栋房子，跟我妹妹把感情给弄没了。我已经没有亲人了，就剩下她一个了。”李智说。

“既然这样，你何必做得那么绝情呢？”向志远很不解地问。

“向律师，我看你赶时间，如果你方便，我坐到你车上，在路上给你讲。你看可以吗？”李智说。

“这样吧，我们找个咖啡馆，坐着聊。你看可以吗？”向志远说。

“向律师，你不是赶时间吗？耽误你的事儿，多不好意思啊。”李智说。

“没事儿。我不是什么急事儿，不差这一会儿。”向志远说。

11

金一娜去了学校，家里就剩下了窦斌跟金一娜妈。老太太故意拖着窦斌，不让窦斌出门，

“妈，你自己在家待着没事儿吧？”窦斌说。

“你去哪儿？”金一娜妈问。

“我去一下棚里。”窦斌说。

“我去方便吗？”金一娜妈说。

“我是去给人家拍写真。”窦斌没想到老太太要跟他前去。

“我都没见过，你带我去看看呗。”金一娜妈像是一个小孩子充满着幻想似的说。

“好吧。”窦斌很无奈地说。窦斌知道老太太不是对拍照片充满好奇，而是对他实行监督的一部分，怕他去医院做了结扎。

12

向志远跟李智坐在一家咖啡厅里，他们对视而坐。

“向律师，真的太谢谢你了。你这么忙还能腾出时间跟我聊聊。”李智说。

“就算你不找我，我也得找你，是你节约了我的时间。”向志远端起咖啡喝了一口说，“你说说，为什么不让我做你妹妹的律师。”

“因为我不想让她告我。”李智说着叹了一口气，“我不想独吞那套房子。我知道那套房子是我妹妹出钱买的。”

“那你妹妹为什么要告你呢？”向志远说。

“这么给你说吧向律师。我跟我妹妹关系一向很好。我们在一起生活了十几年，我一直拿她当亲妹妹，她也拿我当亲哥哥。我觉得我是一个善良的人，或许正是我的这种善良，造成了现在这种局面。就拿我妈去世来说，我也不想跟医院打那场医疗纠纷的官司。”

“你能给我顺一下吗？我有点儿听不懂你在说什么。”向志远打断李智的话说。

“我今年三十三岁，在我二十六岁的时候，因为喝醉了酒跟人打架斗殴，把人给打伤了，因此被劳教了一年半。这些你应该知道。也就是因为这一年半，我的人生就彻底被改变了。工作不再好找，女朋友不再好找。以至于到现在我依然是一个无业游民，全靠着我妹妹救济。在我妈病逝前几个月，我找了一个女朋友，她没嫌弃我，虽然是一个来城里打工的农村姑娘，但对我真的不错，我们的感情也很好。但她家欠了很多债，她爸是一个赌徒，借了很多高利贷，不过现在已经不赌了。我就想着替我女朋友把债给还了，我又没有钱，给我妈看病的钱都是我妹妹出的，我不能再给她张口要钱了，就跟医院打起了医疗纠纷的官司。”李智说。

“这个情况我了解，说说房子的事儿吧。”向志远又一次打断李智的话。

“房子是这样的。我不是替我女朋友把债还清了吗？我女朋友就想跟我结婚，但房子，就是我霸占我妹的那套房子，我跟我女朋友一直住那里。我女朋友从小因为她爸赌博，特缺少安全感，我就想给她一个安全的家，就私自把房子改到了我的名下了。”李智说。

“你妹妹不是说过把房子给你结婚用吗？你为什么非要这么急于求成呢？”向志远问。

“那套房子值四百多万呢。我怕我妹妹反悔。我现在知道是我小肚鸡肠了。现在事情已经这样了，我也不知道怎么收场了。”李智很无奈地说。

“这些你没给你妹妹说吗？”向志远问。

“可能是我真的伤害到她了。她根本不听我解释。”李智说着脸一下沉了下来，“向律师，我求你了，你别告我了。我真的不能失去这个妹妹。我可以把房子还给她。”

“那你直接告诉她不就行了吗？”向志远说。

“她不接我的电话，也不见我人。”李智说。

13

苏小凡走出手术室，回到自己的诊疗室就给梅亚楠打了一个电话。

此刻梅亚楠正坐在办公室，还沉浸在刚才总经理给她说的那些话中。

“小姨，我给你要了一个紫河车，你是过来拿呢，还是我给你送家去呢？这东西，必须赶紧冷冻起来。”梅亚楠接通电话后，苏小凡说。

“你这会儿忙吗？”梅亚楠说。

“今天一天应该没什么事儿了。”苏小凡说。

“那你给我送回家去吧。你姨夫应该在家呢，你先给他打一个电话问问。”梅亚楠说。

“那行。我给你送家去。”苏小凡说。

苏小凡挂了梅亚楠的电话，就拨打了向志远的电话。

向志远电话响起的时候，他刚跟李智分开，准备去找程圆圆，把程圆圆本该是家庭矛盾的官司，通过沟通就了结掉。

“姨夫，你在家吗？”向志远接起电话后，苏小凡问。

“在家附近呢。怎么了，小凡。”向志远说。

“我给你送点儿东西，你在家里等我一会儿吧。”苏小凡说。

“行，那你来吧。”向志远说。

14

苏小凡一进梅亚楠家，就闻到了一股浓烈的中草药味。

“姨夫，你也不开开窗子透透气，这么大的中药味。”苏小凡进了门就说。

“你小姨不是正在吃中药吗？我们正在习惯这种味道，就没通风。”向志远说着盯着苏小凡手里拎着的一个方便袋，方便袋里盛着半袋凉水，凉水中浸泡着一团肉球，“小凡，长大了啊，知道孝敬你小姨了。你这是什么东西啊？”

“紫河车。”苏小凡说着越过向志远，径直向厨房走去，“我放到冰箱里，必须冷冻起来。”

“小凡，等会儿。我来放。”向志远看着苏小凡朝着厨房走去，才豁然想起，昨天跟梅亚楠把厨房弄得一片狼藉，还没有收拾。

“我放就成了，又不重。”苏小凡说着就推开了厨房门，看到了厨房的一片狼藉，就蹑手蹑脚地走了进去，“姨夫，你们家进贼了吧？”

“昨天不小心打翻了，还没来得及收拾。”向志远走到厨房门口，看着打开冰箱门的苏小凡说。

“姨夫，你跟我小姨吵架了吧？”苏小凡关上冰箱门，扭过头看着向志远说。

“没有。”向志远狡辩说。

“好吧，你就当我什么都没看到。我走了。”苏小凡说着又蹑手蹑脚地走出了厨房。

“别跟你姥姥说啊。”向志远嘱咐苏小凡。

“我知道了。”苏小凡生硬地应了一声。

15

窦斌的摄影棚里今天根本没有活儿。所以，当窦斌带着老太太一进棚里，葛爱军就明白什么意思了。

“你怎么才来啊？”葛爱军对着窦斌抱怨一句，然后又对着金一娜妈笑着说，“阿姨，欢迎您老来视察工作。”

“怎么没人了，人呢？”窦斌接着葛爱军的话茬说。

“等你不来，人家走了。”葛爱军说。

“家里有点儿事儿，给耽误了。”窦斌故作愧疚地说。

“都是我不好，我应该让窦斌早出来一会儿。”金一娜妈自我埋怨地说。

“没事儿阿姨。损失不了几个钱，也就万儿八千的。”葛爱军故意把拍照的钱数说了出来。

“万儿八千，那得让我老太婆打好长时间麻将呢。”金一娜妈心疼地说。

“没事儿，妈，能挣回来。妈，随便坐啊。”窦斌瞥了一眼葛爱军说。

“阿姨，您坐。我跟窦斌去里屋谈点儿事儿，先失陪一会儿。”葛爱军说着就拉着窦斌去了化妆间。

“你一大老爷们让一老太太当保镖，也不嫌寒碜。”进了化妆间，葛爱军把门一关，就说。

“你少来，落井下石！”窦斌说着坐到一张椅子上。

“你丈母娘是不是要寸步不离地监督你啊。”葛爱军哈哈一笑，坐到窦斌旁边说。

“何止寸步不离啊。现在连我跟一娜的卧室生活都要划入她监督的范围内了。”窦斌很无奈地说。

“你丈母娘够新潮的啊。这事儿也参与。”葛爱军呵呵一笑说，“不过这样治男人病，不容易让你早泄。”

“我他妈的怕阳痿。”窦斌说，“人家娶一老婆就相当于娶一监工而已，我这是买一送一助理。”

“无奈吧。”葛爱军说。

“何止无奈呢，我这是在忍耐中无奈。”窦斌唉声叹气地说。

“要不咱俩去走一圈新藏线？说不定还能碰见你闺女呢。”葛爱军说。

“你开什么玩笑。还新藏线呢，我现在北京一日游都得给老太太兼职导游，从此我算是与自由说拜拜了。”窦斌说。

“咱有王牌啊！”葛爱军说。

“什么王牌？”窦斌问。

“等着，我去给你拿。”葛爱军说着就起身，走到了化妆台前，拉开一个抽屉，拿出两封国际快件，哈苏国际摄影大赛邀请函，“参加吗？”

“当然参加了，这是我梦寐以求的比赛。”窦斌从葛爱军手里接过快件，打开看着说。

“这不就是王牌吗？我就不信小嫂子不支持你。这样既缓解了你现在的无奈，又满足了你的需求。”葛爱军说。

16

苏小凡走出梅亚楠家的小区，本要回医院，但一看时间，都快要到吃中午饭的时间了，下午医院又没事儿，她便不想回去了。

她徒步走到地铁口时，便掏出电话拨打了赵英杰的电话。

此刻，赵英杰正在会议室里跟几个高层开战略会议，已经把手机调整为振动的赵英杰拿起放在一旁的手机，一看是苏小凡打来的。本想挂掉的赵英杰盯着闪动的手机屏看了一会儿，还是接了起来。

“各位，不好意思，我接一电话。”赵英杰说着就接了苏小凡的电话。

“你吃饭了吗？”赵英杰接起电话，苏小凡便问。

“还没呢。”赵英杰说。

“那我去你公司找你呗。”苏小凡说。

“那什么……不方便。”赵英杰吞吞吐吐地说。

“有什么不方便的啊，不就吃个饭吗？”苏小凡说。

“我在家呢。”赵英杰撒谎说完看了看坐在会议桌两旁的同事。

“那算了。”苏小凡哦了一声后，便挂了电话。

苏小凡把电话装进口袋，站在地铁口想了想，便伸手拦下一辆出租车，直接奔向了赵英杰的家。

苏小凡在赵英杰家门口踌躇了一会儿后，摁响了赵英杰家的门铃，不一会儿就有一个年轻貌美的姑娘把门打开了。

“请问，这是赵英杰的家吗？”苏小凡看着这个年轻貌美的姑娘，惊诧后，开口问。

“是的。”姑娘很客气地说。

“赵英杰在家吗？”苏小凡很客气地又问。

“是小苏吧？”这时，赵母也从房子里走到门口，盯着苏小凡上下打量着，然后一脸慈祥地说，“赶紧进来。”

“您好阿姨，我是小苏。”苏小凡为赵母知道她这个人而诧异。

“你来得还挺准时的，保安没为难你吧？我一早就给那里的保安打好招呼了。”苏小凡跟随着那个漂亮姑娘跟赵母进入房间后，赵母说。

“没有。”苏小凡僵硬地笑着说。

“那就好，那就好。你先坐，桌子上有水果，你随便。别客气。”赵母又说。

“行，谢谢阿姨。”苏小凡坐下后，客套地说。

“我跟小王聊完，咱俩再聊。要是渴了自己倒水。”赵母说。

“您聊您聊。”苏小凡看着赵母，又看看坐在赵母旁边的漂亮姑娘说。

“小王，这个小苏是我找的另一家婚介公司的。你也别介意，我儿子他事儿多。我也只能多找了两家婚介所。”赵母又对着漂亮姑娘小王说。

当赵母说完这句话，苏小凡这时才恍然知道赵母为什么知道她的姓氏了。

“阿姨，我不是小苏。”苏小凡打断赵母的话，又慌忙地补充，“我是小苏。”

“你是谁啊？你到底是不是小苏呢？”赵母这时突然警觉了起来。

“我是小苏，但我不是你说的那个小苏。”苏小凡解释说。

“你不是婚介所的小苏吗？”赵母疑虑地看着苏小凡问。

“我不是婚介所的。我叫苏小凡，是赵英杰的朋友。”苏小凡说。

“朋友？女朋友？”赵母瞪大双眼，看着苏小凡说。

“还不算是。”苏小凡婉约了起来。

婚介所的漂亮姑娘小王看着赵母跟苏小凡，有点儿不知所措了。

“阿姨，这是怎么回事儿啊？”小王一脸僵笑地看着赵母说。

“突发情况，突发情况。这样小王，你先回去。我们改天再聊。你放心，你们的费用我一分都不会少。”赵母看着小王歉意连连地说。

“那阿姨，我先回去。”小王说。

17

“小姑娘，你真的跟英杰正在交往吗？”把小王送到门口，想知道真相的赵母迫不及待地坐到苏小凡身边就问。

“还没有正式交往，我还没追上英杰。”苏小凡突然有些羞涩地说。

“那你来找我，是让我来帮你忙吗？”赵母说。

“我刚才给他打电话，他说他在家来着。”苏小凡说。

“啊？”赵母惊讶了一下，瞬间又恢复了平静，“是的是的。他刚走不久，一个电话把他叫走了。”

“那他不在家，我就先走了，就不打扰您了。”苏小凡说着欲起身。

“别啊。咱俩聊会儿，我看看你们俩适不适合，然后再决定帮不帮你。”赵母说，“你叫什么名字？”

“苏小凡。”苏小凡又坐下说。

“还真姓苏，怪不得我认错了。你今年有二十岁吗？”赵母盯着苏小凡问。

“我二十四岁了。”苏小凡说。

“英杰今年可四十二岁了。你们俩是不是有点儿不合适，你说呢，小凡。”赵母说。

“阿姨，我不在意这些，喜欢一个人不应该在意他的年龄。”苏小凡说。

“小凡，我不是阻碍你们。赵英杰这么大岁数了，至今未娶。我这个当妈的早就心急如焚了。有人喜欢他，并想跟他在一块儿，我这个当妈的绝对不会拆台，知道你们情投意合就行。我就觉得，对你有点儿不公平。”赵母忧心忡忡地说。

“阿姨，这没什么不公平的。喜欢了，才是最公平的。”苏小凡说。

“小凡，你是做什么职业的？”赵母问。

“我是妇产医院的医生。”苏小凡如实地说。

“你爸妈做什么的？”赵母又问。

“我爸在我六岁的时候，就去世了。我妈在一家物业公司。”苏小凡说。

“那你妈独自把你拉扯大，也挺不容易的。英杰也是我独自带大的，我跟你妈是同病相怜啊。”赵母叹着气说完，缓了缓又说，“不说这些，不说这些。小凡，你喜欢英杰什么啊？你这个岁数找一个同龄人多好啊，有共同语言，又没有代沟。”

“阿姨，我说实话，您别生气成吗？”苏小凡试探性地问。

“你说吧，我不生气。”赵母说。

“我看见英杰的第一次，我就对他有一种好感，这好感让我觉得有一种安全的感觉。可能是我从小没有父亲的缘故，总觉得英杰能给我爱的同时，还能给我另一种爱。但我真的喜欢他。我也清楚，我不是给自己找父亲，我是给自己找丈夫，所以我决定告诉英杰我喜欢他之前，我是经过慎重考虑的。”苏小凡说。

“我理解你了，那英杰对你是什么态度呢？”赵母问。

“我也不清楚。”苏小凡生硬地笑了笑说。

第十六章

1

向志远跟程圆圆坐在一个咖啡馆的角落，彼此都沉默着。程圆圆低头看着已经被她喝剩下一半的咖啡沉思着。

“真的没有必要，你说呢？跟自己的哥哥走诉讼程序，就算你拿回来了房子，应该也不是你想要的结果。”向志远看着沉思的程圆圆，打破沉默说。

“如果他不说把房子还给我的话，我赢的把握有多少？”程圆圆缓缓地抬起头，问。

“如果你把付款时给开发商的流水，从银行打出来。胜诉率应该是百分之百。”赵英杰端起咖啡，抿了一口说。

“我哥找你，真的是那样说的吗？”程圆圆又问。

“是的。他说把房子还给你，不想伤害你们的感情。”赵英杰说。

“早这样该多好呢，当时他为什么非那样做呢？”程圆圆说着眼眶有些湿润。

“每个人都有迷失的时候。他虽然是你哥，但多数的时候都是靠你在支撑整个家。按你们家的地位来说，你应该是他姐。所以他在考虑自己来之不易又不想失去的爱情的时候，就会忽略你的感受。多数弱者在某些时候，都会忽略强者的心理反应。有些事情会适得其反，但你们不是。我觉得你跟你哥这事儿，都通过我的口，向对方转述了同一个事实，那就是你们都很珍惜这份亲情。”向志远说。

“他真告诉你他要结婚了吗？”程圆圆问。

“他不光告诉了我要结婚，他还告诉了我为什么要打那场医疗事故官司。”向志远说。

“为什么？”程圆圆问。

“因为，他想通过这种不正当的手段获取钱财，替他的未婚妻还她父亲的赌债，他想让他的未婚妻跟他过没有压力的日子。”向志远说。

“他为什么不跟我要呢？为什么非要这样做呢？我真的想不明白。”程圆圆冷笑一声。

“因为他觉得亏欠你太多了，不好意思给你张口要了。”向志远说，“程女士，你好好想想怎么跟你哥把这次恩怨给化解了吧。你哥已经决定把房子还给你了，诉讼程序也就不用启动了。我为你法律援助的服务，也就到此为止了。”

“嗯，好的，谢谢你，真是麻烦你了。你真是一个好律师，我们的家庭矛盾本不该你服务，却让你亲自跑来为我们讲和。”程圆圆说。

“这就是我的分内工作。”向志远说着，就开始收拾自己的公文包。

“我也不知道怎么感谢你。这有一张卡，是钻石卡。以后欢迎你来我的咖啡店免费品尝。”程圆圆说着递过来一张钻石卡。

2

赵母虽然觉得苏小凡跟赵英杰的岁数有些出入，但求儿媳妇心切的赵母又真的打心眼儿里喜欢这个姑娘。赵母就这样跟苏小凡聊了整整一个下午，每当苏小凡想走的时候，赵母就会拦下。

“阿姨，这都快五点了，我就先走了。”苏小凡看着墙壁上挂的那块石英表，说。

“留下来吃饭啊。”赵母说。

“不了，这样多不好啊。”苏小凡说。

“这有什么不好的。小凡，我决定帮你了。我从心眼儿里喜欢你，我看人一般不会错。你不是一个物质的姑娘，也懂事儿。就是偶尔有点儿小孩儿气。”赵母说。

“谢谢阿姨。”苏小凡会心一笑说。

“你会做饭吗？”赵母问。

苏小凡自从跟梅亚非学了一次做饭，并完败后，便没有再学过。所以，当赵母问她会不会做饭的时候，苏小凡便知道棘手的问题马上要来了。她心里清楚，如果拒绝了赵母，那么还没跟赵英杰开始交往，就在赵母眼中留下一个很大的缺点了。但她又确实做饭不精。

“还行，不怎么会。”苏小凡吭哧别扭地说。

“没事儿，阿姨陪你一起做。”赵母说。

“阿姨，我请你们出去吃行吗？”苏小凡说。

“外边儿吃哪有家里放心啊。家里什么菜都有。”赵母说。

“那好吧。”苏小凡勉为其难地说。

“厨房在那儿呢，所有的蔬菜在大冰箱里，生肉、海鲜之类的在小冰箱。”赵母指了指厨房，“你先去，我去给英杰打电话，让他早点儿回来。”

“阿姨，您别告诉英杰我在这儿。”苏小凡说。

“我知道，你就放心吧。”赵母说。

3

梅亚楠回到家后，才发现向志远没有在家，她坐在客厅里待了一会儿，本想给向志远打一个电话问他在哪里，却把掏出的手机又扔到了沙发上，起身去了厨房。当梅亚楠走到厨房，看着厨房里一片狼藉，微叹了一口气，便开始收拾了起来。梅亚楠收拾完厨房，就开始着手做晚饭了，她想在吃晚饭的时候，把她要晋升并出国的事儿告诉向志远。

4

窦斌跟着金一娜妈在摄影工作室待了一整天。这一整天，窦斌跟葛爱军都闲着，什么事儿也不干，两个人不大段地说话，就陪着金一娜妈坐着。三个人就这样算是沉默了一天。中途的时候，金一娜妈本想走，觉得在这儿太过于无聊，但又不好意思提出来这样的要求，只能作罢。其实，这一切都是葛爱军想出的馊主意，他就是让老太太觉得跟在窦斌屁股后边，是多么枯燥无聊的事儿，让老太太知难而退。

当临近下午四点多的时候，葛爱军看了看窦斌又看了看正在打盹的老太太，便站了起来，伸了一懒腰，故意把哈欠打出响声。

“老窦，要不你陪着阿姨先回家吧，你看阿姨都困了。”葛爱军对着窦斌使了一个眼色说。

“你这不好吧。总让你盯着，我多过意不去啊。”窦斌暗中接招儿说。

“没事儿，咱俩谁跟谁啊。”葛爱军说。

“你们要下班了？”打盹的金一娜妈突然清醒地说。

“还有两个小时。不过这是咱们自己家的买卖，不存在不存在。”葛爱军对着金一娜妈说着蹩脚的四川话。

“那妈，咱们回家？”窦斌站起来说。

“那咱们走吧，你们就在这待着真是挺无聊的。”金一娜妈看了一眼葛爱军说，“你们要是没有生意，就这样一直待着？”

“可不是，只能这样待着等顾客上门。”葛爱军说。

“明天，你们也没有活儿吗？”金一娜妈问。

“应该没有。”葛爱军叹了一口气说，“阿姨，你应该等我们有活儿了，再来视察，就不至于这么无聊了。”

“我也觉得你们挺无聊的。要不这样，明天我带着麻将来，这样就可以给你们打发一下时间了。”金一娜妈说。

5

苏小凡进了赵英杰家的厨房，头就开始发蒙了。苏小凡虽然意识到了赵母对她有绝对的好感，但她同时也意识到如果赵母知道她是一个连饭都不会做的姑娘，那么这种好感至少会降减低很多。

正当苏小凡在厨房里不知如何是好的时候，赵母进来了。

“小凡，我已经给英杰打好电话了。他忙完手头的事儿，就回来。”赵母一进厨房就笑嘻嘻地对着苏小凡说，“你都会做什么菜啊？阿姨给你打帮手。”

“我就会做些家常菜。”苏小凡很难为情地说。

“家常菜挺好。居家过日子就得朴实，朴实才真实嘛。”赵母说。

“是、是、是。”苏小凡应声连说三个是。

“那我们开始？”赵母看着苏小凡问。

“成。”苏小凡说。

6

向志远之所以晚回家，是因为他跟程圆圆告辞后，便去找了约好的那位妇科医生询问梅亚楠的病情。

向志远不光从这位医生那里得知跟梅亚楠告诉他一样有很大可能会治好的答案，还得到了这位妇科医生的忠告，让他不要给病人过多的压力以及等病好后要尽快地落实生孩子的事儿。

当向志远怀着医生的忠告走在回家的路上，他一直在思考一个问题：他该怎么跟梅亚楠在这段时间里相处。因为，他太过于关心就是给梅亚楠制造压力；如果他不管不问，又会引起梅亚楠的不满。这整整的一个路上，他都没想到法子。或许，任何一个人，在这种状态下，都不能很圆满地解决这种问题。

“你回来了。”向志远推开门后，看到坐在客厅里的梅亚楠对他投来的目光。

“回来了。”梅亚楠彬彬有礼地回应说。

“我去做饭。”向志远边换拖鞋边说。

“我已经做好了，咱们吃饭吧。”梅亚楠缓缓起身，一脸僵笑地说。

“行，我去洗洗手。”向志远说着就进了卫生间。

“做得还挺丰盛。”向志远从卫生间里洗完手，来到饭厅，落座后，梗着脖子看了看一桌子的菜，故意吸着鼻子嗅了嗅调节气氛，“好久没吃你做的饭了，还真有点儿怀念。”

“那你就多吃点儿。”梅亚楠说着递给向志远一双筷子。

“对了。我今天拿着你的病历去了一个朋友介绍的医生那里，又让她给看了看。”向志远接过筷子，夹了一口菜，放进嘴里，嚼了嚼，很从容地说。

“哦。”梅亚楠很生硬地笑了笑说。

“我没别的意思，你别多想。我就是想问问人家是不是有什么好法子。”向志远说。

“我知道。”梅亚楠回应。

“这位医生也说，你这病好的概率很大，就是不要让你有太大压力，还说你这病一好，再调理一段时间，咱们就得赶紧生了。不然对你的身体伤害更大。”向志远说着吃了一口米饭，“亚楠，你说这段时间我们怎么相处，才能让你觉得没有压力呢？”

“我也不知道。可能不怨你，是我给自己压力太大了。”梅亚楠说。

“这虽然是你自己的心理问题，但源头还是在我这儿。要不，我们分开一段时间？我去出趟差。”向志远试探性地问。

“这样太刻意了。不过，我们公司要安排我去法国总部接受培训。”梅亚楠见缝插针地说。

“这样啊，太好了。怎么突然安排你去啊？”向志远说。

“我要升职了。”梅亚楠说。

“哟，真的吗？那恭喜你了，什么时候走？”向志远又问。

“公司安排的是下个星期。但我觉得有点儿急，想缓缓。”梅亚楠说。

“既然公司安排好了，你就执行吧。去多长时间啊？”向志远又问。

“十个月左右。”梅亚楠说。

“十个月？那就是快一年了？去这么长时间啊？”向志远略微惊讶地说。

“名为培训，其实就是为了让我在法国任职一段时间。”梅亚楠说。

“如果是十个月的话，亚楠，我不同意。时间太长了。如果你要去一两个月，我肯定就放你走了。现在是关键时期，我不敢冒这个险。”向志远说着，把握在手里的筷子放在饭桌上，“亚楠，我不是给你压力，也不是不支持你。如果你的病突然好了，我们就不能再拖生孩子这事儿了。我们不能因小失大。”

“但这次升职对我而言真的很难得的，如果这次错过，我真的就再没有机会了。”梅亚楠说。

“亚楠，工作不是生命的全部，你失去一次晋升的机会，不会失去生活的乐趣。而你要失去治病的最佳时机，就真的不能生育了，那真就是终生遗憾了。”向志远感慨万千地说。

“志远，我真希望你支持我这一次。如果我病好了，我请假回国生孩子好吗？法国说不定有更好的医治办法呢。”梅亚楠祈求向志远。

“这事儿，真没得谈。我不会同意的。”向志远斩钉截铁地说。

“志远，你要这样就没劲了。当时说不生的是你，说生的也是你。我在开始的时候满足你很彻底，不就是现在结尾满足你有点儿不顺当吗，你为什么就不能从我的角度去考虑一下呢？”梅亚楠有些生气地说。

“我真的是在为你考虑。如果你现在做了去法国的决定，你肯定会后悔的。”向志远看着有些生气的梅亚楠，依然心平气和地说。

“我不会后悔的。”梅亚楠很理直气壮地说。

“我会后悔！你要是不想要这个家了，你就去法国吧。”向志远说着就起身离去了。

7

苏小凡跟赵母在厨房里把菜择完、洗完，便想让赵母出去了，因为她知道就自己的炒菜水平，让一个在厨房里出没多年的老厨娘，一眼就看穿了。

“阿姨，要不我自己来？您在客厅里等着？”苏小凡从盆里捞出一把菜，对着赵母说。

“不用我打帮手？”赵母说。

“不用。”苏小凡故作信心满满地说。

“那就麻烦你了。第一天来做客，就让你下厨，挺不好意思的。”赵母说。

“这还不是应该的。”苏小凡说。

赵母一出厨房，苏小凡就把厨房的门给关上了，并将门锁给反锁住，匆忙地掏出手机拨打了梅亚非的电话。

“梅亚非，我今晚不回家吃晚饭了。”走在回家路上的梅亚非接起苏小凡的电话后，苏小凡便说。

“又在哪儿疯呢？早点儿回家，别太晚了。”梅亚非嘱咐说。

“我知道了。你先别挂电话，我有事儿请教。”苏小凡说。

“什么事儿啊？”梅亚非说。

“你现在电话直播指导我做饭，我正在一朋友家做饭呢。”苏小凡说。

“你本来就不会做，还装什么装，赶紧给你朋友摊牌吧。这事儿，我帮不了你。”梅亚非说。

“你还要不要女婿了？现在我未来的婆婆正在检阅我呢。”苏小凡说。

“什么什么？你去小徐家了？”梅亚非突然兴奋地说。

“你教不教吧？”苏小凡说。

“教教教。”梅亚非说。

8

梅亚楠看着一桌几乎没怎么动的饭菜，呆呆地坐在那里。

梅亚楠知道向志远会反对，但并没想到向志远会有如此大的反应。她又在餐桌前坐了一会儿，便主动上楼去找向志远了。

梅亚楠正在上楼途中，突然就听到楼上传来向志远一声惨叫。梅亚楠快步到了楼上，一到健身间门口，就看到向志远躺在依然高速运转的跑步机旁边儿，衣服被刮了一个大口子，胳膊上的肉被翻起一大块，鲜血直流。

“这是怎么了？”梅亚楠有些担心地大步走过去，蹲下去，要扶起向志远。

“别动别动，疼、疼、疼。”向志远龇牙咧嘴地躺在地上不能动弹地说。

“这是怎么回事儿啊？”梅亚楠问。

“跑得太快，腿抽筋了，一下摔了下来。”向志远说。

“不能动了吗？”梅亚楠关心地问。

“腰好像扭了。”向志远唏嘘着说。

“我去打120。”梅亚楠焦急地说。

9

苏小凡在梅亚非的电话指导下，做了一桌子菜。吸取了上次的教训后，苏小凡每做完一道菜，都会尝试一口。当把所有的菜摆到饭桌上后，对着这一桌子菜，苏小凡还是有些忐忑。

赵英杰回来的时候，苏小凡正好去厨房端汤了。赵英杰看见一桌子的菜，便看了看坐在饭桌旁的赵母。

“妈，您今天怎么做这么多菜啊？”赵英杰坐下后说。

“不是我做的。”赵母说。

“您找保姆了？您终于肯请保姆了。”赵英杰说。

“不是保姆。你猜谁来了？”赵母满脸堆着笑容说。

“谁啊？”赵英杰满脸疑惑地问。

“一会儿你就知道了。”赵母说。

赵母的话音刚落，就听到厨房里器皿被打碎的声音。正端着汤准备出厨房的苏小凡听到赵母跟赵英杰说话的声音，便被地垫绊了一个踉跄，一松手，整碗滚烫的汤便掉落在了地上。

赵母跟赵英杰一同来到厨房门口，赵英杰看到厨房里的人竟然是苏小凡的时候，着实惊讶了一下。苏小凡看着站在门口的赵英杰跟赵母，露出了不好意思的神情。

“小凡，没有烫着你吧？”赵母关心地问。

“没有没有。”苏小凡看了一眼赵英杰，然后对着赵母歉疚地说，“阿姨，真不好意思。”

“是阿姨不好意思，没烫着就好。”赵母说。

“阿姨，你们先去吃饭吧。我收拾收拾。”苏小凡说。

“收拾什么啊。吃完饭，我收拾。咱俩以后分工，你要做饭我就洗碗，我要做饭你就洗碗。”赵母说。

“别收拾了，吃了饭再收拾吧。”赵英杰说。

“小凡，你看溅了你一身汤，家里也没适合你换的衣服啊。”赵母伸手去拉苏小凡的时候说。

“我一会儿擦擦就行了。”苏小凡说。

“那怎么行呢。英杰，吃了饭，陪着小凡去商场买一身衣服。”

赵母看了一眼赵英杰说。

“行。”赵英杰应声说。

10

当苏小凡跟赵英杰还有赵母围坐在饭桌旁的时候，苏小凡看了一眼赵英杰，便开始觉得有点儿别扭了。赵英杰毕竟是一个四十不惑的人，他一看这种状况，便知道是怎么一回事儿了，所以他只是吃而不语。

赵母左右看了一下苏小凡跟赵英杰，便知道他们俩都有些尴尬了。

“小凡，你谦虚了啊。还说不怎么会，这做得多好吃啊。”赵母打破沉默的局面说，“英杰，你觉得呢？好吃吗？”

“阿姨，让您见笑了。”苏小凡说。

“挺好挺好。”赵英杰憨憨地笑笑说。

“英杰，像小凡这样的年纪会做饭的姑娘可不多了，你可不要辜负了人家小凡的一片心意啊。”赵母边吃边说。

“妈，您知道小凡多大吗？”赵英杰说。

“知道啊。”赵母回应。

“那您不觉得我们俩不合适吗？”赵英杰说。

“我不觉得啊。当年你爷爷跟你奶奶结婚的时候，你爷爷十二岁，你奶奶都十九岁了。他们一辈子也过得挺幸福。”赵母说。

“那是什么年代啊？”赵英杰说。

“什么年代都是两口子过日子。”赵母说。

“妈，您不了解。我跟小凡的姨夫、小姨都认识。”赵英杰说。

“认识敢情好，不用介绍了。”赵母说。

“妈，您是不是想儿媳妇想疯了。”赵英杰说。

“我再想疯了，我也有选择。”赵母说。

“妈，这事儿您别管成吗？”赵英杰说。

“我不管行吗？你都不让我管十几年了，你倒是给我领回来一个啊。”赵母说着看了一眼一直低头沉默的苏小凡，“小凡，你别客气，赶紧吃啊。英杰欺负不了你，有阿姨呢。”

11

向志远在急诊室里做完伤口处理，又被送到 X 线室拍完片一检查，才发现尾椎骨被摔伤了。当梅亚楠拿着向志远的片子，送给急诊医生看的时候，看着医生那专注的劲儿，心里便有些忐忑了。

“医生，严重吗？”梅亚楠问医生。

“尾骨断裂。”医生把片子放到诊桌上说。

“啊！这么严重。”梅亚楠惊讶地说。

“这不严重，吃点消炎药贴几贴膏药。休息的时候，注意姿势，自己恢复就行了。”医生说。

“那你的意思是我们可以走了？”梅亚楠又问。

“但我还是建议让你丈夫住院两天。他的伤口是被刮伤的，而且伤口比较深，如果不及时跟进消炎，伤口有可能会感染。如果你们愿意住院的话，就去办理一下住院手续吧。”医生说。

“那行，我们住院，我这就去办理住院手续，您让护士给安排一下病房吧。”梅亚楠说。

第十七章

1

苏小凡跟赵英杰并肩走在别墅区里，两个人都沉默不语。初秋的那轮圆月已经渐渐升起，清澈透亮的月色笼罩着萧瑟的大地，零散的落叶被徐徐的秋风吹动着，沙沙作响。

“你别送了，我自己走就行了。”苏小凡突然打破沉默，侧了一下头对着赵英杰说。

“我把你送回家吧，这地方不好打车。”赵英杰说。

“没事儿，我步行到鸟巢，就好打车了。”苏小凡说。

“你就别拧了。我还得按照我妈的吩咐，去给你买件衣服呢。你看看你身上还飘着汤香呢。”赵英杰说。

“你都一把岁数了，至于这么听你妈的话吗？”苏小凡说。

“我再一把岁数，也是我妈的儿子。”赵英杰说。

“那你妈说让咱俩好呢。”苏小凡突然调皮起来说。

“这不一样啊。”赵英杰说，“你等我会儿，我去开车。”

在车上，两个人又是一阵沉默。就这样两个人沉默地来到一家商场。因为不是周末，商场里的人并不多，赵英杰跟苏小凡在商场里转了一大圈，也不见苏小凡进一家店。赵英杰也不好意思催促苏小凡，只有这样跟在苏小凡身后。

“要不你走吧？这地方也好打车了。”苏小凡突然转过身，对着赵英杰说。

“衣服还没买呢，我怎么能走啊。”赵英杰紧跟上一步说。

“你非要把这当成一项任务吗？”苏小凡明显不悦地说。

“我没当成任务啊。你衣服脏了，也该换换啊。”赵英杰说。

“你带我来这种地方，我根本消费不起。”苏小凡说。

“我送你。”赵英杰这时才明白苏小凡不进去的原因。

“我不要。”苏小凡较真地说。

“那你也不能就这样就回家吧？小凡，听话。赶紧着，一会儿人家都该下班了，回头你还我还不成吗？”赵英杰说。

“我还不起。”苏小凡说。

“分期成吗？”赵英杰说。

“这是好主意，要利息吗？”苏小凡说。

“随你。”赵英杰说。

2

向志远趴在病号床上，一只被纱布裹了好几层的胳膊直直地放在身体的一旁，另一只完好无损的胳膊垂下来。梅亚楠站在床边儿，弯腰给向志远盖上了被子。

“能不能让我躺着啊？”向志远挪动了一下头，说。

“你不怕疼的话，你就躺着。”梅亚楠说。

“这样太难受了啊！呼吸都困难。要是床上头部有一个洞就好了。”向志远说。

“这是医院，不是保健中心。”梅亚楠说。

“我要在这儿住几天啊？”向志远问。

“两三天吧。”梅亚楠说。

“那要这样趴两三天了？”向志远说。

“等你觉得屁股不那么疼了，就可以躺着了。”梅亚楠说。

“那你回家吧，我自己在这儿就行了。”向志远说。

“我回家了，你要上厕所，谁送你去啊。”梅亚楠说。

“不是有护士吗？”向志远说。

“护士能送你到卫生间门口，能把你送进去吗？”梅亚楠说。

“她送我也不好意思啊。”向志远说。

“行了，你就别贫了。这么大人了，就知道裹乱。”梅亚楠说。

“什么叫我裹乱啊，我怎么就这么喜欢让自己受罪呢。”向志远说。

“你现在是病人，我不跟你一般见识。”梅亚楠说。

“亚楠，我先跟你说啊。就算你现在对我无微不至地关怀，也改变不了我不让你去法国的想法。”向志远说。

“这事儿，我们回头再说成吗？”梅亚楠说，“明天我去上班了，我就让我爸妈过来照顾你。”

“别让他们来了，让窦斌过来吧。反正他也是闲人一个。”向志远说。

“一娜妈在这儿呢。窦斌哪有时间伺候你来啊。”梅亚楠说。

“忘记这茬了。你说我们要是早生一孩子，多好啊，现在肯定能陪着我了。唉，今天的苦果，是昨天的伏笔啊。”向志远感慨万千地说。

“你现在说这话有意思吗？”梅亚楠说。

“我就感慨一下。所以我只有当下努力付出，迎接明日的花开了。”向志远说。

3

赵英杰把苏小凡送到小区门口，赵英杰已经把转向灯打好，正准备掉头走的时候，苏小凡突然又拉开车门钻了进去。

“怎么了？地方不对？”赵英杰看着坐上来的苏小凡问。

“地方对，我们再聊几句。”苏小凡说。

“那你说吧。”赵英杰说。

“你打算结婚吗？”苏小凡问。

“当然。”赵英杰说。

“你知道你妈一直在给你张罗相亲吗？”苏小凡又问。

“她都张罗好几年了。”赵英杰说。

“你讨厌我吗？”苏小凡又问。

“不讨厌。”赵英杰说。

“我长得丑吗？”苏小凡继续问。

“已经算是天生丽质了。”赵英杰说。

“那我就不明白了。你打算结婚，你妈还在给你张罗对象，你又看不上你妈给你张罗的对象，你又不讨厌我，我长得又不丑。你怎么就这么排斥我呢？”苏小凡说。

“小凡，因为咱俩不合适。”赵英杰说。

“哪儿不适合呢？”苏小凡问。

“首先，咱俩岁数差距太大，这样对你不公平；其次，你让我怎么跟你姨夫和跟你小姨交代呢？”赵英杰说。

“哦，我明白了。”苏小凡呵呵一笑又说，“原来你是喜欢我的，就是太为我考虑了。”

“小凡，你别误解我的意思啊。”赵英杰说。

“行了，我回家了。你也回去吧，路上注意安全。”苏小凡说完就下车了。

4

苏小凡一回到家，就被梅亚非、梅老太太、梅老爷子围了上来。

“怎么样怎么样？小徐他妈夸你做的饭好吃了吗？”首先围上来的梅亚非说。

“小徐他妈对你什么态度？”还没等苏小凡回答梅亚非的问题，梅老太太便问。

“妈，这种问题还用问吗？你也不看小凡是谁家的闺女。”梅亚非乐呵呵地说。

“小凡，喝点儿水，给姥爷讲讲。”梅老爷子也是满脸的愉悦，递给苏小凡一杯水。

“各位家长们，能不能让你们家小凡喘口气呢？”苏小凡接过梅老爷子的水说。

“对对对，让小凡喘喘气。第一次去人家家里，肯定紧张。”梅老太太说。

“什么时候你再带着小徐来咱们家，我挺喜欢这孩子的。”梅老爷子说。

正在他们议论纷纷的时候，家里的电话响了。苏小凡见他们围着自己喋喋不休地说个没完，便一躲身，去接电话了。

电话是梅亚楠打过来的，小凡一接起，就听出了梅亚楠的声音。

“小姨，你怎么这会儿打电话过来了。”苏小凡说。

“你姥姥睡觉了吗？”梅亚楠问。

“没有呢。”苏小凡说。

“那让你姥姥接一下电话。”梅亚楠说。

“好。”苏小凡应声完，便把电话听筒拿到一旁，把目光投向梅老太太，“姥姥，我小姨的电话，找你呢。”

“老二，你跟志远还没休息？”梅老太太从苏小凡手里接过听筒后说。

“还没有，志远住院了。”梅亚楠说。

“啊，志远怎么了，怎么住院了？”梅老太太惊讶地问。

梅老太太这一声惊讶，把全家所有人的目光都吸引了过去。

“妈，你别紧张。没什么大事儿，就是被刮伤了。明天，我得上班，你跟我爸明天过来帮我照顾一下志远吧。”梅亚楠说。

“你吓死我了。”梅老太太舒了一口气说，“老二，志远都住院了，你就不能请两天假吗？都这个时候了，人重要啊还是工作重要啊。”

“我这两天公司里事儿特别多。明天，你跟我爸过来吧。我不跟你多说了，我还得给志远打水呢。”梅亚楠以防梅老太太再啰嗦，便匆忙地把电话挂了。

5

金一娜、窦斌坐在客厅里陪着老太太看电视。老太太其实对看电视一点儿兴趣都没有，但又觉得跟女儿、女婿干坐着也不是个事儿，便硬着头皮就这样熬着。

当老太太看完一集电视剧后，便伸了伸懒腰。

“你们俩还不去休息？”金一娜妈看了看金一娜，然后又看了看窦斌说。

“我们一会儿就睡，妈你要困了就先睡吧。”金一娜说。

“我待会儿再睡，要不你们先去睡吧。”金一娜妈说。

“一娜，那我们先去睡吧。”窦斌已经明白了金一娜妈的意思，便说。

“我还没看完呢，还播一集呢。”金一娜对着窦斌说。

“明天看重播。现在新闻联播都重播了，你还怕看不上一集电视连续剧吗？”窦斌说着伸手把金一娜拉起来，拽到了卧室，“你不睡觉你妈是不会睡觉的，你还真想让你妈熬着啊。”

“我妈平常打麻将，都是熬通宵啊。”金一娜说。

“现在不是没人跟她打麻将吗？赶紧脱衣服。”窦斌命令说。

“干吗啊？”金一娜不解地问。

“生孩子啊，好让你妈监督啊？”窦斌说。

“你以为我妈真监督啊？”金一娜说。

“什么我以为啊，你妈就是这意思。”窦斌说。

正在他们俩换睡衣的时候，金一娜妈突然敲响了门。

“你们睡了吗？”金一娜妈站在门外问。

“还没呢。妈，有事儿吗？”躺在床上的金一娜看了看还在换睡衣的窦斌，说。

“我手机的充电器找不到了，让我用用你的充电器。”金一娜妈站在门外说。

“妈，咱俩的手机型号不一样。我的给你用不了。”金一娜说着下了床，然后打开门继续说，“明天我去给你买一个万能充。”

“我跟窦斌的手机充电器一样，用他的吧。”金一娜妈说着往里瞅了瞅说。

“妈，我的手机正在充电呢。”窦斌突然开口说。

“那要不我把手机放你们屋，窦斌充完，你给我充上。”金一娜妈说。

“行，那你把手机给我吧。”金一娜说着从老太太手里接过手机，“妈，你早点儿睡吧，我们睡了。”

“把你妈的手机给我看看。”金一娜一关上门，窦斌就轻声说。

“一个破手机有什么好看的。”金一娜说着把手机递给窦斌说。

“你妈的手机里暗藏着玄机呢。”窦斌接过手机就开始研究了。

“你怎么把我妈想得那么会算计呢。”金一娜跳到床上说。

“不是我这么想。”窦斌说着也躺到了床上，然后把老太太的手机摆到金一娜面前，“你看到没？你妈开着录音呢。”

“啊，你怎么知道？”金一娜从窦斌手里把手机接过来，关掉录音功能说。

“吃饭前，我见你妈拿着说明书在那儿研究。我开始还以为老太太搞不懂你新给她买的手机呢。她一送来，我就知道怎么回事儿了。”窦斌说。

“我妈这样做也没错啊，还不都是被你逼得出此下策。”金一娜给老太太鸣不平说。

“反正我不在意，反正我又不出声。”窦斌说着又拿过来手机，欲要打开录音功能。

“你要干吗？”金一娜说着又把手机抢了过来，“你说话怎么一点儿都不害臊呢。”

“这是你妈送给我们俩的作业本，明天还要交作业呢。”窦斌说。

“行了，行了，别闹了。作业交不了，我今天来事儿了。”金一娜说。

“那你明天跟你妈说清楚啊。回头老太太再说我不守信用。”窦斌说。

6

赵英杰回到家的时候，发现赵母依然坐在客厅里，还没有睡觉。

“妈，你怎么还没睡啊？”赵英杰走过去，坐到赵母旁边儿说。

“把小凡送回家了吧？”赵母问。

“送了。”赵英杰说。

“衣服买了吗？”赵母又问。

“买了。”赵英杰回答。

“你打算就这样耗着人家姑娘吗？”赵母又问。

“妈，咱不说这事儿了成吗？明天一早我还有一堆事儿呢。我先睡觉了啊。”赵英杰想避开跟赵母谈论苏小凡的事儿。

“我问你话，你能不能专心点儿啊。”赵母明显有点儿不悦地说。

“我跟小凡不可能，您就别惦记这事儿了。”赵英杰有些不耐烦地说。

“我觉得小凡挺好，怎么就不可能了。英杰，我已经是黄土埋到脖颈的人了，你让我百年之后见到你爸，怎么跟他交代啊？”赵母说。

“妈，您让我找一个合适的行吗？我会尽快的。”赵英杰说。

“你这话已经给我说了好几年了，我已经不信了。英杰，小凡真是一个不错的姑娘。你妈看人不会错，一看就是一个本分孩子。人家对你这么有心，你不能就这样伤害人家吧？”赵母说。

“我要是答应了小凡，才是伤害她呢。”赵英杰说。

“你都这么为她考虑了，就说明你还是对这姑娘有点儿意思的啊。”赵母又说。

“这是两码事儿。我都四十出头了，人家才二十四五，我这不是糟践人家吗？”赵英杰说。

“英杰，人这一辈子什么都能错过，唯独不能错过自己的爱人。你让自己遗憾，也让人家姑娘遗憾，这才是对人家最大的伤害。你老实告诉我，你到底对这个姑娘有没有意思吧？”赵母说。

“妈，你就别管了行吗？”赵英杰说。

“你不正面回答我，你就是对这个姑娘有意思。”赵母说。

“我不跟你聊了，我睡觉去了。”赵英杰说完起身就上楼了。

“喜欢是藏不住的。”赵母看着赵英杰上楼的背影自言自语笑着说。

7

第二天苏小凡一早到了医院，换上白大褂，正要进手术室做术前准备的时候，却被护士长给叫住了。

“苏医生，院长找你呢。”护士长叫住苏小凡说。

“我这会儿有一个剖腹产手术呢。手术完，再去。”苏小凡说。

“院长挺急的，你还是过去一下吧。”护士说。

“产妇的手术不按时做，出了问题谁负责啊？”苏小凡说。

“这台手术孙主任自己做。”护士长说。

“医院这是什么意思啊？”苏小凡撇下一句就奔着院长的办公室去了。

苏小凡敲响了院长办公室的门，得到院长的应许后，便推门而进了。

“小凡，你来了。”院长停下握在手里驰骋的笔说。

“院长，我的那台手术怎么给停了？怎么回事儿啊？”苏小凡不客气地坐下后说。

“你昨天是不是做了一个剖腹产手术？”院长没有回答苏小凡的问题，而是又反问了苏小凡一个问题。

“对啊，母女平安。”苏小凡说。

“你昨天是不是把人家的胎盘拿走了？”院长问。

“我可不是拿，患者同意了。”苏小凡说，“怎么？患者反悔了？”

“患者没反悔，患者家属不同意了。来我这儿告状了，说你私自拿人家的胎盘。”院长说。

“我这怎么叫私自呢？患者同意了啊。”苏小凡说。

“你跟患者签胎盘处理告知书了吗？”院长问。

“病人下了手术台，我就让人家签字。这太不人道了吧。”苏小凡说。

“那你可以先不私自处理人家胎盘啊。签了字，你再处理啊。现在病人家属闹呢，你说怎么办吧？”院长说。

“那意思让我还回来呗。”苏小凡说。

“小凡你怎么跟一个孩子似的。现在已经没有还回来那么简单了。人家说了，要见报，要告我们医院。”院长说。

“他们怎么能这样呢？我跟产妇都说了，产妇也同意了，我也把用途也跟她说了。我去找她。”苏小凡突然很生气地站起来，说。

“别找了，人家转院了，不在我们医院待了。”院长说。

“院长，那你说现在怎么办呢？”苏小凡问。

“你去找病人家属，先跟病人家属沟通一下，道个歉。如果病人家属要赔偿的话，医院来承担。”院长说。

“我们不要赔偿，我们不要道歉，我们看你们医院怎么处理这样不道德的医生，随便拿走别人的胎盘。”院长的门被一名三十多岁的男人推开，随后跟进来一对六十岁左右的夫妇。

“这位先生，您太太真的同意了，我只是当时考虑到您太太刚做完剖腹产，没走手续。”苏小凡站起身来，很客气地辩解道。

“我儿媳妇说了，她没同意，是你私自拿走的。”老太太说。

“我是一个有道德分寸的医生，我真不会私自拿。请你们相信我行吗？”苏小凡对着三位病人家属束手无策地说。

“那你的意思是不让我相信我老婆了。”产妇老公说。

“院长，你得给我们一个说法，你们医院怎么能这样呢。我已经联系了电视台，我要曝光你们。”产妇的公公开口说。

“大家不要情绪激动。咱们有事儿说事儿，我一定给你们一个满意的答复。”院长劝解道。

“我们不是为自己，我们是为了其他产妇的权利。你们敢私自拿我们的胎盘，就敢拿其他产妇的胎盘。”产妇的老公说。

“我们医院一向是遵守流程的。你可以去查，我们对每一个产妇的胎盘都有处置登记。”院长说。

“那我们的怎么没有呢？”产妇的婆婆说。

“这次纯属意外。我用我的人格给你担保，这次真是一个意外。”院长解释道。

“意外？出了事儿，你们医院都说是意外。意外是你们的专属名词。”产妇的老公又说。

“各位家属，你们在门外等等好吗？我跟苏医生谈谈，等会儿我就给你们答复。”院长说。

“爸、妈，咱们到门外等着，看看院长大人能给我们什么答复。”产妇的老公说。

8

“他们怎么能这样啊？言而无信。”等产妇家属出了门后，苏小凡生气地说。

“小凡，我是相信你的。但是，现在病人家属这样闹，如果真把记者招来，对我们医院的影响是不好的。你把人家的胎盘还给人家，再给人家道个歉。身为医院，我们也得给病人家属一个说法不是。

你看这样行吗，小凡？给你放一个月假，等这事儿过去了，你再来上班。”院长说。

“院长，你这哪是相信我啊，分明就是不相信我。胎盘我可以还给家属，但歉我不道。产妇都同意了，她反悔了为什么把不道德的帽子扣在我头上呢。”苏小凡说。

“小凡，你得从医院的角度去考虑，你就先休息一个月吧。等这阵风过了，你再回来工作。”院长说。

“院长，我不接受这样的处理方式。我要是同意休假，那就是告诉我的同事和病人，我就是一个私自拿别人东西的医生，一个没有医德的医生。”苏小凡说。

“就这么定了，你现在就去办理停职休假。”院长见苏小凡如此顽冥不化，便生硬地说。

“院长，你这样处理问题，有没有想过一个医生是什么感受啊。舍小为大的道理我明白，但你怎么也得搞清楚事情缘由吧。你为了安抚病人家属，竟然这样简单粗暴地处理问题，那我还不伺候了。我不干了。”苏小凡说着从白大褂上把别在胸前的工作卡取下来，扔到院长办公桌上，生气地出了院长的办公室。

苏小凡一出院长的办公室，就看到病人家属对她投来一种不屑的目光。苏小凡跟产妇的老公对视了一下，便来到了他的面前。

“我只想告诉你一件事儿，就是我没有私自拿别人东西的习惯。有一天事实总会浮出水面的。”苏小凡说。

“你私自拿走别人的胎盘就是真相。”孕妇的老公说。

“清者自清浊者自浊。”苏小凡说完，转身就走了。

9

苏小凡觉得这事儿让自己特别窝囊。正当她在诊室收拾自己东西准备离开的时候，护士长敲门而进。

“小凡，你这是干吗？”护士长进了苏小凡的诊疗室，看到苏小凡怒气冲冲地收拾着东西。

“辞职了，不干了。”苏小凡收拾着东西，生气地说。

“就为了病人家属的无理取闹？”护士长说。

“我都被休假了，还待在这干什么？医院都不调查清楚，就给我这样定论。”苏小凡说。

“同事们都知道你是被冤枉的，院长也应该知道。你何必较这个真呢，忍一时风平浪静。”护士长苦口婆心地说。

“我就想不明白。我的那个病人怎么突然就改口了呢？”苏小凡不解地说。

“嗨。还不是生了一个闺女，怕公公婆婆的脸色，就突然改口了。”护士长说。

“都什么年代了，还重男轻女。”苏小凡生气地说。

“什么年代都有这样的人。小凡，你别意气用事啊，休息就休息呗。”护士长说。

“我不能容忍给我扣一个这样的帽子，以后别的患者知道了这事儿，怎么看我啊。”苏小凡说。

10

梅亚楠给向志远买完早点，并陪着他吃完，就火急火燎地去上班了。

梅亚楠前脚刚走，梅老太太跟梅老爷子就来了。

“爸、妈，你们来了啊。”向志远趴在床上看着进来的梅老太太跟梅老爷子说。

“志远，你吃饭了吗？”走在前面的梅老爷子问。

“吃过了。爸、妈，你们随便坐，我就不招呼你们了。”趴着的向志远说。

“怎么弄成这样了？”梅老太太走过来说。

“一不小心从跑步机上摔下来了。”向志远说。

“怎么这么不小心呢。”梅老太太啰唆了一句，“志远，中午想吃什么？我一会儿回家给你做。”

“妈，你就别来回跑了。”向志远说。

“我闲着也是闲着。”梅老太太说着就给向志远剥了一个香蕉，“吃个香蕉吧。”

“妈，你自己吃吧。我吃东西不方便。”向志远说。

“老二也真是的，志远都这样了，还去什么公司啊。一点儿都不知道心疼人。”梅老爷子看了一眼趴在床上的向志远说。

“亚楠要升职了，正忙着升职的事儿呢。”向志远说着微微动了一下说。

“又要升职了？”梅老太太愉悦了一下，“老二还真有出息。”

“挣那么多钱有什么用啊。”梅老爷子给梅老太太泼了一盆凉水说。

“爸、妈，我有一个事儿不知道做得对不对。”向志远欲言又止地说。

“什么事儿啊？”梅老太太咬了一口香蕉说。

“亚楠要是升职的话，必须去法国总部工作一年。我投了反对票。”向志远说。

“去一年？”梅老爷子惊讶了一下。

“去这么长时间啊？”梅老太太也觉得有些不可思议。

“是啊，你看现在亚楠的身体状况。”向志远说。

“志远，你做得对，就应该不让她去，我支持你。都这个时候了，还忙着升职。”梅老爷子说。

“妈，我反对亚楠去，你不会生气吧。”向志远看着突然沉默的梅老太太说。

“不生气不生气，我有什么气生的啊。你们现在有什么事儿，都不告诉我们老两口。我要提前知道了，也会不同意的。亚楠什么是态度啊？”梅老太太说。

“她肯定想去了。老二什么脾气，你还不知道啊？”梅老爷子对着梅老太太说。

“我去找老二谈谈，她去不成。”梅老太太说。

11

苏小凡出了医院就直奔到向志远住院的医院了，她想找梅亚楠要回紫河车。

“小凡，你怎么来了？”苏小凡一进门，梅老太太就问。

“我今天没事儿，就请假出来了。”苏小凡撒谎说着就走到趴着的向志远旁边儿，“姨夫，我小姨没在？”

“在公司呢。”向志远趴着侧了侧头，看看苏小凡，“你是来找你小姨呢，还是看你姨夫来了？”

“当然是看你来了。”苏小凡说。

“小凡，你在这儿陪着你姨夫一会儿，我跟你姥爷回家给你姨夫做饭去。”梅老太太说。

“行。姥姥，顺便把我那份也带过来呗。”苏小凡说。

12

梅亚楠坐在办公桌前，正看一份策划方案的时候，前台敲门进来了。

“梅总，这是您的机票，航班号跟登机时间我又给您打印了一份。”前台拿一张 A4 纸跟一张机票，进了门便说。

“去哪儿的航班啊？”梅亚楠放下手里拿着的方案，对着前台问。

“巴黎啊。”前台说。

“怎么这么早？我下周才去巴黎呢。”梅亚楠感到莫名其妙地问。

“我查了一下最近去法国的航班，您要走的那天快没位置了，我就帮您先订了。”前台说。

“好的，你先放这儿吧，谢谢你。”梅亚楠看着前台说。

前台一走，梅亚楠就拿起机票看了起来，看了一会儿，便叹着气随手扔进了包里。

13

在向志远跟苏小凡有一搭没一搭闲聊的时候，赵英杰突然走了进来。

“老赵，你怎么来了？你怎么知道我在这儿啊？”向志远看到赵英杰进来后，略有惊讶地问。

“你的电话打不通，我就给你的律师事务所打电话，他们告诉我你住院了。”赵英杰走到向志远的病床边说。

苏小凡没想到赵英杰会来，赵英杰也没想到苏小凡会在。所以当赵英杰进来的时候，突然有一丝尴尬；而苏小凡看到赵英杰走进来的时候，内心却有一丝慌乱。

赵英杰站在苏小凡的旁边儿，苏小凡坐在向志远的病床前。

“你坐。”苏小凡说着便起了身，把病房里仅有的一张椅子让给了赵英杰。

“谢谢。”赵英杰坐下后，看了一眼立在一旁的苏小凡说。

“公司是不是遇到什么法律问题了？”趴在床上的向志远挪了挪身子。

“不是什么大事儿，等你好点儿了再说吧。”赵英杰说。

“我又不是什么要命需要静养的病，有什么问题就直说吧。”向志远说。

“真没什么事儿。”赵英杰继续推托说。

“你不说就算了我倒是有一件事儿需要你帮忙，你扶着我去一趟卫生间，我都憋了好长时间了。”向志远说。

第十八章

1

金一娜在去学校前，趁着窦斌去卫生间的时间，把老太太叫到了卧室。

“妈，你的手机充好电了啊。”金一娜把手机欲要递给老太太的时候说。

“你直接拿给我不就行了，还非让我跟你一块儿。”老太太接过手机说。

“妈，我觉得你做得有点儿过了啊。”金一娜看着老太太说。

“我做什么过了啊？”老太太装作不知所以然地说。

“你开录音是怎么回事儿啊？有你这样监视别人的吗？”金一娜有点儿不悦地说。

“我这样还不是为了你好，为了给窦斌施压吗？”当金一娜揭穿后，老太太的脸一下拉了下来，为自己辩解说。

“我知道你是为我好，但你这样让窦斌很难为情啊。哪有丈母娘听自己女儿跟女婿房的啊？”金一娜一看老太太拉下了脸，便缓了缓口气说。

“如果窦斌很干脆地说跟你生孩子，我还用这样吗？一娜，我这个当妈的已经够大度了，能承受你跟窦斌交往十几年而不结婚。现在你们领证了、结婚了、想生孩子了，我不想看着你再受委屈了。妈知道你对窦斌的感情太深，有些事儿你不会太跟窦斌较真。那就让妈来做这个坏人嘛。”金一娜妈说。

“妈，生孩子这个事儿，我是一定会坚持的，这事儿你掺和是正常的，但你用这样的方式掺和进来，不就不正常了吗？只能越掺和越乱。你看，这事儿我跟窦斌怎么说怎么闹，都是正常的，如果你还监视上了，他是不是会更加有叛逆心理呢？他会不会更加不配合呢？”金一娜像给自己的学生说教似的，对着自己的妈说。

“你说的也在理儿。你现在知道窦斌是真想生呢，还是不想生呢？”金一娜妈问。

“我也不知道。”金一娜说。

“所以，妈替你盯着他总可以吧？如果他真不想生，真去做了结扎，你说怎么办？”金一娜妈有所担忧地说。

2

赵英杰在病房又待了一会儿，便跟向志远告辞了。

“姨夫，你自己待着有问题吗？”在赵英杰出了病房没一会儿，苏小凡看着向志远问。

“没问题。”向志远说。

“我突然想起来医院还有点儿事儿，你能不能放我走呢？”苏小凡说。

“赶紧走吧，你在这儿陪着我也是耽误时间。”向志远说。

“那我走了啊。”苏小凡说完拎起包，就跑出了病房。

苏小凡出了病房，电梯都没坐，沿着楼梯就疯狂地往下跑，去追赵英杰了。

苏小凡是在大门口拦住的赵英杰。当时赵英杰缓慢地开着车，正要驶出医院门，被气喘吁吁的苏小凡拦住了去路。

“你不陪着你姨夫，跑出来干什么？”赵英杰侧视看了一眼拉开车门钻进车内的苏小凡说。

“你着急走这快干吗？难道不知道我会追上来吗？逃避。”苏小凡说。

“我犯得着逃避吗？”赵英杰说着就是一脚油门。

“那你刚才怎么都不敢跟我说话？”苏小凡不依不饶地问。

“我看望你姨夫来了，我跟你闲聊什么啊。你怎么没上班啊？”赵英杰问。

“我……我请假了。”苏小凡说。

“我一会儿得回公司处理事儿，陪不了你玩儿啊。”赵英杰说。

“谁让你陪了，自作多情。”苏小凡说这话的时候，内心一阵愉悦。

“那你去哪儿，我把你送过去。”赵英杰说。

“你去哪儿，我去哪儿。”苏小凡说。

“别闹了。”赵英杰说。

“那你停到路边吧，我去找我小姨去。”苏小凡说。

3

窦斌还是带着金一娜妈去了摄影棚。窦斌跟金一娜妈到了摄影棚没一会儿，窦斌就被葛爱军拉到了化妆间。

“你丈母娘怎么又跟着来了？”到了化妆间，葛爱军便说。

“老太太在家待着没事儿，就让她跟着来呗。”窦斌一副无所谓的态度。

“怎么着，被一老太太保护着，这是体验出安全感了？”葛爱军点上一支烟说。

“有点儿正形成吗？”窦斌也点上一支烟说。

“那说点儿正事儿，小嫂子同意你去西藏了吗？”葛爱军问。

“我还没说呢。”窦斌说。

“你不想参加这次比赛还是怎么着？”葛爱军一副不可思议的表情。

“还没到时候呢。现在说肯定不让去，我得等到老太太把我折腾够了，也把一娜折腾够了。那个时候我再说，一说一个准。”窦斌抽了一口烟说。

“看来你在你们家的地位明显下降了啊。”葛爱军说完突然来了精神，又继续问，“昨晚老太太检查你们的房事了没？”

“你猜。”窦斌看着葛爱军，一副不可一世的表情。

“肯定检查了。我当时一见老太太就知道非凡人也。”葛爱军笑着说。

“老太太拿一手机，放到我们房间里录音，幸好我发现得早。”窦斌说。

“我特感兴趣，让我听听。”葛爱军突然精神了一下。

“去你大爷的。”窦斌瞪了葛爱军一眼说。

4

苏小凡到了梅亚楠公司楼下，才拨了梅亚楠的电话。跟梅亚楠通了电话后，才知道梅亚楠正在去向志远住的医院的路上。

梅亚楠本来想下了班后再去的，但她看到飞往巴黎机票的时候，她便开始有点儿忐忑了。

当苏小凡得知自己小姨不在公司的时候，她便突然不知道去什么地方好了。她站在大厦面前踌躇了好一会儿，正打算去旁边一家快餐店去吃饭，电话响了，拿起一看，是赵母打过来的。

“小凡，今天上班吗？”苏小凡接通电话后，赵母问。

“阿姨，今天上班。”苏小凡说。

“你吃饭了吗？”赵母说。

“正准备去吃呢。”苏小凡说。

“那阿姨陪着你吃吧。阿姨我已经到你们医院了。你在几楼啊？”赵母走在苏小凡医院的走廊里，四处观望着说。

当赵母这样说的时候，苏小凡突然愣在了那里，一时不知道说什么好了。

“小凡，你在几楼？”赵母见苏小凡不说话，又继续问。

“阿姨，您在大厅等着我，我马上就下来。”苏小凡慌张地说。

“行，我在大厅里等你。”赵母说。

5

梅亚楠到了病房的时候，梅老太太正坐在窗前，给向志远喂饭。

“妈，我来吧。”梅亚楠丢下包，接过梅老太太手里的碗说。

“老二，你要升职了是吧？”退到一旁的梅老太太问。

“还没最终定呢。”梅亚楠愣了一下神说。

“你要去法国，不就算是定了吗？”坐在病床一边的梅老爷子问。

“我也就去十个月左右。”梅亚楠边喂着向志远粥边说。

向志远见他们梅家三人聊天，也就没有插嘴。

“那你的意思十个月，还嫌短了？”梅老爷子看着梅亚楠说。

“爸，我不是这意思。”有点儿失去耐心的梅亚楠把碗往桌子上一放，然后瞪了向志远一眼。

“不管你什么意思，我们都不同意你去。我和你妈跟志远一个想法，你也不看现在是什么时候。”梅老爷子说。

“老二，你跟我出去一下。”梅老太太说着就先走了出去。

梅亚楠看了看坐在一旁的梅老爷子，又看了看趴着的向志远，便也走出了病房。

“老二，你到底怎么想的啊？这个时候你要出差，还是长时间的，你是不是不想要这个家了。”梅老太太把梅亚楠拉到一个角落里说。

“现在，我身体都这样了。能生或者不能生，都是未知数。我在北京待着也是待着，在法国待着也是待着。不都一样吗？”梅亚楠说。

“怎么会一样呢？你在家待着志远心里还有希望，你要是去了万里之外，志远对你的状况一点儿都不了解。志远该怎么想呢？你是被升职把心给迷了。”梅老太太说。

“妈，你不了解。我这次要不抓住机会，我这一辈子就没机会了。”梅亚楠说。

“职位有那么重要吗？你跟志远缺钱花吗？一辈子没有机会了？你要是真去了法国，你跟志远才是一辈子没有机会了。”梅老太太说。

“公司把机票都订好了。总部那边儿也都安排好了。我去不去已经不是我说了算了。”梅亚楠说。

“你以为你妈老糊涂了？你说了不算，公司还能绑着你去不成？机票退了！”梅老太太说。

“这事儿都定了。”梅亚楠一脸难色地说。

“你还想不想要这个家？！你要是不想要这个家了，你就去！你自己身体什么状况你自己不知道吗？！”梅老太太厉声说道。

“志远都跟您说了些什么？”梅亚楠问。

“志远能说什么，就是不同意你去。志远不让你去，不是故意阻碍你发展，还不是担心你的身体，关心你们孩子的事儿。人家志远已经是一个很通情达理的人了。老二，你就知足吧。”梅老太太说。

“我不去了还不行吗？”梅亚楠说，“妈，真不知道谁是你的孩子。”

6

苏小凡匆忙地赶到医院的时候，赵母已经在大厅里等了很久。

“阿姨，对不起，突然处理了一点儿急事儿。”苏小凡走到赵母面前，面露尴尬神色。

“没事儿。做医生的，谁还不遇到个突发病人啊。”赵母说着站了起来。

“阿姨，您想吃什么啊？我请您吃。”苏小凡说。

“随便什么都行，我不挑。”赵母笑着对苏小凡说完，就挽起了苏小凡的胳膊。

“这旁边有一个很地道的川菜馆，我们去那儿吃吧。”苏小凡说。

“行，听你的。”赵母说。

苏小凡挽着赵母正准备走出大厅的时候，背后突然有人喊了一声她的名字，她扭头一看，正是那个产妇的家属，她想拉着赵母快步走出，最终还是被产妇家属拦住了。

“苏小凡，我们的胎盘呢？”产妇老公横在苏小凡跟赵母面前，恶狠狠地说。

“我明天给你们行吗？”苏小凡看了看站在一旁的赵母说。

“不行，必须今天。”产妇的公公说。

“我明天一定给你们，我现在有急事儿。”苏小凡说。

“不行，你都被医院停职了，我们以后怎么找你啊。”产妇的婆婆说。

“小凡，这是怎么回事儿啊？”赵母有些吃惊有些疑惑地说。

“阿姨，没事儿。误会。”苏小凡对着赵母说。

“什么误会啊！你是苏小凡的家人吧。你得好好管管你家的孩子，你的女儿身为医生私自拿产妇的胎盘。”产妇的老公对着赵母说。

“我们已经联系电视台了，我们要曝光这种医生，让这样的蛀虫医生彻底消失。”产妇的公公很愤怒地说。

“阿姨，您在外边等我。我处理一下。”苏小凡对着赵母说。

“小凡，阿姨陪着你。”赵母对着苏小凡说完，便把目光转向了产妇家属，“有什么事儿好好说好吗？吵吵闹闹的也解决不了问题。”

“我明天一定给你们，我求你们了。咱们僵持在这儿，也解决不了问题。”苏小凡说。

“不行，必须现在给我们！”产妇的公公突然上来推搡了一下苏小凡。

苏小凡被产妇的公公推了一个踉跄，险些摔倒的苏小凡被围观的人扶了一把。

“别动手好吗？有事儿好好说。”赵母说。

“推她了怎么了，像这种医生，我以后要见一个打一个呢。”产妇的老公说。

“那你打吧！”已经有些动怒的苏小凡，盯着产妇家属，厉声说道。

“你们怎么这么不讲理啊。”赵母拽了一下苏小凡，然后拦到苏小凡前面说。

“我还没见过你这样护犊子的家长呢，自己的孩子做了不人道的事儿，还说别人不讲理，真是搞笑。”产妇的婆婆走到赵母面前，梗着脖子说。

“我们都说还给你们，你们还想干什么？”赵母说。

“还给我们，还给我们就完了？偷了别人的东西，然后再还回来，难道就不是小偷了，就不应该受到法律的制裁了？那天下还不乱了。”产妇的公公说。

“谁是小偷啊？谁偷了你们东西啊？是你媳妇答应的好不好？”苏小凡说。

“你就是小偷，你偷了我儿媳妇的胎盘！”产妇的婆婆情绪有些激动地说。

7

苏小凡跟赵母被产妇家属围着正不能动弹的时候，医院的保安赶了过来，然后把苏小凡跟赵母还有产妇家属带到了一间会议室。

苏小凡跟赵母刚要坐下的时候，院长进来了。

“各位，事情出现了，我们就会负责。现在我们医院已经做出了对苏医生停职的处罚。如果你们家属还有什么要求，就尽量地提出来，只要合理，我们医院绝对不偏袒不袒护。事情出了，见报打官司，最后还是要解决问题。中国有句话，叫和气生财。能坐到这儿，好好谈，何必闹得满城风雨呢。”院长进来后便说。

“院长，那我问你，这事儿是我们做错了吗？”产妇的老公说。

“你们没有错，有情绪也是正常的。我理解。我们也希望你们能监督我们，只有你们的监督，才能让我们的服务做得更好。”院长满脸堆积着真诚的笑容说。

“那我们跟这位苏医生要我儿媳妇的胎盘，她还推三阻四，我们情绪激动过了吗？”产妇的婆婆说。

“不过不过。你们不要记者来，什么事儿，咱们都可以谈嘛。”院长说。

“那好，我说说我们的想法。首先，我们要要回我们的胎盘；其次，我们要苏医生给我们道歉；然后，我们要你们对我媳妇以及我们整个家庭做出赔偿。”产妇的老公说。

“还给你们是这肯定的。道歉也没有问题。赔偿只要合理，我们也接受。”院长说。

“我们已经找律师咨询过了，我们要三十万的赔偿。”产妇的公公突然开口说。

“三十万，你们抢钱呢！”一直默不作声的苏小凡，突然把目光锁在产妇的老公身上，很惊诧地说。

“我没说你们非要赔偿啊。咱们可以走法律程序，让报社、电视台广而告之一下，让广大劳动人民群众都参与进来，看看你们这家以服务为核心的妇产医院，到底是一个什么样的嘴脸。”产妇的老公说。

“有话好好说，赔偿的事儿，我们要跟医院的其他人员商议一下。你们看行吗？”院长说。

“你这分明就是敲诈！”苏小凡拍案而起。

“小凡，别激动。”坐在苏小凡一旁的赵母拉了一下站起来的苏小凡，然后对着产妇的老公说，“三十万是吧？”

“对，就要三十万。多一分不要，少一分不行。我们只要我们应该赔偿的那份。”产妇的婆婆说。

“三十万我给你们，不用医院承担一分钱。”在其他人没有任何反应的时候，赵母便说，说完又看了看院长，“院长，我这个老太太说话直，一会儿说了什么你不爱听的，你担待着点儿。院长，小凡是你的员工，你不应该只为了考虑自己医院的处境，而不考虑自己员工的心理吧。这事儿，我们姑且不说到底谁撒了谎，但你就这样把一个员工给停了职，你不觉得处理得太草率了吗？”

“阿姨，这钱不能给啊。一给，我就别再做医生了，这就是承认了我私自拿了。这以后，让我怎么跟别的产妇相处啊。”苏小凡顾虑重重地说。

“你还真在这样的医院待啊？你在这样一个不调查清楚就做决定的医院工作，就不怕真出了什么大事儿，全都扣到你一个人身上吗？”赵母看着苏小凡说完又对着产妇的家属说，“钱我给你们，歉我们也道，东西也还给你们。这样可以了吗？”

“可以啊，当然可以。”产妇的老公说。

“我给你们现金。你们等着。”赵母说着就掏出手机，拨打了赵英杰的电话。

“英杰啊，你给送三十万过来。”坐在办公室的赵英杰接通电话后，赵母说。

“妈，你要这么多钱干什么？”赵英杰听到一向不乱花钱的母亲突然张口要这么多钱，感到非常吃惊。

“我在医院呢。”赵母盯着产妇的家属说。

“妈，怎么了？出什么事儿了？”赵英杰突然紧张了一下。

“我没事儿，小凡出事儿了，你赶紧送钱来吧。别问那么多了，我在小凡的医院呢。要现金啊。”赵母说。

“好，我马上送过去。”赵英杰说。

8

梅亚楠让梅老太太跟梅老爷子先回家了，病房里只剩下梅亚楠跟趴在床上的向志远。

“志远，你给我爸妈把我出国的事儿都说了是吧？”梅亚楠坐在床边，看着趴着的向志远说。

“你妈不都找你谈话了吗？还用问吗？”向志远说。

“你非告诉他们干吗？”梅亚楠说。

“他们难道不应该知道吗？”向志远说。

“应该知道应该知道。志远，咱俩聊聊呗。”梅亚楠说。

“聊呗。你把你爸妈打发走，不就是这意思吗？反正我只有动嘴的时候不疼，也只能动动嘴皮子当作强身健体的锻炼了。”向志远说着微动了一下身体，“先给我削一个苹果，让我润润喉咙。”

“行。”梅亚楠答应着拿起一个苹果就开始削起了皮，“如果，我是去俩月，你会同意吗？”

“不同意啊。”向志远说。

“俩月怎么也不同意了啊？”梅亚楠不解地问。

“因为我知道根本不会是俩月。”向志远说。

“咱们来分析一下。你看啊，我现在西药吃着，中药喝着，还配着一些保健品，就连小凡给送来的紫河车，我都开始熬上了。我这是为了什么？为了赶紧好，赶紧生一孩子吧。这样就完成了你心血来潮最后成了板上钉钉的心愿，我也当妈了，挺好。其实，我经过你这么一折腾，也挺想要一孩子的，真的。关键是连医生都不知道我什么时候会好，更别说咱俩了。我不去法国，是不是也是熬着等着，我去了法国也是等着；我要去了法国是不是也边治疗边等着，还能完成公司交给的工作。你觉得哪个比较完美呢？”梅亚楠边削着苹果边分析说。

“不去法国比较完美。”向志远听梅亚楠说了一堆话后，却用一句话给回答了。

“我们再来接着分析。”向志远虽然这样反应，但梅亚楠却没有丁点儿生气，因为她知道这个时候再梗着脖子跟他较真，结果会越来越糟。

“你别分析了，除非你分析出来，今天你就怀上了，我就立马放你走。”向志远说。

“如果我是你律师事务所的员工，你都安排好了……”梅亚楠说。

“我会了解员工的所有状况，再做决定的。”向志远打断梅亚楠的话说。

“如果硬是要走呢？”梅亚楠见向志远软的不吃，又尝试着来硬的。

“走之前，咱俩把离婚手续办了。”向志远思考都没思考就说。

“向志远，如果我真的不能生呢？”梅亚楠又问。

“两码事儿好吗？”向志远说。

“你回答我。”梅亚楠把一个削好的苹果递给向志远说。

“那我就认了，命中该我无子。我不会因为你生病，而丢弃我们的婚姻。如果我因为你生病，而跟你离婚，你算是瞎了眼，我算是白当了一回男人。”向志远伸手接过苹果说。

“志远，如果我不去，我真的会遗憾终生的。”梅亚楠说。

“亚楠，你有没有觉得，如果一件事儿，我们不做到真的无力挽回的地步，才真是遗憾终生。就跟当时我们选择不生一样，如果我们当时就知道是这样的结果，我们还会选择不生吗？我们已经为此付出了一次代价，怎么还能在同一个地方跌倒两次呢？”向志远说。

“志远，我真的想去。有些事儿，真的只有上天知道结果，我们在这儿苦苦地等待，不如让一切都自然一些。”梅亚楠说。

“你别说这些冠冕堂皇的道理给自己增加能去的信心了。我还是那句话，我不同意。反正我该说的都说完了，你要真去，我也不能把你硬拽着。有些决定你最好翻来覆去地想清楚了，因为有些决定真的会迎来本不应该出现的结果。”向志远说。

“你让我翻来覆去地想想吧。”梅亚楠说着站了起来，“我去给你打点水，给你擦擦身子吧。”

“你还是认真地去想想吧。你要是嫌这个地方不安静，你就回你的办公室好好想想。你走吧，我睡一会儿。”向志远说。

9

梅亚楠了解向志远，向志远是一个能屈能伸的男人，他能做一个三好丈夫，做起绝情之事也不会心慈。所以，梅亚楠也不想因为去法国的事儿跟向志远闹得不可开交，但去法国的事儿又真的有足够的吸引力。

而，向志远其实已经有点儿倍感无力了，当他让梅亚楠去思考后，梅亚楠拎着包出门的那一瞬间，向志远心里一沉，便把握在手里的苹果用力地往地上摔了下去。

因为，在向志远一个男人的心里，在这种状态下，自己的妻子还惦记着工作，把两个人正在面临的生活抛在脑后。

生活是什么，没人能说清楚。

但此刻，对梅亚楠而言，生活是一张机票，一头是欲望，另一头还是欲望。

10

赵英杰提着三十万现金推开会议室门的时候，所有人的目光都聚焦在了赵英杰身上。

“英杰，你来了啊，钱带来了吗？”赵母见赵英杰进来后说。

“带来了，您老人家吩咐的事儿，我敢不照办吗？”赵英杰站在门口说。

“英杰，这钱不能给。”苏小凡慌张地站起来说。

“小凡，怎么回事儿啊？”赵英杰把钱往会议桌上一放，便问。

“怎么回事儿？你们家小凡私自拿我儿媳妇的胎盘。我们……”产妇婆婆看着赵英杰说。

产妇的婆婆还没有说完，坐在一旁刚才愣在那里的产妇的老公晃神过来，拉了拉自己妈的胳膊。

“赵总？”产妇的老公突然慌张地站了起来，看着赵英杰，很紧张地说。

“你认识我？”赵英杰看着产妇的老公问，然后看到他脖子上挂着的印着公司名字的工牌绳子，工牌装在衬衣的口袋里，“原来你是我同事，你是哪个部门的？”

“储运部。”产妇的老公舌头有点儿打结地说。

当产妇老公叫赵英杰赵总的时候，所有的人都目瞪口呆了。产妇的公公、婆婆，更是大跌眼镜。

“刚生完孩子？”赵英杰看着产妇的老公说。

“是的，昨天生的。”产妇的老公说。

“既然你们都认识，都是熟人，那你们慢慢商量着解决。有需要我的，我再来。”坐在一旁的院长站起来说。

“别啊，事儿处理完了，你才能走啊。这是在你们医院发生的事儿。”赵母阻拦住院长说。

“那好吧。”院长又坐了下来。

“妈，这事儿该怎么处理就怎么处理。不能因为是我的同事，咱就不讲理了。三十万，全在这儿呢。一分不少，你要不点点。”赵英杰说着把一个手提袋放到产妇的老公跟婆婆面前。

“算了算了，都是熟人，我们不追究了。”产妇的公公反应过来后说。

“刚才一听这位老姐说那么一嘴，我就知道是小凡不对了。这钱，该赔偿的赔偿，都说好了不是。虽然，赔三十万有点儿多。”赵英杰说着坐了下来。

“赵总，这钱我们真不要了。”产妇的老公说。

“收着吧。刚生了一个孩子，养孩子挺不容易的。”赵英杰说。

“赵总，真不用了。我们不追究了。”产妇老公说。

“收着吧。你产假休完了，去趟人事部。”赵英杰说着，又推了推钱。

“赵总，你不能开除我啊。我这刚生完孩子，不能没有固定收入啊。”产妇老公紧张地说。

“我是想让你从储运部转到业务部。因为这事儿，你能要到三十万，如果我没看错你的话，一年你怎么也能给我开几个三百万的单吧。英语几级？”赵英杰说。

“六级，口语比较好。”产妇的老公有点儿不敢相信地说。

“那行，就这么定了，这钱你收着。业绩不好了，我可真要开除你的。”赵英杰说。

“赵总，这钱我算是借的行吗？等我完成了业绩，你从我奖金里扣。”产妇的老公有些激动地说。

“从长计议吧。这事儿咱们先这样处理好吗，老姐、老哥哥？”赵英杰站起来对着产妇的公公、婆婆说。

“谢谢你。你真是一个好老板。你才做到了不包庇不袒护呢。”产妇的公公说完，看了一眼坐在一旁的院长。

11

苏小凡、赵英杰、赵母走出医院，赵母就叫住了赵英杰。

“英杰，这样的员工你也要？为了钱，道德都不要了。”赵母不解地看着赵英杰问。

“妈，如果他在你儿子公司挣了足够的钱，他还会待见这点儿钱吗？”赵英杰看着赵母说。

“你还给他转岗？”赵母不悦地说。

“为什么不呢？他对钱这么有欲望，他就会拼命地挣钱，他拼命地挣钱，就是为公司拼命地挣钱。他这次虽然做得很不道德，我想那三十万会给他一记响亮的耳光，让他铭记一辈子。三十万改变一个员工的道德观，他还会成为一个优秀的员工，你儿子做得对呢还是不对呢。”赵英杰说。

“好了，说得一套一套的。你赶紧陪着小凡去吃个饭。”赵母说。

“阿姨，不用了，我回家了。”苏小凡说。

“你们一块儿吃饭吧。你今天受了这么大的委屈，让英杰陪陪你。”赵母说。

“阿姨，你不是也没吃饭吗？”苏小凡说。

“我不跟你们搅和了，我还约了一帮老邻居去电视台录节目的现场，去当观众呢。”赵母为了给苏小凡跟赵英杰制造机会说。

12

“挣钱有欲望，就能成为你衡量一个优秀员工的标准了？”苏小凡跟赵英杰坐在一个茶餐厅里，苏小凡吃到一半的时候说。

“当然不是了。他纠缠你的时候，是不是很无赖？”赵英杰看着吃着饭的苏小凡问。

“算是吧，不过也是因为我没按照流程做。”苏小凡说。

“无赖的人脸皮都厚，我的业务员就得脸皮厚，他们要跟客户死磕。他已经有了天然的优势，剩下的就是培养他的职业素养了。”赵英杰说。

“嗯，真是谢谢你能来替我解围，这三十万，我慢慢地还你。”苏小凡低着头说。

“应该是我谢谢你，是你让我发现了一个好员工。小凡，你现在工作也没有了，接下来什么打算？”赵英杰笑着说。

“我也不知道。这事儿，你不能告诉我姨夫跟小姨。”苏小凡说。

“行，我不说。”赵英杰说。

“你要有事儿，就先走吧。别在这儿跟我耗着了。”苏小凡缓缓地抬起头，看着赵英杰说。

“小凡，我们谈谈吧。”赵英杰并没有走的意思，而是沉默了一会儿。

“别谈了，你想说什么我都知道。”苏小凡放下手里的餐具说。

“小凡，你了解我吗？你知道我多少情况呢？”赵英杰望着苏小凡说。

“我要知道你什么呢？姓名、年龄？身高、性别？职业、婚史？家庭成员？”苏小凡呵呵一笑说。

“这些东西都不是阻碍两个人真正在一起的主要因素。”赵英杰说。

“那你还惧怕什么呢？”苏小凡问。

“小凡，你有没有想过我们的情况……压力太大了，我的和你的压力……”赵英杰边沉思边说。

“原来你害怕压力。”苏小凡不屑地说。

“我是害怕你扛不住压力，最后我们还得分手。既然这样，我们何必开始呢。小凡，我给你讲一下我的故事吧。”赵英杰说。

“你讲吧。”苏小凡说。

“在我跟你这个岁数的时候，刚刚情窦初开。那是20世纪90年代初，我刚走出校门，走上工作岗位，就跟一个姑娘恋爱了。我们爱得死去活来。90年代初，祖国刚改革开放没多久，她的父母却已经下海经商挣了很多钱。因为我们的地位悬殊，最终抵抗不了她父母的阻碍，就这样夭折了我们四年的爱情，她选择了出国。所以小凡，我比你更清楚什么是可以发生的爱情，什么样的爱情可以走到婚姻，什么样的婚姻是可以幸福的。”赵英杰一副凝重的表情说。

“你是害怕再受到伤害。”苏小凡说。

“可以这样说。”赵英杰说。

“那你是对我没有信心还是没有感觉呢？”苏小凡追问。

“感觉当然有。不过，就算我们在一起，你父母肯定会反对，反对了我们要不要坚持？坚持了能不能到最后？”赵英杰说。

“那你为什么不试试呢？不试试怎么知道我不能坚持到最后呢？你寻找了这么多年适合的爱情跟婚姻，你不是也没找到吗？”苏小凡说。

“小凡，你不怕最后我们见了面，连话都没得说了吗？”赵英杰说。

“我不怕。因为我知道我会坚持到最后。赵英杰，你总是拿你经历的岁月当作你的谈资，然而正是因为你经历了这些，成了你不敢迈步的障碍。我想所有期待爱情的人们，都想给自己的爱情一个好归宿，不管是二十年前跟你恋爱的那个姑娘，还是今日坐在你面前的丫头，她们都怀着一颗对自己爱人执着的心。而你，在爱情面前却是一个弱者，你惧怕它，你把所有即将开始的爱情都设想出了结局，你这样有意思吗？”苏小凡看着赵英杰说。

“我承认在感情上我是个自卑的人。”赵英杰说。

“赵英杰，刚才在医院的时候，在你帮我处理完事儿后，我本来想以后不再纠缠你来着。因为，我纠缠你的时间越长，阿姨在我身上关注的时间就越多，最后就越伤害阿姨。但现在，我改变想法了。我要跟你死磕到底。因为我知道原来你不是不待见我，而是害怕。”苏小凡用坚定的眼神看着赵英杰说。

“我先回公司了，你慢慢吃。”等苏小凡说完，赵英杰看着苏小凡沉默了好一会儿才开口说话，说完就站起来，直奔餐厅门口走去。

“赵英杰，你就是一个懦夫！”苏小凡对着赵英杰的背影大声喊道。

苏小凡的声音在空中飘荡，赵英杰继续走了两步便停下来，然后缓缓地转过身，跟正在凝视他的苏小凡对视了一会儿：“小凡，明天晚上，我约你吃饭。”

“好。”绷着脸的苏小凡，脸上突然绽放出幸福的笑容，看着走出餐厅的赵英杰的背影。

13

梅亚楠并没有离开医院。

在梅亚楠走出病房那一瞬间，她便听到了向志远用力地往地上摔那个苹果的声音。

梅亚楠在向志远病房门口不远处的那条长椅上坐了下来，然后紧紧盯着病房的门，就在她思考、纠结、恍然的时候，突然听到一声稚嫩的声音，然后便把头转了过去。

“爸爸，我帮着你拿这个小袋子。”一个四五岁的小男孩跟在一个三十岁左右的男人身后，这个男人拎着一大一小两个纸袋子。

“爸爸来拿就行了，等你再长高一些的时候，这两个袋子都让你拎着好不好？”男人停下脚步，低下头看着紧跟上来的小男孩。

“爸爸，你就让我拎一会儿好不好？一会儿到了房间，妈妈会高兴，妈妈就会醒来快一点儿。”小男孩用稚嫩的声音说。

“宝宝真乖。爸爸让你拎着好不好？”男人说着蹲下来把一大一小的纸袋放到地上，然后从小袋子里又拿出了一些东西放进了大纸袋里，然后递给小男孩。

“爸爸，你说妈妈看到我帮你干活儿，会不会醒过来呢？”小男孩接过男人手中的小纸袋。

“肯定会啊。妈妈都睡了那么长时间了，早就想宝宝了。”男人扶着小男孩的头往前走着说。

“我也想妈妈了。妈妈又不是白雪公主，为什么能睡那么长时间呢？”小男孩问。

“妈妈累了，就会睡得时间长一些。不过，妈妈快要睡醒了，到时候，妈妈就能继续给宝宝讲新故事了。”男人说。

“爸爸，你跟妈妈都给我讲好不好，给我讲两个故事。”小男孩提着一个小纸袋子跟男人并行着说。

“好。”男人说。

这一大一小的男人就这样消失在了梅亚楠的视线里，梅亚楠的目光却依然锁定在那个消失的地方，眼眶竟然有些湿润了。

这个世界或许动情之处就是如此，一句话一个举动，就能让一个人本来徘徊不坚定的心瞬间发生改变。梅亚楠突然有点儿同情向志远了，当然她也觉得自己挺可怜的。

梅亚楠在这条充满着福尔马林味道的走廊里又坐了一会儿，便起身去了公司，她想跟总经理商量一下不去法国的事儿。

第十九章

1

梅亚楠走后，向志远趴在床上不一会儿就睡着了。正睡得迷迷糊糊的时候，就听到敲门声，他睁开蒙眬的睡眼，带着睡腔说了声“请进”。

当门被推开后，才发现是程圆圆带着自己的哥哥李智。

“你们怎么来了？”向志远看着拎着大包小包的礼品走进来的兄妹俩。

“我哥去了你的律师事务所感谢你，才知道你住院了，就打电话告诉我了。”程圆圆把捧在手里的一束花放下后说。

“嗨。没多大的事儿，全是外伤。你们俩闹完了吧？”向志远微笑着说。

“闹完了闹完了。向律师真是谢谢你。要不是你，我们俩还不知道闹到什么份上呢。”李智说。

“你们本来就是一家人，不用我这个外人掺和，你们也能说开了。”向志远说。

“反正就是谢谢你，你是个好律师。”李智说。

“成了，别表扬了。以后就好好地过你的日子吧。”向志远说。

“你还不赶紧拿出来。”程圆圆看了一眼一旁的李智说。

“哦，哦，忘了。一看到向律师就太激动了。”李智说着把手伸进外套的口袋里，然后掏出一张请柬，“我下个月举办婚礼，向律师你一定要赏光啊。”

“呵，真够麻利的。”向志远接过李智递过来的请柬，然后打开来看，“这请柬做得真够漂亮的，还贴着新人的照片儿，新娘子长得不错啊，一点儿也不像村里的。”

“这还不是我妹妹找人给设计的。”李智说，“向律师你一定要去啊，千万别带份子钱。”

“哥，有你这样说话的吗？”程圆圆瞪了一眼一旁的李智，然后又对着向志远笑笑，“结个婚，激动得话都不会说了。”

“你这一说，我是带啊还是不带啊。”向志远笑呵呵地说。

“我是真心的。”李智连忙解释。

“我知道，跟你开玩笑呢。如果我好利索了，我一定去。”向志远说着把请柬放在了枕头下面。

“向律师，怎么一个人在这儿，没人照顾你啊？”程圆圆说。

“我太太公司突然有事儿，就去处理了。”向志远尴尬一笑说。

“这样啊。那这样吧，哥，一会儿你先回家张罗你的婚事儿去吧。我在这儿照顾一会儿向律师。”程圆圆说。

“不用不用，这有护士。”向志远说。

“你能让护士给你倒水吗？”程圆圆说。

“就是就是。向律师，那我先走了，还有很多亲朋好友的请柬我得给人送呢。”李智说。

2

梅亚楠到了公司，就径直去了总经理的办公室。

梅亚楠刚走到总经理办公室门口，总经理就拉开门走了出来。

“亚楠，你是来找我？”总经理看到站在门口的梅亚楠说。

“有件事儿跟您汇报一下。”梅亚楠说。

“急吗？不急的话，咱们明天说，我先去跟销售部开一个会。”总经理说。

“不急。”梅亚楠说。

“那好，明天上午十点半吧？”总经理抬起手腕看了一下手表说，说完就走了，但刚走两步又退了回来，“听说你老公住院了。马上要去法国了，去医院多陪陪吧。工作固然重要，但家庭更重要。”

“好的，谢谢。”梅亚楠说。

3

向志远跟程圆圆待在病房里也不知道聊什么，两个人就这样沉默了好一会儿。

“向律师，我给你剥一个橙子吧？”程圆圆先打破沉默说。

“谢谢，我不吃。”向志远说。

“向律师，我包里放着一个 ipad，要不你看会儿新闻或者玩会儿游戏。”程圆圆欲打开包，拿 ipad。

“不用不用，趴着不方便。”向志远说。

“那我给你倒杯水。”程圆圆说。

“我不渴。”向志远说。

“那咱俩聊会儿天。”程圆圆说。

“小程，你能不能给我叫一下护士？”向志远皱着眉头说。

“怎么了？疼了？”程圆圆关心地问。

“没有，没有。我想去个卫生间。”向志远很难为情地说。

“成，我去叫。”程圆圆说完就起身走向门外，但刚走到门口却又折回来了，“我在这儿不就是照顾你的吗？我扶着你去就行，叫什么护士。”程圆圆爽快地说。

“不方便不方便，你还是叫护士吧。我得让人扶着我进去。”向志远推辞说。

“现在护士有男生了？”程圆圆问。

“没有啊。”向志远说。

“对啊，那我跟护士有区别吗？再说扶病人上卫生间也不是护士的职责啊。你把我当成护工就成。”程圆圆说。

“算了算了。我不是太急，等一会儿吧。”向志远说。

“向律师，我一女生都不怕，你怕什么啊。憋着多难受啊。”程圆圆说。

“我真不是太急。”向志远说。

“向律师你放心，我不偷窥你。”程圆圆笑着说。

“小程，咱们男女还是有别点好。”向志远尴尬地笑笑说。

“那你忍着？”程圆圆皱着眉头问。

“忍着。”向志远说。

“忍得住？”程圆圆又问。

“不是太急。”向志远呵呵一笑说。

4

梅亚楠在医院的大厅遇到了苏小凡。

“小凡，你怎么来了？”喊住苏小凡的梅亚楠走到苏小凡面前说。

“我这可是第二次来，上午已经来过一次了。我这外甥女儿做得够到位了吧。”苏小凡一脸春风得意的笑颜。

“让我表扬你还是怎么着？”梅亚楠说。

“分内之事嘛。”苏小凡嘿嘿一笑说。

“怎么没上班？”梅亚楠说着钻进了开门的电梯。

“请假了。”苏小凡紧跟进去笑着说。

“你这大周一的请什么假啊？不怕被扣工资了？”钻进电梯后，梅亚楠数落着苏小凡。

“为了孝心，损失点儿工资算什么啊。”苏小凡耍贫嘴说。

“哟呵，捡到钱了还是怎么着了？嘴上抹蜜了似的。”梅亚楠诧异地看着苏小凡说。

梅亚楠跟苏小凡就这样边说边聊有说有笑地来到了向志远的病房。但当梅亚楠跟苏小凡进了病房，看到向志远病床上空着的时候，两个人便对视了一下。

“我姨夫呢？”苏小凡走到已经站在病床旁边的梅亚楠身旁问。

“我不知道啊。”梅亚楠疑惑地说完，又自言自语地说，“不是生我的气出院了吧？也不至于啊。”

“你跟我姨夫吵架了？”苏小凡说。

“没有。”梅亚楠说。

“我给我姨夫打个电话。”苏小凡说着就掏出了手机。

“别打了。他的手机在家呢，昨天来得急，没带。”梅亚楠说着。

正在苏小凡和梅亚楠疑惑的时候，突然听到了病房里的卫生间里传来一阵马桶冲水的声音。梅亚楠听到卫生间里传来的声音就走了过去，正要打开卫生间门的时候，向志远被程圆圆搀着走了出来。

梅亚楠看着站在卫生间门内的向志远跟程圆圆，程圆圆跟向志远看着站在门外的梅亚楠，两目对四目，四目对两目，两目对两目又对两目，都诧异之后一阵慌乱，慌乱之后便是平静。

“这是我太太梅亚楠。”先平静的向志远对着搀扶他的程圆圆说，然后又对着梅亚楠说，“这是……”

“你好，我叫程圆圆。”还没等向志远说出口，程圆圆就腾出一只手，欲要跟梅亚楠握手。

听到还有一个女人说话的苏小凡也走了过来，看到自己的姨夫向志远被一个漂亮女人搀着站在卫生间门口的时候，也是一脸的迷惑。

“你好。《上海滩》里就有你的名字。”梅亚楠想打破目前尴尬的局面，握住程圆圆的手说。

“《上海滩》里好像叫冯程程。”程圆圆微笑着说。

“对对，记错了。”本想化解尴尬的梅亚楠却遭遇了更加尴尬的局面。

见此尴尬局面的苏小凡赶紧上前一步从程圆圆的手里接过了向志远，把向志远扶到了病床上。

“向太太，既然你来了，我就走了。”已经把包拎起的程圆圆对着梅亚楠说完，又对着已经趴在病床上的向志远说，“向律师，那我先走了，有时间再看来你。”

“成，那你慢走啊。”向志远说。

“向太太，你别误会啊，我就扶着向律师去了一趟卫生间。”走到门口的程圆圆又转过身说。

“不至于，程小姐，谢谢你扶着志远去卫生间啊。”梅亚楠虽然说得客气，但明眼人一看、不失聪的人耳朵一听就能察觉出一股山西老陈醋的味道。

5

“还用我解释吗？”程圆圆一走，已经趴在病床上的向志远就问。

“不用，不就扶你去趟卫生间吗，”梅亚楠微笑着说，“这冯程程是谁啊？”

“程圆圆呀，人家不是自我介绍了？”向志远说。

“冯程程，是你客户吧？”梅亚楠依然一副笑脸说。

“对啊，我客户。”向志远说。

“那你肯定给人家打赢了官司，不然怎么能陪着你去上厕所呢。”梅亚楠冷笑一声说。

“梅亚楠，你什么意思啊？”回过味来的向志远说。

“我能有什么意思，例行检查呗。”梅亚楠冷嘲热讽地说。

“挺有意思。”向志远呼哧一声说。

站在一旁的苏小凡看着自己小姨跟姨夫的阵势，已经是上了弓的箭了，这是马上要发力了，便赶忙劝解说：“小姨，我姨夫病着呢，为这事儿不至于吵啊。”

“我还病着呢！”梅亚楠对着苏小凡厉声说道，“你见过女客户扶着律师去上厕所的吗？！”

“小凡，别掺和了。你小姨现在改属狗了，逮谁都咬。”向志远说了一句风凉话。

“姨夫，你少说一句话吧。”苏小凡说。

“小凡，你看到没，你亲爱的姨夫这是做贼心虚了。我还没怎么着，先给我安一罪名。不愧是律师，法律意识就是比我这草民强。”梅亚楠说。

“梅亚楠，我觉得你有点儿不可理喻啊。我凭什么做贼心虚啊。就我这一走三摇晃的身体，我偷谁去啊。”向志远生气地说。

“对啊小姨。心有余而力不足完全是给我姨夫目前的状态量身打造的。”苏小凡劝解说。

“嘿，都挺明白，就我自己是一个糊涂蛋。”梅亚楠冷嘲热讽地说。

“你还真就是。你要是不走，我能让别人扶着我去吗？”向志远说。

“谁让我走的？”梅亚楠辩解说。

“你什么时候这么听我的话了？我还让你不去法国呢，你听了吗？”向志远说。

“本来我就是告诉你我已经决定不去了呢。现在好啊，我明告诉你，我去定了！”梅亚楠态度强硬地说。

“你少拿这当借口。去不去还真随你的便，你不珍惜这日子，我一厢情愿多对不住你啊！”向志远回应说。

“对啊，我在这儿多碍你打官司啊。”梅亚楠说。

“你真是一女中豪杰，豁达、有范儿。但我就不明白了，你能在婚姻里这么爽快把老公拱手相让，怎么就对一个破中国区的总经理那么有瘾呢？”向志远刀刀见血地说。

“你们都说的是什么啊？你们就这样为我树立榜样的吗？”在旁边干着急的苏小凡说。

“向志远，我觉得你现在浑蛋得很。”梅亚楠眼角噙着泪，干笑了一声说。

梅亚楠说完，整个病房里突然安静了下来。向志远不再回击，不知道如何处理的苏小凡呆呆地站在一旁。

梅亚楠就这样盯着闷不作声的向志远看了一会儿，欲要拎起放在椅子上的包走的时候，包却刮在椅子的棱角处，被划开了一个口子，然后她拎起包又用力地往向志远的病床上一扔，一包的东西哗啦啦散了一病床。

“小凡，照顾着他。”梅亚楠说完就生气地走出了病房。

“姨夫，我去把我小姨追回来。”苏小凡对着向志远说。

“去吧。”向志远冰冷地回应了一句。

6

苏小凡追出去后，向志远便忍痛翻滚了一下身体，然后吃力地扯了一下压在他脊背上的包，那张被梅亚楠装在包里的机票就这样滑落出来了一半，向志远用那只健全的手把机票扯了出来，看到是北京飞往巴黎的航班，然后又看了看上边写着梅亚楠的名字，便苦笑了一声。

“姨夫，我没追上我小姨。”回来的苏小凡看到斜躺着的向志远说。

“追上了又能怎么样呢？终归是要走的人。”向志远用胳膊撑着身体，然后晃了晃机票，“这就是你小姨飞往巴黎的机票，你给她收着吧。机票丢了，梦就碎了。”

“姨夫，机票是能退的。干吗这么在意一张机票啊。”苏小凡叹了一口气说。

“给你小姨收起来吧。”向志远说着把机票放在了病床的一角。

“姨夫，我怎么觉得你们都跟小孩似的，为了一些完全可以说开的事儿，在这儿纠结。”苏小凡说。

“小凡，你回家吧。让我睡会儿，我有点儿累了。”向志远趴下说。

“那我在走廊上，你有事儿了叫我。”苏小凡说。

“回家吧。我没事儿，你姥姥跟你姥爷一会儿就该给我送饭来了。”向志远说。

“那我去找我小姨。”苏小凡说。

“去吧。”向志远说。

7

梅亚楠开着车出了医院门就拨打了金一娜的电话。

“你在哪儿呢？”正坐着学校班车回家的金一娜接通梅亚楠电话后，梅亚楠问。

“在班车上呢，正准备回家呢。”金一娜说。

“我请你妈吃饭吧？”梅亚楠说。

“你跟老向吵架了吧？说话跟吃了枪药似的。”金一娜说。

“我去接你妈，你中途下车吧。别回家了。”梅亚楠说。

“别接了，我妈跟着窦斌呢。那我到学院路下车吧。一会儿我们在嘉茂集合。”金一娜说。

“成。我先不跟你说了，电话进来了。”梅亚楠说着把车停靠在马路边上，一看电话是苏小凡打进来的便接了起来，“怎么了又？”

“小姨，你在哪儿呢？你不能这样就走了啊。”走在医院走廊里的苏小凡说。

“你在那儿看着你姨夫吧，我现在不能跟他待在一块儿。”梅亚楠说。

“我姨夫也把我赶出来了，现在没人照顾他了。”苏小凡说。

“你姥姥跟你姥爷应该一会儿就给他送饭了，一会儿没人没事儿。你过来吧，我在医院门口等你。”梅亚楠说。

8

“小姨，这是你去巴黎的机票。”苏小凡钻进车，就把一张机票递给梅亚楠。

“把它撕了吧。”还没缓过来劲的梅亚楠说。

“你不去法国了？”苏小凡把机票收起来问。

“去什么去啊。我要去了，他还不把我撕了啊。你姨夫是不是看到机票反应很大？”梅亚楠说。

“还行，也不是特别强烈。”苏小凡说。

“不强烈，他能把你也赶出来？”梅亚楠哼了一声说。

“小姨，咱俩不能在这儿坐着吧？”苏小凡小心翼翼地问。

“我跟你一娜阿姨约好了，现在去嘉茂。”梅亚楠说着就是一脚油门。

9

金一娜先到的嘉茂，到了嘉茂就给窦斌打了电话，告诉他晚上不回家吃饭。

“妈，一娜有事儿，晚上不回家吃饭了。咱俩是在外边吃呢，还是回家吃呢？”挂了金一娜的电话，窦斌对着坐在他一旁的金一娜妈说。

“回家吃吧，咱俩回家吃火锅。”金一娜妈说。

“别回家吃了。阿姨都来好几天了，我该请阿姨吃个饭了。阿姨，我请你吃火锅好不好？”站在不远处端着照相机四处乱拍的葛爱军说。

“怎么好让你破费呢，还是回家吃吧。”金一娜妈客气地说。

“阿姨，你就当打麻将赢了我的钱，我耍赖不给你。”葛爱军走过来说。

“你这么样一说，我倒觉得这顿火锅非吃不可了。”金一娜妈说。

“那咱们现在就走吧，一会儿路上就开始堵了。”窦斌说。

10

梅亚楠、金一娜、苏小凡坐在一家饭馆里。

“就因为一女的扶着老向去了一趟卫生间，你就把老向一个人扔医院了？”金一娜说。

“都让我堵在卫生间门口了，还怎么着啊？还非让我听到卫生间里吱哇乱叫，我才能生气？”梅亚楠说。

“亚楠，我得批评你，你小心眼了啊。你不能让人家老向憋着吧？外伤还没好呢，再憋出内伤。”金一娜说。

“一个女客户能扶着一个男人去卫生间？你不觉得可疑吗？如果你是那个女客户，你会扶着向志远去卫生间吗？”梅亚楠盯着金一娜问。

“反正我会。”苏小凡突然插嘴说。

“你闭嘴。”梅亚楠瞪了一眼苏小凡说。

“亚楠，老向根本不是胡搞的人，你就别胡思乱想了。倒是你，这个时候你怎么能去法国呢？搁谁谁都会心里不痛快。我觉得你们能吵起来，归根到底还是你引起的。你不那么坚持去法国，志远也不会生气，就不会让你走，卫生间事件压根都不会发生。事业跟金钱都不是衡量幸福标准的尺子，你跟老向都混到这份上了，算不上中产阶级，也离中产阶级不远了吧。何必再在意什么职位啊。”金一娜苦口婆心地劝解说。

“小姨，我觉得你在这事儿上是确实挺拧巴的。”苏小凡又开口说话。

“我是让你安慰我来了，不是让你数落我来了。算了，你们都对，都是我的错。不说我了，说说你吧。你跟窦斌这两天怎么样了？”梅亚楠说。

“我跟窦斌还不是那样。按照既定方针，往前走呗。”金一娜说。

“对窦斌结扎的事，你妈没反应？”梅亚楠说。

“结扎？都什么年代了还结扎……”颇感惊讶的苏小凡说，但还没等苏小凡说完，梅亚楠的目光就投了过来，“你们聊，你们聊，我闭嘴。”

“我妈当然有反应了，都当上窦斌的保镖了，时刻寸步不离地跟着窦斌。”金一娜说。

“那窦斌还不得被烦死？”梅亚楠感叹说，“不过也是罪有应得。”

正在他们聊得不亦乐乎的时候，梅亚楠的电话响了。梅亚楠拿起放在一旁的手机，一看是梅老太太打过来的，便接了起来。

“怎么了妈？”接起电话后，梅亚楠问。

“你把屁志远接出院了，怎么也不跟我和你爸说一声呢？还让我们俩做好饭屁颠屁颠地送过来。”梅老太太牢骚满腹对着电话说。

“没出院啊，什么出院？向志远没在医院吗？”梅亚楠一听梅老太太这么一说，慌张了起来。

“护士说出院了。已经办完了出院手续，都走了好一会儿了。老二，你是不是跟志远又吵架了？”梅老太太一听梅亚楠并不知道向志远出院，就知道他们俩出问题了。

“没吵架啊。”梅亚楠慌张地回答。

“没吵架，志远出院你怎么能不知道呢？你在哪儿呢？还在公司？！”梅老太太说。

“我跟小凡正在去医院的路上呢，马上到了。”梅亚楠撒谎说。

“还来医院干什么？赶紧着回家看看啊。我跟你爸这就过去。”梅老太太说。

“埋单！”挂了梅老太太的电话，梅亚楠就冲着站在一旁的服务员说。

“怎么了？”金一娜跟苏小凡异口同声地问。

“向志远办理了出院手续，没在医院。我得赶紧回家看看去。”梅亚楠说。

11

此刻，向志远正斜趴在赵英杰车后排的座位上，驰骋在北三环的路上。

是的，是向志远让赵英杰帮他办理的出院手续。苏小凡走后，向志远就唤来了护士，借用护士的手机拨打了赵英杰的电话。向志远本来想给窦斌打电话，正在拨打窦斌电话的时候，才恍然意识到给窦斌打电话无疑是把出院的事儿告诉了所有的人，所以他最终选择了赵英杰。

“老向，你真不回家？真住我那儿去？”赵英杰边开车边问。

“不回。现在亚楠越来越不可理喻了，我要让她明白一下什么才是主要的什么才是次要的。”向志远说。

“我怎么觉得你这像是逃避呢。”赵英杰说。

“我这算什么逃避啊。我这是跟生活赌博而已，赌赢了是幸福，赌输了……我过去不给你添乱吧？这可是带伤入住。”向志远说。

“你要不带伤，我还不愿意让你去呢。你这去了，往床上给你一扔，没事儿就陪着我妈聊天吧。”赵英杰说着便是话锋一转，“不过老向，我觉得你这样做是不是有点儿欠考虑呢。”

“她连机票都订好了，我再不反攻，她真就去巴黎了。我不能总拿离婚做要挟吧，离婚这词儿说多了太伤感情。反正别的辙我是想不到了，要不你给我支一招。”向志远说。

“我一个没有婚史的人，在这事儿上做不了你的参谋。”赵英杰呵呵一笑说。

12

梅亚楠、金一娜、苏小凡到了家门口的时候，发现梅老太太、梅老爷子都站在门口。

“我们敲门了，跟你妈还喊了半天。家里没人应。”梅老爷子看到走过来的梅亚楠说。

“老二，到底怎么回事儿啊？”站在一旁提着一个保温瓶的梅老太太说。

“我也不知道啊。”梅亚楠有点儿不耐烦地回应着，掏出钥匙，把门打开了。

“志远，志远你在家吗？”梅老太太一进门，就在房里喊。

“肯定不在家，我姨夫又不能自己走路，怎么能自己出院呢？肯定是被谁接走的。”苏小凡说。

“老二，你跟志远是不是因为出国的事儿吵架了？”梅老爷子问。

“肯定是了。老二，升个职对你真的有那么重要吗？住着院，都能躲起来不见你了。你该多伤害人家志远吧。你说现在怎么办吧？”梅老太太啰啰唆唆地说。

“妈，别说了。我烦着呢。你现在说这些有用吗？”梅亚楠一屁股坐到沙发上，深呼一口气说。

“叔叔、阿姨，都别急。志远一大活人丢不了。”金一娜上前一步缓解紧张的气氛。

“能不急吗？这人还受着伤不是。要是活蹦乱跳的，我也就不这么担心了。”梅老太太说。

正在这时，匆忙赶过来的梅亚非走进了敞着门的梅亚楠家。

“志远回家没回家？”梅亚非一进来就问。

“没有。”苏小凡对着梅亚非小心翼翼地说。

“小凡，亚楠，咱们出去找找。”金一娜说。

“去哪儿找啊？向志远社交那么广泛，随便一个客户都能把他接走。”梅亚楠说到此处突然愣了一下，“不会被那个冯程程接走了吧？”

“不会，不会。”苏小凡说。

“什么冯程程啊？冯程程是谁啊？”梅老太太问。

“一电影角色的名字。”苏小凡解释说。

“这个时候还说什么电影啊，真是乱弹琴。”梅老爷子说。

“再广泛也得找啊。老二，我不是说你啊。你现在越来越不像话了，你现在什么处境你不知道啊。”梅亚非对着梅亚楠说。

“我什么处境啊。我出个国，处境就不好了？”梅亚楠拧着鼻子对梅亚非说。

“谁说你出国了？你自己身体什么状况你不知道吗？你现在连能生不能生都不知道，你还有什么资格跟人家向志远谈出国啊！”梅亚非说。

“梅亚非你什么意思啊？！就算我不能生，我也有选择自由的权利啊。怎么了？我不能生，我就该在别人面前矮一头了？就该放弃自己的尊严，在别人面前卑躬屈膝？现在我还没到那一步呢。都什么年代了，你真是一个老封建。”梅亚楠对着梅亚非以牙还牙地说。

“不管什么年代，不管我封建不封建，我就是知道，在中国除了不能生的，我还真没见过最后不要孩子的家庭。你不是丁克吗？你继续丁啊。别心急火燎地看病啊。”梅亚非说。

“行了，都别吵了！还嫌不够乱的吗？！”梅老爷子喊出一声。

“我姨夫的手机不是在家吗？那他所有的联系电话都应该能找到啊。我们就挨个打一遍吧。”苏小凡突然说。

“我觉得，让大姐跟叔叔阿姨在家打，咱们仨出去找找。看看志远是不是转到别的医院了。”金一娜又建议说。

13

分好工后，梅亚楠、金一娜、苏小凡就出门了。出了门，她们三个又各自划分了医院的片区，便各自行动了。

金一娜打上一辆出租车，就给窦斌也打了一个电话。

“你跟我妈吃饭了吗？”金一娜问。

“正吃着呢。”正在东来顺陪着金一娜妈吃饭的窦斌说。

“赶紧吃完出来，志远丢了，大家都在找呢。你也赶紧开车过来，跟我碰一下头，一块儿找找。”金一娜说。

“怎么丢了？又不是小孩儿。”窦斌纳闷地问。

“一句话两句话跟你说不清楚。你赶紧吃完饭从家出来。”金一娜催促说。

“我没在家，正陪着妈在东来顺吃火锅呢。”窦斌说。

“那你把妈送回家，就过来。”金一娜说。

“爱军也在这儿呢，让爱军送吧。”窦斌说。

“你给我妈说清楚，别让我妈误会了。”金一娜嘱咐说。

“我知道了。那一会儿我们在哪儿碰头啊？”窦斌问。

14

赵英杰扶着向志远刚进家门，赵母就从楼上下来了。

“志远，你这是怎么了？”赵母站在楼梯上，把目光投向赵英杰跟向志远。

“不小心摔了一下。阿姨，我得打扰你几天，在你家住几天。”向志远客气地说。

“随便住，你就别客气了。我老太太总是一个人在家，正想有个人跟我做伴呢。”赵母从楼梯上走下来说。

“那打扰您老人家了。”向志远依然客气地说。

“好了，先别聊了。这两天，有你们聊的。你是现在去楼上呢，还是先在楼下待会儿呢？”搀扶着向志远的赵英杰说。

“我想先去趟卫生间。”向志远说。

“那我扶着你去。”赵英杰说。

“你俩都没吃饭吧？”赵母问。

“还没呢。”赵英杰说。

“那我给你们做饭去。志远，我给你熬点儿猪骨头汤，对你长骨头有好处。”赵母说。

“真是麻烦您了阿姨。”向志远说。

向志远上完厕所，便被赵英杰扶到了客厅。向志远刚靠着沙发左侧的扶手斜躺下，赵母就从厨房里走了过来。

“志远，你习惯吃清淡点儿的还是荤点儿的啊？”赵母对着向志远说。

“阿姨，我随便，您怎么方便怎么做就成。”向志远说。

“妈，你就随便做吧。不用把他当成客人，不然他又该跟你客气来客气去了。”赵英杰说。

“好好好。”赵母呵呵一笑说，“对了英杰，现在小凡也不上班了，我明天让小凡过来了啊。”

“妈……”赵英杰一听赵母这样说，看了看向志远，突然不知道如何是好了。

“苏小凡？”向志远听到赵母说小凡的时候，有点儿狐疑，有点儿不相信自己的耳朵了。

当赵英杰听到向志远仅用苏小凡的名字作为一句疑问句的时候，就知道阻拦不住赵母了，便把头低下闷不作声了。

“你也认识苏小凡？志远，我给你说啊，我们赵英杰现在终于给我找到儿媳妇了。”赵母绷不住脸上的喜悦说。

“我认识苏小凡都十几年了，她是我外甥女。”向志远说。

“啊。”赵母惊讶了一声，然后看了看低下头去的赵英杰，“那，那你们聊，我去给你们做饭。”

“英杰，你跟我们家小凡谈恋爱了？”赵母一走，向志远便问坐在他对面沙发上的赵英杰。

“没有。”赵英杰缓缓地抬起头，对着向志远说。

“我说呢，你老赵就不是那样的人。”向志远说。

“但明天就开始了。”赵英杰说。

“什么？”向志远惊讶一声，“你真要跟小凡谈恋爱啊？你要玩儿真的啊？”

“你反对吗？”赵英杰问向志远。

“我是相信你会对小凡好的，但你不觉得你们俩不合适吗？”向志远说。

“老向，如果小凡不是亚楠姐姐的女儿，你觉得我们俩合适吗？”赵英杰反问向志远。

“那我根本就不认识苏小凡了，我就没有评价的权利啊。你这样问我是不成立的。”向志远说。

“那你现在认识啊，你觉得合适吗？”赵英杰追问。

“你身边那么多姑娘，你为什么单单就选择小凡呢？”向志远问。

“你当时为什么选择亚楠呢？”赵英杰说。

“两码事儿好不好？”向志远说。

“你就告诉我，你反对不反对吧？”赵英杰逼问向志远。

“我反对有用吗？不过，亚楠、小凡的妈、她姥爷姥姥，肯定都会反对的。”向志远说。

“我已经做好了心理准备。老向，你了解我是什么样的人，所以我跟你再说一些冠冕堂皇的话也没意义。我就拜托你这事儿，你先帮我捂一下，等时机成熟了，我会去拜访的。”赵英杰说。

“英杰，我不反对也不赞成。但我有一句忠告，你要是跟小凡最后没能走到一块儿，最终闹得很不愉快，我肯定会偏向于家庭。”向志远说。

“老向，你放心，你所担心的最终只是你的担心而已。”赵英杰说着站起身，坐到向志远的身旁，拍了拍向志远的胳膊说。

“你倒是信心满满。”向志远呵呵一笑。

“我都这一把岁数了，玩不起了。你就放心吧。”赵英杰说。

正在这个时候赵英杰的电话响了，赵英杰一看是苏小凡打过来的。

“小凡的电话。”赵英杰握着电话对向志远说。

“别说我在你这儿呢。”向志远说。

“那我接了？”赵英杰呵呵一笑说。

“你等着我批准还有意义吗？”向志远说。

15

苏小凡是在被分配好的第二家医院门口，给赵英杰打的电话。

“怎么了小凡？”赵英杰接通电话后问。

“我姨夫跟我小姨吵架，从医院出走了。现在大家都在找，你能陪着我去找找吗？”苏小凡说。

“这怎么找啊？北京这么大。”赵英杰说。

“那也得找啊，他还带着伤呢。”苏小凡说。

“这样吧小凡，你先来一趟我家，我送你个东西，然后……”赵英杰还没说完，在一旁听着的向志远一听不妙，便伸出胳膊一把抢过赵英杰的电话，直接挂断了。

“你就这样出卖我啊。我原本以为来你家比较安全呢。原来你也是一个早被策反的人。”向志远紧握着手机说。

“我不想欺骗小凡。”赵英杰说。

“哟哟哟。赵英杰，赵总，我一直觉得你在女色上油盐不进呢，原来是闷骚一个啊。你不想欺骗小凡，那你就能出卖朋友啊？”向志远说。

“赶紧把电话给我，电话响着呢。一会儿小凡该多想了。”赵英杰说。

“不给。”向志远说。

“你让她先来，她看到你在这儿，保证不会说。”赵英杰说。

“怎么可能啊。”向志远不屑地说。

“你自己想想。”赵英杰说。

“哦，也对，给你吧。你这个叛徒。”向志远说着把手机递给了赵英杰。

16

在梅亚楠、金一娜和窦斌奔波在各大医院的时候，苏小凡来到了赵英杰家。

当赵英杰打开门，把苏小凡迎进门后，苏小凡看到趴在沙发上的向志远，是一阵窃喜又一阵激动。

“姨夫，你怎么在这儿啊？大家都在找你呢，都找疯了。我得赶紧给我小姨他们打个电话，告诉他们我找到你了。”苏小凡走过来说。

“小凡，你怎么来了？”向志远趴在那儿不动声色地问。

“我这不是找你吗？”苏小凡说。

“你怎么知道我在哪儿呢？”向志远问。

“英杰，不是，赵总告诉我的啊。”苏小凡这时才意识到自己要暴露了。

“小凡，你跟赵英杰什么关系啊？”向志远看看苏小凡，又看看赵英杰问。

“没什么关系啊。”苏小凡依然掩饰地说。

“那你给你小姨打电话吧，就说我在赵英杰家呢。”向志远激将苏小凡。

苏小凡看了看站在一旁的赵英杰默不作声，便意识到自己的姨夫向志远应该知道了自己跟赵英杰之间即将开始的关系。苏小凡本来想跟赵英杰相处一段时间，让自己的感情稳固一些，有经得起别人摧残的能力后再公开。但现在还没正式开始，向志远却已经知道了。苏小凡知道如果现在就公开自己跟赵英杰的恋情，无疑是要给自己还没有温度的恋情加把霜，这对她的恋情的形势太不利了。

“姨夫……”苏小凡突然撒娇了一声，“那我不说，你也别说。”

“这就对了嘛。”向志远呵呵一笑说。

17

就这样，苏小凡跟向志远为了各自的小打算，做了一个简单的交换，却让梅亚楠跟金一娜以及窦斌跑遍了整个北京城的医院，一直跑到深夜。

当金一娜跟窦斌拖着疲惫的身体回到家的时候，才发现金一娜妈还没有休息。

“妈，都这么晚了，你怎么还不睡觉啊？”进了门的金一娜说。

“睡不着。”金一娜妈说。

“失眠了？”窦斌问。

“是啊，失眠了。”金一娜妈说。

“妈，你的睡眠质量不是挺好的吗，怎么就突然失眠了？”金一娜不解地问。

“还不是担心你们俩。”金一娜妈说。

“我们在一块儿，你有什么担心的。赶紧去睡觉吧，这都快凌晨了。”金一娜坐到老太太旁边说。

“北京的治安还是比较好的。”坐到一旁的窦斌说。

“我不是担心这个。”金一娜妈说。

“那你担心什么？”金一娜问。

“小向为什么跑走啊？”金一娜妈问。

“夫妻俩闹了点别扭。”金一娜说。

“窦斌不是说亚楠不能生了吗？”金一娜妈说。

“没有的事儿，人家亚楠就是身体出了点儿问题。妈，你别乱说啊。”金一娜说完又对着窦斌说，“窦斌，这就是你给我妈解释我们干什么去了啊？”

“我说的不是实话吗？”窦斌说。

“一娜，亚楠是不是跟你同岁啊？”金一娜妈又问。

“对啊。”金一娜说。

“你再不跟窦斌抓紧的话，唉……”金一娜妈叹了口气说。

坐在一旁旁听的窦斌这才明白，丈母娘这哪是失眠睡不着觉，这是等着给他上课呢。

“妈，你别胡思乱想了，我身体好着呢。妈，你睡吧。”金一娜说。

“在我睡前，再跟窦斌聊几句。窦斌，不耽误你休息吧？”金一娜妈说。

“不耽误，不耽误。”窦斌说。

“你对亚楠跟小向的事儿，是什么看法？”金一娜妈看着窦斌问。

“他们可能是命不好。”窦斌知道老太太这是想往什么方向引导他，他便偏不正面回答。

“这命吧虽然是天注定的，但事儿是人做的。我觉得不是他们的命不好，是他们一直拖着不生才把身体给拖垮的。”金一娜妈说。

“妈，你分析得挺在理的。”窦斌捧老太太的臭脚说。

“你看一娜跟亚楠同岁，你不怕把一娜的身体也给拖垮了吗？”金一娜妈说。

窦斌没想到老太太竟然还是能找补回来。

“我们现在已经很积极了，你不信问一娜。”窦斌觉得跟丈母娘讨论夫妻这些事，总有点儿怪怪的，便把话头交给了金一娜。

“一娜是我生的，我知道一娜是什么样的孩子。窦斌，一娜太爱你了，有几个女人愿意跟着一个男人十几年，连结婚的事儿都不提的。”金一娜妈把话头又接了过来。

“妈，我真生。要不我给你发誓。”窦斌说。

“窦斌，你不用发誓，我就要你一句话，到底生不生？妈相信你是一个有良心的人。”金一娜妈说。

“妈，你都说我是一个有良心的人了，我能不生吗？”窦斌说。

“那好，你们早点儿睡吧。”金一娜妈说

“那成，妈你也早点儿睡。”窦斌无奈地说。

“对了，窦斌，明天我就不跟着你了。我想一个人出去转转。”金一娜妈又说。

“妈，你认识路吗？”金一娜说。

“放心，我不认识了就打出租，你就别担心了。”金一娜妈说。

第二十章

1

每一个墨黑色的夜色里，总会有很多人无法入眠。

每一个无法入眠的人，都是被生活这张网纠缠住，无法逃脱。

梅亚楠身心疲惫，她是多么想美美地睡上一觉，期待着天一亮，一切都如昨天般的平静。但，她一闭上眼睛很多事儿都开始在她脑际间旋涡式地浮现，让她不得不把刚闭上的双眼再次睁开，盯着漆黑一片的空间。

梅亚楠这样翻来覆去了很长时间，就打开床灯，穿着睡衣下了楼，走到酒柜前，拿出了一瓶红酒，刚打开瓶塞，正准备往杯子里倒的时候，便被今晚住下来的梅老爷子喝止住了。

“老二，别喝了，你现在的身体不适合喝酒。”站在楼梯口的梅老爷子目光深邃地望着梅亚楠说。

“爸，你怎么还没休息？”梅亚楠握着酒瓶转过头去，看着梅老爷子说。

“我也睡不着。”梅老爷子走过来，从梅亚楠的手里接过红酒，又放回去说。

“我妈睡了吧？”梅亚楠说。

“睡了。咱爷俩坐到沙发上聊会儿天？”梅老爷子说。

父女俩面对面坐在客厅里。

“老二，你就别想那么多了。”在梅亚楠跟梅老爷子坐在沙发上，沉默一段时间后，梅老爷子开口说。

“爸，我知道是我的不对，但我真想不到志远会这样做。”梅亚楠说。

“你既然知道自己不对了，为什么不能让别人也做不对的事儿呢？跟你比着做错事儿，比对着你沉默好多了。很多时候很多事情，你不说，我也不说。就这样，沉默着沉默着就变了，想着想着就会算了。志远这样做虽然有点儿欠考虑，但你不觉得他这是在意和挽留你不去法国的一种方式吗？老二，你说你不对，你知道你错哪儿了吗？”梅老爷子说。

“不就是不应该在我目前的身体状况下，跟他执拗着较真去法国吗？”梅亚楠说。

“这只是诱因，志远之所以不跟任何人打招呼就出院，是因为他觉得你不在乎他。他现在住着院，你还惦记着工作，按时上班，放在任何一个男人身上都会感觉受到冷落。不错，你这样做是一个好员工，能得到领导的赏识，但给你一个温暖的家的永远是你的丈夫，那个叫向志远的人。人啊，就是没什么想要有什么，有什么不珍惜什么，失去什么才明白什么，明白了什么后却也挽回不了什么了。老二，你就犯了这个毛病。你跟志远的生活已经算是衣食无忧了，你还为了一个升职，非要把本来平静的生活打乱。你们已经为了追求各自的事业，走了一回弯路了，为什么还要重复往日的悲剧呢。”梅老爷子说。

“爸，当我知道我得这个病的时候，我就知道我的生活已经不会平静了。”梅亚楠打断梅老爷子的话说。

“唉……”梅老爷子微叹了一口气，“一切都还来得及，事情还不算太糟，剩下的就看你们俩怎么相处了。不早了，明天你还上班，早点儿休息吧。爸相信你能把这事儿处理好。”

2

很多时候，生活总会突如其来给人一记响亮的耳光，让人从迷失中清醒过来，然后再跌入下一个迷失之中。

梅亚楠第二天一大早到了公司，然后等到昨天跟总经理约好的时间，就直奔总经理办公室。当梅亚楠把自己不想去法国的想法说出来的时候，让总经理着实大跌了一番眼镜。

“为什么啊？”总经理不解地问。

“如你昨天所说的，工作很重要，但婚姻更重要。”梅亚楠含糊其词地说。

“我还真没听过升职能毁掉家庭的。亚楠，如果你就这样放弃了，你是了解咱们公司晋升规则的，失去这一次机会，那机会就很渺茫了。你是我一手提拔上来的，你这个莫名其妙的决定，我是不会答应的。我劝你回到办公室再考虑考虑，实在不行就放下目前手头的工作，回到家认真地想想。”总经理说。

“我知道您很器重我，但现在我真的已经力不从心了。就算我去了法国，我也不能安心地待下去。”梅亚楠说。

“亚楠，你家里是不是出什么事儿了？如果你需要处理，我可以给总部打报告，拖延你去法国的日期。”总经理说。

“别了，我还是把这个机会让给别人吧。”梅亚楠很无奈地说。

“亚楠，你不觉得你就这样丢失掉这样的机会，很可惜吗？你为了工作、为了事业连孩子都没有生，现在终于算是熬到头了，怎么就能轻言放弃呢？这就是你要给你坚持这么多年的交代吗？”总经理说。

“我现在的决定就是在为当初的决定埋单。我病了，有可能不能生育了。”梅亚楠吐了一口气说。

“啊。”总经理惊讶了一声，“什么时候的事儿啊？”

“有一段时间了。”梅亚楠说。

“既然这样，那我给总部打一个报告吧。”总经理摇着头很无奈地说，“亚楠，我真为你感到可惜。”

“谢谢，这个你也给我批了吧。”梅亚楠说着把一张 A4 纸递给总经理。

“你要离职？”总经理把梅亚楠递过来的 A4 纸拿起来一看，又是一阵惊讶，“亚楠，你疯了吧。”

“我已经想不到比这样做，更能在我丈夫面前证明其实我多么地想给他生一个孩子了的方式。我只能这样做，我这算是一种迷途知返吧。”梅亚楠说。

“亚楠，离职不能说明你很爱这个家。你这是一种很愚笨的做法。生不是一个人的事儿，不生也不是一个人的决定。家庭是两个人的集合，所有的矛盾不能让一个人来承担。”总经理说。

“没错。生不是一个人的事儿，不生也不是一个人的决定。但不能生，就是一个人的问题了。这是中国思维，我们任何人都改变不了这种已经植入在血液里的思维。当我知道我有可能不能生的时候，我才知道中国的丁克只是在给自己不想生找一个借口。当发现不能生的时候，才开始惶恐不安，当时誓死要做丁克的理由，再也不能安慰不能生的事实。”梅亚楠说。

“我知道你现在压力很大，你可以申请一个长假，我马上给你批。”总经理说。

“您就把离职报告给我批了吧。我想让自己彻底放空下来。我想明白了，如果我们想让生活过得圆满一些，我们必须用一些东西做交换。我现在就用我当初认为会幸福的生活再对赌一次目前想要的幸福生活。”梅亚楠说。

3

梅亚楠就这样离职了，离开了她工作将近九年的公司。此刻的梅亚楠是一个从美梦里醒来后要寻找美梦中美好的人。

梅亚楠在午饭的时候约了金一娜。

“你就这样离职了？”金一娜听说梅亚楠离职后，惊讶不已。

“对啊，离职了。重走青春都能让人接受，我重走婚姻比他们靠谱多了。”梅亚楠说。

“你连人都不去找，跟谁重走去啊。”金一娜接着说。

“他要想让我找到，自己就回来了。他躲起来，就是用一种极端的方式告诉我不能去法国，我现在已经不去了，他的目的也达到了。我要先彻底过几天自由的日子。”梅亚楠说。

“你赶紧把病看好，才是正事儿。你都吃了这么长时间药了，有没有点儿反应啊？”金一娜转了一个话题问。

“暂时还没有。你妈什么时候走啊？走之前，我得请你妈吃个饭。”梅亚楠说。

“我妈且走不了呢，现在正盯着窦斌起劲呢。”金一娜说。

“今天又去跟着窦斌走了？”梅亚楠呵呵一笑说。

“没有。昨天我妈知道你身体出问题后，把你跟向志远当反面教材跟窦斌交流了很长时间。估计怕再跟着窦斌，怕窦斌真起了逆反心理，就自己出去玩儿了。”金一娜说。

“我带着你妈玩儿吧。我现在自由人一个。”梅亚楠说。

“嗨。咱俩现在都深处在水深火热之中，还是各顾各吧。你这离职是被迫呢，还是自愿的啊？”金一娜说。

“当然是自愿的了。”梅亚楠说。

4

因为向志远的私自出院，让苏小凡跟赵英杰的恋爱时间整整提前了二十四个小时。

赵英杰上午把公司的事儿处理完，下午开着车带着苏小凡去了长城。

“咱们这是去哪儿啊？”出了市区后，苏小凡问赵英杰。

“长城。”赵英杰说。

“去那儿干什么啊？”苏小凡不解地问。

“到了你就知道了。”赵英杰故意卖关子不说。

“昨天，我是不是不给你打电话，你就不告诉我姨夫是被你接走了？”苏小凡说。

“对啊，你姨夫不让我说啊。”赵英杰简略地说。

“那你为什么又让我去你家呢？”苏小凡又问。

“我只是不想在我们开始之前，就让你觉得我不真诚。”赵英杰说。

“你是不是已经想到，就我们俩目前这种状况，我根本不会在我们家人面前公开咱俩的关系。”苏小凡说。

“算是。”赵英杰说。

5

苏小凡跟赵英杰来到了慕田峪长城脚下，二人爬到长城游客稀疏的地方，便停了下来。

这个季节的慕田峪长城，正是红叶繁茂的季节，一眼望去火红一片。

“小凡，你来过这里吗？”赵英杰望着远方说。

“来过一次。上学的时候，跟着同学一块儿来的。”苏小凡说。

“我常来这里，已经来过上百次了，每次我难以抉择的时候，就会来爬长城。”赵英杰说。

“难以抉择？赵英杰，你不是要告诉我，你来这里是重新做抉择来了吧？”苏小凡有点儿恍然地说。

“我是让你做抉择。”赵英杰说。

“是我追的你，我有什么可做抉择的。”苏小凡说。

“小凡，我这个岁数已经不适合谈恋爱了，而你的这个年龄正是一个收获爱情的季节。但你要的爱情，我肯定给不了你，我只能让你收获婚姻。”望着远方的赵英杰缓缓地转过身来望着苏小凡说。

“你不是要跟我求婚吧？”苏小凡有点儿不能相信似的看着一脸严肃的赵英杰说。

“对，我来这里就是跟你求婚。”赵英杰说。

“一天恋爱都不谈？”苏小凡说。

“一天都不谈。”赵英杰说。

“赵英杰，你是惧怕爱情，才这样做呢？还是真的想跟我结婚呢？”苏小凡问。

“我只是在做我这个年龄该做的事儿。”赵英杰说。

“这就是你所说的抉择？”苏小凡问。

“是的。”赵英杰干净利索地回答。

苏小凡跟赵英杰就这样对望了很长时间，苏小凡的脑袋瞬间一片空白。苏小凡开始质疑发生这一切的真实性。

“你喜欢我吗？”苏小凡跟赵英杰对望很长时间后，突然张口问。

“我第一次见你那天是 8 月 6 日，距今天 107 天。你的生日是 10 月 21 日。你喜欢收集糖果纸。你喜欢吃糖醋里脊。你的手机号码是……”赵英杰突然褪去往日深沉严肃的外衣，像一个初恋的羞怯的孩子似的。

“我同意嫁给你。”苏小凡突然打断赵英杰，说。

“你可想好了？”赵英杰说。

“我想好了。”苏小凡用力地点点头，坚定地说。

赵英杰没有再说话，而是掏出手机，拨了一个号码，没等对方接通，赵英杰就挂掉了。然后不一会儿，就有一个人从缆车上下来，手里捧着一大束玫瑰花向他们走过来，走到赵英杰身旁，然后递给赵英杰，便转身离开了。

苏小凡看着赵英杰手里捧着的那一大束玫瑰花，她更是无比地惊讶。

6

向志远趴在床上看着赵英杰，赵英杰也目不转睛地看着向志远。

“你跟小凡求婚了？”向志远颇为惊讶地问。

“求了。”赵英杰很从容地回答。

“小凡答应了？”向志远又问。

“你说呢？”赵英杰说。

“老赵，你们了解吗？就这样就求婚。”向志远说。

“你追亚楠的时候，你了解亚楠吗？”赵英杰反问。

“你们刚确定关系，就求婚，你是不是怕我泄露出去，然后你就先赶紧确认关系，开始布局你的下一步。”向志远说。

“你说的是我顾虑的一个因素。”赵英杰说。

“老赵，我给你说啊。就算你们俩确定了关系，小凡答应了你的求婚。但你们也是万里长征的第一步，后边儿依然还有很多同志对你们围追堵截。虽然，你姨夫我相信你会对小凡好，会给小凡幸福，但我还是希望你要在见到你未来的丈母娘之前，不要跟小凡有实质的进展。”向志远说。

“你放心好了。我不会伤害小凡。你打算什么时候回家啊？”赵英杰说。

“你跟小凡浮出水面的时候，我不就浮出水面了吗？我不急。”

向志远说。

“你就不怕亚楠跟你真较真，真一走了之吗？”赵英杰说。

“你知道结婚证是干什么用的吗？嗨，跟你说你也不懂。”向志远蔑视着赵英杰说。

7

向志远跟赵英杰正在聊天的时候，梅家所有的人也正聚集在梅亚楠家吃饭。

“对了，我给大家宣布一个消息。”在吃饭的时候，梅亚楠突如其来的一嗓子，让大家都停下吃饭，把目光都聚集在了她的身上，“你们都这样看着我干吗？”

“你不是又要去法国了吧？”梅老太太小心翼翼地问。

“法国去不成了，我离职了。”梅亚楠说。

“离职？”苏小凡听到自己小姨梅亚楠这样一说，含在嘴里的米饭一下子咽了下去，然后很惊讶地看着梅亚楠。

“老二，你这唱的哪出啊？上赶着去法国，去不成法国，就离职？你做事儿能不能不这么极端啊？”梅亚非也不可思议地说。

“我极端吗？我这是深思熟虑的。”梅亚楠很从容地说。

“离了也好。生了孩子再去工作也行，先好好儿在家养病。”梅老爷子说。

“老二，你赌着气干什么啊？”梅老太太说。

“我没赌气啊，我真是深思熟虑的。”梅亚楠说。

“我吃饱了，你们慢慢吃。”正在一家人聊梅亚楠离职的事儿的时候，苏小凡放下碗筷，就去了楼上。

苏小凡到了楼上，就拨打了赵英杰的电话。正在跟向志远闲聊的赵英杰接起了电话。

“你跟我姨夫在一块儿吗？”苏小凡问。

“在呢。”赵英杰说。

“你告诉我姨夫，我小姨离职了，不去法国了。我姨夫离家出走的目的已经达到了，已经可以回家了。”苏小凡说。

“你跟你姨夫说吧。”赵英杰说。

“我不说了，你就转告一声吧。”苏小凡说。

“怎么了？”等赵英杰挂了电话，向志远问。

“小凡让我告诉你，亚楠离职了，你可以回家了。”赵英杰皱皱眉头说。

“真的假的啊？”向志远有些不相信地说。

“小凡是说假话的人吗？”赵英杰说。

“完了完了。”向志远苦着一张脸说。

“怎么完了？这不是你想要的吗？”赵英杰说。

“这哪是我想要的啊。你知道夫妻幸福法则是什么吗？”向志远盯着赵英杰说。

“我怎么会知道。”赵英杰说。

“对。你就是一个老光混，你怎么懂夫妻的事儿呢？”向志远蔑视着说。

“我现在已经不是了。”赵英杰说。

“那你也是沾了我们家的光。”向志远说。

“得了，现在把你送回家？”赵英杰问。

“再等几天回，这样让亚楠也能放松几天。今天回了，这太明显了。她一离职，你就把我送回家了。这不是明摆着有人通风报信吗？你不担心我把你跟苏小凡的关系今晚就曝光的话，你就把我送回去。反正，我是一个经不住诱惑的同志，美色一用我就会全招了。”向志远说。

8

金一娜一进家门就被她妈给叫了过去。

“窦斌还没回来？”金一娜问。

“还没呢。”金一娜妈说。

“妈，你今天自己玩儿得怎么样？”金一娜又问。

“还行吧。我给你们买了点儿东西。”金一娜妈说。

“买的什么啊？”金一娜不解地问。

“你过来，跟我进房间来。”金一娜妈说着就拉着金一娜进了次卧。

“妈，你这神神秘秘的干什么啊？”走进卧室后，金一娜问。

“把门关上。”金一娜妈看着站在门口的金一娜说。

“多值钱的东西啊？这么小心翼翼的。”金一娜把门关上后说。

这时，只见金一娜妈从一个口袋里掏出一个黑色方便袋，打开黑色方便袋，里边儿又一个红色纸袋。

“这是什么啊？”金一娜走过去看着老太太小心翼翼一层一层地打开。

“好东西。”金一娜妈说着打开了最后一层包装。

当金一娜看着老太太打开后，瞬间木讷在那儿了。看到袋子里装着整整一袋子男女性爱时的保健品，什么调情香水，什么男性延时喷雾……

“妈，这就是你要送给我们的礼物？”金一娜很惊讶、很不解、很疑惑地问。

“对啊。”金一娜妈转过头看着金一娜说。

“妈，你想干什么呢？”金一娜困惑不解。

“你说干什么？让你给我生外孙。你察觉不到窦斌对生孩子这个事儿，还是很不情愿吗？”金一娜妈说。

“再不情愿，你买这些东西他就情愿了？”金一娜说。

“反正能起点效果。”金一娜妈说。

“妈，你这礼物，我真没办法收啊。你要送直接送给窦斌去。”金一娜说。

“胡闹。哪有丈母娘给姑爷送这个的。你就说你自己买的。你看到没，这个就是能让男人有兴趣的。”金一娜妈说着拿出一个盒子。

“我觉得妈给女儿买这些东西也挺不合适的。妈，真没必要。不是你女儿不领你的情，是这些东西我自己都不好意思拿给窦斌。妈，你是怎么好意思去店里买的？”金一娜说。

“我好意思？我今天一天转了好几条街，我才扯掉我这张老脸去买的。”金一娜妈说。

的确是这样的。老太太在大街上转了一整天，徘徊在了很多家性保健品店门口很久，最后硬着头皮才进了一对夫妻开的一家店。

“妈，这样。明天我陪着你把这些退回去行吗？”金一娜说。

“退什么退，你到底给不给窦斌用。”金一娜妈说。

“不给。”金一娜脖子一梗说。

“真不给？”

“真不给！”

“那行。我既然能厚着脸皮去买这些东西，我就能厚着脸皮给窦斌。你不给，我自己给。”金一娜妈说。

“妈，你这样会让人家笑话的。”金一娜说。

“我怕什么怕。你要是不生，我才是被人家笑话呢。”金一娜妈说。

“行行，我给我给。”金一娜说。

9

这包东西是在睡觉前金一娜才拿给窦斌的。

“送你礼物你要不要？”金一娜脸上敷着面膜拎着一个袋子，对着坐在电脑前盯着电脑屏幕看着照片的窦斌说。

“你这是要贿赂我吗？”窦斌转过身来看着金一娜说。

“是的。”金一娜说着把这一包东西放到了窦斌面前。

“分量还挺重。”窦斌拎了拎，然后又放到桌子上说。

“打开看看吧，看看喜欢不喜欢。”金一娜站在窦斌的身后说。

“这么有分量，不会是切糕吧？”窦斌说着就打开了，打开一看先是愣住了，然后便是一阵爽朗的笑声，“一娜，可以啊，现在越来越讲究了。”

“我妈买的。”金一娜扯掉脸上敷着的面膜说。

“是吗？我有这样体贴的丈母娘，真幸福。”窦斌拿出一瓶调情香水看着，变了一种口气说，“一娜，你觉得寒碜吗？”

“窦斌，我知道你就会这样说。”金一娜坐到床上说。

“一娜，我没有生气。我也理解你妈想抱外孙的心情。但你能不能跟咱妈说，别用这样的奇思妙想行吗？你在你妈面前可能觉得没什么，我现在都不好意思在你妈面前待着了。一会儿“潜伏”，一会儿又这。”窦斌指了指袋子里的保健品对着金一娜说。

“你要痛快地生，我妈能这样吗？你妈要是没外孙子，指不定用更绝的方法呢。”金一娜说。

“咱俩别吵。因为老人的一片心意，吵架太愧对老人了。咱俩捋捋。你看啊。孩子我说跟你生了吧？你相信我吧？但你妈不相信我，所以才给我买这些印度神油。生孩子不是一朝一夕的吧？不是说今儿生、明儿就能怀上的吧？那么你一天不怀上，你妈就会认为我不想跟你生，或者认为我不能生，你妈估计给我看病的心都会有了。生孩子，最近你也研究得差不多了吧？生孩子是需要环境的对吧？那咱俩生孩子的环境是什么？是旁边儿住着一余则成。就算我现在说生，总觉得有人在窥听夫妻的事儿，我肯定心里有一种不安的情绪，这不安的情绪就关系到生育质量。你明白我什么意思吗？”窦斌说。

“窦斌，你想让我妈走，你就明说，你少拐弯抹角的。”金一娜说。

“我真没那意思。大逆不道的事儿我真干不出来。”窦斌说。

“那你什么意思？你这不是嫌我妈碍事儿了吗？”金一娜说。

“我真没这意思，我发誓，我要是有赶丈母娘走的想法，我生不出孩子。”窦斌指天发誓。

“你这誓发得真够随你心的。”金一娜说。

“那我要有这想法，我下辈子做你儿子成吗？”窦斌又说。

“我也知道我妈这样做，伤你的自尊。但我妈又不是机器人，能受我控制。你不能让我对一个心存善意的老太太大发雷霆吧。”金一娜说。

“发火肯定是不行的，心平气和地跟老太太谈都会伤害到老太太。你看这样行吗？”窦斌突然停顿住了。

“赶紧说。”金一娜催促。

“你让我出去躲几天。”窦斌看着欲要张嘴打断他的金一娜，便接着说，“你先听我说，我说完你再发表你的意见。你看啊。老太太已然成了咱俩生孩子的监督员。但老太太这监督员做得还挺称职，连怀孕过程都监督上了。你也知道你妈是一个老麻将迷，抛弃成都麻友耗在北京，就是为了监督我呗。如果我暂时离开北京一段时间，你妈是不是自己就回成都了。然后咱俩是不是就有一个生孩子的良好环境了。那就可以爱在哪儿生就在哪儿生，客厅、卧室，哪怕是厨房呢，都不用顾忌了。是不是这个道理？”

“是这个道理。”金一娜盯着窦斌若有所思地说。

“是吧。”窦斌说。

“但我就是不同意，以后你连四环都别想出。我一会儿就给我妈说，从明天开始要继续对你寸步不离地跟踪。你少拿这些糊弄三岁孩子的推理糊弄我。”金一娜说。

“我糊弄你干什么啊？我就跟你坦白了吧。我要参加一个摄影比赛，但我现在根本没有现成的作品，我要出去拍片。”窦斌见金一娜如此坚决的态度，就知道给金一娜讲道理摆事实已经完全行不通了，便从柜子取出包，然后把邀请函拿出来给金一娜看。

“合着你早就预谋好了啊，你这是拿我妈当挡箭牌啊。”金一娜有点儿生气地说。

“你真不同意我去吗？”窦斌有问。

“不同意！”金一娜很决绝地说。

“你不同意，我就不去了。”窦斌说。

“窦斌，你这种以退为进的办法，现在已经没用了，我已经不吃这一套了。我现在告诉你四个字。”金一娜说。

“快去快回？”窦斌打断金一娜的话说。

“没戏！睡觉！”金一娜说。

10

“我不同意。”金一娜妈把筷子往桌子上一扔。

“妈，就让他去吧。这个摄影大赛对窦斌挺重要的。”金一娜说。

窦斌低着头吃早饭，闷不作声。

“重要？你们到底分得清什么重要什么不重要吗？”金一娜妈很生气地看着窦斌说。

“妈，窦斌也就去一个月，一个月就回来了。”金一娜继续说服老太太。

“你给我闭嘴。”金一娜妈指着金一娜说，然后注视着窦斌，“窦斌，得个奖有那么重要吗？你就不能为一娜考虑考虑吗？”

窦斌依然低着头不说话。

“窦斌，你不说话是吧？那让我这个老太太跪下求你是吧？”金一娜妈说着就站起来，把餐椅往后拉了拉。

“妈，你这是干吗？”金一娜急忙起身过来走到老太太身边扶住，

“窦斌你说句话啊。”

“窦斌，一娜真是看错你了。她让你跟她生一个孩子，真的有这么难吗？你四处找借口。你真不怕寒人心吗？生孩子是你们两口子的事儿，我这个老太太本不应该插手。但你有没有想过，一娜是我的孩子。我不能让自己的孩子受着委屈，我这个当妈的一句话都不说。一娜爱你，所以她时时都为你考虑。她让你去，也是支持你。那你为什么就不能支持一娜一次呢？”被金一娜搀着的金一娜妈说。

“妈，您别说了。我不去了。”窦斌说着缓缓地抬起头看着对面的母女二人，“但我要为我自己辩解一下。我虽然有过跟一娜不生孩子的想法，但那真是我以前的想法。我窦斌虽然不是一个善良的人，但我还不至于浑蛋到这种地步，分不出谁对我好，我该报答谁。我知道，任何一个母亲，当看着自己的女儿跟着一个男人生活了十几年，连生一个孩子的权利都得不到的悲哀。所以，我理解一个母亲所有的举动。一娜是一个好女人，我真的不会伤害一娜，因为我也爱一娜。这次我出去拍片儿，真不是逃避，事儿真的是碰到一块儿了。我知道因为我上次的举动，让您对我产生了提防，这是我咎由自取的结果，怨不得别人。那现在就让我为这个苦果埋单吧。妈，你们慢慢吃，我吃完了。”窦斌说着就起身出了家门。

“妈，让他去吧。”等窦斌走去后，金一娜看着自己的妈说。

“孩子，妈真觉得你把一辈子给这样的一个男人挺不值的。”金一娜妈看着门的方向。

“妈，窦斌没你看到的那么不是东西。他除了在生孩子上跟我有意见分歧，其他的时候不是对我挺好吗？你也不是没看到。”金一娜说。

“妈老了。有些事儿，本该放下的，但看着你现在这样子，我真是放心不下。”金一娜妈说。

“妈，你真的想多了。你看你女儿都这么一把岁数了，怀上也是高龄产妇了。高龄产妇在怀孕前要做很多准备的。窦斌现在出去拍片几个月，也正好让我调节调节身体。”金一娜说。

“高龄产妇？你当时想生的时候，怎么就没用借口束缚自己呢？一娜，你这辈子就毁在了爱这个字上。你就为他辩解吧。”金一娜妈说。

“妈，你就别担心了。你当时不是给我说，要让一个男人完全把心放在家里，就让他在外边儿玩够吗？我现在就让窦斌出去玩个够，然后我们再安心地过日子。再说生孩子，也不是说生就生的嘛。”金一娜说。

“好吧。既然你都放他走了，我阻拦也于事无补。不过一娜，你听妈一句劝，以后不能再这样惯着窦斌了。”金一娜妈叹气说道。

“妈，咱吃饭。不跟他生气。”金一娜说。

“不吃了，你给我买一张回成都的机票吧，我回去了。”金一娜妈说。

“你怎么说回去就回去呢。”金一娜说。

“你都把窦斌放走了，我在这儿也没什么用了。我还是回家跟那些老邻居打几圈麻将，过几天安生日子去吧。”金一娜妈说。

第二十一章

1

金一娜又一次为了支持窦斌的事业，把自己生孩子的计划推后了。

在窦斌跟葛爱军启程的前一个晚上，金一娜跟窦斌躺在床上聊了很久，两个人像是刚好上却即将要分别的恋人似的。

“窦斌，真的没有下一次了。”金一娜说。

“一娜，我真的谢谢你对我这么支持。我知道我有些事儿做得挺伤你的心的。但有些事儿，真不是我有意的。最后一次，等我回来，等回来我们就把孩子生了。你替我给你妈道个歉。”窦斌说。

“别了。当我把孩子生了，我妈自然而然就原谅你了。”金一娜说。

“你是不是特别恨我？”窦斌说。

“没有，只是有时候心里挺难受的。”金一娜说。

“一娜，你要相信我，我真不是有意要伤害你。”窦斌说。

“我相信你，这也是我最后一次相信你。窦斌，所有人都说我特别放纵你，你觉得是吗？”金一娜说。

“这不叫放纵，这叫爱。”窦斌贫嘴说。

“那你觉得愧对我的爱吗？”金一娜说。

“咱俩都这岁数的人了，就别矫情了。”窦斌说。

“窦斌，我妈走了。”金一娜说。

“我知道。”窦斌说。

“我妈是来参加我们俩的婚礼的。”金一娜说。

“等我回来，回来我们就把婚礼办了，孩子也生了。”窦斌说。

“我觉得我挺对不住我妈的。我总是为了得到自己的爱，然后伤害我妈的爱。我妈真的挺不容易的。”金一娜说。

“一娜，咱不煽情了好不好。等我回来，我把这几年亏欠你的全部补回来。我以后保证甘为你的孺子牛。”窦斌说。

“早点儿睡吧，明天你一早跟爱军还要走。”金一娜说完就把她那边儿的床灯关了。

“那谁走了吗？”窦斌说着撑起身体，把头伸到金一娜的脸上。

“谁啊？”金一娜问。

“你说呢？”窦斌说。

“讨厌，走了。”金一娜说。

“那我走之前先播一回种，这次要是有了收获，我回来就不用再劳神劳力了。”窦斌说着就扑向了金一娜。

2

梅亚楠跟金一娜坐在一家咖啡馆的角落里。

“老向还没回去？”金一娜问。

“没有。”梅亚楠说。

“那你也不去找找。”金一娜说。

“他要想让我找到，就自己回来了。”梅亚楠说。

“窦斌走了，去西藏了。”金一娜说。

“去西藏找窦蔻了？”梅亚楠问。

“他说要参加一个摄影大赛，去拍片了。走了好几天了。”金一娜说。

“窦蔻不是也在西藏吗？”梅亚楠说。

“由着他去吧，不管是拍片还是去找窦蔻。”金一娜说。

“你怎么突然变得这么洒脱了？不像你啊。”梅亚楠说。

“再不放窦斌走，孩子更没办法生了。我妈逼窦斌逼得太厉害。”

金一娜说。

“不就是总跟着窦斌吗，这有什么啊。谁让他有做结扎的想法呢。”梅亚楠说。

“要这样，我也就不在意了。我妈先是监督我跟窦斌的房事，昨天直接去给我们买了很多房事保健品。”金一娜很无奈地说。

“真的啊。”梅亚楠一听扑哧笑了一声，“阿姨真够可以的。”

“我本以为我妈真能给窦斌制造出来一点儿压力呢。没想到我妈制造的压力太大了。”金一娜端起咖啡杯喝了一口说，“一会儿你去干什么？”

“去一趟4S店。”梅亚楠说。

“去那儿干什么啊？”金一娜问。

“你家窦斌把我车胎扎了，我一直用着备胎呢。”梅亚楠说。

“这么长时间，你都没去换啊？”金一娜很诧异地说。

3

或许上天是眷顾苏小凡跟赵英杰的恋情的，让苏小凡在一场爱情开始之前失去工作，有大把的时间浸泡在爱情的幸福之中。赵英杰完全不像这个年纪的人，每天跟苏小凡黏糊在一起。一个中年男人对爱情的期待，比青春期的男孩更加浓烈。

此刻的苏小凡跟赵英杰刚在一家餐馆吃完饭，两个人开车驰骋在路上。

“英杰，你不用总陪着我，你去忙工作吧。”坐在副驾驶座上的苏小凡说。

“后天，我要去一趟上海，这几天就多陪陪你吧。”赵英杰说。

“啊，你要去上海？要去几天啊？”苏小凡问。

“一个星期左右。”赵英杰说。

“这么长时间啊。”陶醉在幸福里的苏小凡有点儿失落。

“要不你跟我一块儿去，反正你现在也不用上班。”赵英杰说。

“不行不行。我不上班这事儿，我家里都不知道。突然消失了，那还不把我妈给急死啊。”苏小凡说。

“这事儿最好别隐瞒，还是给他们说了吧。”赵英杰说。

“先不说了。你这几天不是要去上海吗？我就去找找工作呗。”苏小凡说。

“要不你干脆别上班了。”赵英杰说。

“你养着我？”苏小凡说。

“不行吗？”赵英杰说。

“不行。我必须上班，不然我苦读了这么多年的书，不是都浪费了。我要是提前二十年就知道会跟一个这么有钱的人过日子，我肯定不会像当年那么用功读书了。”苏小凡说。

“好吧。”赵英杰呵呵一笑说。

“咱们这是去哪儿啊？”苏小凡问。

“到了你就知道了。”赵英杰说。

“这几天我听你这句话都听了无数次了，你就不能先告诉我吗？你不能总给我制造惊喜，惊喜多了也会扛不住的。”苏小凡说。

“谁让你非要跟我了，我积攒了这么多年的激情，还不得都在你身上爆发完。”赵英杰说。

4

梅亚楠跟金一娜把车驶进4S店，工作人员给她换新轮胎的时候，两个人就进了客户休息区去等待了。

两个人刚坐下没一会儿，旁边就有一对夫妻因为买车意见不合，争执了起来。起初是各自压低声相互辩驳，没一会儿就发展成了指着彼此的鼻子相互大骂起来。

梅亚楠跟金一娜见此状面面相觑。

“咱们还是出去走走吧。别在这儿坐着了，跟幸灾乐祸的围观群众似的。”金一娜说。

“走吧。”梅亚楠回应说。

“你说为了买一车吵成这样，至于吗？”金一娜跟梅亚楠走出4S店，金一娜说。

“这算什么啊。你去售楼中心看看，当场闹离婚的都有。”梅亚楠很不屑地说。

“是吗？”金一娜呵呵一笑，然后把目光聚焦到了远处正在拉扯的两个人，“你看那一对，也有吵架的苗头了。”

“我早就屡见不鲜了。”梅亚楠说着把目光也注视了过去，然后又看着还在眺望的金一娜，“我怎么看着那两个人的身影那么熟悉呢？”

“这么远，你看谁都觉得是熟人。”金一娜说。

“一娜，你仔细看看。看看那个女孩像不像小凡。”梅亚楠说。

“你别说，还真有点像，要不过去看看。”金一娜注视着远方不太确定地说。

没错，正是苏小凡跟赵英杰。赵英杰刚才说到了就知道的地方，就是汽车交易中心，他想给小凡买一辆车。当赵英杰带着苏小凡走进4S店，赵英杰告诉苏小凡自己的打算后，苏小凡当场就拒绝，转身走出了4S店，才造成刚才拉扯的一幕。

“我真不要，咱们走吧。”苏小凡挣脱开赵英杰牵着的手说。

“小凡听话。有了车，你去找我就方便了不是。”赵英杰说。

“你让我一工薪阶层开一豪车，太不协调了。”苏小凡依然推辞。

“小凡你就拒绝我吧。除了我跟你求婚你答应得痛快，其他的你是一概拒绝。你就不担心我有情绪吗？”赵英杰说。

“我这不是想零存整取吗？咱先不买了。你看你让我突然开一车回家，我也没办法给家里交代不是。”苏小凡依然拒绝。

“有什么不能交代的。小凡，等我从上海回来，我就去你们家，把咱俩的关系公开。”赵英杰说。

“那就等咱俩把关系公开了再买好不？”苏小凡说。

“今天买，刚才4S店的销售不说也没现车吗？咱过段时间再过来提车。”赵英杰苦劝。

“那跟过段时间再买也没什么分别不是。英杰，你就让咱们的感情在结婚之前别裹进太多物质的东西好吗？”苏小凡说着靠紧赵英杰，然后依偎在了赵英杰怀里。

“苏小凡！”正在苏小凡跟赵英杰你侬我侬的时候，已经走过来的梅亚楠一嗓子砸了过去。

相拥在一起的苏小凡跟赵英杰听到梅亚楠的声音不约而同地把目光转移了过去，然后瞬间分开来了。两人像是一对早恋被家长逮到的孩子。

“小姨，你怎么在啊？”苏小凡有点儿慌乱不安。

赵英杰沉默不语。

5

梅亚楠、金一娜、苏小凡、赵英杰四人一同来到了一家咖啡馆。四人彼此面面相觑，都不知道该说什么。

“呦，看来你们都发展到求婚阶段了啊。小凡你够可以的啊。”就在苏小凡端起咖啡杯刚抿一口那一瞬间，梅亚楠看到苏小凡右手上戴着一枚戒指的时候，冷嘲热讽地说。

“亚楠，我有必要跟你解释一下。”赵英杰说。

“赵总，你不觉得你俩挺不合适的吗？”梅亚楠说。

“英杰，要不你先回公司吧，我跟我小姨聊聊。”苏小凡知道梅亚楠会为难赵英杰，便对赵英杰说。

赵英杰看得出来在这种状态下，他跟梅亚楠也聊不出什么，便起身跟梅亚楠告辞了。

“小姨，不要这样吧？”当赵英杰走后，苏小凡嬉皮笑脸地对着梅亚楠说，然后又看看金一娜，“一娜阿姨，你帮我说句话啊。”

“小凡，你跟赵英杰在一起多长时间了？”赵英杰一走，梅亚楠就问苏小凡。

“很长时间了。”苏小凡很从容地回答。

“你这样对得起你妈吗？你就不怕你妈伤心吗？”本想控制情绪的梅亚楠，最后还是语气生硬地说。

“小姨，我怎么对不起我妈了？”苏小凡反问。

“小凡，我也觉得你们俩挺不合适的。”金一娜开口说。

“我就知道你会有这样的反应。”苏小凡端起咖啡杯又喝了一口说，“小姨，既然你已经知道了我跟赵英杰的关系，也就相当于家里人都知道了，那我也就没有必要再隐瞒了。小姨，你想说什么就说什么吧。反正现在我已经答应了赵英杰的求婚。过一段时间，我们就结婚了。”

“你觉得可能吗？”梅亚楠冷笑一声。

“为什么不可能呢？”苏小凡说。

“因为家里所有的人都不会同意。”梅亚楠说。

“这些不重要。”苏小凡说。

“小凡，这些很重要。跟一个不合适的人在一起，是不会幸福的。”金一娜说。

“你们怎么就知道我们会不合适呢？我们不就是有年龄差距吗？没有爱过没有在一起，你们怎么就断定我们不会幸福呢？”苏小凡问。

“因为我们是过来人。”梅亚楠说。

“那你们还都觉得自己爱情婚姻都挺合适的，日子不也过成了现在这样吗？所以，小姨，既然你知道了也就不用我再想办法费尽心机地告诉你们了。你们有这样的反应，我早就想到了。你可以尽情反对，我妈也可以，我姥姥也可以，我姥爷也可以。这是你们做长辈的权利。”苏小凡说。

“这么说你跟赵英杰誓死要在一起了？”梅亚楠问。

“是的。”苏小凡说。

“所有的后果都不考虑？”梅亚楠说。

“我早就考虑好了。”苏小凡说。

“小凡，在你跟赵英杰第一次见面的时候，我就看出来你们俩会发生些什么，现在真的发生了。如果我没记错的话，当时我给你说了一些话。我希望你认真地去想想。爱情跟婚姻都不是儿戏，一旦错了，真的无法挽回。爱情跟婚姻是一把利剑，它能刺穿生活的阻碍，也能利伤两个人的心。你现在跟赵英杰热恋，所以你察觉不出生活会给爱情跟婚姻带来的种种困惑。但有些伤害，开始就可以不发生的。但你跟一个大你这么多的男人过日子，这些都不会不发生。”金一娜劝解说。

“一娜，你别给她讲这些道理，她现在早就鬼迷心窍了。”梅亚楠说。

“小姨，既然你说我鬼迷心窍，那你就让你这个鬼迷心窍的外甥女给你讲讲，她是如何被鬼迷的。我六岁的时候，苏林森就走了。我从未像别的孩子一样得到过父爱，但你们知道我是多么地期待这种爱吗？没错，你们是对我倍加关爱呵护有加，处处都为我考虑。但这两种爱真的能替补吗？我内心那种父爱缺失，让我像一枚从树上孤独无助飘落的枯叶，伴随着我整个成长过程。但我又不能表现出来，我怕伤害到梅亚非，我知道梅亚非其实比我可怜多了。所以，几个月前苏林森突然回来，他让我非常惶恐不安，但我考虑到梅亚非的感受，当然我内心对苏林森也是爱恨交加，所以我不跟他相认。当那天你带着我跟一娜阿姨去吃饭，我看到赵英杰那一瞬间，我内心深处像是看到父亲般的温暖，那一刻我才知道我要找一个什么样的人做终身伴侣。你们或许觉得，我这不是寻找婚姻，而是在寻找父亲，找寻自己需要的一种安全感。开始的时候，我也这样怀疑过，我躺在床上还暗骂自己太过于自私。但我慢慢地发现事情不是这样的。因为，我每次看到赵英杰，不只是有温暖有安全感，我还有一种心跳加速的感觉。人的一生注定会遇到两个人，一个惊艳了时光，一个温柔了岁月。但我遇到赵英杰后，我在他身上这两种感觉都体会到了。小姨，事实就是这样，这就是你鬼迷了心窍的外甥女。”苏小凡声情并茂说完便起了身，“小姨、一娜阿姨你们等着取车吧。我先走了。”

“小凡、小凡，你回来。”梅亚楠看着苏小凡离去的背影喊。

“小姨，我该说的都说了，我再坐着也不知道该说什么了。”苏小凡转过身说，“对了，还有一件事儿告诉你，我姨夫这几天一直住在赵英杰家，你找个时间接一下吧。”

6

“一娜，你说我是该支持小凡呢，还是该反对呢？”苏小凡走后，梅亚楠若有所思地看着金一娜问。

“我也不知道了。”金一娜说。

“你不是爱情课代表吗？你帮我分析分析。”梅亚楠说。

“反正听小凡这么一说，我觉得小凡不是冲动。不过就算让小凡跟赵英杰分开了，她还会找一个类似赵英杰这样的。因为她知道自己需要什么样的感情，你们只能阻止她跟谁，不会改变她选择的类型。”金一娜说。

“那我支持？”梅亚楠。

“赵英杰靠谱吗？”金一娜问。

“人不错。”梅亚楠说。

“那你自己看着办吧。”金一娜说。

“唉。我还是先把向志远接回家吧。他在赵英杰家住了那么长时间，肯定比我清楚。”梅亚楠说。

“你看你，因祸得福了吧。你在赵英杰身边安插了一卧底。”金一娜说。

“卧底？”梅亚楠说着哼了一声，“他要是卧底，早就跟我说了。就算是卧底，也被赵英杰给策反了。”

“你们家的生活真丰富，跟谍战片似的。”金一娜呵呵一笑。

“丰富多彩的生活一定会有雷电风雨。我真怕我姐姐知道苏小凡跟一个大她二十岁的男人在一起，并且私订了终身，她会受不了。”梅亚楠叹息一声。

7

车胎换好后，梅亚楠把金一娜送回家，就去赵英杰家接向志远了。

梅亚楠摁响赵英杰家门铃的时候，向志远正跟赵母坐在客厅里聊天，向志远把赵母逗得合不拢嘴。

“我去开门，你回来接着给我讲。”赵母笑呵呵地站起来说。

“好。”坐在沙发上的向志远笑着说。

赵母打开门，看到一个陌生的女人站在门外。

“你找谁？”赵母便问。

“我是向志远的爱人梅亚楠，我来接他了。”站在门外的梅亚楠说。

“你出差回来了？”赵母问。

“出差？”梅亚楠一愣，“对对，出差回来了。”

“小向，你爱人来接你了。”赵母把梅亚楠请进来，对着坐在客厅里的向志远说。

当向志远听到赵母说梅亚楠来的时候，便把目光投了过去，这个时候梅亚楠已经跟赵母走进了客厅。

“阿姨，这几天真是给你添麻烦了。”梅亚楠很客套地对着赵母，却看着坐在那里的向志远。

“不麻烦不麻烦，志远在这这几天，给我讲了很多笑话呢。这几天志远恢复得也不错，都能走路了。”赵母对梅亚楠说，“不过亚楠，我得批评你了，志远都这样了，就应该先把工作放一放。过日子得分得清轻重。”

“阿姨，你就别教育她了，我让她下回注意就成了。”向志远说着缓缓地站起来，“阿姨，你看我爱人来接我了，故事接着给你讲不了了。”

8

向志远跟梅亚楠上了车，梅亚楠就卸去了刚才在赵英杰家的和颜悦色。向志远见梅亚楠一副深沉的脸，知道自己主动跟梅亚楠说话肯定会自讨一个没趣，便也没有说话。

梅亚楠开出别墅区，在马路上走了一段，便把车停到了路边儿，然后把车熄了火，摘掉安全带，转过身去看着向志远。

“在回家之前，咱俩先谈谈吧。别把以前的不愉快再带回家。”梅亚楠说。

“成，谈吧。”向志远说。

“我想你已经知道我离职了。”梅亚楠看着向志远说。

“是的，我知道了。”向志远说。

“这结果你满意吗？”梅亚楠问。

“满意。”向志远说。

“满意就好。”梅亚楠说。

“但我不希望咱俩以后在生活中遇到什么事儿，你就用这种方式来解决。”梅亚楠说。

“我这是被你逼出来的。还有，我得给你解释一下上卫生间的事儿，只是上了卫生间。”向志远说。

“我知道。”梅亚楠说。

“你知道，那你当时还那么大的反应？”向志远说。

“如果换作是我，你会有反应吗？”梅亚楠反问。

“我会对你寸步不离，所以换作你，那事儿根本就不会发生。”向志远说。

“行，是我太意气用事了，我给你道歉，对不起。”梅亚楠说。

“老夫老妻的歉就不用道了。我从医院里跑出来，也不对。但我这样做，就是为了让你想清楚什么是主要的什么是次要的。如果我不这样做，咱俩真的就有可能被一张机票给毁了。我真的没想到你会离职，我的本意也不是让你离职。你现在既然离职了，那就好好地养病吧。既然我们选择了悔丁，那我们必须为此做出牺牲。”向志远说。

“我离职不是因为像你所说的分清了生活的主次，而是我怕了。我怕咱俩真因为生孩子这事儿闹得劳燕分飞。当你从医院跑出来，用这么极端的方式来处理，我才知道你对生孩子这事儿是多么地在意。咱俩曾经为了所谓的事业，放弃生孩子的最佳时期。现在，我们想要孩子的时候，却发现并不是那么如人所愿。就像你所说的，我们选择了悔丁，我们必须为此做出牺牲。但志远你要清楚地知道，我们是悔丁，而不是毁了感情和婚姻。”梅亚楠说。

“亚楠，我已经说过了，我不会因为最终你不能生，就把我们苦心经营这么多年的婚姻摒弃，我只是不想留下遗憾。你为此在事业上做出的牺牲，我很感谢你。我也知道当初选择不生，就是为了所谓的事业为了所谓的自由，我们追寻了这么多年，当我们发现我们得到了，才发现我们失去了最重要的。当然，这不是你一个人的错，我也是罪魁祸首。所以，所有的结果都不应该你一个人承担。我还是那句话，我只是不想留有遗憾。”向志远说。

“好，那我们说开了吧？”梅亚楠望着向志远说。

“说开了。”向志远回应。

“那我们就此翻篇吧？”梅亚楠说着的时候电话响了起来。

“就此翻篇，接电话吧。”向志远说。

“我妈的电话。”梅亚楠拿起电话一看是她妈来的电话，“怎么了？妈。”

“老二，你现在没事儿吧？”梅老太太一副很兴奋的语气。

“没事儿啊，怎么了？”梅亚楠说。

“小凡带着男朋友来家里，你要没事儿，就先回家来吧。”梅老太太很高兴地说。

“看你高兴的。那行，我一会儿就回去。”梅亚楠说完就挂了电话，看着向志远说，“暴风雨要来了。”

“怎么了？”向志远问。

“小凡要带着赵英杰回家了。”梅亚楠说。

“早晚会有这一天的。不过，听妈的口气不是挺高兴的吗？”向志远说。

“如果家里知道小凡带回去的是一个大她那么多的男人，还会高兴吗？他们现在还以为小凡带的男朋友是她一同学呢。”梅亚楠说。

“那这就去你妈家？”向志远问。

“对啊。”梅亚楠说。

“那我别去了。”向志远说。

“怎么？你一会儿有事儿？”梅亚楠问。

“没事儿啊。你妈现在还不知道你已经接到我了吧？我跟你一去，到时候是你妈爸开导我们还是处理苏小凡跟赵英杰的事儿？我就别去添乱了，还有赵英杰跟我这么熟，我到时候到底该说什么呢？”向志远说。

“那行。那你自己先打车回家去吧。”梅亚楠说。

9

苏小凡跟梅亚楠在咖啡馆聊完，走出来的时候，才发现赵英杰并没有走，而是站在咖啡馆的不远处，等着苏小凡。

“小凡、小凡。”苏小凡一走出咖啡馆，赵英杰就招呼苏小凡。

“你怎么没走啊？”苏小凡走到赵英杰身边儿，然后问。

“这个时候，我怎么能扔下你一个人呢。你小姨是不是骂你了？”赵英杰问。

“没有。”苏小凡故作轻松地说。

“你就别考虑我的感受了。关于这些事情，我早就想过无数次了。”赵英杰说。

“我选择爱你，这些我必须面对。”苏小凡说。

“这些只是我们俩万里长征的第一步。接下来，还有你妈你姥姥你姥爷，我们要真正地过五关斩六将。”赵英杰说。

“英杰，你不会退缩吧？”苏小凡突然有点儿顾虑地说。

“我怎么会呢。现在你小姨已经知道了咱俩的关系，在你小姨让家里人都知道之前，我觉得我们还是主动告诉他们吧。小凡，你做好准备了吗？”赵英杰说。

“当然。”苏小凡说。

“那你给你妈打电话，告诉他们晚上我请他们吃饭。我们的感情不能太被动。”赵英杰说。

“今天吗？”苏小凡说。

“今天。我本来想等我从上海回来呢，看来现在不能等了。”赵英杰说。

“那好，我现在就打。”苏小凡说。

“到车上打吧。咱们去给你妈你姥姥你姥爷去选点儿礼物。”赵英杰说。

10

向志远打车回到阔别几天的家，让他有一种比以往出差几个月回来更亲切的感觉。向志远回到家的第一件事，就是上楼在自己的床上躺了一会儿，然后才起来去找自己的手机。

当向志远找到自己手机的时候，发现手机已经没电了。他充上电，然后打开机便瞬间进来了很多条短信，他一条一条地看完，筛选出来那些必须回的，把其他的全都删了。他把有必要回的短信，又分类出那些是必须马上处理的，然后就给律师事务所的其他律师打了电话，告诉他们哪些事情需要马上处理。向志远忙完这些，都已经下午六点左右了。这个时候，他才感觉到肚子有点儿饿，便想给自己鼓捣点东西吃。但自己受伤的胳膊，依然被绷带缠着，根本没办法去做，他便把手机从充电器上拔掉，刚放进兜里准备下楼去吃饭的时候，手机突然响了。

向志远笨拙地又把手机掏出来一看，是程圆圆打过来的，他便接了起来。

“向律师，终于联系上你了。”向志远接起电话，程圆圆便说。

“这几天手机一直关机了。有事儿？”向志远呵呵一笑说。

“你身体好点儿了没？”程圆圆问。

“好多了。能走路了，就剩下愈合伤口了。”向志远如实回答。

“那就好那就好……那你方便出来一下吗？”程圆圆问。

“如果不是什么急事儿，改天好吗？”向志远说。

“事儿挺急的。我有一个朋友跟合作人出现了经济纠纷，现在被逼得已经走投无路了。我想请你帮帮忙。这个案子应该属于你受理的案子范畴之内吧？”程圆圆说。

“嗯，那好，你约个地方吧，我过去。”向志远略微思索了一下说。

11

梅亚楠到了娘家，发现不光苏小凡跟赵英杰没到，连梅老太太跟梅老爷子也没在家。

“小凡跟她男朋友呢？”梅亚楠一屁股坐到沙发上说。

“还没到呢。”把门关上的梅亚非说。

“爸妈呢？”梅亚楠又问。

“去饭店订包房了。”梅亚非说。

“在家吃不就行了。”梅亚楠说。

“小凡刚才打电话，人家要请咱们出去吃。爸妈觉得人家来家里做客，不该让人家请，就先发制人，先去饭店把位置定下来。”梅亚非说，“对了，找到志远了吗？我给你说啊老二，爸妈这段时间可为你把心都操碎了。你别看爸妈不问你，其实他们比你都急。爸妈之所以不问，就是怕再给你制造压力。”

“我知道。”梅亚楠说。

“你这几天去医院做检查没？”梅亚非坐到梅亚楠身边儿问。

“检查了。”梅亚楠说。

“有什么好转吗？”梅亚非问。

“还没有明显反应。”梅亚楠说。

“那正好，一会儿小徐要来，你也再问问。以后咱们就是一家人了，你就别怕麻烦人家了。”梅亚非说。

“哦。”梅亚楠很无奈地回了一声。

就在这个时候，梅老太太跟梅老爷子开门进来了。

“老二来了啊？”梅老爷子进了门，看着正在跟梅亚非聊天的梅亚楠问。

“小凡也不提前打个招呼，还好我跟你爸去得及时，不然连位子都订不上了。”梅老太太唠唠叨叨地说。

“现在年轻人不都这样吗？连婚都能闪了，何况带着男朋友让你们见见呢。”梅亚楠想给梅亚非、梅老爷子、梅老太太打一下预防针，“如果小凡要闪婚，你们接受吗？”

“小凡要是跟小徐结婚，也不算闪了啊。都认识那么长时间了。”梅老太太坐到对面的沙发上说。

“小凡是一个靠谱的姑娘，她不会做不成熟的决定的。我是充分相信咱家小凡的眼光。”梅老爷子很喜悦地说。

“对了对了，老大，你是不是得给人家小徐准备点儿礼物啊？”梅老太太像是突然醒悟似的。

“我们是娘家。妈，你别那么激动好不好。跟我的闺女嫁不出去似的。”梅亚非乐呵呵地说。

“就是。小徐是好，我们家小凡也不差啊。”梅老爷子说。

“我是觉得这个小徐真不错，现在咱们就对小徐好点儿，以后小凡嫁过去不吃亏不是。”梅老太太笑着说。

“妈，你就淡定一会儿吧。人咱也见过，又不是第一次见了。”梅亚非说。

“好好好。你赶紧给小凡发一个信息，告诉她我们已经把饭店订好了，就别让小徐订了。”梅老太太说。

梅亚楠见一家人都为苏小凡带着男朋友前来而兴奋不已，她却不知道该说什么好了，她知道家里这一副家和万事兴的景象，即将要被一场暴风雨给洗刷了。

12

苏小凡接到梅亚非短信的时候，正跟赵英杰拎着一堆东西从商场里出来。

“英杰，我姥姥姥爷把饭店订好了，让咱们直接去饭店。”苏小凡看完短信，对着赵英杰说。

“真有点儿愧对两位老人啊。真不知道两位老人看着你带去的是一个我这样的人的时候，他们会不会对你失望。”赵英杰有所顾虑地说。

“就让他们慢慢接受吧。”苏小凡说。

“你真不怕伤害他们？”赵英杰问。

“赶紧走吧，别想那么多了。你要是不想去了，现在还来得及。”

苏小凡说。

“丑姑爷迟早要见丈母娘的。”赵英杰挤出一丝笑容说。

“那一会儿，我先回家一趟，把这些东西先送回家，你直接去饭店的包房里等着好吗？要是你直接跟我回家了，我想这顿就没得吃了。”苏小凡说。

“好。”赵英杰答应道。

第二十二章

1

苏小凡回到家看到梅亚楠坐在客厅里的时候，心里一紧。

“小姨，你也来了啊。”苏小凡有点儿怯懦地看着梅亚楠说。

“你这么大的事儿，我能不来吗？”梅亚楠说。

“小凡，你怎么一个人回来了？”梅亚非看着立在门口的苏小凡，见身后并没有跟随其他人。

“小徐呢？”梅老太太紧跟着问。

当苏小凡看到家里人并没有其他异常的时候，便知道小姨并没有预先公布自己跟赵英杰的事情。

“他先去饭店等着咱们了。”苏小凡拎着赵英杰买的一堆东西走到客厅中央，然后放到茶几上，“这些都是他买给你们的。”

“你非让人家破费干什么啊？”梅老太太盯着苏小凡放在茶几上的东西说。

“姑爷就应该这样，不先疏通丈母娘，丈母娘能给她好脸色吗？”梅亚非笑着说，然后站起来走到这一堆东西旁，看了又看，“都是高级货。”

“还真是，看来小凡找的男朋友是一有钱人家啊。”梅亚楠暗有所指地说。

苏小凡见梅亚楠这么说，也不知道该怎么回答，便只有微微一笑了。

“人都到了，咱们就赶紧过去吧。别让人家在那儿等着了。”梅老爷子催促道。

2

程圆圆把向志远约在了自己的一家咖啡馆。向志远一进门就被等候在门口的程圆圆给叫住了。

“向律师，你来了？”

“你朋友到了吗？”向志远问。

“这一整天他都在这了。”程圆圆说着伸出一只胳膊，“向律师，你这边儿请。”

“好，谢谢。”向志远很客套地回应。

“对了向律师，上次那事儿，没给你造成什么麻烦吧？”往前走了几步后，程圆圆问。

“上次？”向志远愣了一下，然后开玩笑地说，“没有没有。我跟我媳妇的感情犹如切糕，很有分量，我们俩都清楚别人对我们俩只能远观。”

“这样啊。”程圆圆微微一笑说。

当向志远跟随着程圆圆到达一个靠窗角落的位置时，就看到一个男人坐在那儿，一脸憔悴，满脸胡楂儿，像是一个很久没有睡觉的人，眼眶深陷。

“王帆，向律师来了。”程圆圆对着坐在窗边眺望着远方的男人叫了一声，然后又对着向志远说，“向律师你坐。”

“好，谢谢。”向志远坐下后道谢。

王帆不光神情憔悴，意识似乎也有些迟缓。他听到程圆圆叫他后，愣了好一会儿，才缓缓地转过头，然后呆滞地看着坐在他对面的向志远。

“王帆，这是向律师。”程圆圆坐到王帆旁边，又重复着给王帆介绍了一遍向志远。

“你好，向志远。”向志远说着伸出手，跟王帆握手。

“我不需要律师。”王帆双手紧握着咖啡杯，并没有伸出手跟向志远握手的意思。

向志远见坐在对面的男人如此这般，便把手缩了回来，尴尬一笑。

“王帆，你怎么回事儿啊你。”程圆圆有些生气地对着王帆说，然后又迅速地转换了一下情绪对着向志远说，“向律师，真对不起。他情绪不太稳定。”

“理解理解。”向志远说。

“圆圆，我不是给你说了吗？我不需要律师！”王帆对着程圆圆厉声说道，站起来又对着向志远说，“向律师，谢谢你能来，我真不需要律师。这一切都是我咎由自取的。”

“你能不能坐下来。”程圆圆看着站着的王帆说。

“你们聊，我先走了。”王帆说完就转身走了。

“王帆，王帆！”程圆圆叫了几声，也不见王帆转身回来，“向律师，真对不起。”

“没事儿，你这朋友破产了吧？”向志远看着程圆圆问。

“你怎么知道？”程圆圆好奇地问。

“一个男人只有两种情况下会有他这种状态，一种是失去初恋，一种是失去所有的金钱。他这岁数初恋可能都忘了，只能是失去所有的金钱了。”向志远说。

“我就是他的初恋。”程圆圆说。

“啊，哦，是吗？”向志远尴尬一笑说。

“不过他真的忘了我，要不是他破产，还真不会来找我……向律师，你看他的情绪不稳定，也没办法谈案子。让你白跑一趟，真是过意不去。”程圆圆说。

“没事儿，要不是有利可图我也不来不是。”向志远说，“你这儿有什么吃的，给我弄一点儿，饿了。”

“我出去请你吃吧？”程圆圆说。

3

当梅老太太、梅老爷子、梅亚非进了包房，看到一个四十岁左右的男人起身来迎接时，都以为进错了包房。

“服务员。”站在门口的梅老太太看了看站在包房里的赵英杰，便对着包房外喊了一声。

“妈，你不是都预订好了吗？怎么还坐着别人啊？”梅亚非抱怨了一句。

赵英杰虽然起了身，但他看到这种状况，也不知道该如何往下进行了，便把目光投在了跟梅亚楠站在一起的苏小凡身上。

站在一旁的服务员，听到呼叫，便匆忙地走了过来。

“请问你们有什么需要服务的？”服务员毕恭毕敬地说。

“没事儿，你先招呼其他客人去吧。”梅亚楠对着走向前的服务员说。

“什么没事儿啊？坐着其他的客人呢。”梅亚非对着梅亚楠说。

“他不是其他客人，他就是我的男朋友。”梅亚非说完，苏小凡便从门口走到赵英杰身边说。

苏小凡这么一说，除了梅亚楠之外，梅家所有的人无不惊愕，尤其梅亚非脑袋瞬间嗡了一下，险些摔倒在地。梅老太太有些不知所措，她像是看天外来客似的看着苏小凡跟赵英杰。梅老爷子相比而言要淡定很多，但他跟梅老太太和梅亚非一样，也觉得像梦境似的。

整个包房里，瞬间静止了，像是一幅画面，每个人都呆住了。梅亚楠看着这种状况，她知道该来的马上就来了，所以她便往前一步，“砰”的一声把门关上，才让所有的人都回过神来。

“小凡，你没开玩笑吧？”梅老爷子率先打破这种沉默僵持的场面。

“没有。”苏小凡很认真地说。

“大家坐吧，坐下来慢慢说。”赵英杰有些拘谨地说。

“苏小凡，我再问你一句，这到底是不是真的？”梅亚非似乎还存有一丝幻想，她觉得这是自己的女儿在跟她开一个玩笑。

“真的。”苏小凡逐字说。

“苏小凡，真有你的。你厉害。”立在门口一动不动的梅亚非望着苏小凡说。

“梅亚非，我希望咱们能坐下来说。”苏小凡对梅亚非说。

“我没什么可说的。你要还是我梅亚非的女儿，你就赶紧跟我走。”梅亚非对着苏小凡说，然后看到已经坐下的梅老爷子，“爸，你还真打算吃这顿饭吗？”

“你给我站起来。”站在一旁的梅老太太拉扯了一下梅老爷子，但梅老爷子依然纹丝不动地坐在那里。

“还是想请大家坐下来慢慢聊聊。”赵英杰说。

“没什么可聊的！苏小凡，你到底走不走？”梅亚非情绪异常激动。

“都给我坐下！先弄清楚什么情况再说行不行。”梅老爷子一拍桌子说。

“要坐你们坐，要吃你们吃，我走了！”梅亚非说着欲要出门。

“姐，别这样。先弄清楚，再走也不迟啊。”梅亚楠拦住梅亚非说。

“还不够清楚吗？”梅亚非挣脱开梅亚楠。

整个包房里的气氛异常凝重。虽然所有的人都坐了下来，但没有一个人先开口说话，所有的人似乎都在找一个突破口，打破这种沉默的局面。最终打破沉默的是服务员，敲门而进问是不是可以开始上菜了。

“待会儿吧。”赵英杰对站在门口的服务员说。

“你们都不说话是吧。那我说吧。”当服务员退出去后，苏小凡张口说，“他叫赵英杰，今年四十二岁，比我大近二十岁。如果我不提前说我要带男朋友回家的话，直接带回去，我姥姥跟姥爷可能觉得我是给梅亚非介绍对象呢。但赵英杰就是我的男朋友，今天我就算介绍给你们了。刚才你们的举动也已经告诉我，你们很吃惊，那么也就是你们不会让我们俩顺利了。但你们会这样我并不吃惊。”

“不是不顺利，是我们压根都不会同意。”梅亚非打断苏小凡的话说。

“你反对是无效的。感情是我的事儿，我长这么大也没跟你较过真，但我必须为我的感情跟你较真一次。因为幸不幸福只有我自己知道。”苏小凡说。

大家或许都没想到以前那么乖巧听话的苏小凡突然变成这样。

4

整场饭局虽然沉默的人占大多数，只有苏小凡跟赵英杰时有时无地说上一句。但这种情况也没有持续多久，在赵英杰刚想进入正题的时候，梅亚非却起身告辞了。

苏小凡本想叫住梅亚非，却被赵英杰拉住了。梅老太太跟梅老爷子也叹息着走了。梅亚楠看了一眼苏小凡跟赵英杰，便也跟着走了出去。

这场饭局没有赵英杰跟苏小凡预料的那么可怕，也没有他们预料的那么顺利。总之，他们俩要浮出水面的目的达到了。

当包房里只剩下苏小凡跟赵英杰的时候，他们俩很无奈地对视了一会儿。

“你回家吧？”赵英杰看着苏小凡说。

“不。”苏小凡说。

“我是让你回家安慰安慰你妈。”赵英杰说。

“你不会退缩吧？”苏小凡问。

“不会。这些我们又不是没预想到。”赵英杰说。

“英杰，你一定要扛住。”苏小凡又说。

“你放心。你看我刚才都没怎么说话，为什么呢？还不是让你妈、你姥姥、你姥爷发泄一下。当人的情绪发泄够了，也就变得平和了。后天不是去上海了吗，这两天你就好好地跟他们沟通沟通。等他们情绪平和了，我再登门呗。这事儿，咱们不能急。”赵英杰说。

“你记住，你跟我求过婚的。咱俩可是有一钻婚约的。”苏小凡看着手上的戒指说。

“小凡，我既然答应了跟你在一起，就不会退缩。所以，你不用担心我的情绪。这个时候，你应该安抚你妈、你姥姥、你姥爷。他们这个时候的情绪才真正需要人去安抚。”赵英杰说。

“我陪你坐一会儿吧。”苏小凡说。

“我真没事儿。刚才你妈说的都很在理，她没有对我破口大骂，已经是对我的恩赐了。赶紧回家吧。”赵英杰说。

5

梅亚非一回到家，就生气地把钥匙往地上一扔，然后怒视着梅亚楠。梅亚楠知道梅亚非此刻不光是生苏小凡的气，连她的气也开始生了。

“老二，你给我解释解释吧，他们俩是怎么好上的？”梅亚非说。

“我不知道啊。”梅亚楠说。

“你不知道。刚才那个姓赵的不是说你们认识，很熟吗？他不是让你担保他的人格吗？你怎么会不知道呢？老二，你太让我失望了，你就这样看着小凡误入歧途吗？小凡才二十四岁，她要跟着一个大她近二十岁的男人谈恋爱、结婚，这个男人你还认识，你现在说你不知道？你说给鬼，鬼都不信。老二，我是不想见到这个姓赵的，你去给我找那个姓赵的，你告诉他，如果我不死，他们俩别想在一块儿。”梅亚非说。

“姐，我去帮你说。但我必须跟你说清楚，我真的不知道。”梅亚楠为自己辩解说。

“我不管你知不知道。你在哪儿让他们俩认识的，你就在哪儿让他们俩分开。苏小凡要是还跟着这个姓赵的在一起，我就不认你这个妹妹。我活这么大，还没见过有你这样当小姨的，把自己的外甥女推到火坑里。梅亚楠，你真让我长见识。”梅亚非很不理智地说。

“姐，你真冤枉我了。”梅亚楠说。

“我冤枉你？”梅亚非冷笑一声。

“咱们等小凡来了再说行吗？你现在不冷静。”梅亚楠说。

“苏小凡不是你的闺女，是你的闺女你也不能冷静。你一个破丁克，你懂什么叫母爱吗？”梅亚非冷嘲热讽地说。

这时，走在后边的梅老爷子跟梅老太太也进了家门。梅老太太跟梅老爷子之所以晚回来，是因为他们知道赵英杰跟梅亚楠认识后，也大为惊讶，他们俩商量着回家后不能提梅亚楠跟赵英杰认识的事儿，不然容易让姐妹俩闹别扭。

梅亚非跟梅亚楠顾忌老太太跟老爷子的感受，便停止了争执。

“你说小凡怎么就找了一个这么大岁数的呢？她是怎么想的？”梅老爷子叹息着说。

“家里一个事儿接着一个事儿，我真不知道上辈子作了什么孽啊。”梅老太太很无精打采地坐回到沙发上说，“是不是小凡看上人家的钱了？”

“不可能，小凡不是这样的人。”梅亚非替苏小凡辩解。

“那她为什么找一个这么大岁数的，放着小徐那么好的小伙子不跟？”梅老爷子边琢磨边说。

“小凡要是一个爱慕虚荣的姑娘，她早就跟苏林森相认了。你们别诋毁小凡。”梅亚非又爱女心切地说。

“这跟苏林森有什么关系啊？”梅亚楠疑惑地说。

“上次我在收拾小凡房间的时候，发现了一张苏林森的名片，他现在已经是一个跨国公司的老总了。”梅亚非说。

“真这样吗？什么时候的事儿？你怎么没有跟我们说过啊？”梅老太太说。

“苏林森再有钱，也是他自己的。他就是当了美国总统，我也不会让小凡跟他相认的。我说了又能怎么样呢？他苏林森还是他苏林森，苏小凡还是我的苏小凡。”梅亚非咬牙切齿地说。

“现在你就别跟苏林森较劲了，赶紧想辙怎么劝小凡吧。”梅老太太说。

就在此时，苏小凡回到了家里。苏小凡一进家门，就见一家都用一种看新鲜人类似的眼光看着她。

“你们都在等着弹劾我是吧？”苏小凡关上门说。

“我们哪敢审判你啊？你现在攀上了高枝，我们拜你都来不及呢。”梅亚非蔑视地看着苏小凡。其实，梅亚非也想到了梅老爷子跟梅老太太不提梅亚楠认识赵英杰，是担心她们姐妹俩闹起来。所以梅亚非所有的情绪只能发泄给自己的女儿苏小凡了。

“既然你们在饭桌上都不说话，现在我回家了，那你们就可劲说吧。”苏小凡走到客厅中央，然后环顾一下四周都看着她的各位亲人。

“小凡，咱俩进房间里谈谈吧。你是我梅亚非的女儿，就先别再让你姥爷姥姥还有你亲爱的小姨参与了。咱俩也来一个母女式对话。”梅亚非说。

“行啊。”苏小凡说，“去你的房间呢，还是我的房间呢？”

“你的房间。”梅亚非说。

梅亚非说完，苏小凡就朝着自己的房间走去了，梅亚非紧跟着苏小凡。就在苏小凡踏进门的那一瞬间，梅亚非顺手把门关上了，并迅速地用钥匙把门锁住了。

“从今天开始，你就在家闭门思过吧。苏小凡，我梅亚非没什么本事，也就想不出什么高招。我觉得咱俩谈根本解决不了问题，你就在房间里自己反思反思吧。”梅亚非锁住门后，对着门喊。

“梅亚非，你这是侵犯人权。”苏小凡知道上了梅亚非的当后，在房间里大喊。

“我就侵犯你的人权了，你去告我吧。”梅亚非说。

“锁住管用吗？锁住人又锁不住心。”梅亚楠说。

“那能怎么样？我看着我自己的女儿就这样跟一个叔叔谈恋爱？老二，你少掺和，我不找你算账就是对你很大的恩赐了。”梅亚非说。

“我觉得还是跟小凡好好地谈谈比较好。有些话，你听了之后，或许就会明白小凡为什么找赵英杰了。”梅亚楠说。

“这样也能谈。又不是隔着十万八千里，门内门外，声大点儿就成了。”梅老太太说着就起身走到了苏小凡卧室门口，“小凡，你要吃什么喝什么，你大声喊啊。姥姥先给你做碗面去，刚才你也没吃几口。”

“爸，妈跟姐这样闹，你就不管管？刚才吃饭的时候，你们不说，也不问小凡为什么找赵英杰这样的人，就知道沉默。现在小凡回来了，那就好好地问清楚呗，问清楚小凡为什么选择这样的人。你们就这样把人给关起来，也不能解决根本问题啊。爸，你平时可是最疼小凡的。”梅亚楠对着坐在一旁的梅老爷子说。

“这事儿你就别管了，我来解决就成了。志远还没回家？”梅老爷子说。

“回家了。”梅亚楠说。

“那你赶紧回去吧。”梅老爷子说。

“那行，爸，我走了。”梅亚楠说。

“老二，你等会儿走。”梅亚非叫住梅亚楠，“你明天别忘了去找那个姓赵的，告诉他以后不准再跟小凡来往了。”

“你这一厢情愿的有用吗？”梅亚楠说。

“有用没用你都得说。反正我明天就去把苏小凡的电话给报停去。我让他们联系不上。”梅亚非说。

6

在这个饭局上，梅亚楠没吃丁点儿东西。梅亚楠把车停到小区门口，拿起电话正准备给向志远打电话问问他吃没吃饭，一辆车便从对面驶来，灯光从挡风玻璃上穿过，刺得她眼睛睁不开。梅亚楠正想转头避开灯光，却看到向志远从车上走了下来。梅亚楠正要摇下车窗去喊向志远，却又看到一个女人从驾驶位走了下来。梅亚楠探了探头，才看清楚那个女人是程圆圆。

程圆圆从车上下来后，便打开了后车门，从后排拿出了向志远的外套，然后递给了向志远。向志远接过外套感谢后，便转身走进了小区。

梅亚楠虽然并没有看到什么不该发生的事情，但她却还是有些生气。因为，当她把向志远从赵英杰家接出来后，向志远告诉她并没有事儿。

程圆圆驱车走后，梅亚楠便快速地开进小区，她要先于向志远到家，因为她要装作自己早就到家的模样，然后问向志远出去干什么了，跟谁在一起。她要看看向志远是不是如实回答。

向志远打开门后，看到梅亚楠坐在沙发上。

“你回来够早的啊？英杰是不是在你们家吃了闭门羹？”向志远笑呵呵地走了过来。

“情绪还都算稳定。”梅亚楠装作刚才的一切都没看到似的说，“你干吗去了？下午不是没事儿吗？”

“突然接了一个客户的电话，就出去了。”向志远说着坐到梅亚楠身边儿。

“女客户吧？不然你舍得带伤前去？”梅亚楠故意用调侃的语气说。

“看来卫生间事件给你留下后遗症了。不过挺好，说明你在乎我。

我发现你一不上班，瞬间就从一个女强人转换成了一个真正的女人了。看来工作能激发一个女人的雄性激素。”向志远呵呵一笑说。

“你少不正面回答，到底男的女的？”梅亚楠问。

“玩儿真的啊？”向志远看着梅亚楠说。

“男的女的？”梅亚楠又问。

“女的，程圆圆。”向志远说。

“算你老实。”梅亚楠说。

“这么说你知道我跟谁在一起了？”向志远说。

“是的，我在小区门口看到了。”梅亚楠说。

“行啊梅亚楠，现在学会怀疑我了。士别三日当刮目相看啊。”向志远说。

“没辙，做了全职太太就得把所有的精力用在自己的老公身上。反正你知道我不会闲着，以后看着你就是我的工作了。”梅亚楠说。

“那我真心希望你以后努力工作。”向志远说。

“必须这样。我以后是一个没有收入的人了，开销就仰仗你了。我必须为你努力工作，让你给我开更高的薪水啊。”梅亚楠说。

“你随便榨取，我身上的血都是你的。”向志远说。

7

苏小凡被梅亚非锁到房间后，跟她隔着房门大吵大闹了一会儿，发现根本没人理会后，就知道此刻的自己已经是梅亚非的监犯了，就算喊破喉咙也是于事无补的。苏小凡便躺到床上给赵英杰打了一个电话。

此刻赵英杰正坐在家里的客厅里跟赵母聊天。赵英杰一看是苏小凡的电话，就跟赵母道了晚安，上了楼。

当苏小凡告诉了赵英杰她现在的处境后，赵英杰不仅没有惆怅，反而乐了。

“你还笑，我都烦死了。”苏小凡撒娇地说。

“你妈又关不了你一辈子。等平静了，自然而然地就找你谈了。”赵英杰说。

“如果我妈真关我一辈子，你等我吗？”苏小凡突然矫情起来。

“你妈应该比你懂得容颜易老，怎么会关你一辈子呢。”赵英杰说。

“我问如果，你会等吗？”苏小凡问。

“咱俩都私订终身了，你说呢。”赵英杰说。

“那你说你爱我。”苏小凡说完后见赵英杰默不作声了，便又继续说，“你看我现在为了咱俩的感情，都被囚禁起来了，你得说点儿好听的，让我觉得这个世界还没那么悲惨。”

“回头说回头说。”赵英杰感到有点儿尴尬地说。

“算了算了。不为难你了。你没给阿姨说，你今天来见我家人的事儿吧？”苏小凡问。

“没有。”赵英杰说。

“那就好那就好。”苏小凡说。

“这几天你就在家里好好待着吧。等我从上海回来，就去你们家，把你解放出来。”赵英杰说。

“你千万别来，在我跟我妈谈妥之前，你最好别出现了，不然越来越乱。我有办法让我妈放我出去。”苏小凡说。

“什么办法？”赵英杰问。

“绝食。”苏小凡说。

“千万别。以暴制暴解决不了根本问题。你好吃好喝地在家待着就成了，就当给自己放了一假。”赵英杰说。

“人家度假住海景房，我这度假住监狱，也太悲惨了吧。”苏小凡说。

“反正你不能绝食，不能耍这小孩子脾气。”赵英杰说。

“好好，听你的。”苏小凡说。

8

苏小凡本来还有一个电话可以跟赵英杰联系，但第二天醒来后，给赵英杰打电话的时候，才发现自己的手机处于停机状态了。苏小凡便把电话往床上一扔，蓬头垢面趿拉着拖鞋走到了门口。

“梅亚非梅亚非，你给我过来。”苏小凡对着门喊叫。

“醒了啊小凡？饿了吧？想吃什么啊？姥姥给你做。”正坐在客厅里看电视的梅老太太跟梅老爷子听到苏小凡喊叫，梅老太太便走了过去。

“姥姥，梅亚非呢？”苏小凡站在卧室里问。

“你妈上班去了啊。”梅老太太说。

“姥姥你也学会撒谎了，她什么上班去了。她把我手机给弄停机了。”苏小凡生气地说。

“你妈也是为了你好，就停几天吧。”梅老太太说。

9

梅亚非拿着户口本去营业厅把苏小凡的手机报停后，就直接去了苏小凡的医院，她要去医院替苏小凡请假。

当梅亚非来到医院后，找到了苏小凡的主任，才得知苏小凡早就辞职了。本来就对苏小凡跟赵英杰交往的事已经伤怀的梅亚非，得知苏小凡离职后，对苏小凡更加失望。

梅亚非带着这种沮丧失望的心情，在医院门口站了一会儿，就拦下一辆出租车去找梅亚楠了。此刻的梅亚非已经找不到任何一个安慰自己的理由不去找梅亚楠算账了，苏小凡因为妹妹梅亚楠而结识赵英杰，又因为妹妹梅亚楠让苏小凡弄紫河车导致苏小凡失去工作。梅亚非觉得苏小凡本来应该平静的生活现在毁于一旦，全都拜妹妹梅亚楠所赐。梅亚非这种情绪一旦滋生，就瞬间发酵成了对梅亚楠的恨。

当梅亚非摁响梅亚楠家门铃的时候，梅亚楠正在给趴在沙发上的向志远换膏药。

“一会儿再贴，你先去开门吧。”向志远说。

“你先把膏药收起来，这味太难闻了。”梅亚楠说罢就起身去开门。

梅亚楠打开门一看，姐姐梅亚非愤怒地站在门外，就知道来者不善。

“姐，你怎么来了？”梅亚楠对着站在门外的梅亚非说。

梅亚非不等梅亚楠说完，就夺门而进怒气冲冲地进了客厅。她看到消失后又突然出现的向志远也没有过问，便坐在了沙发上。

“姐，你来了。”向志远看着怒气冲冲的梅亚非，还是客套了一下。

“梅亚楠，你给我过来！”梅亚非没有回答向志远的问候，而是从肩上摘下包，用力地往沙发上一摔说。

“姐，怎么了又？”梅亚楠有点儿胆怯地走过来问。

“梅亚楠，你对得起我吗？”梅亚非刚说一句，嘴唇就开始颤抖，鼻尖一酸，眼泪就流了下来。

“姐，有什么事儿慢慢说，别哭啊。”向志远赶紧从茶几上拿起纸抽递给梅亚非。

“老二，你是不是觉得我不够可怜呢？！你现在可劲糟践我，让我把仅存在小凡身上的希望都给浇灭了。”梅亚非抽出一张抽纸，擦着眼泪说。

“姐，我真没有把小凡介绍给赵英杰，我也不知道他们俩交往了。”梅亚楠看着梅亚非突然这样感到很费解。因为昨天在事实面前，都没见梅亚非这样。

“姐，小凡是不是出什么事儿了？”向志远急问。

“老二，我希望你以后不要再管我们家小凡的事儿了，不管你出于什么目的，关爱也好，疼爱也罢，你都别掺和了。我也不用你给那个姓赵的去掰扯了。你看在咱俩姐妹一场的分上，你就饶了小凡吧。”梅亚非哭哭啼啼地说。

“姐，我给你说多清楚才清楚呢。我对小凡怎么样，你又不是不清楚。你今天莫名其妙地说这些，你就不怕寒了我的心吗？”梅亚楠看着哭哭啼啼的梅亚非，很无奈地说。

“你寒心！小凡难道不是因为你才认识的那个姓赵的吗？现在小凡因为你又被医院解聘了。我跟苏林森离了婚，我对未来生活所有的希望都寄托在了小凡身上，现在都是你，是你把小凡给毁了。老二，我求求你，以后你就别掺和小凡的事儿了。你就让我自己处理吧，收收你对小凡的怜悯之心，让她过一个正常人的生活。”梅亚非说。

“小凡被医院解聘了？”向志远惊讶了一句。

“姐，小凡真的被医院解聘了吗？是不是因为我让她跟产妇要紫河车啊？”梅亚楠突然紧张地问。

“是不是已经不重要了。我今天来的目的就是告诉你，以后你不要掺和小凡的事儿了，我这个当姐姐的求求你了。以后你再管苏小凡，咱俩这姐妹真就没得做了。”梅亚非说完又擦了擦眼泪，便拎起包走了。

梅亚楠看着梅亚非离开的背影，本想叫住梅亚非，却没有张开口。

10

梅亚非走后，梅亚楠看着也愣在那里的向志远。

“我要去找赵英杰，我要让他离开小凡。”梅亚楠看着向志远说。

“你不是说要尊重小凡的选择吗？不阻碍小凡跟他在一起吗？”向志远说。

“不错。我本来是选择尊重小凡的，我也觉得当我姐知道小凡为什么选择赵英杰的时候，或许她也会重新考虑，也不会因为你我认识赵英杰，而再跟我针锋相对。但现在不一样了，小凡因为我离职了。我不能看着我姐被接二连三的事儿刺激而不管。”梅亚楠说。

“亚楠，这个时候你最好不要做决定。我觉得你现在是在为自己找一个心理平衡点。你要权衡清楚。你不能觉得你姐在生你的气，你不能觉得小凡因为你被医院解聘了，你不能因为想得到你姐的原谅，然后破坏小凡想要得到的幸福。你这是为了自己的幸福破坏别人的幸福。”向志远说。

“你怎么知道小凡跟英杰一定会走到最后，会幸福呢？”梅亚楠问。

“我当然不知道了，但我尊重每个人的感情。当小凡给你倾诉完内心，让你知道她为什么如此选择伴侣的时候，你不也选择了尊重小凡吗？”向志远说。

梅亚楠沉默不语。

“我也知道小凡被你姐一个人拉扯大不容易。每个当家长的都希望自己的孩子幸福，但他们所谓的幸福只是自己模式的幸福。你姐一个人把小凡拉扯大，她把她对生活的希望全都浇灌在了小凡身上，所以当小凡的生活中出现一点儿坎坷，你姐都会比小凡还要紧张。但事实不是这样的，小凡是一个自然人，她有追求和选择自己生活的权利，不管是爱情还是事业。你姐现在看到小凡如此不堪，是觉得小凡没有按照自己的模式活着。所以，你姐伤心。但小凡幸福不幸福这个结果，我们都不知道。我们把一个不知道结果的事情，就扼杀在源头，是不是太残忍了。你就让小凡跟赵英杰的感情顺利一些吧，就先不要掺和了。”向志远又说。

11

梅亚非回到家刚跟梅老太太和梅老爷子说一句话，正在卧室里发呆的苏小凡，就跟触了电似的“腾”一下站了起来，然后走到门前，用力敲响了门。

“梅亚非，你给我过来。”苏小凡大喊着说。

“妈，她把早饭吃了吗？”梅亚非不理会苏小凡的喊叫，继续跟梅老太太和梅老爷子聊天。

“吃了。”梅老太太说，“我还按照你的叮咛，陪着小凡去了卫生间。”

“老大，你这样关着不是事儿，你也不找小凡聊聊。这样关着根本不解决问题嘛。”梅老爷子说。

“我没有别的办法，我只能让他们见不着，让他们联系不上。”梅亚非说。

“你去医院给小凡把假请了？请了多长时间啊？”梅老太太又问。

“请了，先请了半个月。”梅亚非撒谎说。梅亚非不想把小凡被医院解聘的事儿告诉梅老爷子跟梅老太太，因为她知道最近家里发生的事儿太多了，如果再告诉他们小凡被医院解聘的事儿，怕他们扛不住。

“你找小凡去谈谈啊。关着她也不搭理她，你关着的意义又何在啊？”梅老爷子又说。

“爸，这事儿你就先别掺和了，我自有分寸。对了，我跟你们商量一个事儿，你们跟小凡换两天卧室住吧，你们卧室有卫生间。我一上班，小凡再以上卫生间之名想跑，你们拦都拦不住。”梅亚非说。

“你还打算长期关着小凡啊？”本来赞同梅亚非这样做的梅老太太也不解地问。

“等我找那个姓赵的谈好了，就放她出来。”梅亚非说。

这些对话苏小凡都听到了，当她听到梅亚非要对她长期关押的时候，她便更加用力地敲门了。

“梅亚非，你这样做是法西斯，你这样是徒劳的。”苏小凡站在卧室里喊叫。

“你别喊了，你喊破喉咙也没有用。”梅亚非对着苏小凡的卧室方向喊去，然后又对着梅老爷子跟梅老太太说，“爸、妈，你们千万别放她出来啊。你们别心软，现在心软就是害她。我去上班了，中午我回来就让小凡住你们卧室里去。”

12

梅亚非一走，梅老爷子跟梅老太太就来到了苏小凡卧室的门口。

“小凡，你就跟那个姓赵的分开吧，这样就不用被关了。”梅老太太说。

“姥姥，你就这样看着我妈关着我啊？”苏小凡在门里说。

“你妈也是为了你好。”梅老太太说。

“我们可以谈判啊。现在梅亚非连话都不跟我说，就这样把我关着。”苏小凡说。

“你妈说了先跟那个叫赵英杰的谈完，再跟你谈。”梅老太太说。

“行了行了。你就别在这儿添乱了，买菜去吧。”站在一旁的梅老爷子对着梅老太太说。

“姥爷你也在啊？你是一个开明的人，不能跟着梅亚非还有我姥姥一块瞎闹吧。”苏小凡说。

“小凡，姥爷也帮不上你啊。姥爷只能在和平的时候开明，一到事儿上，你姥爷的开明就不管用了。”梅老爷子说。

“你看着小凡啊，我去买菜了。一会小凡要什么，你就赶紧给她送进去。”梅老太太说。

“我知道，你赶紧去吧。”梅老爷子说。

13

苏小凡被关着这几天，梅亚非跟梅老太太轮换着在家盯着。梅老爷子总担心苏小凡这样被关在房间里被憋坏了，便会搬一个凳子坐在门口跟苏小凡聊天。就这样一直持续了好几天。

这天上午，梅亚非去上班了，梅老太太去菜市场买菜，家里就剩下梅老爷子跟苏小凡。

“小凡，饭吃了吗？”梅老爷子又搬着一张凳子坐在了关苏小凡的房间门口。

“吃了。”躺在床上望着天花板的苏小凡说。

“小凡，你过来跟姥爷聊会天。”梅老爷子说。

“姥爷，你又来探监了啊？我不跟你聊了。这两天好话都给你说遍了，你连让我在客厅里转悠转悠都不同意。我现在对你很失望。”苏小凡说。

“小凡，真不是你小姨把你介绍给这个赵英杰的？”梅老爷子突然说。

“不是。姥爷，我都跟你说了很多遍了，我小姨不知道。”苏小凡依然躺在床上说。

“那就好那就好。”梅老爷子说，“那你能告诉姥爷，你为什么非要跟着这个叫赵英杰的人吗？”

14

吃完早饭，向志远上卫生间的时候，电话突然响了。

“志远，你电话。”梅亚楠对着卫生间喊。

“你不知道我在上厕所还是怎么着啊？你接了不就行了。”向志远的声音从卫生间飘过来。

梅亚楠便趴到沙发上把向志远的电话拿了起来，当她拿起电话的时候却看到来电是程圆圆打过来的。梅亚楠看着向志远手机上闪动着的名字好一会儿，才把电话接了起来。

“喂。”梅亚楠接起电话后，便听到了程圆圆的声音。

梅亚楠并没有吱声。

“向律师，能听到吗？”程圆圆见没有回应之后便问。

就在这个时候，向志远从卫生间里走了出来。

“谁的电话？”向志远问。

“程圆圆的。”梅亚楠把手机递给已经走到她身边的向志远说。

“哦。”向志远应了一声，接过来电话贴在了耳朵上，才发现对方已经挂了，便很无奈地对着梅亚楠说，“挂了。”

向志远的声音刚落，手机就进来一条短信。

“这不是短信又进来了吗？”梅亚楠看着向志远说。

“向律师，不知今天你是否有时间？我那个朋友想约你谈谈他案子的事儿。”向志远看了看梅亚楠，才把短信内容读了出来。

“那赶紧去吧？”梅亚楠说。

“你不会怀疑这是我们俩的暗号吧？”向志远把手机收起来说。

“得了你，赶紧走吧。”梅亚楠说。

梅亚楠虽然把向志远放走了，其实还是有些心有余悸的。上次在门口看到程圆圆来送向志远，向志远虽然没跟梅亚楠撒谎，如实交代了，但程圆圆扶着向志远去卫生间的事的确给梅亚楠留下了阴影，因为她想了很多借口，都想不出一个只是跟向志远存在客户关系的女人怎么会扶向志远去卫生间。梅亚楠想着想着就开始狐疑了。

这事儿像是卡在梅亚楠嗓子眼的一根刺，让她吞不下去又拿不上来。所以，梅亚楠便约了金一娜这个爱情军师，去求解。

“这么说你是怀疑向志远了？”金一娜跟梅亚楠坐在一个空教室里说。

“有点儿。”梅亚楠说。

“你真是闲的。以前向志远跟那么多女客户打交道，也没见你这么上过心啊。”金一娜听梅亚楠说完，扑哧一笑说。

“我还真不是闲的。你看啊，自从我得了这个病之后，我就没跟向志远进行过房事。你这爱情军师，比我了解男人吧？你说我这是因为闲的，无缘无故地去怀疑自己的老公吗？”梅亚楠说。

“还真是啊，我都忘了这茬了。你这病了也快四个月了吧？向志远又出差俩月。里外里，半年了都。都说女人三十如狼四十如虎，这男的可时时刻刻都是豺狼虎豹啊。”金一娜说。

“你说我现在该怎么办？”梅亚楠说。

“能怎么办？又没发生什么事儿，你提防着就成了。这事儿不能问，一问就成真事儿了。男人的最后一道防线，永远都不是别的女人给攻破的，而是自己的老婆给撕毁的。所以，你就当作什么事儿都没发生，跟以前一样就成了。实在不行，你就满足老向一回呗。”金一娜说。

“医生说了，在好之前不能那个。”梅亚楠说。

“那你一辈子不好，你还想让老向对你守身如玉一辈子啊。”金一娜说。

“你不要给说我不会好的字眼，我现在一听到这种话，就更绝望了。”梅亚楠说，“那我今晚就满足他一回？”

“亚楠，我怎么发现你从不上班后，开始变得有点儿不正常了？老向是不是又用什么奇思妙想逼你了。”金一娜说。

“没有。但我现在总是缺乏安全感，特别没有自信。我总觉得，我这病要是真不好，生不了孩子，我跟向志远就会结束。我现在都不敢想这些事儿，一想就会有一种窒息的感觉，喘不过来气。”梅亚楠说。

“你这是典型的焦虑症。你不能给自己这么大的压力，最后你病没好再生出个抑郁症，不更麻烦了。从现在开始，你就别想着老向会因为你病了，然后就嫌弃你，墙外寻花。什么事儿，我们做到问心无愧就可以了。你把蒸蒸日上的事业都放弃了，足以说明你现在多在意生孩子这事儿了。你这太敏感了，你找个时间，赶紧去找心理医生看看吧。”金一娜说。

梅亚楠跟金一娜聊得正嗨皮的时候，梅亚楠的电话响了。梅亚楠拿起电话一看，是梅亚非打过来的，便匆忙地接了起来。自从上次梅亚非去家里找过梅亚楠后，梅亚楠便不敢回家，怕见到梅亚非了。

“怎么了姐？”梅亚楠接起电话问。

“苏小凡她跑了。”梅亚非说。

“怎么跑了？你跟咱妈不是两班倒看着吗？还拿一把大锁锁着。”梅亚楠说。

“咱爸放跑的。你赶紧着来接我，带着我去找姓赵的。”梅亚非说。

“我得陪着我姐找赵英杰去。”梅亚楠挂了梅亚非的电话，对着金一娜说。

“怎么了？”金一娜说。

“我姐为了阻止小凡跟赵英杰交往，把小凡锁在家了。我爸今天把小凡放走了，我姐让我陪着她去找赵英杰呢。”梅亚楠说。

“这事儿你什么态度啊？”金一娜问。

“我中立啊。就像你说的，就算我阻止小凡跟赵英杰，接下来还有赵英杰第二、赵英杰第三，我阻止得完吗我。现在小凡找的不是赵英杰是夏明翰。”

“怎么又出了一个夏明翰啊？”金一娜不解地问。

“杀了夏明翰，还有后来人。”梅亚楠说。

“赶紧走吧。你去晚了，你姐再跟你闹。”金一娜说。

“我姐已经跟我发过一次火了。我现在已经成为我姐眼中的罪人了。”梅亚楠说。

“又不是你撮合的小凡。”金一娜说。

“小凡因为我被医院辞退了。”梅亚楠说。

“啊！”金一娜惊叫一声。

15

梅亚楠是在小区门口接到的梅亚非。梅亚楠的车一停下，梅亚非就钻了进来。

“你知道姓赵的家在哪儿吗？”梅亚非上了车问。

“知道。”梅亚楠说。

“那就行。先去公司找姓赵的，在公司找不到就去他们家找。”梅亚非说。

“行，听你的。”梅亚楠说。

“你必须听我的。你现在欠我的太多了。你不光把苏小凡的婚姻给毁了，还把她工作都给毁了。要不是看在你现在生病的分上，我真跟你翻脸了。”梅亚非说。

梅亚楠带着梅亚非来到赵英杰的公司，才得知赵英杰去上海出差了。

“姐，咱别去赵英杰家了。”车行驶在路上的时候，梅亚楠说。

“为什么不去啊？”坐在副驾驶座上的梅亚非问。

“小凡肯定是去上海找赵英杰了，去他们家也没有用。”梅亚楠说。

“去上海了？那我就去上海找她，只要她还在这个地球上，我就要把她拽回来。”梅亚非恶狠狠地说。

“姐，这几天你跟小凡谈过吗？”梅亚楠问。

“没有，谈有用吗？”梅亚非说。

“你连小凡为什么找大她那么多的人谈恋爱都不盘问清楚，就用这么粗暴的方式，到最后也解决不了问题。”梅亚楠说。

“你少教训我，还不是你惹的祸。”梅亚非说。

“我哪敢教训你啊。我是想告诉你小凡为什么喜欢叔叔类型的男人。是因为小凡缺少父爱，她需要安全感。小凡需要的爱情，不但是爱情，还有一种呵护的爱。你跟苏林森离婚后，小凡在整个成长的过程中，她是不是从来都没提过苏林森的名字，那是因为她知道你恨苏林森，她一直在顾忌你的感受。但这不代表她不想要父爱。小凡的这些苦闷，你、我、爸妈从来都不曾察觉，我们都认为小凡是一个乖巧懂事的姑娘。那只是小凡外表流露出的假象，其实她内心比谁都脆弱。这就是小凡为什么选择赵英杰，而不是你跟爸妈都认为跟小凡很般配的小徐。我只知道这些了，你要想知道小凡内心还藏着多少事儿，你就应该跟小凡谈谈。”梅亚楠说。

梅亚楠说完，梅亚非久久地陷入了沉思。

“你先送我回家吧。”良久后，梅亚非淡淡地说。

第二十三章

1

梅亚楠说得没错，苏小凡是去上海找赵英杰了。

苏小凡被梅老爷子放出来后，怕梅老太太跟梅亚非突然回家，连衣服都没换，穿着睡衣蓬头垢面地就出了家门。

苏小凡出了家门打上一辆出租车就去了机场，就因为她衣冠不整，过安检的时候，被盘问了很长时间。

当小凡来到赵英杰住的酒店，发现赵英杰跟客户去谈事儿了。她便坐在酒店的大厅里等着赵英杰回来。

赵英杰跟着助理下午五点多回酒店的时候，苏小凡正坐在大厅里打盹。

赵英杰边走在酒店的大厅里边跟助理说着什么，并没有看到坐在休息区的苏小凡。就在赵英杰等电梯的时候，托着腮打盹的苏小凡突然手一滑，头栽了一下，才恍过来神。就在她四处张望的时候，看到了赵英杰。

“英杰！”看到赵英杰的苏小凡欣喜若狂地对着赵英杰叫了一声。

赵英杰听到小凡的呼喊，便转过身，向苏小凡的位置看了过去。

“小凡。”赵英杰有点儿不敢相信似的喃喃了一声，然后迅速地走了过来，打量着穿着睡衣睡裤的苏小凡，很兴奋地问，“你怎么来了，小凡？”

2

“你是不是跟你妈闹翻了？”进了客房后，赵英杰给苏小凡倒了一杯水后问。

“没有，我是跑出来的。”苏小凡接过赵英杰倒的水，很委屈地说。

“小凡，你在大堂里等了多长时间了？”赵英杰问。

“一个多小时。”苏小凡说。

“你怎么不给我打电话啊？”赵英杰说。

“我手机被我妈给报停了。”苏小凡说。

“我说你电话怎么停机了。给你续了费也是提示停机。再说服务台不是有电话吗？”赵英杰说。

“我连坐这儿都让保安轰了好几次了，更别说用他们的电话了。再说你去谈事儿，我才不打扰你呢。”苏小凡说。

“喝完水，去洗澡，我去给你买套衣服。”赵英杰就说。

“等我洗完澡，跟你一起去。”苏小凡说。

“你穿成这样怎么去啊？”赵英杰说。

“上海穿着睡衣逛街的人多了去了。”苏小凡说。

“那个时代早过去了。乖，听话。我去给你买衣服，你先洗澡。”赵英杰说。

3

赵英杰给苏小凡买回来衣服，就带着苏小凡去陪一个客户吃饭了。整个饭局上，看着侃侃而谈的赵英杰，她一句话都说不上，只能呆呆地在那儿坐着。这场饭局让苏小凡觉得比上次赵英杰见她家人时的那场更让她别扭。当客户宣布这场饭局要结束的时候，苏小凡突然有一种被释放的感觉。

“英杰，以后你再有这种饭局的话，我就不去了。”苏小凡挽着赵英杰的胳膊说。

“怎么了？”赵英杰微笑着看了一下苏小凡问。

“你们说什么，我根本就不懂。我在那儿坐着，特别不舒服。你说这算不算我们的代沟呢？”苏小凡问。

“不算，你要说你产房里的事儿，我不是也不懂吗？”赵英杰说。

“也是，刚才我还在担心我们会不会有代沟呢。”苏小凡说。

“我觉得我还是挺时尚的。你既然来上海了，我就带着你在上海这一带转转。”赵英杰呵呵一笑说。

“好啊，好啊。”苏小凡兴奋地说。

“对了，你带身份证了吗？”赵英杰看着苏小凡像孩子一样兴奋的表情，也笑了笑说。

“不带怎么飞过来的啊？”苏小凡说。

“那你给我一下。”赵英杰说。

“干吗？”苏小凡感到莫名其妙。

“拿你身份证登记开个房间啊。”赵英杰说。

“你不是开了吗？”苏小凡松开挽着赵英杰的胳膊，然后望着赵英杰问。

“你听我说小凡，咱俩现在不能住到一块儿。”赵英杰说。

“我不是你的未婚妻吗？我们为什么不能住到一块儿呢？”苏小凡有些生气地说。

“我答应过你姨夫，在咱俩过你妈那一关之前，不能有实质性的关系。”赵英杰说。

“你还答应我姨夫什么了？”苏小凡追问。

“没有了。”赵英杰回应。

“英杰，咱俩之间你能不能不掺杂着别人的意见呢？你为什么只能答应别人的事情，而对我的感受置之不理呢？”苏小凡任性地说。

4

此刻，梅亚楠跟向志远正躺在床上。梅亚楠捧着一本书，向志远捧着今天程圆圆的朋友王帆给他的资料。

“小凡去上海找赵英杰了。”梅亚楠突然放下书说。

“我知道。老赵给我发短信了，让我告诉你。”向志远看着资料说。

“那你怎么不说？”梅亚楠说。

“你不是早就想到了吗？”向志远说着拿着笔在一处圈了一下，心不在焉地说。

“向志远，我怎么觉得你最近有点儿异常啊？”梅亚楠盯着向志远说。

“异常吗？”向志远依然盯着资料说。

“异常！”梅亚楠看着心不在焉的向志远，一把夺过向志远握在手里的资料。

“对不起，对不起。这个案子太有意思了，我看入迷了。”向志远这时才恍然意识到对梅亚楠的态度。

“你想吗？”梅亚楠把向志远的资料往床头柜上一放说。

“想什么？”向志远问。

“算了。”梅亚楠眉头一皱说。

“哦。”向志远嘿嘿一笑，“想想想。”

“算了，算了，睡觉吧。”梅亚楠倒头就躺了下去。

“别价啊，我平常不敢提，就怕刺激你。你能主动提出来，我哪能错过机会啊。”向志远又把梅亚楠拉起来说，“不会影响你的病吧？”

“我也不知道，豁出去了。”梅亚楠说。

“亚楠，你今天不正常啊，你是不是受什么刺激了？”向志远突然感到奇怪地问。

“你才受刺激了呢。”梅亚楠狡辩说。

“不对不对。亚楠，你肯定有心事儿。”向志远若有所思地说，“你是不是在检验我呢？”

“你就别自作多情了。”梅亚楠说。

“自从你见那个程圆圆扶我去卫生间后，我就觉得你有点儿不正常了。是不是觉得我跟那个程圆圆有什么事儿啊？这事儿咱得说开了啊。”向志远说。

“你有劲吗你，我睡觉了。”梅亚楠说着又躺下了。

“不行，不行，我得证明我的清白。”向志远说着依偎到梅亚楠身边。

“别闹了。”梅亚楠想挣脱开向志远，但向志远依然死死地不肯松手，梅亚楠便撑起双手用力一扒，脚一蹬，把向志远给挣开了，“别闹了好吗？！”

梅亚楠这一用力是把向志远给撑开了，但却碰到向志远的旧伤，而且那一蹬还把向志远险些踹到床下。

梅亚楠一看眉头紧锁、痛苦不堪、一只手撑在床沿上的向志远，便赶紧俯下身去。

“志远志远，你没事儿吧？”梅亚楠欲扶向志远。

“请你别碰我！”向志远慢慢地起身，对着梅亚楠喝止一声。

“你干吗？我又不是故意的。”梅亚楠看着向志远说。

“那我错了行吗？我给你道歉。我对不起您！”向志远说着就下了床。

“你要干吗去？”梅亚楠问。

“睡觉！”向志远说着就趿拉着拖鞋往外走。

“看我看烦了是吧？”梅亚楠看着向志远说。

“是的。”向志远又转过来身说。

“那你找你那个程圆圆去吧。”梅亚楠拎起枕头向向志远砸过去。

“梅亚楠，你是不是觉得日子过得太幸福了，非得找点儿事儿出来啊。”向志远立在门口说。

“是的。我就觉得日子过得太幸福了，是看着你幸福。我知道你喜欢年轻的，我这老帮菜早就让你厌恶了。没事儿，你要看着不痛快了，你就言语一声，我给你腾续弦的地方。”梅亚楠说。

“梅亚楠，你觉得你正常吗？看着你生病的分上，懒得跟你一般见识。”向志远弯腰捡起掉在地上的枕头，又扔回床上。

“向志远，你还是跟我一般见识吧。我求求你了。我真觉得委屈你，我真心这么想的！”梅亚楠说。

“你真心想什么你！想咱俩半年没有夫妻生活，你就觉得我把持不住，在外边儿拈花惹草了是吧？你看见程圆圆扶我去了趟卫生间，你就觉得我们俩有一腿是吧？你不觉得你这种想法很荒唐吗？你明天赶紧去诊所看看，看看你的疑心病！”向志远说。

“向志远，是我疑心呢，还是你自己有问题呢？你有那么多女客户，我怎么就没见过一个来医院看你的啊？没见一个三天两头地约你，还送到家门的？我就明告诉你，我就是怀疑你，怎么了，我就是疑心病了怎么了？”梅亚楠说。

“不用你怀疑，怀疑多没劲啊。让你看到事实你不就满意了吗？这事儿好办。真的梅亚楠同志，别拧巴自己，多遭罪啊，身心受创。”向志远说。

“向志远，你这算承认了是吧？”梅亚楠跪在床上盯着跟她叫阵的向志远。

“承认了，你满意吗？”向志远继续跟梅亚楠较劲说。

“满意！”梅亚楠说，“那好，反正我也没给你们向家育个一儿半女，上对不起你们家的列祖列宗，下对不起你爸妈。我也不能眼看着到你这儿就断了你们向家的香火。我这病就是对不起你们老向家的病，我也挺不落忍的。向志远，咱俩离婚吧。我真的挺累的。每天都想这病如果不好了，咱俩还是得走这一步。我每天受着思想上的煎熬，还要等着一个不知道什么结果的结果。我真的累了。”

当梅亚楠说完这通话，向志远才恍然意识到梅亚楠心理真的出现了问题。这种问题就是因身体上的病而延伸到心理上的。因为向志远是律师，他看过很多心理方面的书，他知道因为梅亚楠的病迟迟不好，这个时候自己又那么想要生孩子，现在梅亚楠又不上班了，空闲的时间又多，胡思乱想的时间便很充裕，加上本身存在的客观因素，那么任何一件事情，都会让梅亚楠现在已经很脆弱的心理浮想联翩。

“好了，好了。我错了，不吵了，不吵了，我给你赔不是。”向志远突然放松情绪，坐回到床边上。

“志远，我说的是真的。咱们离婚吧，我真的快扛不住了。我现在开始恐惧了。我开始以为我辞掉工作，就会心安理得一些，我在做出努力做出牺牲，但我发现并不能解决我心里的恐惧。”梅亚楠说。

“我没怎么逼你啊，咱不生了不行吗？”向志远说。

“你别骗自己了。任何人一旦滋生了生孩子的念头，就是一支开弓的箭，没有收回来的。”梅亚楠说。

“明天我带你去看心理医生。”向志远说。

“不看。”梅亚楠说着突然起身下了床，就往门外跑，任向志远怎么喊都不回头。

向志远也赶紧起身去追梅亚楠，一直追到卫生间，还是被梅亚楠关到了门外。

“亚楠，亚楠，你这是干吗？”向志远敲着门，“给我开一下门。”

梅亚楠在卫生间默不作声。

“亚楠，亚楠，你开门啊。”向志远继续敲着门喊。

就在向志远怎么喊梅亚楠都不作声的时候，卫生间里突然传来了梅亚楠的一阵笑声，接着又是一阵哭声。

“亚楠你再不开门我撞门了啊。”向志远站在卫生间门口喊。

“不要撞，不要撞。”梅亚楠突然笑着说。

“那你开门啊。”向志远说。

“志远，你赶紧去给我拿一个卫生巾。来了，来了！”梅亚楠一阵笑声说。

“真的啊？”

“真的，真的。”梅亚楠说。

“在哪儿呢？我去给你拿。”向志远也很兴奋地说。

“家里应该没了。”梅亚楠说。

“那我去便利店里买。你等着。”向志远说着就返回卧室，披上一件衣服，就冲出了家门。

5

向志远从便利店跑回来，把卫生巾从门缝里递给梅亚楠，便站在门口等着梅亚楠出来了。

“真的来了？”梅亚楠从卫生间里走出来，站在门口的向志远盯着梅亚楠兴奋不已地问。

“真的来了。”从卫生间走出来的梅亚楠像是一个初潮的少女，羞涩中带有恐慌。

“你刚才说的还算数吗？”向志远一把抱住梅亚楠，故意逗梅亚楠说。

“你说吧，你说算数就算数。”梅亚楠一把推开向志远说。

“行了吧你，现在神经病好了吧？”向志远说。

“你才神经病呢。”梅亚楠说着就下了楼，来到了客厅。

“谁说人生三大幸事莫过于他乡遇故知、金榜题名时、洞房花烛夜。我呸。我觉得人生幸事莫过于梅亚楠的病好了。”向志远跟过来，坐到梅亚楠身边嘻嘻哈哈地说。

“你刚才可不是这么说的。别变这么快啊。”梅亚楠很蔑视地看着向志远说。

“刚才我是言不由衷。”向志远依偎到梅亚楠的身边说。

“向志远，我不管你是言不由衷还是心声的流露。但我都要跟你说，以后你少跟那个叫程圆圆的联系。”梅亚楠说。

“可以，你说不联系就不联系。你现在每说的一句话都是圣旨。”向志远毕恭毕敬地说。

6

这个阴云密布的夜晚，对梅亚楠跟向志远而言，异常的璀璨。

在梅亚楠进入梦乡后，向志远却因为兴奋无法入眠。向志远便又偷偷地起床，去了书房。

向志远在书房里打开电脑，开始查阅孕前的资料。向志远一直在电脑前坐到半夜，并总结出了一份孕前计划。

一个经过坎坷得到的人要比一个直接得到的人，更加知道珍惜。

7

虽然向志远昨晚睡得很晚，但梅亚楠起床的时候，向志远还是醒来了。

“醒了？”梅亚楠看着正在醒神的向志远。

“醒了。”向志远斜侧了一下身，用一只手撑着下巴，很出神地看着梅亚楠，“我活了小半辈子，今天才算领悟出来，原来来事儿的女人也这么美。”

“行了你，臭贫。”梅亚楠轻轻地推了一下向志远，“早饭想吃什么？”

“你做啊？”向志远问梅亚楠。

“我不做你做啊。”梅亚楠指着他还没痊愈的胳膊，“废人一个。”

“做什么做，出去吃，咱俩得庆祝一下，我已经迫不及待了。”向志远说。

“你有病吧，大早晨的。”梅亚楠说。

“大早晨的怎么了，楼下的早餐馆不是营业了吗？”向志远说。

“一会儿一人一根油条，然后咱俩再一人捧着一碗豆浆，干碗豆浆是吧？”梅亚楠很不屑地说。

“聪明。”向志远笑着缓缓地坐起来说，“就这么定了。场面虽小，但也是庆祝。”

“嘚瑟。”梅亚楠说，“赶紧起来。我去给你做早点。”

“等会。”向志远说着叫住欲要下床的梅亚楠，伸手拿过昨晚他赶制出来的孕前计划，“你看啊。你现在正常了，已经不是病人了。我再怎么着也不会刺激你了。所以，看看这个。”

“孕前计划。”梅亚楠接过向志远递过来的一张 A4 纸，然后看看题头，“你什么时候弄的？”

“昨天晚上，连夜赶制。当然这东西我弄得是有点儿早，现在还用不上。昨晚我在网上查了，像你这种情况，需要先做一个孕前检查，才能到孕前计划的阶段。过几天，等你例假结束了，我就陪着你去做孕前检查。”向志远说。

“好的，我知道了，我的向大老爷。”梅亚楠说着就把孕前计划还给向志远，出了卧室。

第二十四章

1

这几天，梅亚楠在积极等待着去做孕前检查。

这几天，苏小凡跟赵英杰在上海、江苏一带游山玩水。

这几天，梅亚楠跟苏小凡都感受着从未有过的幸福。

这几天，向志远幸福地陪伴在梅亚楠身边。

这几天，梅亚非在跟自己做着激烈的斗争，是不是让小凡跟赵英杰在一起。

而这几天金一娜却有些惶恐不安，因为她已经连续五天跟窦斌联系不上了，就连葛爱军的电话也打不通。

惶恐不安的金一娜便约了梅亚楠。陶醉在幸福之中的梅亚楠，本想把她病好的事儿告诉金一娜，而当梅亚楠到了金一娜家，金一娜告诉梅亚楠已经好几天联系不上窦斌的时候，梅亚楠便觉得自己此刻的幸福不应该分享给不安的金一娜。

“一娜，你别急，不是葛爱军跟着窦斌一块儿去的吗？他们俩会相互照应的，可能是山区没有信号呢。”梅亚楠安慰金一娜说。

“亚楠，我已经连续五天没有联系上窦斌了，打他电话一直关机，葛爱军的电话也打不通。要是一天，我也就用没有信号安慰自己了。这都五天了。窦斌最后一次给我打电话的时候，他告诉我他到了界山大阪，再往前走就是泉水沟了，那可是有名的死人沟。”金一娜说着就呜呜地哭了起来。

“呀，西藏人烟稀少，可能他们找不到地方充电呢。所以，就跟你联系不上了。”梅亚楠继续安慰金一娜。

“不可能，他们走的时候带着车载充电器呢。”金一娜抽泣着说。

“有可能坏了呢。”梅亚楠说。

“亚楠，我找你来不是让你安慰我来了。我是想告诉你，我想动身找窦斌去。”担心的金一娜脱口而出说。

“你疯了啊。新藏线那么危险，再说你去了就一定能找到他们啊。”梅亚楠一惊说。

“那怎么办啊？都五天没有消息了，没有别的办法了。”金一娜说。

“再等等，实在不行我们就去派出所，让派出所的人跟当地的派出所联系一下。”梅亚楠说着环顾了一下金一娜家。

金一娜因为这几天惶恐不安，家里都没怎么收拾，一片狼藉。茶几上放着好几个吃完的方便面盒。

“你这几天就吃的这？”梅亚楠指了指方便面又问。

金一娜点了点头。

“午饭吃了吗？”梅亚楠又问。

“没有，吃不下去。”金一娜说。

“你再怎么着也得吃饭啊，我去给你做点儿吃的。”梅亚楠说。

“别去了，家里什么都没有了。”金一娜说。

“我去超市里给你买。”梅亚楠说。

“我也跟你去，我不想一个人待着。”金一娜说。

2

梅亚楠跟金一娜购完物，梅亚楠推着车跟金一娜排队付账。因为金一娜的情绪不高，所以很少说话。梅亚楠了解金一娜的心情，便也没有多说什么，两个人就这样沉默着排队。

因为推着车子的是梅亚楠，金一娜便站在购物车的前头。就在付账处有一个顾客刚结完账拎着东西走后，突然有人推了梅亚楠一下，梅亚楠便本能地往前动了一动，这一动不要紧，排队的所有人都往前拥了一下。就因为拥这一下，造成了有一个顾客踩了另一个顾客的脚，因此两个人嚷嚷了起来。

站在购物车前心情很差的金一娜，本来无心凑这种热闹，但突然听到了一个熟悉的声音，抬起头一看才发现其中一个嚷嚷的人是葛爱军。

“葛爱军！”金一娜对着正在跟别人争吵的葛爱军喊了一声。

葛爱军一听有人喊他的名字，扭头一看发现是金一娜，便对着收银员说了一句忘记带钱包了，撒腿就跑。

金一娜看到葛爱军跑了，便拨开排在她前面的人，追了上去了。梅亚楠一看金一娜追了上去，便拎起放在购物车的包，也跟了上去。

金一娜追着葛爱军，梅亚楠追着金一娜，就这样一直追出了超市。

当金一娜追到停车场，葛爱军才停了下来。

“一娜，一娜，别追了。我跑不动了。”葛爱军气喘吁吁地说。

“窦斌呢？”金一娜也气喘吁吁地说。

梅亚楠气喘吁吁地跟上来。

“你让我歇会给你说。”葛爱军喘着气，不慌不忙地说。

“你赶紧说啊，这几天一娜都担心死你们了。”梅亚楠上气不接下气地说。

“窦斌呢？窦斌是不是出事儿了。”金一娜问。

“一娜，既然遇到你了，我就给你说实话吧。我觉得你有点儿傻，你连这都看不出来吗？窦斌跟我根本没去西藏，窦斌躲着你呢。他根本不想跟你生孩子。你用脚指头都能想清楚，窦蔻是一个已经存在的孩子，而你想要的孩子是一个还没有存在的孩子。窦斌当然选择顾忌窦蔻的感受了。窦蔻因为你们要生孩子，都离家出走了。窦斌看到自己的女儿这样了，他能不顾忌窦蔻的感受吗？当然，窦斌也是顾忌你的感受的，他就想到了做结扎，这样造成自己不能生的假象。但后来被你们知道了。窦斌的假象制造不成了，后来你妈来了，用这样的那样的办法逼着窦斌，窦斌便想出了要参加什么比赛，来逃避你。”葛爱军俨然像讲一个故事似的，对着金一娜说。

金一娜听葛爱军这么说完，一下傻在了那里。

“窦斌在哪里？”金一娜缓过来之后，眼泪瞬间滑落下来。

“我也不知道。他走之前也没告诉我去哪儿。”葛爱军说。

“一娜，我劝你，别跟窦斌那个王八蛋了。他不值得你跟着他，等他回来跟他离婚吧。”葛爱军说。

“你滚！你给我滚！”金一娜像是一个发疯的狮子，对着葛爱军咆哮。

“一娜，我有了窦斌的消息会告诉你的。你别生气，为这种人真不值得。那我走了。”葛爱军说完转身就走了。

金一娜看着葛爱军离去的背影，缓缓地蹲下，把头埋下号啕大哭了起来。

梅亚楠走到金一娜的旁边，也蹲下来说：“一娜，咱们回家吧。”

3

担心了几天窦斌会出事儿的金一娜，没想到担心出来的会是这个结果。

金一娜失魂落魄地蜷缩在沙发上，没有哭泣，也没有只言片语。坐在金一娜旁边的梅亚楠，也不知道怎么去安慰金一娜，她觉得现在跟金一娜说任何话，都不能治愈金一娜此刻伤痕累累的心。

“一娜，我一定会把窦斌给你找回来。我找到他，会把他大卸八块。”梅亚楠看着失魂落魄的金一娜说，自己却哭起来。

“不找了，找回来又有什么用呢？亚楠，我饿了。你去给我做点儿吃的吧。”金一娜气若游丝地说。

“一娜，我带你出去吃好吗？”梅亚楠抽泣着说。

“我不去，我想在家吃。”金一娜说。

刚才去超市虽然选了一车东西，但并没有带回来。梅亚楠担心自己再去超市买东西，金一娜想不开，出了什么事儿。梅亚楠便给向志远打了电话，让他去超市买东西，再送过来。

4

向志远送来后，才从金一娜口中得知了刚才发生的所有事情。

梅亚楠让向志远看着金一娜，梅亚楠在厨房里给金一娜做了一桌子好吃的，金一娜倒是全都吃了，吃得也很疯狂。但金一娜的吃不是那种大口咀嚼，而是在发泄心中的怨恨跟愤怒。

金一娜吃完一声不吭，像一个贞子似的，又坐回了刚才的位置。

“向志远，我不管你花多少钱，你赶紧找人，把窦斌给我找出来，非要把他大卸八块不行。”梅亚楠站在厨房里很气愤地对向志远说。

“这样做是违法的。”向志远说。

“我也没让你真打窦斌啊，我是让你把窦斌找回来。”梅亚楠说。

“直接找那个叫葛爱军的不就能找到窦斌了吗？”向志远说。

“葛爱军会说吗？”梅亚楠说。

“我去找他谈。”向志远说。

“葛爱军的电话也关着机呢，找不到。”梅亚楠说。

“那你们放他走干什么啊？”向志远埋怨说。

“问他能说吗？不放他走，还绑了他啊。”梅亚楠说。

“窦斌他妈的太不是东西了。一娜跟着他那么多年，竟然这样对一娜。”向志远说

“你不也离家出走过吗？”梅亚楠很不屑地对向志远说。

“我跟窦斌的性质能一样吗？我是为了挽留你，窦斌是为了逃避。”向志远说。

“行了，你赶紧去看着一娜去吧，别前后跟着我了。”梅亚楠说。

“生活里，有很多转瞬即逝，像在车站告别，刚刚还相互拥抱，

转眼已各自天涯。人生就是这样，说着说着就变了，听着听着就倦了，看着看着就厌了，跟着跟着就慢了，走着走着就散了，爱着爱着就淡了，想着想着就算了……时间消磨着情感和记忆，温柔的、凌厉的。倏忽间，风物换了；眨眼间，人也变了。就让时间把一娜的伤口给抚平吧。”向志远感叹了一句。

“你别感叹了。赶紧去吧。这几天我就不回去了，我得陪着一娜。”梅亚楠说。

“这样不行。”向志远说。

“你不怕一娜想不开出事儿啊，我必须陪着她。”梅亚楠说。

“我不是这意思。我的意思是你一个人看不过来，还是把一娜接到咱家去吧。再说她在家睹物思人，情绪更加不稳定了。”向志远。

“那行，一会儿，我们把一娜接回家。”梅亚楠说。

5

一开始金一娜说什么都不肯跟着梅亚楠和向志远走，最后是被梅亚楠和向志远硬拖下楼，拽进车里的。

到了梅亚楠家，金一娜依然很少开口说话。梅亚楠不敢让金一娜独自待着，便像一个跟班的小丫头似的左右侍奉在金一娜左右，就连去卫生间都要跟金一娜一块儿去。

金一娜的情绪除了少言寡语，并没有其他的异常，吃饭的时候，梅亚楠一叫，金一娜也去。

异常发生在第二天中午吃饭的时候。当梅亚楠、金一娜、向志远沉默着围在饭桌上吃饭的时候，金一娜像一个经过饥荒年代的人似的，刚狼吞虎咽地往嘴里塞了几口，突然出现了干呕的状况。金一娜便迅速起身，跑向了卫生间。

梅亚楠见金一娜去了卫生间，也迅速地跟了进去。

金一娜趴在马桶上干呕了好一会儿，才缓缓地起身。

“我没事儿了，咱们吃饭去吧。”金一娜说完没等梅亚楠有任何反应，就朝外走去。

“哦，好。一娜，你别吃那么急，这样对身体不好。”梅亚楠跟上金一娜细声细语地说。

“我知道了。”金一娜没有任何情绪地说。

金一娜刚说完，又是一阵想干呕的感觉涌了上来，她又迅速地转身进了卫生间。

向志远看到金一娜这种状况，便迅速地上了楼。不一会儿就下来，站在了卫生间门口，看着趴在马桶上的金一娜，把梅亚楠拉了出来。

“一娜不是怀孕了吧？”向志远看着梅亚楠说。

“你不是研究了很多孕前孕后产前产后的资料吗？你看一娜的这种症状像吗？”梅亚楠对着向志远说。

“现在还不好下结论。”向志远说。

“那你赶紧去药店买点试纸。一娜要是真怀上了，她这种情绪可要不得。”梅亚楠说。

“不用去药店。”向志远说着从口袋里掏出一盒试纸递给梅亚楠。

“向志远，你够可以的啊。你什么时候买的？”梅亚楠不可思议地看着向志远说。

“早就买了。你赶紧拿进去，一娜测测吧。”向志远说。

6

金一娜真的怀孕了。

金一娜为了更加确定，几乎用掉了一盒试纸。

“亚楠，我们去吃饭吧。”金一娜跟梅亚楠从卫生间里走出来后，沮丧的情绪好转了很多。

“走，我们去吃饭。”梅亚楠说。

“是不是怀上了？”等梅亚楠跟金一娜重新坐回到饭桌上后，向志远迫不及待地问。

“是的，怀上了。老向，谢谢你的试纸。”金一娜说。

“太好了，让窦斌那孙子逃避。”向志远说完这句话，恍然意识到自己说错了话。

“说什么呢你。”梅亚楠瞪了向志远一眼说。

“没事儿，我好多了。虽然窦斌这样对我，虽然我恨他，但我还是怀上了他的孩子。这可能就是因果报应吧。或者说是上天对我的恩赐。我提生孩子窦斌一直不同意的时候，当时我就想好了。只要能生，我付出什么代价都可以。我一直觉得，死心塌地地跟一个人，就会得到对方的情感回馈。最后发现根本不是这样的，一厢情愿到两个人埋进同一个棺材，也是一厢情愿。怀上才是我要的结果，其他的对我不再重要了。你们俩放心吧，我不会想不开的，我为了一个不值得的人去抛头颅洒热血，那也太委屈自己了。不幸的是，这个孩子不是窦斌想要的，幸运的是我跟窦斌领证了，孩子可以有个户口了。”金一娜说着说着眼泪就啪嗒啪嗒地流了下来。

金一娜说完，梅亚楠跟向志远都沉默了一会儿。

“一娜，没事儿，还有我跟亚楠呢。我向志远虽算不上富豪，也是一中产阶级，以后孩子所有的费用我包了。窦斌算个屁啊。整天把自己当成艺术家高高在上。”向志远为了打开沉默的局面说。

“就是就是。我们就是孩子的干爹干妈。孩子受不了冷落，谁敢欺负我干儿子，我就让向志远给他发律师函。”梅亚楠说。

“我真幸运，遇到了你们俩。”金一娜紧绷了两天的脸终于挤出了一丝笑容。

“亚楠，你赶紧给一娜做点儿清淡的，别亏待了我干儿子。”向志远说。

“行。我这就去。”梅亚楠说。

7

虽然梅亚楠跟向志远当着金一娜的面儿这样开导她，但他们其实更担心的是，如果窦斌一直到孩子出生都不出现，会对金一娜打击很大。

所以，向志远跟梅亚楠商议着去找葛爱军，他们要从葛爱军口里撬出窦斌的下落。

金一娜怀上了孩子，梅亚楠跟向志远就不担心金一娜会寻什么短见了。两个人便找了借口，一块儿出了门。

梅亚楠跟向志远先去了窦斌的摄影棚，见摄影棚落着一把大大的锁。两个人又费了一些周折，打听到了葛爱军的住所。

当梅亚楠跟向志远去了葛爱军家，发现葛爱军家也是没有人。

“他肯定知道我们会来找他，躲起来了。”梅亚楠跟向志远回到车上说。

“躲得了初一躲得了十五吗？这是他家，早晚有一天会回来的。我们在这儿等着，我就不信葛爱军不回家。”向志远说。

“行，我们就在这事儿等着。”梅亚楠说。

“你先回家也行，我自己在这儿等吧。”向志远说。

“我陪着你。”梅亚楠说。

梅亚楠跟向志远一直等到晚上十点多，就在他们俩想回去的时候，葛爱军的身影突然出现在了梅亚楠跟向志远的视线内。

“葛爱军，你给我站住！”梅亚楠看到葛爱军，就推开车门，喊了一声。

向志远也从车上跳了出来。

欲要进单元门的葛爱军，听到喊声，转过身，借着微弱的灯光，看到梅亚楠跟向志远走了过来。

“你们找我没用，我真不知道窦斌去哪儿了。”葛爱军走过来便说。

“你少装，你能不知道他去哪儿了？”梅亚楠说。

“不知道，真不知道。”葛爱军很不屑地说。

“知不知道！”向志远见葛爱军这种姿态，伸出胳膊揪住葛爱军的衣领，很生气地说。

“我给你说老向，你打死我我也不知道，其实我挺怕严刑逼供的。就算你把我屈打成招，我告诉你的也不是正确的消息啊。”葛爱军依然不屑地说。

“志远，别跟这种人一般见识，松开他。”梅亚楠对着向志远说完，又对着葛爱军说，“我们不想知道窦斌在哪儿，你就带话给窦斌，告诉他一娜怀孕了。”

“你骗谁呢，前两天不还没事儿呢，你们这个诱饵太拙劣了。向律师，我得批评你啊，堂堂的一个名律师竟然找这样的破借口。”葛爱军说。

“我跟你这种不知道什么叫感情什么叫爱什么叫尊重的人，犯不着较劲。你爱信不信！”向志远厉声说道。

“成，哪天窦斌跟我联系了，我告诉他，那我先回了。”葛爱军说完转身就走了。

“葛爱军，你真的忍心看着一娜一个人怀孕、生孩子吗？你有没有想过一个女人跟着一个男人十几年，不求他任何东西，就连婚姻都不要求。这个女人之所以要求这个男人跟她结婚，就是为了给孩子上一个户口。现在这个女人怀孕了，男人却不见了，你不觉得这样对一个女人而言很残忍吗？”梅亚楠对着葛爱军的背影说。

“一娜真的怀孕了吗？”葛爱军突然停住脚步，转过身来问。

“你说呢。”向志远说。

“那我告诉你们窦斌在哪儿。”葛爱军走过来说。

“窦斌在哪儿？”梅亚楠急问。

“窦斌出事儿了。他在医院，他现在医院躺着，不省人事。医生说，他这辈子都醒不过来了。”葛爱军说着就开始哽咽，“那天我们到了泉水沟，风很大。我们俩都感觉到如果往前走，肯定会出事儿。我们俩便找了一个避风口，把车停了下来。但风在后半夜却停了，我们俩就支起了帐篷，准备好好休息，天亮了再往前走。我们支起帐篷后，就在帐篷里开始聊天。我聊我的感受，窦斌聊窦斌的感受，就这样我们聊了很长时间。最后聊到了一娜，窦斌告诉我回去一定要把这些年欠一娜的全部补回来。你们也知道新藏线被称为‘死亡之路’，我们在这一路上总会开玩笑似的留下遗言。但窦斌给我说的最多的是，如果他出事儿了，不要告诉一娜，就让他自生自灭，自然地从金一娜的记忆中消失。窦斌说，用一个负心汉的身份让一娜选择忘记，比他死更能让一娜好受点儿。那天，我们俩聊着聊着，窦斌突然把头探出帐篷外，看到了天边有一道蓝色的北极光，还有一丝红晕衬托着，美丽极了。窦斌便拎起相机跑了出去，找了一个摄影的好位置。就在这个时候，一阵狂风又吹起来。窦斌为了及时躲开风，一不小心被一块儿石头给绊倒了。这个时候又有一块儿石头从一个斜坡上滚了下来，砸在了窦斌身上。所以，我要替窦斌瞒着一娜。所以，我把我的电话也换了。”

葛爱军说的时候情绪很是激动，像是憋在内心很久，需要找人释放似的。

“窦斌被送回北京了吗？”向志远问。

“回了。”葛爱军说。

“窦斌在哪个医院？”梅亚楠问。

8

梅亚楠、向志远、葛爱军商量着是不是把窦斌的事儿告诉金一娜。他们三个坐在葛爱军家商量来商量去，都拿不定主意。

“告诉一娜吧。”就在他们三个犹豫不决的时候向志远突然斩钉截铁地说。

“还是别说了吧，这样会让一娜的情绪更加激动。”葛爱军说。

“说说你的理由。”梅亚楠说。

“因为窦斌的理论是不对的。你们看啊。窦斌知道金一娜想生孩子心切。但是窦斌走之前，并不知道一娜怀孕了，当然一娜自己也不知道。窦斌当时这么给葛爱军说，真出事儿了隐瞒消息，这是他了解一娜也了解一娜的妈，因为他知道一娜是能扛住不再找人，但一娜妈扛不住一娜一个人单着啊。他一定猜到一娜妈会逼着一娜去走进新的感情乃至婚姻。窦斌也肯定想到了，没有不透风的墙，但当墙透风了，一娜也早就是他人之妻、他孩之母了。但窦斌没有想，如果真隐瞒下去，有一天一娜知道了真相，一娜肯定会恨自己一辈子。一娜跟了窦斌这么长时间，她对窦斌的不是一般的感情。”向志远像是在开庭现场给法官举例分析案件似的，“好，刚才我说的都是窦斌的想法。那现在事实已经不是窦斌那么想的了。一娜怀孕了。窦斌的想法，俨然就成了，两把利剑，一把刺向一娜的心，一把刺向一娜肚子的孩子。一娜天生就是一个情种，她梦寐以求得子的喜悦感，只能维持她短暂的情绪，当肚子里的孩子一天天长大，一娜的落寞感会更加强烈。孕妇如果每天都在抑郁中度过，肚子里的孩子肯定不会健康。但一娜不只是抑郁还有恨，这两种情绪掺杂在一起，对孩子的伤害更大。如果我们把事实告诉了一娜，一娜放下了恨，只剩看到窦斌躺在床上一动不动的伤心，这种伤心会被时间所锐减，成为习惯。再不济，窦斌还存在啊。所以，现在告诉一娜比不告诉她更好。”

“向律师不愧是大律师，分析得头头是道。”葛爱军说。

“他现在还是孕妇之友。”梅亚楠说。

9

梅亚楠跟向志远第二天把金一娜带到医院门口，才告诉了金一娜事实。

金一娜听完梅亚楠给她说窦斌出事儿之后，脑袋嗡地一下。

当金一娜被梅亚楠跟向志远陪着来到窦斌病房的时候，窦蔻正坐在病床旁边儿。

窦蔻看到金一娜来了，赶紧站了起来，眼泪汪汪地看着金一娜。

“一娜阿姨。”窦蔻轻声叫了一声。

“你们都出去吧，我跟窦斌待一会儿。”金一娜很平静地说。

当所有人都退出去后，病房里只剩下金一娜跟窦斌。

金一娜看着静静地躺在病床上，戴着氧气罩，头上被绷带缠着的窦斌，瞬间泪如雨下。

金一娜就这样静静地看着静静躺着的窦斌，很久很久很久很久，一句话都没有说。

“一娜，你别那么伤心，这样对胎儿发育不好。很多像窦斌这样的情况，不都好了吗？这已经不是奇迹了。”梅亚楠走进来说。

“一娜阿姨，是我对不起你。要不是我任性，你跟我爸早就给我生一个弟弟或妹妹了。现在，我爸这样了。一娜阿姨，你打我吧。都是我不对。”窦蔻也走进来，站在金一娜背后说。

“窦蔻，阿姨已经怀孕了。就算不怀孕阿姨也不怪你，阿姨理解你。”已经哭成泪人的金一娜站起来缓缓转过身，对着窦蔻说。

“一娜阿姨，我爸其实很爱你。真的，我没有骗你。”窦蔻说着就走到病床前，拉开抽屉，从里边取出一个日记本，递给金一娜，“这是我爸的日记。这几天，我看完日记，我才知道我爸原来这么爱你。他不是不愿意跟你结婚跟生孩子，其实他早就想了。”

“我知道。”金一娜接过说。

“我爸这些年零零散散写的日记，都在这上边儿了，是葛叔叔给我的。他让我每天读给我爸听，说这样对我爸恢复有好处。我觉得，你读给我爸听，可能会更好。”窦蔻哭着说。

10

2012年7月6日

一娜今天给我提了结婚领证的事，我痛快地答应了。其实，说痛快就应该扇自己俩大嘴巴，这是早就应该的事儿。一娜跟了我十几年，其实我早就觉得跟她结过婚了。所以，扯证这事，我给忘了。

爱情过着过着就成了婚姻，婚姻过着过着就成了亲情。

亲人一娜同志，窦斌同志愧对你啊。你说哪天领证，我肯定麻利儿地跟在你屁股后边屁颠屁颠民政局走你。

2012年7月21日

一娜今天说跟我领完证完了，结婚入了洞房，就该生孩子了。

一听要生孩子，我就有点儿怵。我怵的原因是因为这岁数，四十大几的人了，老来得子，挺吓人的。

在一娜给我说要生孩子的时候，我就在脑子里算了一笔账。我六十岁的时候，孩子才十几岁。我七十岁的时候，孩子才二十啷当岁。等我两眼一抹黑去找俺娘的时候，孩子才这么大点儿，我死不瞑目啊，也没办法给俺娘交代啊。

当然，我这想法有点自私。扔下金一娜同志成为孤寡老人，也挺残忍的。容我再思考思考。反正现在有一个说服自己的要生的想法了：生个娃，等我百年之后，看着一娜这个老太太，别跟着哪个老头去广场上搂搂抱抱跳舞。

2012年7月28日

金一娜又催我生孩了。我还是没有想清楚，因为我又多了一个想法，想到了窦蔻。

其实，我挺对不起窦蔻的。在窦蔻牙牙学语的时候，我就抛弃了她们娘俩，让窦蔻在单亲家庭里生活。

用错了词。不是抛弃，是我跟古雪根本不合适。因为我跟古雪的婚姻是强拉硬拽在一起的。其实古雪也不愿意跟我在一起，没的聊，没的说。时代的婚姻伤不起。

不管怎么着，我得问问窦蔻。其实，这是一个慈父的表现，尊重儿女。

2012 年 7 月 30 日

一娜今天因为生孩子的事儿跟我发火了，我也没搂住，便跟一娜你打我一枪我射你一箭地打了起来，最后我发狠话竟然说婚也甭结了。窦斌，你有点儿浑蛋啊！在此点名批评你。

我不能跟你当面道歉，就在这儿跟你道歉吧。不是我不答应，不是我逃避，是因为我还没跟窦蔻说。

不跟窦蔻说，又不能告诉你实情，不然你该吃窦蔻的醋了。

2012 年 8 月 3 日

今天窦蔻来学校找我要生活费，我跟窦蔻吃了顿饭。

看窦蔻今天兴致不错，就旁敲侧击地说要生孩子的事儿。没想到窦蔻反应很是强烈，以死相逼。

窦蔻性格刚烈如火，她说的事儿有可能发生。这事儿缓缓。

……

……

……

第二十五章

1

为了照顾怀孕的金一娜的情绪还有身体，梅亚楠把孕前检查的时间往后推了几天。

这几天梅亚楠除了陪着金一娜，还给金一娜做起了保姆，每天伺候着金一娜，给她做饭送饭，直至金一娜妈来。

也的确如此，金一娜每天都会给窦斌读很多篇日记，金一娜也从窦斌的日志中读出了一个不一样的窦斌。

梅亚楠虽然每天都会前后左右地陪着金一娜，但每当金一娜给窦斌读日记的时候，她都会退出病房。

2

这天一早，期待已久的梅亚楠跟向志远欢天喜地地去医院了。

在整个检查过程中，向志远鞍前马后地伺候着梅亚楠。在取各项检查结果的时候，向志远也是冲锋在前。

在等最终报告会见医生最后一关的时候，梅亚楠跟向志远肩并肩坐在走廊里。

“咱们生孩子的号角是不是已经吹响了？”向志远看着梅亚楠乐滋滋地说。

“苍天在上，功夫不负有心人。”梅亚楠也乐呵呵地说。

“等咱们生了孩子，一抱出产房，我就告诉他他存在的曲折过程。

我还得告诉他什么时候做什么时候的事儿，该结婚的时候结婚，该生孩子的时候生孩子。别为了破自由、破事业，毁坏这种万年的延续规律。别觉得自己这样另类，其实这样才被生活所累。”向志远美滋滋地说。

“行了你，这离生孩子十万八千里呢，看你激动那劲儿。”梅亚楠说。

“别人进医院都是愁眉苦脸的，我这次来却觉得很幸福。”向志远说。

正在向志远跟梅亚楠瞎白话的时候，他们的排号就到了。

在拿综合报告的时候，向志远也跟着梅亚楠进了诊室。诊室里坐着一个上了岁数的女医生，戴着一个无边的金丝腿眼睛。

“你们俩先坐。”女医生很客套地对着梅亚楠跟向志远说。

“医生，我太太这身体怀孕没问题了吧？”向志远坐下后急问。

“急什么急，你没看到医生正在看检查结果吗？”坐下的梅亚楠扭过头看着坐在一旁的向志远说。

“梅亚楠是吧？”女医生放下报告单看着梅亚楠说。

“是的。”还没等梅亚楠说话，向志远回答道。

“你是不是做过人流？”女医生看了看向志远，才问梅亚楠说。

“没有没有。”向志远又说。

“先生，让这位女士回答我的问题行吗？你要想回答问题，也去检查一下，你检查的科室在楼上。”女医生略显不耐烦地说。

医生一这样说，向志远便闭口不说话了。

“没有做过。”梅亚楠意识到要出什么问题了，犹豫了一下说。

女医生看到了梅亚楠脸上闪过的那一丝顾虑。

“先生，你回避一下。”女医生又对着向志远说。

“不用，让他在这儿吧。”梅亚楠显然意识到要出问题了，但她还是让向志远留了下来，因为她知道再出什么问题，都不能隐瞒向志远了。

“医生，是不是有什么事儿啊？”这个时候向志远有些不安了。

“你真没做过人流吗？”医生没有搭理向志远，而是直接问梅亚楠。

“做过一次。”梅亚楠看了看坐在一旁的向志远，然后沉默了一会儿说。

“什么时候做的啊？我怎么……”向志远听到梅亚楠这样一说，感到万分惊讶。

“家事儿，回到家慢慢问。”医生打断向志远的话，“我建议你再去做一下检查。”

“我们这不是正在做检查吗？”向志远感到莫名其妙地问。

“既然你不用你先生回避，那我就如实给你说了。你人流时，清宫手术没做干净，宫腔内感染，你恐怕生育不了了。”女医生如实地说。

3

刚才还如胶似漆、充满期待的两个人，此刻坐在医院大厅里，都沉默着。

“亚楠，你什么时候做过人流？”沉默良久后，向志远才缓缓地开口说。

“一年前。”梅亚楠低着头说。

“你怎么就没告诉我呢？”向志远有些埋怨地说。

“你当时在成都出差，我就没告诉你。志远，对不起。”梅亚楠有些胆怯地说。

“没什么对不起的，你先回家吧。”此刻向志远虽然很平静，但内心却异常地失落。向志远说完，就起身走了。

“志远，我们再去别的医院检查检查，说不定还有希望呢。”梅亚楠看着向志远离去的背影说。

“改天吧。”向志远头也没回地说了一句。

梅亚楠看着向志远离去的背影，心里涌起了无尽的失落。她知道上次生病，是谁都无法控制的，但这次不能生育自己真是难逃其责。梅亚楠也知道，此刻的向志远应该很恨她。

4

就在向志远失望地从医院里走出去，梅亚楠失落地坐在医院里的时候，苏小凡跟赵英杰的航班刚刚降落在首都机场。

赵英杰跟苏小凡在外旅游的计划，本来是一个月，之所以提前终止，是因为赵英杰的公司出事儿了。他们给美国的一家公司供给的产品，因为质量原因被全部退回，并要终止与他们的合作。如果那家公司真跟赵英杰终止合作，公司的资金链就会完全断掉。为了做成这单生意。赵英杰从银行融资了两个亿。在赵英杰的计划里，如果这单生意不出意外，就可以马上收到回款，如期把贷款还上。但现在出问题了，过几天，就是赵英杰还贷的日子。

赵英杰让苏小凡先回家，自己赶回了公司。

因为赵英杰提前布局，一到公司就进了所有高层早就就绪的会议室。

5

梅亚楠回到家的时候，苏小凡站在她家的门口。

“小姨。”苏小凡看到梅亚楠走出电梯，叫了一声梅亚楠。

“回来了。”梅亚楠看到站在门口的苏小凡，很没精神地说。

“刚到。”苏小凡说。

“没有回家？”梅亚楠掏出钥匙开着门说。

“没有呢，我不敢回家。”苏小凡说。

“回家吧，别在我这儿避难了，我现在也是难民一个。”梅亚楠推开门说。

“我还没想好怎么跟梅亚非说呢。”苏小凡说。

“那就回家想，我不能再掺和你跟赵英杰的事儿了，不然我跟你妈非闹翻不成。现在我都不敢回你姥姥家了，就怕见到你妈。”梅亚楠看着站在门外的苏小凡，欲要关门。

“小姨，我有事儿给你说。”苏小凡用手撑住门说。

“进来吧。”梅亚楠愣了一下才说，说完就无精打采地转身走进屋。

“小姨，你病了？”苏小凡关上门，跟上梅亚楠问。

“不是一直病着吗？”梅亚楠有气无力地给自己倒了一杯水，然后坐到沙发上说。

“你是不是感冒了？”苏小凡坐到梅亚楠身边，欲要把手放到梅亚楠的额头上，

“没有。”梅亚楠打掉苏小凡的手说。

“那你怎么这么没精神啊？”苏小凡问。

“小凡，回家吧。我想冷静一下。”梅亚楠说。

“小姨，是不是出什么事儿了？”苏小凡看着这个平常对自己关爱有加的小姨突然对自己这么冷言冷语，很是不解。

“没有，回家吧。你妈现在应该理解你了。”梅亚楠说。

“理解我，我也不敢回家。小姨，我怀孕了。”苏小凡说。

“真的？”梅亚楠听苏小凡这么一说，大吃一惊，也精神了一下。但却不愿相信。或许在此刻梅亚楠的意识里，所有的女人怀孕都不是一件容易的事儿。

“真的。”苏小凡说。

“你检查过了？”梅亚楠问。

“我是妇产科医生，我怀没怀自己还不知道吗？”苏小凡说。

“你不是骗我吧？以这个为借口，生米煮成熟饭，好让你妈妥协。”梅亚楠说。

“小姨，这孩子我不想生。”苏小凡说。

“什么？”梅亚楠更惊讶了。

“这事儿，赵英杰还不知道，我想偷着流掉。”苏小凡说。

“苏小凡你想什么呢你？你不顾一切地跟着赵英杰，现在怀了人家的孩子，你都不告诉人家，你就要打掉。这事儿，你别给我商量，去找你妈，去找赵英杰。”梅亚楠说。

“小姨。”苏小凡盯着梅亚楠叫了一声，“我害怕。”

“你害怕什么？”梅亚楠说。

“我害怕生孩子。”苏小凡说。

“你一妇产科医生，害怕生孩子，这不是开玩笑吗？”梅亚楠冷笑一声。

“我每天在产房里待久了，每天看着那些孕妇分娩，我真的有逆反心理。小姨，你没生过孩子不知道，生孩子的时候每个女人要忍受多大的痛苦，哭爹骂娘，吱哇乱叫。”苏小凡说。

“那你早晚都得生啊，你还一辈子不生吗？”梅亚楠说。

“我还有顾虑。”苏小凡说。

“你怎么这么多顾虑啊？”梅亚楠说。

“我害怕我生了孩子，孩子的成长跟我一样，最后沦为单亲家庭。我跟赵英杰刚好上没多久，感情还不稳固。我想等等，等到我二十七八岁的时候再生。”苏小凡说。

“小凡，这是你深思熟虑的结果？”梅亚楠问。

“是的。”苏小凡说。

“小凡，你真是一个孩子。你当时选择赵英杰的时候，就应该想到你要面临这些问题。当然，你不管选择谁都要面临这样的问题。你有没有想过，你要是瞒着赵英杰把孩子打掉，等赵英杰知道了，你们俩还能不能在一起？你不顾一切这样做的目的，就是为了要一个这样的结果吗？还有，生孩子不是计划来的，就跟生活一样，我们计划得再好，最终生活还是有它自己的轨迹，我们改变不了。我跟你姨夫的例子，还不够你吸取教训的吗？小凡，什么事儿不要只考虑自己的感受，这样最终最受伤的永远是你自己。”梅亚楠说。

6

苏小凡本来找梅亚楠去给自己一点儿做人流的勇气，但她没想到得到的却是梅亚楠的反对。

苏小凡从梅亚楠家出来后，在马路上走着沉思了一段，然后就招手拦下了一辆出租车。

苏小凡找赵英杰的时候，赵英杰正在会议室里。

赵英杰这个会一直开到晚上八点，他们一直商议着补救的办法。在赵英杰办公室的苏小凡因为会迟迟不开完，先睡着了。

“先散会吧。”开了一下午会的赵英杰，很疲倦地说了一声。

当所有的员工都撤退后，整个会议室里只剩下了赵英杰一个人。赵英杰坐在会议桌的顶端，他知道如果这件事处理不好，他这个位置将会成为别人的。一个四个亿的单子，他所有的身家。

苏小凡醒来的时候，才发现天已经黑了，当她走出赵英杰的办公室，才知道所有的员工都下班了。

苏小凡走到会议室的时候，看到会议室里只有赵英杰一个人坐在那里。

“英杰。”苏小凡走进会议室，叫了一声坐在那里发呆的赵英杰。

“小凡，我忙得忘了你在等着我。”赵英杰转过身看着站在门口的苏小凡。

“我刚才也睡着了，他们都下班了。”苏小凡说。

“那我们也去吃饭。”赵英杰说着站了起来。

“英杰，公司是不是出什么事儿了？”苏小凡看着站起来一脸疲惫的赵英杰问。

“没有，我们在制订明年的计划。”赵英杰撒谎说。

7

在吃饭的时候，苏小凡本来想跟赵英杰说自己怀孕的事儿，但看着他一脸的不悦，便没有说出口。

两个人吃完饭，付完账。

“小凡，一会儿你回家，还是跟我回家？”赵英杰问。

“我回我小姨家，明天再回家。我还没想好怎么面对我妈。”苏小凡说。

“那行，我送你去你小姨家。”赵英杰说。

“不用，我打车去吧。你回来就马不停蹄地开会，早点儿回家休息吧。”苏小凡说。

“行，对了，小凡，最近我可能会比较忙。你看咱俩出去玩了这么长时间，很多工作都积压到一块儿了，需要我处理。我可能抽不出大块的时间陪你了。你看这样行吗？这几天，就好好地在家待着，我忙完这一阵子，就去你们家。”赵英杰说。

“行。”苏小凡说。

8

赵母一听到开门声，就跑到了门口。

“小凡呢？怎么你一个人回来了？”当赵母看到赵英杰一个人进了家门，便问。

“小凡回家了。”赵英杰愁眉苦脸地坐到沙发上说。

“也是也是。小凡跑出来这么长时间，也该回家了。英杰，要不我去见见小凡妈。”赵母说。

“妈，你就别管了。这事儿，我处理就行了。”赵英杰看着站在那里的赵母说，“妈，你先坐下，跟你说一个事儿。”

“什么事儿？”赵母坐下后问。

“妈，你要不出去旅个游吧。”赵英杰之所以这样说，是因为他怕如果事情真到了无可挽回的一步，银行的人说来就来，会直接把房子给卖了。

“怎么想起来让我去旅游了啊？”赵母笑呵呵地说。

“你不是一直嚷着要出去玩儿吗？”赵英杰说。

“你跟小凡在这节骨眼上，我不去。等你们俩什么时候定了，让你带着我们娘俩一块儿出去。”赵母说。

“妈，那我让小凡陪着你去成吗？”赵英杰说。

“我不去，等等再说。”赵母说。

“妈，那我不瞒你了，公司出问题了，我的资金链完全断了。我现在已经资不抵债了。前一段时间因为做一单生意，我从银行贷了两个亿。过几天，就是我还贷的日子了。如果我还不上，公司只能宣告破产，这房子银行说收就收了。”赵英杰见赵母不肯出去，只有把实情告诉了赵母。

赵母听赵英杰这么一说，一下愣住了。

“妈，现在还没有到真的不可挽回的地步。我先给你打个招呼，到时候有人来看房，你别感到吃惊。还有这事儿你先别跟小凡说。妈，我先上楼了，你也早点儿休息。”赵英杰说完就起身上楼了。

9

苏小凡本来想去梅亚楠家，但最终还是回家了。她真担心梅亚非知道自己回了北京，却不回家，让自己的小姨包庇自己，她们姐妹俩真因为自己吵起来。

苏小凡回到家的时候，客厅里灯已经关了。梅老爷子、梅老太太、梅亚非各自在各自的卧室里。

当苏小凡看到客厅里没有人，正想蹑手蹑脚地回自己房间的时候，客厅的灯突然亮了起来。梅老太太、梅老爷子、梅亚非站在各自的卧室门口。

“哟，这不是苏小凡吗？”站在卧室门口的梅亚非阴阳怪气地说。

“小凡，你这么长时间也不跟家里联系，你知道我跟你姥爷多担心你吗？”梅老太太走过来对苏小凡说。

站在卧室门口的梅老爷子，一声不吭。

“我的电话不是被梅亚非给报停了吗？”苏小凡说。

“对对，是我的不对，我给你道歉啊。小凡，我对不起你。”梅亚非说。

“人回来就好，你也回去吧，让她们娘俩聊。”梅老爷子说着走过来，拉了一下梅老太太。

10

“看你的状态，玩儿得不错？”到了苏小凡卧室，梅亚非看着苏小凡说。

“还行。”苏小凡坐在床上说。

“那我是该祝贺你呢，还是恭喜你呢？”梅亚非坐到苏小凡的身边，突然提高了调门，“你眼里我还有我这个妈吗？！”

“有。如果眼里没有你这个妈，我就不回来了。”苏小凡说，“梅亚非，我知道我这样做让你很难受。但你有没有想过，你那样做也让我很难受呢？你把我关起来，什么都不跟我说，跟养一条狗似的，往笼子里一关，到吃饭的点了给送顿饭，渴了的时候给送杯水。你这是处理事情的态度吗？你有没有想过，你这样把我关起来，真的就能解决问题吗？”苏小凡说。

“我知道我那样做欠考虑，那你告诉我一个办法，怎么不让自己的女儿跳入火坑。小凡，我现在都搞不懂你是不是当初我那个小凡了。我不知道是自己的女儿太聪明，还是我这个当妈的不够关心自己的女儿，连自己的女儿想什么都不知道。”梅亚非说着眼圈就红了。

“妈。”这是十几年来苏小凡少有的几次当着梅亚非的面叫她妈，直呼梅亚非名字的规矩是梅亚非自己定下来的，在苏小凡幼年的时候，梅亚非就想让苏小凡在一个没有规矩、平等的家庭里成长，“你别想那么多好吗？不是你女儿聪明，也不是你不了解你女儿，是你女儿怕你担心。有些事情，降临在了我的头上，我就必须接住它承受它。”

“小凡，我知道亏欠你很多，让你在一个单亲家庭里成长……”梅亚非说。

“这跟你没关系。我不恨你，我也恨不着你，我就恨苏林森。”苏小凡说。

“不管你恨谁，你的成长因素里都有我的原因，这是我逃避不了的。小凡，我知道你为什么选择赵英杰。你姥爷、你姥姥，包括你小姨，都劝我，让我放宽心，让你自己做抉择。如果你站在一个母亲的位置，你该怎么说服自己呢？”梅亚非说。

“不生。当知道一场婚姻存在着危险因素的时候，我就不要生这个孩子。”苏小凡沉默了一段时间说。

“好，我知道了。”梅亚非说着，在眼圈打转的眼泪就掉了下来，在脸上滑落。梅亚非站了起来，朝着卧室外走去，当走到门口的时候，她又停了下来，缓缓地转过身，“小凡，我不阻止你们在一起了。真的，不是跟你置气，我想明白了。你姥爷说，每个人有每个人的命运，我们只能选择路途，而不能选择结局。对了，别仗着找了一个有钱的男人，就丢了自己的职业，有空还是找一份属于自己的工作吧。”

“妈。”苏小凡看着梅亚非意味深长地叫了一声，她本来还有很多话要跟梅亚非说，但叫完这声妈后，却又不知道说些什么了，“您早点儿睡吧。”

苏小凡本来以为当梅亚非同意她跟赵英杰在一起时，她会感到异常地轻松，但今天她却有一丝沉重。直到后来，当苏小凡也为人妻为人母的时候，才明白这种沉重是一种愧疚。

11

这天晚上，向志远很晚才回来，喝得酩酊大醉。

当向志远摇摇晃晃地回到家，没有看一眼开门的梅亚楠，就摇摇晃晃地进了家门。

当梅亚楠把房门关上，去搀扶向志远的时候，被向志远用力地甩开了，然后他又一言不发地摇摇晃晃地上了楼。

梅亚楠看着酩酊大醉、摇摇晃晃上楼的向志远，异常心碎，向志远每往上走一步，梅亚楠心里就有一阵针扎的痛。

这一夜，在这个大 House 里，一人在黯然神伤，一人在苦食惆怅。

12

第二天一大早，向志远是被赵英杰的电话吵醒的。赵英杰让向志远尽快到公司一趟。

当向志远走到楼梯口，看到梅亚楠已经把早点做好了，一个人坐在餐桌旁，木然发呆。

“你醒了。”梅亚楠慌神的时候听到向志远的脚步声，便把目光投了过去。

“嗯，我不吃了，我得去老赵的公司一趟。”向志远说着就穿过了餐厅。

“吃点儿再去吧。”当梅亚楠追出来，声音还没有落地，就听到了一声关门声。

13

赵英杰一直觉得那些所谓的老话，总会被另一句老话给驳倒，但赵英杰今天却不再这样认为了。他突然觉得，落难的凤凰不如鸡，这句话是多么符合自己现在的处境。

今天赵英杰一到公司，人事部总监就敲响了他办公室的门，带来了近 50 份的辞职信。

“我们公司现在有 362 人是吧？”赵英杰接过人事部总监的一沓辞职信。

“是的，赵总。”人事总监说。

“还行，只是七分之一。你告诉这些离职的人，全部同意他们离职。”赵英杰看着其中的一份离职信说。

“行，那我先出去了赵总。”人事部总监说。

“等会儿。这样，你发一封邮件抄送所有的同事，告诉他们现在公司大难当头，有谁还想离职，我绝对不阻碍他们奔前程。”赵英杰说。

“好，我这就去办。”赵英杰说。

人事总监还没有走出赵英杰的办公室，向志远就进来了。

“老向，你来了。”当人事总监走出办公室后，赵英杰对着已经坐下的向志远说。

“怎么会出现这样的事儿啊？”向志远很不解地问。

“养虎为患，内外勾结，同行使诈。”赵英杰说。

“还好，现在事情还没到不可挽回的地步。”向志远说。

“快了，只要银行听到我已经资不抵债的时候，他们就会找上门来了。”赵英杰叹着气说。

“供应商早就跑了。他们把四成的产品做成合格的，把六成的残次品掺在其中。我现在还不能报案，报案就相当于告诉了银行。”

赵英杰说。

“你约了美国那边儿公司的人了吗？先让他们把四成的合格产品给收了啊。”向志远说。

“他们要终止合作。我约他们那边儿的人，他们以我不诚信为名不跟我见面，约不到了。看来我这次真要栽到这儿了。”赵英杰说。

“四个亿啊老赵，这不是小数目啊。资不抵债，你要背上官司的。银行会告你诈骗的。”向志远说。

“我就担心他们给我安一个诈骗罪啊。这是我今天叫你来的原因，你看看这合同，是不是有缓和的余地。”赵英杰说着把合同递给向志远。

“如果他们要了这四成的合格产品，你就能收回来不到两个亿的现金。”向志远看着合同说。

“希望如此。不能让小凡知道，如果我真的出事了，我除了一无所有，还可能有牢狱之灾。”赵英杰说。

“这个时候你就别思考这些儿女情长了。”向志远说。

“不是思考，这是责任。老向，你别怪我狠，如果出事了，我就必须跟小凡分开。因为就算我不进去，我也将会一贫如洗。我不能让小凡跟着我过苦日子。”赵英杰说。

“事情还没糟到那一步，这份合同你给我印一个副本，我要带走研究一下。”向志远说。

第二十六章

1

这几天，梅亚楠陷入了自责之中。

这几天，向志远正在积极地摆脱梅亚楠不能生的阴影。

这几天，苏小凡正在想着如何告诉赵英杰自己怀孕却不想生的事儿。

这几天，赵英杰正在想办法跟合作公司联系，当面约见谈判，并艰难地维持着每天都有人离职的公司。

2

这几天，苏小凡跟赵英杰总是电话联系，苏小凡像是一个听话的孩子，等着赵英杰处理完公司的事儿。但一连几天，赵英杰都不让苏小凡去他公司，也不主动说见她。

这天，按捺不住的苏小凡在电话里跟赵英杰叫嚣了起来，已经焦头烂额的赵英杰只好答应苏小凡中午一块儿吃午饭。

但还没到中午的时候，已经准备好出发的苏小凡，却接到了赵英杰有事儿的电话。

当然，赵英杰确实有事儿，因为他终于约了美国公司那边的人。

苏小凡听到赵英杰有事儿的电话，就生气地去了赵英杰的公司。当她到了赵英杰的公司，看到落魄不堪的景象，找到赵英杰的助理，才知道赵英杰为什么不让她来公司，也没有时间陪着她了。

“他去哪儿了？”原本生气的苏小凡，突然担心起来。

“去跟别人谈事儿了。”赵英杰的助理说。

“去哪儿谈了？”苏小凡问。

3

苏小凡得知赵英杰跟别人谈事儿的地方，就赶了过去。因为她从赵英杰的助理口中得知，如果这次赵英杰能谈妥的话，还有望翻身，如果谈不妥的话，整个公司将毁于一旦。苏小凡从赵英杰的助理口中得知，谈不妥的概率大于谈妥的概率。苏小凡担心赵英杰一旦谈不妥，会受到沉重的打击。

苏小凡到了赵英杰谈判的会所，一眼就看到赵英杰跟着一个男人在手足舞蹈喋喋不休地说着。苏小凡找了一个角落坐下后，远远地注视着赵英杰，看着赵英杰时而眉头紧锁，时而紧皱的眉头又舒展开来。

赵英杰跟对方谈了很长时间，对方都不肯再跟他们合作，也不肯接受他们四成的合格产品。就在赵英杰谈判无望的时候，才看到坐在不远处的苏小凡。

“您稍等一下，我马上过来。”赵英杰对着那个男人说。

“行，赵总，您尽快。我一会儿还有事儿。”男人看了看手腕上的表说。

“马上马上。”赵英杰说完就起身来到了苏小凡的位置旁，“你怎么来了？”

“出了这么大的事儿，你怎么不跟我说呢？”苏小凡对着站在面前的赵英杰质问。

“我回头给你解释。”赵英杰说。

“嗯。”苏小凡点了点头，“你赶紧去谈吧。”

“行，你在这儿坐一会儿，我马上就好了。”赵英杰说。

“抱歉，让您久等了。”赵英杰彬彬有礼地说。

“赵总，那位是？”男人又侧头看了一下坐在不远处的苏小凡。

“我未婚妻。”赵英杰回答说。

“是吗？”这个男人突然尴尬了一下。

“见笑了。”赵英杰含蓄地笑了笑说。

“赵总，我先去个卫生间，回来我们接着谈。”这个男人说完，就朝着卫生间的方向走去了。

4

跟赵英杰谈判的人不是别人，正是上一次苏林森去医院看苏小凡时，给苏林森开车的那个人。

这个男人进了卫生间，就掏出手机拨打了苏林森的号码。

“苏总方便接电话吗？我有急事儿向他请示。”男人听到是苏林森的女秘书接的电话，便用一口流利的英语说。

“苏总前天刚做完化疗，不方便接电话。”苏林森的女秘书说。

“还是去请示一下苏总吧，是有关他女儿的事儿。”男人说。

“我去问一下。”女秘书说。

女秘书轻轻地推开苏林森卧室门的时候，苏林森正躺在床上。他那一头花白的头发已经不在，光光的头，能清晰地看出他苍白的脸孔。

“有事儿吗？”苏林森微弱地说。

“苏总，北京来的电话，您接吗？”女秘书走到苏林森的床前说。

“把电话给我吧。”苏林森接过电话又变成汉语说，“你说吧，我在听。”

“苏总，我见到您女儿了。”那个男人说。

“是吗？她还好吗？”苏林森一听到对方说见到了苏小凡，情绪便有些激动。

“我也只是远远地看到了她。”男人说。

“你就告诉我这事儿吗？你今天不是去跟一家公司谈合同的事儿吗？”苏林森微弱地说。

“是的，这家公司的老总，就是您女儿的未婚夫。”男人说。

“哦，我知道了。”苏林森说。

“现在怎么办？我们是不是还要跟这家公司终止合同呢？”男人问。

“终止合同。”苏林森说。

“苏总，如果我们终止合同，这家公司就垮了。他们的资金链已经断了，还欠银行两个亿。”男人说。

“必须终止合同，不然没办法跟董事会交代。”苏林森说。

“好吧。”男人说。

“在终止合同之前，把他们的合格产品再验收一遍。不合格的，用我私人的钱原价全部收购。把不合格的全部卖给原材料商，这部分钱全部捐了吧。”苏林森说。

“行，苏总，您要注意身体。”男人说。

“这事儿，你不能透漏给他们俩任何一个人。也不要告诉我女儿我病的事儿。”苏林森气若游丝地说。

“我知道了。”男人说。

“我累了，这事儿，你处理好，就不用给我打电话了。”苏林森说。

苏林森挂了电话后，陷入了久久的沉思，然后脸上露出了一丝笑容，他慢慢地挪动了一下身子，目光投在床边的大案台上，大案台上放着十几幅照片，是苏小凡从小到大的照片。

5

当男人告诉赵英杰他们决定终止合同，但同意接收他们全部产品的时候，赵英杰很是惊愕。

“赵总，不愿意吗？”男人看着有点儿不敢相信的赵英杰说。

“不不，只是有点儿不敢相信。”赵英杰说。

“我也不知道我们董事长为什么做了这样的决定，所以对你的不敢相信跟不可思议，我也给不了答案。因为我跟你有一样的感受。”男人说。

“谢谢你，替我打了这个电话。”赵英杰很感激地说。

“跟我没关系。谢我谈不上，有机会谢谢我们董事长吧。40%的合格产品的货款，两个工作日到账。剩下60%的货款，不出意外的话，明天就到账了。”男人说。

“谢谢，谢谢。”赵英杰说。

“好了，那我就告辞了。这是我们最后一次合作，但祝你生活愉快。”男人说着伸手跟赵英杰握手。

6

一瞬间有人跌入地狱，一瞬间有人升入天堂。

“小凡，我们走吧？”赵英杰走到苏小凡的身边，看着已经站起来的苏小凡说。

“谈得怎么样？”苏小凡说。

“小凡，我们结婚吧。”赵英杰看着苏小凡说。

“行。”苏小凡说。

“你不怕我一无所有吗？”赵英杰说。

“不怕。”苏小凡说。

“明天，我就去你们家提亲，成吗？”赵英杰说。

“行。”苏小凡说。

“不不，还是过几天去吧，我得准备准备。”赵英杰说。

“行。”苏小凡说。

“小凡，我谈成了。你不用担心我受不了打击了。”赵英杰说。

“我知道，你笑了。”苏小凡说。

“我真的不敢相信这是真的。”赵英杰说。

“我们去吃饭吧，我还没有吃午饭呢。”苏小凡说。

7

在苏小凡跟赵英杰吃饭时，赵英杰一直感叹，每句话里都洋溢着不可思议的幸福感。

“我有三件事儿告诉你。”苏小凡见赵英杰的状态很好，便说。

“你说。”赵英杰说。

“你听好了啊。”苏小凡故意卖关子停顿了一下，“我妈同意我们在一起了。”

“第二件呢？”赵英杰问。

“我们俩可以光明正大地在一起了。”苏小凡说。

“这不是一件事儿吗？”赵英杰说。

“两件啊。一件是我们被同意，一件是我们可以。”苏小凡说。

“第三件呢？”赵英杰说。

“第三件？我怀孕了。”苏小凡说。

“真的吗？”赵英杰愣住了很久，然后很高兴地说。

“英杰，但我不想生。”苏小凡说。

“为什么？你想做丁克？”赵英杰脸上的笑容还没消退，就被苏小凡这句话僵化在了脸上。

“不是。”苏小凡说。

“那为什么啊？”赵英杰问。

“因为我还没做好当妈妈的准备。”苏小凡本想告诉赵英杰自己的真实想法，但怕这样一说，赵英杰知道她有那些顾虑的时候，会影响她跟赵英杰的感情。

“小凡，生孩子这事儿不是准备来的。你小姨跟你姨夫准备了那么长时间，他们不也不能生吗？”赵英杰说。

“我小姨好了啊，她现在已经做准备了啊。”苏小凡说。

“你小姨跟你姨夫今天去检查，你小姨已经确定不能生育了。”赵英杰说。

“真的吗？”苏小凡说。

“嗯，所以，小凡，现在你妈同意我们俩在一起，那我们随时都可以领证。所以，孩子你必须生下来。”赵英杰说。

“你让我想想行吗？”苏小凡说。

8

这几天，梅亚楠、向志远两个人很少说话，就算两人并肩坐在同一张沙发上，也都不知道说什么。

梅亚楠之所以不知道跟向志远说什么，是因为她觉得跟向志远说什么，都不能化解向志远对她已经不能生的怨恨；梅亚楠也知道向志远之所以没什么话对她说，是因为向志远已经不愿意再跟她交流了。

当梅亚楠跟向志远就这样像两个刚搬进来同租在一个屋檐下的房客时，梅亚楠耳边总会想起梅老爷子说的那句话：沉默着沉默着就会变了，想着想着就会算了。

向志远在家待着也是跟梅亚楠保持沉默，便开始去律师事务所坐班了。

这天下午，在家待着没事儿干的梅亚楠接到了一个老领导的电话，约她喝茶。

“老领导，你怎么想起来约我喝茶了？”梅亚楠问。

“调研一下不上班人的生活。”老领导抿了一口茶说。

“怎么？你也想离职了？”梅亚楠说。

“我已经不可能离职了。我要不工作，就是退休了。”老领导说，“最近生活得怎么样？”

“还行吧。”梅亚楠说。

“我看你的神色，好像不怎么好。”老领导说。

“嗨。”梅亚楠叹了一口气。

“看来你没有追上幸福。”老领导说。

“我现在都搞不清楚到底什么是幸福了。”梅亚楠说。

“那你这代价有点儿大了吧。”老领导说。

“无怨无悔。”梅亚楠说。

“有没有想过再去上班啊？”老领导漫不经心地试探。

“老领导，你找我来，不是让我去上班的吧？”梅亚楠问。

“就是来问你愿不愿意再去工作。”老领导说。

“不想去。”梅亚楠说。

“你的辞呈，我没有递交总部，一直压在我这儿。因为，我知道你就算生了孩子，还是得出来工作。我一直按你休病假处理的。所以，总部一直还是想让你去巴黎。”老领导说。

“啊。”梅亚楠惊讶了一声，“我现在的状况连工作都不能工作，更别说去巴黎了。现在我的生活越来越乱，老领导，你就别再给我添乱了。”

“别急着回绝我。我听你的前任助理说，你必须做丁克了。所以，你好好想吧。”老领导说。

梅亚楠沉默不语。

“给你时间想。”老领导说。

“我给你的答案是肯定不去。”梅亚楠说。

“这不重要。”老领导说。

9

向志远每次等所有的员工都走了，也不愿意回家，他宁可待在空空的办公室里感受落寞，也不愿意面对梅亚楠。当他知道梅亚楠不能生育的时候，他内心就涌起一种恨，这种恨又让他有一种切肤之痛。他每当面对梅亚楠的时候，就想对她发火，但看着梅亚楠一脸的惆怅，又不忍心。因为他知道其实梅亚楠心里也不好受。

梅亚楠跟自己的老领导聊完，就开车去了向志远的律师事务所。梅亚楠到的时候，整个事务所里只有向志远一个人。

梅亚楠走到向志远的办公室门前，看到向志远独自坐在办公桌前，便在门口伫立了一会儿，才慢慢地走进去。

“你怎么来了？”低着头看案宗的向志远，察觉到有人进来，抬起头便看到是梅亚楠。

“我路过，就来接你下班。”梅亚楠说。

“哦。”向志远哦了一声，然后扬了扬捏在手里的案宗，“近期有个案子要开庭，钱律师突然生病了，我得研究一下案宗。你先回家吧。”

“哦，那我先走了。”梅亚楠说完就转过身去，走到门口又转过身来，“志远，你还没吃饭吧，我们一块儿吃个饭吧。”

“算了。”向志远注视着梅亚楠说。

“那我走了。”梅亚楠僵硬地笑了一下。

“嗯。”向志远点了点头，然后看着又转过身去的梅亚楠，“亚楠。”

“怎么了？”梅亚楠又转过身来。

“路上慢点儿，我会早点儿回家。”向志远说。

“我知道了，那记着吃点儿东西，别把身体饿坏了。”梅亚楠说。

“嗯，我休息的时候，就下楼去吃。”向志远说。

梅亚楠走出向志远办公室的那一瞬间，眼泪就流了出来。

10

向志远看着梅亚楠转身走出的那一瞬间，内心无比凄凉。

他开始问自己：为什么要跟梅亚楠较这个劲？

他开始问自己：为了一个孩子，就这样伤害自己的妻子，是不是值得？

他开始问自己：如果梅亚楠不是因为做人流不能生育，他是不是还会怨恨梅亚楠？

他开始问自己：为一件已经成为事实的事儿，真的要毁掉自己的婚姻吗？

向志远带着N多的疑问，陷入了久久的沉思。就在他思绪万千、剪不断理还乱的时候，手机的短信提示音打断了他的沉思。

向志远拿起放在办公桌上的手机一看，是程圆圆发过来的：向律师，明天是我哥哥的婚礼，希望你光临。

向志远看着程圆圆的短信，便把电话回了过去。

11

当墙上挂着的石英表指向凌晨一点的时候，梅亚楠还坐在客厅里，等着向志远回来。梅亚楠虽然盯着那台64寸的电视，但电视里放什么她也不知道。梅亚楠的状态是游离的。她觉得不管怎么样，都应该跟向志远谈谈了，再这样下去，两个人只能在爆发中结束了。

但梅亚楠等来的却是醉醺醺的向志远。

“志远你怎么又去喝酒了？”梅亚楠搀扶住向志远说。

“你管不着。”向志远醉眼迷离地看了看扶着他的梅亚楠。

“我去给你倒杯水。”梅亚楠把向志远扶到沙发上，说。

“我不喝。”向志远说。

梅亚楠没再理会向志远，径直走到饮水机前去给向志远打水。

“我跟你说了我不喝。”当梅亚楠把一杯水递给向志远的时候，向志远用手一摆便把梅亚楠端在手里的杯子打翻在地。

水杯掉在地上，水花四溅，玻璃碎了一地。

那一声清脆的响声，久久地回荡在梅亚楠的耳边。

“志远，我知道你恨我。”梅亚楠的脸庞上滑落下两行眼泪，“我知道这次错全是我一个人的，错得已经无法挽回，所以我没有资格再质问你。我何尝不是跟你一样伤心，一样恨我自己。终要发生的事情，还是要发生的，哪怕付出再多，都于事无补。志远，等你清醒了我们谈谈吧。”

“好。”向志远说着摇摇晃晃地站起来，踩着玻璃碴向楼上走去，脚上沾满的水渍清晰地印在干净的地板上。

12

一夜未眠盘坐在沙发上的梅亚楠看着向志远西装革履地从楼上走了下来。

“你要出去是吧？”梅亚楠一动不动地盘坐在沙发上，盯着欲要从她身边走过的向志远说。

“是的，去参加一个婚礼。”向志远停住脚步说。

“在你去之前，我们谈谈吧。”梅亚楠说。

“等我回来吧。”向志远说。

“好的。”梅亚楠说。

“那我走了。”向志远说。

“别喝那么多酒，伤身体。”梅亚楠说。

向志远嗯了一声，就走了。

第二十七章

1

赵英杰之所以答应苏小凡在不想生孩子这事儿上再想想，是因为他想把让苏小凡生孩子的事儿扔在苏小凡家的饭桌上去讨论。

在向志远参加婚礼的时候，在梅亚楠独自一人在家惆怅的时候，赵英杰双手拎满礼品盒，正摁响梅家的门铃。

赵英杰这次见苏小凡的家人，虽然梅亚非没再像上次那样梗着脖子，语气缓和了很多，梅老太太跟梅老爷子的脸也没像上一次那样阴沉着，但还是让赵英杰跟梅亚非感到了尴尬，因为他们都不知道该怎么称呼彼此，所以他们俩都一直用嗯啊呵称呼对方到吃饭。

“其实，我早就该来看你们。但公司出了点事，没有脱开身。”在坐到饭桌上后，赵英杰先开口说。

“上次是我们的态度不对，也没做好准备。”梅老爷子接过话茬说。

“是我太唐突了，应该给你们提前透个风来着。我很理解你们的心情。”赵英杰呵呵一笑说。

“还不是因为小凡捂得太严实。见了面，我们才知道她的男朋友是这么大岁数的。”梅老太太说。

“我要提前告诉你们，你们还会去吗？”坐在赵英杰身边的苏小凡说。

“亚楠跟志远也没来。”赵英杰呵呵一笑，想岔过刚才的话题。

“我没叫亚楠跟志远过来，怕他们在你说话不方便。”梅亚非说。

“您考虑得真周到。”赵英杰对着梅亚非笑笑说。

“大家动筷子，别愣着了。边吃边聊吧。”梅老爷子说。

“英杰，你吃这个水煮鱼，这是我妈的拿手好菜。”苏小凡给赵英杰夹了一筷子鱼，放在赵英杰面前的碟子里说。

“英杰，你看我们现在也同意你跟小凡在一起了。你看你们是再处一段时间呢，还是赶紧把事儿给办了？”梅老太太说完，还没等赵英杰回应，便自己回答了自己的问题，“要我看，还是赶紧办了。”

“听您的。”赵英杰放下筷子说，“不过，我也想尽快办了。小凡都怀孕了。”

赵英杰的话音一落，正准备夹菜的苏小凡把手又缩了回来，愣住了。梅亚非、梅老太太、梅老爷子，也像是触了电似的呆在了那里。

“小凡，你怀孕了？”先回过来神的梅老太太看着小凡问。

“真的吗小凡？”梅亚非也问。

“你这孩子，这么大的事儿，怎么不跟我们说啊。”梅老爷子说。

“我还没来得及跟你们说。”苏小凡瞪了赵英杰一眼说。

“是我不让小凡跟你们说，我想今天跟你们说，给你们一个惊喜。”赵英杰先给苏小凡布了局，又替她解围。

“多长时间了？”梅老太太说，“小凡这个螃蟹你不能吃，容易流产。你还做产科医生呢，整天嘱咐孕妇，到你这儿怎么全给忘了。”

“‘果珍’也别喝了，这里边儿有防腐剂。”梅亚非把苏小凡的饮料杯拿走说。

“小凡，现在要开始注意了啊。”梅老爷子说。

“你们别那么紧张，我比你们清楚。我跟英杰商量好了，我们先缓缓，等过几年再生。这个我们不想要。”苏小凡把球又踢给赵英杰。

苏小凡这样一说，赵英杰突然无言以对了。

“不是，你们这是唱的哪出啊？英杰，你们为什么不要啊？”梅亚非把握在手里的筷子往桌子上一摔，质问赵英杰。

“英杰，你这岁数不能再不要孩子了。”梅老太太见梅亚非的姿态，便说了一句。

“小凡，到底你们谁提议的不要孩子？”梅老爷子观察了一下苏小凡，然后又看看赵英杰，问。

“是我不想要的。”苏小凡见这种状况，自己再不出来说话，局面又会成为第一吃饭的样子。

“为什么不要啊？你想学你小姨，当丁克，把日子过得叮叮当当？”梅亚非又把矛头指向苏小凡。

“不想要，就是不想要。哪有那么多为什么啊？”苏小凡说。

“小凡，你不要孩子总得给我们一个理由吧？”梅老太太说。

“小凡，英杰不比你，你得为英杰考虑考虑。”梅老爷子说。

“这事儿，我们从长计议。先吃饭吧。”赵英杰说。

“小凡，你要不给我说清楚，我真跟你没完了。”梅亚非不理会赵英杰，对着苏小凡说。

“我说不生就不生，我害怕生孩子。”苏小凡说。

“开玩笑，你一妇产科医生害怕生孩子，还做什么医生啊。”梅亚非说。

“妇产科医生就不能害怕生孩子了？当医生的还都害怕自己生病呢。那还有医生吗？”苏小凡说。

“小凡，你不能这样。你看你小姨，为了跟你姨夫生孩子，他们俩闹了多少事儿啊。咱家又不是没有例子，不能太任性啊。”梅老爷子说。

“小凡还没准备好做妈妈，可能需要适应适应，咱们大家就让小凡适应适应。”赵英杰说。

“适应什么适应啊，说不生就不生。这事儿没商量。”苏小凡说。

“小凡，我怎么发现你越长大越不懂事儿了。”梅老太太说。

“我不生，我不想让我的孩子成为另一个苏小凡，我不能让我的不幸重演。”苏小凡说。

苏小凡这么一说，赵英杰才恍然知道苏小凡的真实想法，和蔼的脸色便沉了下来。

“小凡，这才是你真实的想法吧。你怎么就不幸了？你不是就失去了苏林森吗？你跟什么样的人谈恋爱结婚，是因为苏林森，你现在不生孩子还是因为苏林森。你到底在想什么啊小凡？你能不能不用苏林森当作你为所欲为的借口啊，你眼里还有我，还有你姥姥、姥爷吗？你还考虑我们的感受吗？”梅亚非说着就站了起来，然后气冲冲地走到卧室。

当梅亚非一口一个苏林森的时候，赵英杰愣住了。他突然意识到为什么在他即将无路可走的时候，一个严苛的美国公司，怎么就给他开了绿灯。

“怎么了？这些不是事实吗？”苏小凡对着走出来的梅亚非说。

“没错，是事实，你不是缺少父爱吗？缺少安全感吗？你去找苏林森啊。”梅亚非说着把握在手里的名片举到苏小凡面前，“堂堂美国苏氏集团，你有一个多有钱的爸啊。去找回你的安全感。你别用你的安全感再让我们所有的人都感到没有安全感了。”

“梅亚非！”苏小凡噙着眼泪说。

“老大，你给我回屋去！”梅老爷子命令了一声。

“小凡，不是姥姥说你，你不能再这样了。”梅老太太叹息了一声，也起身离开了餐桌。

2

苏小凡跟赵英杰坐在楼下。

“英杰，我不是不信任你。我害怕生孩子，害怕他的命运会跟我相似。我真的没有做好当妈妈的准备。”苏小凡说。

“我理解你。”赵英杰说，“小凡，不管你生不生，我都会跟你在一起。”

“真的吗？”苏小凡说。

“真的。因为从我公司能起死回生那一刻，我就应该感谢你。”

赵英杰说。

“为什么感谢我？我又没做什么。”苏小凡说。

“因为苏林森，因为跟我合作的那家公司叫苏氏集团。”赵英杰说。

“苏林森？”苏小凡默默地说了一声。

“小凡，我先去一趟公司，你回家吧。”赵英杰说。

“英杰，如果不是苏林森帮你挽回窘局，你还会答应我不生孩子吗？”苏小凡问。

“我也不知道。”赵英杰沉默了一会儿说。

“英杰，难道有爱还不够吗？”苏小凡看着赵英杰问。

“够，在你这年龄足够了，但在我这个岁数，有些事情必须通盘考虑。”赵英杰说。

“英杰，那我们在一起是对了还是错了？”苏小凡问。

“没有错，生不生不还没结果吗？”赵英杰说。

3

苏小凡回到家，就把落在地上的名片捡了起来，然后把自己关进卧室，看了上边的电话号码很久，才缓缓拿起手机，拨打了这个她早就熟记在内心的号码。

苏小凡拨通苏林森的电话，却听到苏林森一段陌生而熟悉的声音，接着便是留言的提示音。

“我是小凡，请回我电话。”苏小凡听到留言提示音之后，便说。

其实，在苏小凡给苏林森打电话的时候，苏林森正在医院里抢救。

4

赵英杰并没有回公司，而是回了家，并思考了很久，才告诉了赵母苏小凡怀孕的事儿。

“英杰，生不生孩子你不能随小凡，你要跟小凡好好谈谈。”赵母一听赵英杰说小凡不想生后说。

“小凡已经挽救我一次了，我得尊重小凡一次。”赵英杰说。

“英杰，你这是在做交换，不是尊重。英杰，小凡岁数小，你活了半辈子了，你应该比小凡想得更多才是。你应该疏导她，让她打开内心的结。”赵母说。

“妈，这些我知道。小凡的这个结已经在她内心里十几年了，不是说解开就能解开的。”赵英杰说。

“我去找小凡，我要跟小凡谈谈。”赵母说。

“您别去了，等小凡情绪稳定些，我去找她谈吧。”赵英杰说。

“不行，我现在就去。”赵母说着站了起来。

就在这时，门铃响了。

赵英杰打开门，一看门外站着的是苏小凡。

“小凡，你来了。”站在门口的赵母看着站在门外的苏小凡说。

5

“小凡，你怀孕了？”赵母握着苏小凡的手说。

“嗯。”苏小凡点点头。

“小凡，这孩子咱们生下来好吗？”赵母说。

苏小凡沉默不语。

“小凡，阿姨知道你心里有难处，但你也要考虑阿姨跟英杰的难处。阿姨是已经快要装进棺材的人了，这辈子没什么奢望了，能看到孙子或者孙女，也就瞑目了。你看英杰也这岁数了，不能再等了。阿姨以前给英杰积极地张罗着婚事，也就是为了能在死前看一眼自己的孙子。小凡，你就答应了阿姨，咱把这孩子生下来吧。阿姨求你了。”赵母说

“阿姨，我理解你，我也理解英杰，但我真的没想清楚。你让我

再想想行吗？”苏小凡说。

“小凡，阿姨给你保证，英杰不会负了你。刚才英杰还在说尊重你的想法呢。”赵母松开紧握着苏小凡的手，然后对着坐在一旁的赵英杰说，“是吧，英杰。”

“阿姨，我跟英杰聊聊好吗？”苏小凡看着赵母说。

“行，行。英杰，好好聊，别让小凡受了委屈，她现在怀着孩子呢。”赵母说。

6

苏小凡跟赵英杰步行在暮色里。

冬天快到了，枝头上只有孤零零的几片枯叶挂着，只有西方的那一抹夕阳的余晖，让这已有一些冷意的傍晚还有一丝温暖的感觉。

“英杰，这孩子我真的不想生。”苏小凡开口说。

“那就不生吧。”赵英杰说。

“英杰，我不想伤害你，也不想伤害阿姨。”苏小凡说。

“只要你快乐就行。”赵英杰说。

“英杰，我们分开吧，我觉得我们不合适。”苏小凡跟赵英杰并肩而行，沉默了一会儿突然说。

“你疯了吧，小凡。”赵英杰一把揽过苏小凡，双手放在苏小凡的肩头说。

“以前，我一直幻想着我们在一起，只是在一起。我陪伴着你，你陪伴着我，相互依靠，相互温存，我完全忽略了要生孩子这件事儿。我忽略不代表不会发生，所以它来了，来得如此凶猛，凶猛得让我措手不及。这个时候，我才恍然意识我寻找的爱人只能让我有一种短暂的归属感。此刻，这种归属感就要消失了，被我肚子里的孩子打破了，因为我要面临着一个更大的不安。我无法越过自己这种惧怕跟担心。我想找到一个能让我生的借口。这几天我拼命地问自己，如果有一丁点儿的借口，我也敢把孩子生下来。但我始终找不到。英杰，我们分开吧。我们真的不合适。我不能再耽误你了。”苏小凡说。

“小凡，你太幼稚了。不，你是愚蠢。你这是逃避，你是活在自己假想的空间里。你这样会把自己伤得体无完肤的。小凡，听话，孩子的事儿，我们缓缓。你不生，我们明天就去做了。”赵英杰说。

“英杰，你别再为我牺牲了。我真的像我妈说的一样，我有心理疾病。算了吧。”苏小凡说。

“小凡，你别傻了。平复平复情绪，我送你回家。”赵英杰说。

“我想一个人走走。”苏小凡说。

7

苏小凡一个人走在马路牙子上。

马路上车流涌动，赵英杰的车掺在其中，偷偷地跟着苏小凡。

慢慢走着的苏小凡掏出手机，又拨打了苏林森的手机，仍是提示留言的提示音。

“苏林森，我是苏小凡，给我回电话！”苏小凡对着电话说。

电话自动断掉。

“苏林森，我是苏小凡，给我回电话！！”苏小凡又拨打过去，对着电话又说。

电话自动断掉。

“苏林森，我是苏小凡，给我回电话！！！”苏小凡又拨打过去，对着电话继续说。

“苏林森，我是苏小凡，赶紧给我回电话！！！！”苏小凡又拨打过去，对着电话大声吼叫。

电话自动断掉。

“苏林森，我是苏小凡，赶紧给我回电话！！！！！！你告诉我为什么你这么多年都不联系我？”苏小凡又拨打过去，对着电话大声吼叫完，便蹲在马路牙子上，大声哭了起来。

紧跟着的赵英杰看到苏小凡这种状态，便赶紧靠边停车，跑了过去。

“小凡。”赵英杰蹲到苏小凡的身旁说。

“你不要跟着我。”苏小凡蹲着哭着说。

“小凡，我们回家。”赵英杰一把抱起苏小凡说。

“你放开我。”苏小凡挣脱开赵英杰，跑走了。

8

赵英杰一直看着苏小凡上了楼，才开车回家。

苏小凡回到家，只有梅亚非一人坐在客厅里等着她。

“妈，我跟赵英杰分手了。你就别在这儿等着跟我谈心了。”苏小凡对着坐在客厅里的梅亚非说。

在卧室的梅老太太跟梅老爷子一听苏小凡这么说，赶紧从卧室里走了出来。

“小凡，小凡。”梅老爷子看着正在往卧室里走的苏小凡说。

“爸妈，你们别叫她。”梅亚非说。

“老大……”梅老太太叹息了一声没有再说话。

9

梅家一家人都在为苏小凡担心的时候，一天一夜没睡觉的梅亚楠正在等着参加婚礼的向志远回来。

梅亚楠左等右等都不见向志远回来，便躺在沙发上打起了盹。已经陷入疲惫状态的梅亚楠在浅睡眠，而且还不断地做梦，一个接一个的，全是之前跟向志远和睦共处的画面，但瞬间就闪过了。

梅亚楠正在梦中拼接往事时，一阵急促的门铃声把她给打断了。

梅亚楠趿拉着拖鞋，打开门一看，却看到醉得已经不省人事的向志远被程圆圆架着，向志远的胳膊搭在程圆圆脖子上，向志远的头紧贴在程圆圆的脸上。

“向太太，向律师参加我哥哥的婚礼，喝多了。”程圆圆见梅亚楠发呆地看着她跟向志远，便解释说。

“怎么喝这么多啊。”梅亚楠向前走了一步，搀着向志远的另一边。

“可能太高兴了吧。”程圆圆说。

梅亚楠跟程圆圆一起把向志远扶到床上，刚把向志远扔到床上，程圆圆就迫不及待地去帮向志远脱鞋。

“我来吧。”梅亚楠蹲下，脱向志远的另一只鞋。

“哦。”程圆圆尴尬地一笑，“那我去给向律师拧一下湿毛巾，你们的卫生间在哪里？”

“好的，出了门右拐。”梅亚楠说。

梅亚楠把向志远的头扳正，然后给向志远盖上被子，程圆圆拿着一条湿毛巾进来了。

“向太太，给你。”程圆圆把毛巾递给梅亚楠。

“谢谢。”梅亚楠接过湿毛巾说。

“我去给向律师倒杯水，在哪儿？”程圆圆看着梅亚楠给向志远擦着脸说。

“在楼下呢。”梅亚楠说。

“向太太，真不好意思，把向律师灌醉了。”程圆圆端着打回来的一杯热水说。

“他最近难得高兴。”梅亚楠说。

“向太太，我把水放这了。”程圆圆把水杯放在床头柜上，“那我先走了。”

“程小姐，你在楼下等我一会儿，我想跟你聊聊。当然，在你愿意的情况下。”梅亚楠停止给向志远擦拭，然后直起身体，对着程圆圆说。

“嗯，好。那我在楼下等你。”程圆圆思考了片刻说。

10

“向太太，你最近睡眠不好吧？你的脸色有点儿差。”程圆圆站起来，看着从楼上走下来的梅亚楠说。

“人老珠黄了。”梅亚楠微微一笑说，“程小姐请坐。”

“谢谢。”程圆圆道谢后便坐下。

“喝点儿什么？”梅亚楠问。

“向太太，你就别客气了。”程圆圆说。

“谢谢你把志远送回来。”梅亚楠说。

“向太太，我想咱们之间应该有误会。”程圆圆说。

“我知道你们之间没什么。”梅亚楠说。

“的确没什么。我以前是向律师的客户，现在他只是我一个朋友的律师。”程圆圆说。

“了解。程小姐，你还没有三十岁吧？”梅亚楠说。

“前几天刚过了三十岁生日。”程圆圆说。

“结婚了吗？”梅亚楠问。

“没有。”程圆圆说。

“对象呢？”梅亚楠问。

“也没有。”程圆圆。

“你喜欢向志远是吧？”梅亚楠问。

程圆圆没有说话。

“程小姐，你别误会。我没有别的意思，我跟向志远马上要离婚了。我们的婚姻已经名存实亡了。就算你们有什么，我也不会在意的。我就想听听你的实话。”梅亚楠说。

“我的确喜欢向律师，但我从来都没有过破坏你们之间感情的想法。真的，我从来都没流露喜欢向律师的想法。向律师是一个好律师，他除了对接手的案子一丝不苟，还会做一些本不该属于他做的事儿，去帮助人。但我只是喜欢，很单纯地喜欢。向太太，我用人格担保。”程圆圆说。

“我相信你。志远是一个好人，以后好好待他吧，他会给你一个幸福的家。”梅亚楠说。

“向太太，你还是误会我了。”程圆圆说。

“我是真心的。”梅亚楠说。

“向太太……”程圆圆说。

“时候不早了，我就不留你了。”梅亚楠说。

11

程圆圆走后，梅亚楠又上楼，然后给向志远喂了一点儿水，把向志远的头放正，又给他盖了盖被子，便关了灯去向志远的书房，然后打开向志远的电脑，调出来向志远的资料库，找了一份离婚协议书模板，开始修改细节，然后一条一条地读，一条一条地看，看得眼泪流淌。

梅亚楠又看了一遍后，便打印出来了三份，从笔筒里抽出一支黑色的水笔，在女方处签上了自己的名字。

梅亚楠拿着这三份离婚协议书，又回到卧室，打开一侧的床头灯，看了一会儿正在酣睡的向志远，便把离婚协议书放在了床头柜上，用向志远的手机压住，关掉灯走出卧室，去了衣帽间，抽出一个拉杆箱，装了几件衣服，便拉着箱子走出了这个她跟向志远共同打造的家。

梅亚楠开着车，行驶在空旷的街道上，她一边开一边哭，一直哭到梅家的楼下，才缓缓上了楼。

此刻，钟表指针已经指向了凌晨两点。正在熟睡的梅老爷子听到敲门声，便去开门了。

“谁啊？”梅老爷子站在门里问。

“爸，我，亚楠。”梅亚楠拉着一个行李箱站在门外说。

“老二，你怎么这个时候来了？”梅老爷子边开门边说，打开门，却看到拉着行李箱的梅亚楠，“你这是要去哪儿啊？还是回来了？”

“爸，你先睡吧。我去小凡屋里挤一宿。”梅亚楠拎着行李箱跨进门说。

“老二，你怎么这个时候来了？”梅老太太也走出来说。

“有吃的吗？我有点儿饿了。”梅亚楠没回答梅老爷子，而是径直走向厨房。

“老二回来了？”梅亚非也走了出来，然后看到梅亚楠放在门口的行李箱，便对着在厨房里的梅亚楠说，“老二，你怎么这个时候来了？”

“明天给你们说，你们都睡吧。”梅亚楠从厨房里走出来，嚼着一根火腿肠说。

“你跟志远吵架了？”梅老爷子说。

“没有。”梅亚楠说。

“那你怎么这么晚跑回来了？”梅老太太说。

“我跟向志远离婚了。”梅亚楠很从容地说。

“什么？”梅老爷子、梅老太太、梅亚非异口同声地惊叫。

“老二，怎么回事儿啊！”梅老爷子突然厉声说道。

“离婚了，过不下去了。”梅亚楠说。

还没睡觉的苏小凡听到小姨梅亚楠离婚了，也从卧室里走了出来，站在卧室门口。

“老二，你病不是好了吗？怎么就离婚了？你别吓妈。十八年前，你姐就是这样拉着一个行李箱回家的，你不能学你姐啊。”梅老太太声音有点儿颤抖地说。

“妈，病是好了，但查出来真的不能生了。”梅亚楠说着有点儿哽咽。

“离婚是志远提出来的吗？”梅老爷子问。

“不是。”梅亚楠说。

“那还好。”梅老太太舒了一口气。

“我已经在离婚协议书上签字了。”梅亚楠说。

“什么？”梅老爷子惊叫了一声，“你们现在都长本事了。现在一个一个的翅膀都硬了，自己都能做主了。什么事儿都不用给我这个老不死的说了。你们不说就不说吧，那你们就自己做决定吧。”

梅老爷子说着就转身往卧室里走，但刚走一步，就身体一晃，瘫倒在地上了。

“爸。”梅亚楠上前一步去扶梅老爷子。

“老大，赶紧打 120。”梅老太太对着站在她一旁的梅亚非说。

“我打。”苏小凡看着姥爷瘫在地上，赶紧跑了过去。

“你们谁也别打，打了我也不去。老大，老二，你们真的都很让我失望。”躺在梅亚楠怀里的梅老爷子微弱地说。

“爸。”梅亚楠跟梅亚非都泪如雨下，齐声喊了一声。

“小凡，你别打电话了。你也过来。”梅老爷子对着正在打电话的苏小凡说。

“老梅，咱把药吃了。”梅老太太哭着捧着一把药蹲下，把一粒一粒的小药丸放在梅老爷子嘴里，“你们还愣着干什么，还不赶紧拿水。”

“小凡，别学你小姨了，好吗？”梅老爷子说。

“嗯嗯嗯。”苏小凡不停地点着头。

12

在救护车来之前，梅亚非把一个保安叫了过来。这个保安跟随着梅家一家人去了医院。

这个保安成了救护梅老爷子时，梅家唯一的男丁。

在梅老爷子从急救室里推出来后，全靠这个保安把梅老爷子放到了病床上。

“真谢谢你了，你真是一个好同志。”梅老太太对着保安说。

“您别客气，这都是俺应该做的。”保安一口河南腔。

这个时候，苏小凡才注意到他是上次梅亚非让他进小区当保安的知青武修为。

“老武，真谢谢你。要不是你，我们这几口女眷，真不知道该怎么办了。”梅亚非说。

“这还不是俺应该做的。”武修为说。

“让你忙活了大半夜，早点儿回去休息吧。”梅亚楠也对着武修为说。

“俺再等会儿吧。一会儿再有啥事儿了，俺好帮把手。您在这儿，俺在外边儿候着，有啥事儿叫俺。”武修为说。

已经平安无事的梅老爷子躺在床上，已经睡着了。

“家里一个男人都没有，要不是一个保安，我看你们几个人怎么办。”梅老太太叹息着，看着躺在病床上的梅老爷子说。

“这不是有一个吗？”苏小凡说。

“姐，这是咱家小区的保安？”梅亚楠问。

“是的。”梅亚非说。

“啥小区咧保安啊，俺娘咧恋人。”苏小凡见梅老爷子没事儿，学着武修为的河南腔说。

“你胡说什么你。”梅亚楠瞪着苏小凡说。

“你们都出去吧，我陪他一会儿。”梅老太太说。

“妈，你回家吧。我跟老二在这儿守着。”梅亚非说。

“你们都走吧，你爸醒了也不想看到你们。”梅老太太说。

13

“老二，你真跟向志远离婚了？”梅亚非跟梅亚楠站在走廊上说。

“离了。”梅亚楠说。

“向志远同意了？”梅亚非说。

“他同意不同意都得离了。就算我们俩不离，日子也过不幸福。”梅亚楠说。

“老二，离婚这事儿我没资格说你。但生孩子这事儿，我有资格说你啊。你要是早生了……算了，我不说这种马后炮的话了。”梅亚非说。

“姐，你回去吧。我在这儿陪着爸。”梅亚楠说。

“唉，咱们真的把咱爸的心伤透了。你是不能生离婚，小凡是不想生孩子要跟赵英杰分手。”梅亚非说。

“姐，你别说了。”梅亚楠制止住梅亚非。

“你好自为之吧。”梅亚非说。

14

向志远醒来后，便看到床头的离婚协议书。他拿起离婚协议书，跟梅亚楠在写的时候一样，一遍又一遍地看。

他刚想把握在手里叠在一起的三份离婚协议书撕了，却停了，然后往上一扔，三张离婚协议书纷飞在空中。

15

梅老爷子醒来的时候，梅亚楠正趴在床边睡觉。

梅老爷子稍微欠了欠身，梅亚楠就醒了。

“爸，你醒了。”梅亚楠看着睁着眼睛正在看着她的梅老爷子说。

梅老爷子点点头。

“你饿了吧？”梅亚楠问。

“不饿。”梅老爷子说，“老二，几点了？”

“上午十点。”梅亚楠赶紧抓起放在病床一旁的手机看。

“老二，你跟志远到非离不可的地步了吗？”躺在病床上的梅老爷子问。

“爸，咱们回头说这事儿成吗？”梅亚楠说。

“我现在情绪很稳定，你不用照顾我的情绪。”梅老爷子说。

“嗯。”梅亚楠点点头说。

“一点儿缓和的余地都没了吗？”梅老爷子说。

“除非我能生。但现在，我已经不能生了，而且这个结果是我自己造成的。就算我们在一起，我们也永远无法跨越这个障碍。爸，我跟志远再在一起也是相互折磨。如果一场婚姻，我们总在逃避一个事实上存在的事情，这场婚姻早晚也会名存实亡。我何必非要等到大家闹到成为仇人，才浑身带伤抽身离开呢。”梅亚楠说。

“婚姻的真谛，只有在时间晚到无法改变婚姻时才会形成。亚楠，你现在还没到那一步。”梅老爷子说。

“爸，算了吧。我不想明白什么是婚姻的真谛。我只想给自己制造的错误一个交代，然后也成全现在迫切想要生孩子的向志远。就让大家各得其所吧。”梅亚楠说。

“好吧。”梅老爷子叹息了一声，“老二，你接下来打算怎么办？”

“我想去法国。”梅亚楠说。

“你去法国干什么啊？你都离职了。”梅老爷子说。

“领导找我谈过，总部还是希望我过去。”梅亚楠说。

正在梅亚楠跟梅老爷子交心聊天的时候，一个医生带着护士推门而进。

“醒了？”走进来的医生问。

“醒了。”梅亚楠起身说。

“以后多照顾一下老人的情绪，不要总让老人激动。”医生对着梅亚楠说，然后又看了看正在给梅老爷子打点滴的护士，“点滴完，就可以办理出院手续了。”

“再观察观察吧。我爸一向身体都很好，怎么就突然晕倒了呢。”梅亚楠说。

“你都说你家老人身体好了，就不用观察了。以后多注意老人的情绪就行了。”医生说。

第二十八章

1

“真就这样让老二走了吗？”梅老太太问躺在床上的梅老爷子。

“那还能怎么样？”梅老爷子说。

“我们应该找志远去谈谈。”梅老太太说。

“志远要是不想老二走，他早就主动跟老二联系了。”梅老爷子说。

“老梅，我们还是劝劝老二吧。让她别去法国了，别跟志远离婚了。”梅老太太说。

“让老二走吧。老二现在比谁心里都苦，换个环境对她有好处。”梅老爷子说。

“我真不知道上辈子作了什么孽，怎么就生了一帮这样的孩子。”梅老太太抹着眼泪说。

2

梅亚楠跟金一娜坐在窦斌的病房里。

“亚楠，你真想好了吗？你真就这样毁了你跟老向这么多年的感情吗？你还是慎重地考虑考虑吧。”金一娜说。

“算了。有隔阂的婚姻，是不完整的。”梅亚楠说。

“亚楠，你这是自责，你这是逃避，你这是在拿不完整的婚姻当作借口。如果说婚姻不完整，那我跟窦斌的婚姻是完整的吗？窦斌现在不省人事，连我怀孕都不知道。”金一娜说。

“我们为生孩子付出的代价都太大了。”梅亚楠说。

“你跟老向去谈谈吧。就算向志远不主动联系你，你联系一次他怎么了？你们平常相互认错又不是第一次。”金一娜说。

“没必要。”梅亚楠说。

“亚楠，你不能去巴黎。你单方面签了离婚协议书，在法律上是不认可的。这种三岁孩子都知道的常识，你不会不知道吧。你这是逃避，最后还是要解决问题。”金一娜说。

“我两年内不会回国。就算向志远不签字，法律规定夫妻情感不合，分居两年，我们的婚姻关系就可以自动解除了。”梅亚楠说。

“亚楠……”金一娜说。

“一娜，别劝了。我晚上的航班，我就来跟你告个别。以后有什么需要了，就让小凡过来搭把手。”梅亚楠说。

“唉，好吧。”金一娜无力地说了一句。

“照顾好自己，你现在怀着孕呢。”梅亚楠说。

“嗯。”金一娜点点头，“亚楠，我不知道此刻告诉你这件事儿，是不是会影响你的情绪。”

“什么事儿啊？你还神神秘秘的。”梅亚楠说。

“昨天我去做了B超，我怀的是双胞胎。”金一娜说。

“真的啊？一娜，你真行。”梅亚楠一听金一娜这么说，很是兴奋，“窦斌知道了，真不知道是会把他气醒，还是把他乐醒。”

“都这个时候，你还有心思开玩笑。”金一娜说。

3

梅亚楠走后，金一娜直接就去找向志远了。

金一娜摁了好半天门铃都没人开，然后又用力地摁了半天门铃，才听到里边的开门声。

“你怎么才开门啊？”向志远一打开门，金一娜就问。

“一娜，你怎么来了？”打开门的向志远懒洋洋地说。

“老向，你这个时候怎么还有心思睡觉呢。”金一娜对着精神一蹶不振的向志远说。

“昨晚喝多了。”向志远坐到沙发上说。

“你真要跟亚楠离婚吗？”金一娜盯着茶几上的一堆各种酒的空瓶子说。

“是她提出来的啊。”向志远说。

“亚楠为什么跟你离婚，难道你不知道吗？”金一娜说。

“知道，因为她不能生孩子。”向志远说。

“她是在成全你。她是想让你跟别的女人结婚，去生孩子。”金一娜说。

“我知道。”向志远说。

“向志远你既然什么都明白，为什么就不去找亚楠谈谈呢？难道你们就这样结束了？”金一娜说。

“不结束能怎么样呢？”向志远说。

“志远，我没想到你狠起心来这么狠，一点儿都不顾及夫妻情分。”金一娜说。

“一娜，你不懂我们之间究竟发生了什么。”向志远说。

“是、是，我不懂。但我至少懂得亚楠在委屈自己，成全你。向志远，我真的看错你了。”金一娜说完，就转身走了。

金一娜生气地拉开门，就看到拎着大包小包从超市里买回一堆东西的程圆圆。

“向志远，我现在懂了。”金一娜盯着程圆圆说，“向志远，亚楠的航班一会儿就要起飞了，她要去法国了。我本来想让你去挽留她呢，现在看来真是没有这个必要了。”

“什么？”向志远站起来对着背对着他的金一娜惊讶地说。

金一娜没有说话，而是伸手拨开堵在门口的程圆圆，大步走了出去。

4

机场大厅里梅家一家人围着梅亚楠。

“爸、妈、姐、小凡，你们回去吧。”梅亚楠挨个地对着他们说。

“老二，常给家打电话。”梅老太太泪眼汪汪地说。

“妈，我会的。”梅亚楠说。

“老二，等你回来的时候，我想见一个全新的你。”梅老爷子说。

“嗯。”梅亚楠用力地点点头，眼泪瞬间涌出。

“老二，你要照顾好自己。”梅亚非说。

“姐，我是一个不孝的女儿，你就替我好好照顾爸妈吧。”梅亚楠抱住梅亚非说。

梅亚楠松开梅亚非后，看着站在一旁沉默不语的苏小凡。

“小凡，你过来，小姨有话给你说。”梅亚楠说着拉着苏小凡走到了一旁。

“小姨，你要照顾好自己。”苏小凡跟梅亚非来到一旁后说。

“小姨会的。小凡，你现在怀了孩子，把孩子生下来吧。小姨因为当时的自私，才造成现在的结局。小姨不想看到你成为下一个我。我们纵有百般苦楚，但孩子一点儿错都没有。你不要跟赵英杰分开，赵英杰是你值得信任跟托付的人。小凡，丁克是丁短暂的幸福，悔丁是毁永远的婚姻。悔丁，其实就是毁感情，毁婚姻，让人一辈子后悔。”梅亚楠正跟苏小凡苦口婆心地说的时候，突然听到一声喊她名字的声音。

梅亚楠转过头一看，看到金一娜站在不远处。

“都说不让你来了，你非来。”梅亚楠走过去对着金一娜说。

“我在雍和宫给你求了一个吉祥符。带着它，保平安。”金一娜把捏在手里的一个小玉佛递给梅亚楠。

梅亚楠接过金一娜递过来的吉祥符，扑哧一下笑了，笑中带泪。

“一娜，照顾好自己。生的时候给我打电话，我要听着你生产。”梅亚楠从金一娜手中接过吉祥符。

梅亚楠就这样在梅家一家人还有金一娜的注视下进了安检口。

看着梅亚楠进安检口的，还有躲在不远处的向志远。

5

在梅亚楠去往巴黎的第二天，苏小凡跟赵英杰就去了医院。

苏小凡低着头双手紧握在一起，坐在苏小凡一旁的赵英杰手里握着一张病历卡。

“小凡，不用这么紧张，有我在呢。”赵英杰看着低着头的苏小凡说。

“英杰，等我进了手术室，你就走吧。我们就在医院分开吧。”等了好一会儿，苏小凡说。

“我送你回家。”赵英杰说。

“英杰，我对不起你，真的对不起。”苏小凡眼角噙着泪说。

“小凡，你不用这么难为自己，你没什么对不起我的。”赵英杰说。

“我真的不想伤害你，但我还是把你伤了。”苏小凡说，“我太自私了，我憎恨自己的自私。”

“苏小凡，苏小凡在吗？”一个护士端着一个夹子喊。

“在呢。”赵英杰站起来对着护士说，然后又低下头，“小凡，去吧。”

“英杰，你走吧，不要在这儿等我了。”苏小凡站起来说，“我不想看见你。”

“嗯，看着你进了手术室，我就走。”赵英杰说。

苏小凡没有再说话，而是跟着护士走向手术室。

就在赵英杰看着苏小凡跟着护士走进手术室的时候，赵英杰的电话响了。

“赵总，苏小凡跟你在一起吗？我联系不上她。”赵英杰无意识地接通电话，把手机放在耳边后，彼端就传来了声音。

“在。”赵英杰看着苏小凡跟在护士后边走着。

“赵总，你让小凡接一下电话。”彼端的声音说。

“她不方便。”赵英杰无意识地回应着。

“苏小凡她爸去世了。”彼端的声音说。

这时，还在慌神的赵英杰把电话挪到眼前一看，才知道是上次跟他谈合同的那个男人。

“小凡，等一下。”赵英杰对着即将要进手术室的苏小凡大喊了一声。

苏小凡缓缓地转过身来。

“小凡，你爸去世了。”赵英杰对着呆呆地站在手术室门口的苏小凡说。

6

苏小凡跟赵英杰一块儿去那个男人那儿取苏林森的遗物。

一个硕大的办公室里，坐着苏小凡、赵英杰，还有那个男人。

苏小凡面前摆着一个 22 寸左右的被封着的纸箱子。

“苏总是今天早上走的。”男人说。

苏小凡盯着箱子不说话。

“苏总把这些遗物一个月前就邮寄了过来。他让我等他走后，再把这些东西移交给你。”男人看着沉默不语的苏小凡说。

苏小凡依然没有说话，而是伸手抱起箱子，走了出来。

赵英杰看着苏小凡抱着苏林森的遗物走出去，便也紧紧地跟了上去。

7

赵英杰开着车，苏小凡坐在副驾驶座上，腿上放着苏林森的遗物。

此刻箱子已经被苏小凡打开了，箱子里被分成好几部分，每一个部分都由一块不同颜色的布包裹着。在这些遗物上边放着一张 CD 光盘。苏小凡拿起这张 CD 盘，然后从保护套里抽出来，插进了车里的光驱：

小凡，我亲爱的女儿。当你听到我声音的时候，我已经离开了这个世界。你原谅我这个罪人再次的不辞而别。

小凡，我的女儿，我不知道我这次的离去能不能化解你对我的恨，但我会带着遗憾被埋进坟墓……

苏林森在说这些话的时候，气喘吁吁，几度哽咽。

苏小凡在听苏林森整个音频的时候，脸都是紧绷着的，没有任何表情。当苏林森的话音一落，苏小凡便哇哇地哭了起来。

苏小凡哭着，车在车流中前行着……

第二十九章

三年后1

阳光明媚的中午。

梅亚楠跟金一娜在一栋别墅后花园的草坪上席地而坐，阳光打在她们俩身上。

“这次就不回法国了吧？”金一娜问。

“不回了，以后就在祖国发展了。”梅亚楠说。

“不过你真够可以的，三年一次都不回来，真够铁石心肠的。”金一娜说。

“我这叫蜕变，你懂什么啊你。”梅亚楠说。

“妈妈，妈妈。”一个三岁的小男孩跑到金一娜身边，“妈妈，糖糖姐姐欺负我。”

“告诉阿姨，姐姐怎么欺负你了？”梅亚楠把小男孩揽到身边。

“糖糖姐姐抢我的玩具。”小男孩嘟着嘴给梅亚楠说。

“一娜，你这俩孩子够闹你的吧？”梅亚楠把小男孩揽在怀里，对着金一娜说。

金一娜对着梅亚楠微微一笑，便站了起来，对着在一旁蹲着玩耍的糖糖说：“向糖糖，你怎么又欺负弟弟了？”

“我没有欺负窦小斌，这是爸爸给我买的，我不给他玩儿。”糖糖把玩具藏在背后，走了过来。

“向糖糖？”梅亚楠自言自语了一句，然后对着又蹲在糖糖面前的金一娜说，“一娜，这是向志远的孩子？你那个孩子呢？”

金一娜对着梅亚楠微微一笑。

“向志远够快的啊。”梅亚楠把抱在怀里的窦小斌放开，然后把糖糖拉到自己面前，“你爸爸呢？”

“我爸爸去办案了。”向糖糖说。

“你妈妈呢？”梅亚楠问。

“我妈妈在法国巴黎。”向糖糖说。

梅亚楠一听糖糖这么说，很是惊讶。

“你知道妈妈叫什么名字吗？”梅亚楠问。

“梅亚楠。”糖糖玩着手里的玩具说。

“一娜，这是怎么回事儿啊？”梅亚楠很疑惑地看着金一娜问。

“糖糖，过来。”金一娜没理会梅亚楠，而是蹲在了糖糖身边，“糖糖，你是姐姐吗？”

糖糖点点头。

“那姐姐就应该让着弟弟，对吗？”金一娜说。

糖糖再次点点头。

“那你跟弟弟一块儿玩儿这个玩具好不好？”金一娜又说。

糖糖又点点头。

“那你带着弟弟去一旁玩儿好不好？”金一娜又问。

糖糖把玩具递给窦小斌。

“糖糖真乖。你带着弟弟去一边玩吧。”金一娜说。

“我把糖糖过继给了你跟老向。”当糖糖带着窦小斌去一边后，金一娜说。

“你们瞎搞什么啊。”梅亚楠说。

“亚楠，你知道当年老向为什么不去找你谈吗？他恨你，但他更了解你。他知道你在短时间内跟他一样走不出这个坎，他想让你们都冷静冷静再去谈这个事儿。但他没想到你这一冷静就冷静到了法国。这让他很措手不及，但他知道他根本挽留不住你，只有让你去了。你还记得我送你的那个吉祥符吗？”金一娜说。

梅亚楠摸了一下戴在脖子上的吉祥符，给金一娜示意了一下。

“这不是我送的，是向志远给你求的，是他带着我去机场的。那天，他一直远远地看着你。这些都是我生了孩子之后，向志远告诉我的。你也知道窦斌现在还躺在床上，我一个人根本没能力抚养两个孩子，我就把糖糖给了你跟向志远。”金一娜说。

“一娜，这些都过去了，我跟向志远都离婚了。你不能这样对糖糖。”梅亚楠说。

“老向自始至终都没同意跟你离婚。”金一娜说。

“我都跟向志远分居三年了，我们早就可以离婚了。”梅亚楠说。

“你是律师还是向志远是律师啊？”金一娜说。

“当然向志远是律师了。”这个时候，向志远从别墅的一扇门里走了出来。

“你怎么来了？”梅亚楠看着三年没见的向志远说。

“我来看我女儿啊。”向志远说。

“爸爸。”正在玩耍的糖糖看到向志远来了，便飞奔到了向志远身边。

“今天乖不乖啊？”向志远蹲下对着糖糖说，指着梅亚楠说，“糖糖，你不整天要妈妈吗？你看妈妈在那里呢。”

糖糖转过身看着坐在地上的梅亚楠，有点儿疑惑。

“你不认识妈妈吗？你每天都看妈妈的照片啊。”向志远说。

“她不像妈妈！”糖糖看着梅亚楠说。

“她就是妈妈，找妈妈去。”向志远松开糖糖的小手。

糖糖有点儿怯怯地来到梅亚楠身边。

“你是从法国巴黎回来的吗？”糖糖问。

不知所措的梅亚楠看着糖糖点点头。

“你是叫梅亚楠吗？”糖糖又问。

梅亚楠又点点头。

“你知道我叫糖糖吗？”糖糖又问。

“知道。”梅亚楠终于说了一句话。

“妈妈。”糖糖看着梅亚楠叫了一声妈妈。

完全不知所措的梅亚楠，不知道怎么回应了。

“孩子叫你呢。”金一娜说。

“哎哎。”梅亚楠有点儿慌乱地应着。

这个时候，苏小凡抱着一个孩子也走了出来。

“马上开饭了啊。姨夫，你既然来了就别闲着了，赶紧去搭把手吧。我小姨刚到，你还不赶紧显摆显摆意思意思表现表现。”抱着孩子的苏小凡说。

“君临天下，只有臣服。”向志远说着就走了进去。

“一一，别让妈妈抱着了好吗？去跟小舅舅和小姨妈一块儿玩吧。”苏小凡把一一放下说。

“赵一一，你过来，我把玩具给你玩儿。”糖糖对着刚被苏小凡放在地上的赵一一说。

“好。”赵一一说着，就跑了过去。

“你们有多少事儿瞒着我啊？”梅亚楠对着苏小凡还有金一娜问。

“没什么瞒着你啊。”金一娜说。

“对啊。小姨，我跟英杰结婚生孩子你又不是不知道。我不跟你计较你不回来参加我婚礼就不错了，你倒埋怨起来了。”苏小凡说。

“对啊。我生俩孩子你又不是不知道。”金一娜说。

“对啊。你跟我姨夫都眷恋着彼此，你又不是不知道。”苏小凡说。

“对啊。你跟老向有一个糖糖了，你又不是不知道。”金一娜说。

“对啊。小姨，你到底还想知道些什么？”苏小凡说。

“不对，还有一件事儿瞒着你小姨。”金一娜说。

“什么事儿啊？”苏小凡说。

“你妈跟武修为要结婚了啊。”金一娜说。

“对对。我小姨参加我妈两次婚礼，就算补一次我的吧。小姨，我原谅你了啊。”苏小凡笑着说。

三年后 2

在梅亚楠、金一娜、苏小凡跟三个孩子玩耍的时候，梅老爷子、梅老太太、赵母、梅亚非、武修为这一帮人正在客厅里闲聊。

“可以开饭了。”赵英杰穿着围裙、戴着厨师帽从厨房里走出来。

“我去叫外边的一帮人。”向志远也从厨房里走出来。

所有的人都落座了，整整的一大桌子。

站着的赵英杰想说些什么的时候，金一娜的手机突然响了。

“一娜，你先接电话，我再说这顿饭的开场白。”赵英杰说。

“这电话来得真不是时候，打扰你的兴致了。”金一娜说着掏出手机一看，是窦蔻打过来的，“窦蔻，怎么了？”

“一娜阿姨，我爸……”站在窦斌病房里的窦蔻，泣不成声地说。

“你爸怎么了？”金一娜噌的一下站起来，说。

所有人的目光都聚集在金一娜的身上。

“一娜阿姨，我爸他……”窦蔻又呜呜地哭了起来。

“你爸是不是出事儿了？窦蔻你赶紧告诉我啊。”金一娜说。

“一娜阿姨，我刚才看到我爸的手指动了动。”窦斌哭着说。

“真的吗？我马上回去。”金一娜说着就挂了电话，对注视着她的所有人很激动地说，“窦斌刚才动了动手指，我得回去看看。”

“我们大家一块儿去。”梅亚楠说。

“我们一块儿去。”苏小凡也说。

“不用，你们吃饭，我自己去。”金一娜说。

“我们要见证窦斌这奇迹的时刻。”向志远说。

“只认识窦斌而窦斌不认识的人能去吗？”赵英杰说。

“能能……”大家七嘴八舌地说。

三年后 3

当所有的人到达窦斌病房的时候，医生正在给窦斌做检查。

医生检查完，才看到他身后站满了人，吓了一跳。

“你们这是干吗？”医生一副很吃惊的表情。

“医生，有什么反应了是吗？”站在最前面的金一娜问。

“我刚才做了一个检查，没发现什么异常。至于刚才他手动了，可能是肌肉反射造成的。”医生说。

“医生，我丈夫有希望苏醒吗？”金一娜又问。

“这种伤到头部造成昏迷的，是说不清楚的。但你们不要放弃，要时常跟病人对话，让他的大脑接受一种情感的刺激。”医生说完又看着站在病房里的一大堆人，在走出病房前说，“你们这队伍还挺壮观。”

“爸爸总是睡觉，爸爸都睡这么长时间了，他真是一个大懒虫。”被向志远抱着的窦小斌说。

“去，把爸爸叫醒。”向志远抱着窦小斌走到窦斌的病床前。

“妈妈，我也要去叫叔叔起床。”抱在梅亚楠怀里的糖糖说。

“好的。”梅亚楠把糖糖也抱到窦斌的床前。

“妈妈，我也要去叫。”抱在苏小凡怀里的赵一一说。

“咱们看着糖糖跟小斌叫，咱们明天叫。”苏小凡说。

“起床了，起床了，起床了……”糖糖跟窦小斌趴在窦斌的耳边一遍一遍地叫。

糖糖跟窦小斌喊得没有力气了，便不喊了。

“还是不醒。”窦小斌说。

“那就让他睡吧。”糖糖说。

向志远跟梅亚楠分别把窦小斌跟糖糖又抱到了怀里。

“动了，又动了。”一直盯着窦斌看的金一娜突然大声说。

大家都盯过去，真的都看到窦斌的一根手指微微地动了几下。

图书在版编目（CIP）数据

悔丁族 / 武亮著．—南京：译林出版社，2015.11
ISBN 978-7-5447-5796-6

Ⅰ.①悔… Ⅱ.①武… Ⅲ.①长篇小说－中国－当代
Ⅳ.①I247.5

中国版本图书馆CIP数据核字（2015）第236728号

书　　名 悔丁族
作　　者 武　亮
责任编辑 陆元昶
特约编辑 梁清波
出版发行 凤凰出版传媒股份有限公司
译林出版社
出版社地址 南京市湖南路1号A楼，邮编：210009
电子信箱 yilin@yilin.com
出版社网址 http://www.yilin.com
印　　刷 三河市尚艺印装有限公司
开　　本 640×960毫米　1/16
印　　张 26.75
字　　数 228千字
版　　次 2015年11月第1版　2015年11月第1次印刷
书　　号 ISBN 978-7-5447-5796-6
定　　价 35.00元